SOPHIE UND DIE SONDERLINGE

SOPHIE FEEGLE BAND 1

GWEN DEMARCO

KAPITEL 1

*D*er Nebel lag schwer in der Luft und hüllte die Straße ein, so dicht, dass er die Geräusche der Stadt dämpfte. Obwohl es erst später Nachmittag war, hatte der Dunst den Tag in düstere Schatten getaucht. Sophie trat aus der Haustür und schloss sie sorgfältig hinter sich ab, bevor sie durch den Dunst zurück auf ihr Apartmentgebäude blickte. Einst, vor sehr langer Zeit, war das große Haus ein glänzendes Juwel gewesen, das in der Stadt glitzerte. Doch wie ein vergessener, alternder Filmstar hatte das Gebäude ein hartes Leben geführt, und das sah man ihm an. Im Inneren des Gebäudes war der gesamte ursprüngliche Charakter des Hauses irgendwann in den 80er Jahren herausgerissen worden; fade Funktionalität und schnelle Ausbesserungen hatten seinen Charme und seine Handwerkskunst ersetzt. Jemand hatte das dreistöckige Herrenhaus nachlässig in kleine Einzimmerapartments aufgeteilt, um so viele Mieter wie möglich in seinen Mauern unterzubringen.

Zumindest haben sie die Außenseite des Gebäudes in Ruhe gelassen, dachte Sophie wehmütig, als sie die Fassade des Hauses betrachtete. Der steile viktorianische Giebel mit verspielten Schnitzereien war noch intakt, auch wenn er durch jahrzehntelangen

Schmutz und Smog verunreinigt war. Im Gegensatz zu den anderen viktorianischen bunten Häusern in der Stadt hatte jemand in seiner unendlichen Weisheit beschlossen, das gesamte Haus in einer Farbe zu streichen: einem unglücklichen Braunton, irgendwo zwischen Cantaloupe und Khaki. Sophie schüttelte den Kopf über dieses Verbrechen an ihren Augen und der Architektur.

»Bis später, Streuselkuchen«, sagte sie zum Gebäude, wie sie das braune Haus liebevoll nannte, und tätschelte eine der dicken Veranda-Säulen, als sie auf die Straße hinaustrat. Sophie zog ihren abgenutzten schwarzen Mantel an und trat auf den rissigen Bürgersteig.

Nachdem sie auf ihre Uhr geschaut hatte, seufzte sie erleichtert, als sie sah, dass sie noch genügend Zeit hatte, um zur nächsten BART-Station zu laufen und zu ihrem Vorstellungsgespräch zu kommen. Sie konnte es sich nicht leisten, auch dieses zu vermasseln. Sie wollte nicht zwischen Essen und Miete wählen müssen.

Sophie drehte sich um, bereit, zur Powell Street Station zu eilen, als das Geräusch von Knurren und Fauchen ihre Aufmerksamkeit erregte.

Was zum Teufel ist das für ein Lärm? Ich hab keine Zeit für so 'nen Scheiß, dachte sie und stieß genervt die Luft aus.

Als Sophie ihren Kopf um die Ecke in die schmale Gasse zwischen Streuselkuchen und dem angrenzenden Gebäude steckte, sah sie auf den ersten Blick nichts. Als sich ihre Augen an die Dunkelheit gewöhnten, erkannte sie, dass ein großer Hund irgendein kleines Tier hinter ein paar Mülltonnen in die Enge getrieben hatte.

»Hey! Hey, hör auf damit! Weg da!«, rief Sophie dem Streuner zu.

Der Hund wirbelte mit dem Kopf herum, und als er Sophie entdeckte, knurrte er sie an. Sie stolperte zurück, überrascht von seiner Aggressivität. Als sie sich umschaute, fand sie ein Metallstück, das sich vom traurigen schmiedeeisernen Zaun gelöst hatte, der Streuselkuchens kleinen, vernachlässigten Vorgarten umgab.

Sophie trat zurück in die dunkle Gasse und hielt den Speer aus rostigem Schmiedeeisen wie ein Schwert vor sich. Das Sonnenlicht drang kaum in das Dunkel der Gasse ein, aber sie konnte sehen, dass der Hund – eine Art übergroßer Husky oder Malamute – versuchte, sich zwischen den großen Mülltonnen durchzuzwängen. Sie befürchtete, dass sie zu spät kommen würde, um das Tier zu retten, das der Hund im Visier hatte, wenn sie sich nicht beeilte.

»Hey! Verpiss dich! Ich mein's ernst!«, brüllte Sophie und legte so viel Autorität in ihre Stimme wie möglich.

Der Hund drehte sich zu Sophie. Als er sie entdeckte, senkte er den Kopf und knurrte laut, seine Nackenhaare sträubten sich aggressiv. Das Ungetüm sah aus, als hätte ein verrückter Wissenschaftler einen Husky mit einem irischen Wolfshund gekreuzt. Sie fragte sich kurz, ob bei der Erschaffung dieses übergroßen Hundes Blitze im Spiel waren.

»Verpiss dich! Bitte. Ich will dich nicht mit diesem Ding verprügeln müssen, aber ich tu's«, presste Sophie hervor und fühlte sich dumm, weil sie mit einem Tier sprach, als könnte es sie verstehen. Sie fuhr fort, ihren improvisierten Speer drohend gegen den Hund zu schwenken. Er schaute sie an und richtete dann seinen Blick wieder auf seine gefangene Beute. Mit einem letzten schmalen Knurren in ihre Richtung drehte er sich um und trottete die Gasse hinunter.

Als der Hund um eine Ecke verschwand, sank das Metallstück in Sophies Fingern herab, während eine Welle der Erleichterung über sie hereinbrach.

»Gott sei Dank«, murmelte Sophie beim Ausatmen.

Immer noch ihren rostigen Speer umklammernd, näherte sie sich langsam den überfüllten Mülltonnen. Die üblichen Stapel leerer Kisten und Müllhaufen von der Kneipe nebenan und dem kleinen Markt um die Ecke füllten den engen Raum der Gasse. Die pechschwarze Dunkelheit und die mit Feuchtigkeit und Fett bedeckten Wände ließen den Ort vergessen und leise bedrohlich wirken. Als sie kleine raschelnde Geräusche aus den Schatten hörte, spähte sie vorsichtig in den kleinen Raum zwischen den Tonnen. Zuerst sah sie nichts, aber dann fielen ihr ein Paar Augen auf, die in den Schatten leuchteten.

»Hey du, bist du okay? Hat dieser Scheißköter dir wehgetan?«, fragte Sophie und hielt ihre Stimme beruhigend und sanft.

Ein antwortendes Fauchen ließ sie vermuten, dass der Hund eine Katze in die Enge getrieben hatte.

»Ist schon okay. Ich tu dir nichts. Ich will nur sichergehen, dass du nicht verletzt bist«, erklärte Sophie der Katze sinnlos. Sie legte ihre improvisierte Waffe in die Nähe und kauerte sich hin, um vollständig in den engen Raum sehen zu können. Ein langes weißes Gesicht mit einer rosa Nase und zuckenden Schnurrhaaren starrte zurück und fauchte erneut zur Warnung.

»Hey, du bist keine Katze! Du bist ein Opossum! Was machst du hier?«, fragte sie. »Hast du Hunger, Süßer? Ich hab einen Apfel. Möchtest du was Leckeres?«

Sophie griff langsam in die Umhängetasche, die von ihrer Schulter hing. Als sie am Boden der Tasche herumtastete, verspürte sie einen kurzen Stich, als sie die Frucht herauszog.

»Ich sollte das wahrscheinlich nicht an dich verschwenden; es ist mein letzter, aber ich glaub, du hast's gerade schwerer als ich«, sagte Sophie und legte den Apfel auf den Boden in der Nähe des immer noch fauchenden Opossums. Sie schob ihn langsam mit einem Finger näher heran.

»Was zum Teufel geht hier draußen vor?!«, rief eine vertraute Stimme vom Eingang der Gasse.

Sie stieß genervt die Luft aus, stand auf und stellte sich dem Eindringling.

»Nichts, Moe. Ein Hund hat ein Opossum angegriffen«, erklärte Sophie.

»Opossum! Widerlich! Ich hoffe, der Hund hat's erwischt.«

Moes übertriebenes Schaudern ließ Sophie ihre Augen vor Irritation verengen.

»Sei kein Arsch, Moe. Opossums sind wunderbare Geschöpfe. Du hast keine Ahnung, wovon du redest. Sie sind Amerikas einzige Beuteltiere«, sagte Sophie, nur um ihn zu ärgern.

Moe sah einen Moment lang verdutzt aus, bevor er Sophie anknurrte.

»Als ob mich Beuteltiere interessieren würden. Das Einzige, was mich interessiert, ist die Miete. Wirst du wieder zu spät sein? Denn ich hab die Schnauze voll von diesem Scheiß. Die anderen Mieter machen mir nicht so viel Ärger wie du«, sagte Moe.

»Lass mich in Ruhe, Moe. Ich zahle deine Miete. Ich bin gerade auf dem Weg zu einem Vorstellungsgespräch«, sagte Sophie.

»In dem Outfit?«, fragte Moe ungläubig, seine Lippe kräuselte sich vor Abscheu.

»Was meinst du? Das Outfit ist völlig okay für eine Rezeptionistin in einem Tattoo-Studio«, sagte Sophie und schaute auf ihre dunkle Jeans und ihr Ramones-T-Shirt hinunter.

»Du siehst aus wie eine Gothic-Tinkerbell, die gerade von einer ganzen Biker-Gang durchgenommen wurde«, höhnte Moe.

»Echt? Hör auf, du Schmeichler. Du bringst mich zum Erröten«, sagte sie mit einem Knicks.

Gerade als Moe den Mund öffnete, um zu antworten, hob Sophie ihre Hand, um seine Worte aufzuhalten.

»Scheiße! Ich muss los!«, rief Sophie, als sie die Zeit auf ihrer Uhr sah.

Als sie an einem immer noch stotternden Moe vorbeieilte, blickte Sophie zurück zu den Mülltonnen und lächelte glücklich, als sie bemerkte, dass der Apfel verschwunden war.

* * *

EINIGE STUNDEN später betrat Sophie die Bar neben Streuselkuchen. Mit hängenden Schultern ließ sie sich auf einen Hocker an der glänzenden, wenn auch zerkratzten Holztheke nieder.

Sie musterte die wenigen Männer, die im Inneren der Bar verteilt waren, in der Hoffnung, jemanden zu finden, der bereit wäre, ihr für ein paar Minuten Gespräch einen Drink zu spendieren. Mit einem langsamen Ausatmen wurde ihr klar, dass die Gäste damit beschäftigt waren, den Inhalt ihrer Gläser zu betrachten, die Augen zu glasig und wässrig, um sie zu bemerken.

»Verdammt«, murmelte Sophie vor sich hin.

»Hey Sophie, was kann ich dir bringen?«, fragte der Barkeeper, der vom anderen Ende der Theke herüberkam, wo er mit einem gebeugten alten Mann gesprochen hatte. Mit breiter Brust und einem dauerhaften, kompromisslosen Stirnrunzeln hätte der Barkeeper Sophie einschüchtern sollen, aber sie hatten sich auf Anhieb verstanden, als sie sich vor sechs Monaten trafen, als sie in den Streuselkuchen einzog.

»Hey Benno, also... ich bin im Moment ein bisschen knapp bei Kasse. Und ich hatte einen Scheißtag. Ich nehm an, ich könnte einen Whiskey anschreiben lassen und dir später zurückzahlen? Oder vielleicht ein bisschen arbeiten für einen Drink?«, fragte Sophie mit einem flehenden Gesichtsausdruck.

»So schlimm, hm? In Ordnung, nur dieses eine Mal. Du kannst mir später heute Abend helfen, die Tische abzuwischen und zu fegen. Deal? Ich sollte dich warnen, das bringt dir nur ein Glas vom billigsten Whiskey ein, den ich auf Lager hab«, sagte Benno und machte seinen üblichen Vorbehalt. Mit einem geübten Schwung griff Benno nach einer halb leeren Flasche vom spiegelverkleideten Regal.

Krallen der Demütigung zogen sich über Sophie hinweg, als sie dasaß, verlegen und auf Bennos gute Natur angewiesen. Aber nach dem Schlamassel des Tages brauchte sie einfach einen Drink.

»Danke, Benno. Ich steh in deiner Schuld. Und ja, ich helf dir später beim Aufräumen«, sagte Sophie und nahm einen kleinen Schluck von ihrem Getränk. Sie hob ihre Augen zu Benno, als der Whiskey nicht wie billiges Zeug schmeckte. Benno zuckte nur verlegen mit den Schultern.

»Also gut, Soph, erzähl dem alten Benno, wie scheiße dein Tag war«, sagte er und lehnte sich auf die Theke.

Gerade als sie den Mund öffnete, um anzufangen zu meckern, klingelte die Glocke über der Eingangstür und ein Mann betrat die Bar. Sophie nahm ihn schnell zur Kenntnis, als er sich ein paar Plätze von ihr entfernt setzte. Er hatte schütteres blondes Haar, weit auseinanderstehende dunkle Augen und wirkte unter seinem knielangen Trenchcoat etwas pummelig. Der Mann strahlte ein Gefühl von Freundlichkeit und Schüchternheit aus. Er war nicht mal einen Blick auf Sophies Gefahrenradar wert, also ignorierte sie seine Anwesenheit.

Sie wandte ihre Aufmerksamkeit wieder ihrer Umgebung zu und bewunderte den Charme der alten Kneipe, während Benno dem Mann ein Bier einschenkte. Benno hatte ihr einmal erzählt, dass die Bar Jahrzehnte vor der Prohibition gebaut worden war. Die Wände waren mit der originalen dunklen Täfelung und jägergrüner Farbe gemustert. Alte sepiafarbene Fotos, antike Plakate, die für Biere warben, ein paar Neonschilder und Reihen von Regalen, die mit allerlei Nippes übersät waren – jedes einzelne zeigte die Patina des Alters – bedeckten jeden Quadratzentimeter der Bar. Im hinteren Teil der Bar gab es ein paar Dartscheiben, die sie nie jemanden hatte benutzen sehen. An der gegenüberliegenden Wand von der langen Holztheke standen einige Chesterfield-Sofas – von denen Sophie vermutete, dass sie möglicherweise original aus der hundertjährigen Bar stammten – an der Wand entlang. Als Sophie einmal auf einem gesessen hatte, war es klumpig, und eine Feder hatte sie in den Hintern gestochen. Auf zerstoßenem Kies zu liegen wäre diesen Sofas vorzuziehen gewesen. Als sie Benno nach den Sofas gefragt hatte, behauptete er, sie würden der Bar eine Atmosphäre von 'Raffinesse' verleihen.

Sophie starrte in die bernsteinfarbene Flüssigkeit ihres Glases, während Benno den leise sprechenden Mann bediente. Sie bewunderte, wie die mehrfarbige Bleiglas-Lampe, die über ihrem Kopf hing, Juwelenfarben vom Eis in ihrem Drink reflektierte. Als sie ihr Glas auf dem Pappuntersetzer kreisen ließ, lächelte sie, als die Farben zu einem warmen rötlich-orangen Glühen verschwammen.

»Entschuldige«, sagte Benno, als er zu seinem Platz vor Sophie zurückkehrte. »Jetzt erzähl mir alles über deinen Scheißtag.«

»Ich dachte, ich hätte diesen Rezeptionisten-Job in einem Tattoo-Studio in Haight-Ashbury in der Tasche. Als ich dort ankam, waren auch fünf andere Leute zum Vorstellungsgespräch da. Ich musste über eine Stunde warten, bis ich dran war, und ich hab den Job nicht mal bekommen. Sie haben ihn einer Möchtegern-Pin-up-Girl aus den Vierzigern gegeben«, sagte Sophie. »Ich brauchte den Job wirklich. Meine Miete ist fällig, und ich bin am Arsch, wenn ich nicht bald was finde.«

»Haight-Ashbury«, sagte Benno verächtlich. »Warum willst du dort arbeiten? Die Konzerne haben den ganzen Charme aus der Nachbarschaft rausgequetscht.«

»Ich hab nicht den Luxus der Wahl. Meine Miete zahlt sich nicht von selbst. Ich kann's mir nicht leisten, wählerisch zu sein«, entgegnete sie.

»In Ordnung, ich hab gerade nichts anderes zu tun. Lass uns die Stellenangebote durchgehen«, sagte Benno und holte einen Laptop hinter der Theke hervor.

Sie verbrachten die nächste Stunde damit, Stellenangebote auf verschiedenen Websites durchzugehen. Zwischendurch musste Benno das Glas eines Gastes nachfüllen, einschließlich des des ruhigen Mannes im Trenchcoat, der drei Hocker entfernt saß, aber größtenteils verbrachten sie die Stunde mit dem Durchsuchen.

»Warum klingen die alle, als wären sie entweder Betrügereien oder Begleitservices?«, beschwerte sich Sophie.

»Sei nicht zu deprimiert, einige davon klingen auch wie Pornos«, sagte Benno, als würde er ihr eine frohe Botschaft überbringen, was Sophie schnauben ließ, bevor sie ihren Kopf resigniert auf die Oberfläche der Bar schlug.

»Ich werd obdachlos sein. Wärst du so freundlich, mir eine Kaffeetasse zu leihen, damit ich richtig um Kleingeld betteln kann?«, murmelte Sophie in die hölzerne Theke.

»Hast du mal daran gedacht, Stripperin zu werden?«, fragte Benno in ernstem Ton.

Sie hob ihren Kopf, um Benno durch ein zusammengekniffenes Auge anzusehen. »Muss man nicht nett zu Kunden sein, um exotische Tänzerin zu werden? Ich glaub nicht, dass das der richtige Job für mich ist.«

»Na ja, eigentlich könntest du, wenn du deine Karten richtig ausspielst, extra dafür bezahlt werden, gemein zu sein. Es gibt einen bestimmten Typ Mann, der auf sowas steht«, sagte Benno mit einem Augenzwinkern.

Sophie warf Benno einen interessierten, nachdenklichen Blick zu. Ein leises 'Ahem' unterbrach, was auch immer sie antworten wollte. Sowohl Benno als auch Sophie schauten mit hochgezogenen Augenbrauen zu dem Mann im grauen Trenchcoat.

»Ich konnte nicht umhin zu hören, dass Sie einen Job brauchen. Ich hätte eventuell einen Job für Sie, falls Sie interessiert sind«, sagte der Mann.

»Ich hab kein Interesse daran, dein Sugar Baby zu sein, aber danke«, sagte Sophie und verdrehte die Augen zu Benno.

»Äh, ich weiß nicht, was ein Sugar Baby ist. Aber ich kann Ihnen versichern, dass dies ein ganz normaler Job ist«, erklärte der Mann.

Sie starrte den Mann einige Minuten lang an, konnte aber nur Ehrlichkeit in seinen dunkelbraunen Augen erkennen. Er hatte die Art von rundem Babygesicht, das es unmöglich machte, sein Alter zu bestimmen. Er könnte irgendwo zwischen dreißig und fünfzig Jahre alt sein. Der Mann streckte die Hand aus und hielt eine blasse Hand hin.

»Mein Name ist Reginald Didel«, sagte er.

»Sophie Feegle. Das ist Benno«, sagte Sophie und deutete auf den Barkeeper.

Als sie Reginalds Hand schüttelte, bemerkte sie, dass sie weich und trocken war. Die Festigkeit seines Griffs war weder zu stark noch zu schwach. *Nichts ist abstoßender als ein Händedruck, der sich anfühlt, als hätte jemand gerade einen toten Fisch in deine Hand gelegt,* dachte Sophie und verzog innerlich das Gesicht. *Fast so schlimm wie jemand, der versucht, deine Finger zu zerquetschen, um seine Dominanz auszuüben.* Die Art von Menschen, die gerne Knöchelbrecher gaben, aktivierten automatisch Sophies zickige Seite.

»Okay«, sagte Sophie langsam. »Erzählen Sie mir von diesem Job.«

»Nun, er ist in der städtischen Leichenhalle«, sagte Reginald mit einem besorgten Blick. »Sind Sie empfindlich? Können Sie mit Blut und Körperflüssigkeiten umgehen?«

»Solche Sachen stören mich nicht«, antwortete Sophie mit einer Handbewegung.

»Ich bin der leitende Gerichtsmediziner der Nachtschicht. Ich brauche einen Autopsie-Assistenten. Ich bin auf ungewöhnliche Todesfälle spezialisiert, Sie würden also viele verstörende Dinge sehen«, warnte Reginald.

Sie schnaubte und dachte, dass »verstörend« wahrscheinlich untertrieben war. »Braucht ein Autopsie-Assistent nicht irgendeine Art von Abschluss oder Ausbildung oder so?«, fragte sie skeptisch.

»Normalerweise ja. Allerdings ist es mir nicht gelungen, diese Position dauerhaft zu besetzen. Und ich hab viel Mitspracherecht darüber, wen ich einstelle. Meistens brauche ich Sie nur dort, um Notizen zu machen, Fotos von den Leichen zu machen, Dinge zu wiegen und zu messen, Fingerabdrücke zu nehmen und mir während der Autopsien Instrumente zu reichen«, sagte Reginald. »Sie werden während der Arbeit eingearbeitet.«

»Warum bieten Sie mir diesen Job an? Sie kennen mich nicht mal«, sagte Sophie.

»Weil ich die Hilfe brauche und Sie scheinen eine Chance zu brauchen«, sagte Reginald leise.

Sophie seufzte, denn es war nicht so, als könnte sie die Gelegenheit ablehnen. Außerdem sagte ihr ihre Intuition, dass Reginald ein guter Kerl war. Ihre Instinkte hatten ihr selten einen Streich gespielt, also lehnte sie sich hinüber und bot ihm ihre Hand an.

»Sie haben einen Assistenten. Danke, dass Sie mir den Job angeboten haben«, sagte Sophie und gab Reginald einen Händedruck. »Also, wann fang ich an?«

»Wie wär's in vier Stunden? Ich brauch sofort Hilfe«, bat Reginald und schaute auf seine Uhr.

KAPITEL 2

*V*ier Stunden später stand Sophie vor dem Gebäude der Gerichtsmedizin. Das Gebäude war überraschend modern – ein großer, scharfkantiger Kasten, der mit Spiegelglas verkleidet war. Sie zögerte nur einen Moment, bevor sie durch die spiegelnden Vordertüren trat. Nach einem kurzen Blick umher entdeckte sie die lange Empfangstheke und steuerte darauf zu.

Nachdem Reginald ihr den Job angeboten hatte, schrieb er eine Adresse auf und sagte ihr, sie solle pünktlich um 10 Uhr am Empfangstresen sein. Mit einem Blick auf ihre Uhr stellte Sophie zufrieden fest, dass sie genau pünktlich war.

»Hi, mir wurde gesagt, ich soll um 10 Uhr wegen der Stelle als Autopsieassistentin hier sein«, sagte Sophie zu der penibel aussehenden Frau, die an der langen Empfangstheke saß. Selbst mit einem großen Computerbildschirm, der sie größtenteils verdeckte, gelang es der Frau, Sophie von ihrem schwarzen Haar bis zu ihren stiefelbekleideten Füßen eingehend zu mustern. Es kostete Sophie ihre ganze Anstrengung, nicht auf ihr Outfit hinabzublicken. Sie wusste, was sie sehen würde: enge schwarze Jeans, Second-Hand-Lederstiefel und die Ränder einiger Tattoos, die unter den Ärmeln ihres T-Shirts hervorlugten, das einen kleinen Riss am Saum hatte. Sie ballte ihre Hände zu Fäusten und starrte die steife Empfangsdame mit ihren zu einem Knoten gedrehten Haaren und ihrer seidigen Bluse herausfordernd an, als wolle sie sie dazu bringen, ein Wort zu sagen. Reginald hatte gesagt, dass sie sich für diesen Job nicht herausputzen müsse – dass Kasacks gestellt würden.

Sophie kämpfte gegen die frechen Worte an, die ihr auf der Zunge lagen.

Lass uns diesen Job nicht gleich am Anfang vermasseln. Wir brauchen diesen Job, erinnerte sie sich selbst.

»Sie sind Sophie Feegle?«, bestätigte die Frau. Als Sophie nickte, schob sie einen schwarzen Ordner über die Theke. »Füllen Sie die Unterlagen aus und bringen Sie sie zu mir zurück. Wenn Sie Fragen haben, lassen Sie es mich wissen. Sobald Sie fertig sind, werde ich Dr. Didel mitteilen, dass Sie warten.« Die Frau reichte Sophie einen Stift.

Sophie schaute sich in der leeren Lobby um und ging zu den Stuhlreihen an der Seite. Sie fand einen Platz an der Wand, von wo aus sie sowohl die Eingangstür als auch Frau Pingelig im Auge behalten konnte, setzte sich und öffnete den Ordner.

Sie füllte die Bewerbung schnell aus und verzog leicht das Gesicht bei ihrem mageren Beschäftigungsverlauf. Es hatte eine Weile gedauert, bis sie erkannte, dass Kundendienst nicht ihre Stärke war. Der Umgang mit Idioten brachte das Schlimmste in Sophie zum Vorschein. Als die Götter Geduld verteilten, war Sophie wohl gerade auf dem Klo. *Sie haben mich auch übersprungen, als sie Gehirn-zu-Mund-Filter und angemessenen Humor verteilten,* dachte sie mit einem leichten Grinsen.

Es dauerte weniger als fünfzehn Minuten, alle Unterlagen auszufüllen und das Dokument zu unterschreiben, in dem sie erklärte, dass sie keine Details über die Fälle preisgeben würde, deren Zeugin sie werden würde.

Das ist fair. Reginald sagte, alle seine Autopsien betreffen Morde oder ungewöhnliche Todesfälle. Ich würde keine polizeiliche Ermittlung oder so ruinieren wollen, dachte Sophie bei sich. Nachdem sie das letzte Dokument unterschrieben hatte, brachte sie den Ordner zu Frau Pingelig zurück.

»Ausgezeichnet. Ich werde Dr. Didel mitteilen, dass Sie bereit sind. Er sollte in wenigen Minuten hier sein, wenn Sie so freundlich wären, zum Wartebereich zurückzukehren«, sagte die Empfangsdame und blätterte schnell durch die Papiere im Ordner.

Sophie schlenderte zurück zum Wartebereich und warf sich wieder in denselben Stuhl. Mit einem Blick auf den kleinen Tisch, der mit Zeitschriften bedeckt war, verdrehte sie die Augen angesichts der Auswahl. Sie war nicht gelangweilt genug, um zu lesen, wie man seine eigenen Reinigungsmittel herstellt oder wie man Fünf-Zutaten-Mahlzeiten in Minuten zubereitet. Es gab auch einen Fernseher in der oberen Ecke des Raumes, aber der Bildschirm war dunkel.

Während sie an ihren Nagelhäuten zupfte, beobachtete Sophie heimlich die Schwingtüren direkt hinter dem Schreibtisch der Empfangsdame. Endlich bemerkte sie einen Schatten, der sich auf der anderen Seite der Fenster aus Milchglas bewegte. Sie stand bereits auf und lächelte, als sie sah, wie Reginald durch die Türen trat. Reginald winkte aufgeregt und eilte auf Sophie zu.

Er muss wirklich Hilfe brauchen, dachte Sophie.

Normalerweise würde sie annehmen, dass dies alles ein Trick war, um in ihr Bett zu kommen, aber ihr Idiotenradar hatte bei Reginald kein einziges Mal angeschlagen.

»Sophie! Du hast es geschafft. Bist du bereit anzufangen?«

»So bereit, wie ich je sein werde. Danke nochmal für diese Möglichkeit«, sagte Sophie.

»Nun, folge mir. Wir werden dich in Kasacks stecken und loslegen. Ich habe viele Autopsien, die ich vor Schichtende heute Abend erledigen muss, also werden wir dich direkt ins kalte Wasser werfen. Es wird eine Art Feuertaufe sein, fürchte ich, aber ich bin zuversichtlich, dass du großartig sein wirst«, entschuldigte sich Reginald, bevor er sich umdrehte und durch die Doppeltüren ging.

Sobald Reginald sich abgewandt hatte, schluckte Sophie ihre Besorgnis hinunter und folgte ihm. Das automatische Schloss summte, kurz bevor Reginald die Tür öffnete und mit einem lauten »Danke!« zur Empfangstheke zurückwinkte. Als sie kurz zurückblickte, bevor sie den gesicherten Bereich der Gerichtsmedizin betrat, bemerkte sie, dass Frau Pingelig sie anstarrte. Der Flur war ruhig, abgesehen vom Quietschen von Sophies Stiefeln auf dem cremefarbenen Linoleumboden.

»Hm«, sagte Sophie überrascht, als sie den breiten Flur betrat.

»Was ist los?«, fragte Reginald über seine Schulter, während er den Weg führte.

»Dieser Ort sieht nicht so aus, wie ich erwartet hatte. Ich dachte, wir würden in einem uralten Keller mit pistazienfarbenen Fliesen und nackten Leuchtstoffröhren über uns sein. Ich schaue wohl zu viele Filme«, sagte Sophie und schaute sich die strahlend weißen Wände an. Es roch leicht nach Bleichmittel und Desinfektionsmitteln. Der scharfe chemische Geruch erinnerte Sophie an den Geruch eines Krankenhauses, jedoch ohne den Geruch von Krankheit. Sie war auch erleichtert, keinen Geruch von Verwesung oder Zersetzung wahrzunehmen.

»Nun, wenn du unser altes Gebäude gesehen hättest, hättest du vielleicht Recht gehabt. Diese Einrichtung wurde erst vor wenigen Jahren gebaut. Alles ist neu und auf dem neuesten Stand der Technik. Die Toxikologie-Abteilung ist jetzt sogar im Haus«, sagte Reginald und deutete auf einen abzweigenden Flur, wobei Stolz in seiner Stimme zu hören war.

Nach einer Biegung führte Reginald sie in ein Büro mit mehreren Schreibtischen, die ringförmig im Raum angeordnet waren. An den Schreibtischen saßen zwei Männer und eine Frau, die alle aufblickten, als Reginald und Sophie eintraten.

»Hey, alle zusammen!«, sagte Reginald laut. »Das ist die neue

Autopsieassistentin, von der ich euch erzählt habe, Sophie. Ich hoffe, ihr alle werdet sie willkommen heißen. Sophie, das ist Amira. Sie wird dir helfen, dich einzurichten. Normalerweise ist Amira unsere Pathologie-Transkriptionistin, aber wenn ich Hilfe brauche, springt sie als meine Assistentin ein. Heute wird sie uns begleiten, um dir die Grundlagen zu zeigen.«

Die Frau, auf die Reginald zeigte, winkte ihr von ihrem Bürostuhl aus zu. Sophie bewunderte die elegant aussehende Frau mit einem pechschwarzen Zopf, der sich wie eine Krone um ihren Kopf wand. Amira spitzte ihre dunkelroten Lippen, stand von ihrem Schreibtisch auf und schlenderte zu Reginald. Ihre olivfarbene Haut mit einem Hauch von Terrakotta war makellos. Sophie bewunderte ihre großen dunklen Augen und ihre feinen Gesichtszüge und fühlte sich ein wenig wie Unkraut neben einem Rosengarten.

»Warum muss ich ihr zeigen, wie sie ihren Job machen soll? Warum konntest du nicht jemanden finden, der bereits weiß, was zu tun ist?«, beschwerte sich Amira mit einer Aura königlicher Verachtung.

So viel zum herzlichen Willkommen, dachte sie verbittert.

»Wir versuchen seit Monaten, diese Stelle zu besetzen. Wir brauchen sie. Es sei denn, du möchtest weiterhin meine Assistentin sein?«, erwiderte Reginald.

»Nein, danke«, sagte Amira mit einem zarten Schaudern.

»Das ist Azeban (ausgesprochen: ah-zuh-bahn). Alle nennen ihn Ace. Er arbeitet in der Nachtschicht im Pathologie- und Toxikologielabor«, sagte Reginald und zeigte auf den Mann mit braunem Haar, der am nächsten zum Eingang saß. Der Mann hob sein Kinn zu einem kurzen Gruß, bevor er sich abweisend wieder seinem Computerbildschirm zuwandte. Sophie bemerkte, dass Ace etwa so groß zu sein schien wie sie, aber sie konnte sich nicht sicher sein, da er saß. Ace sah aus wie einer dieser kompakten Männer, die auf den ersten Blick nicht zäh wirken, aber in einem Kampf kratzbürstig und hartnäckig sind. Sein

Haar war an den Seiten kurz geschnitten, aber oben länger. Die Strähnen sahen dick, fast drahtig aus und standen gerade ab, als wären sie elektrisiert. Sein Haar schien aus jeder Schattierung von Braun zu bestehen, die es gibt – von Schiefer bis zu dunkler Schokolade – was ihm einen tiefen zobelartigen Farbton verlieh. Die Farbe und Textur erinnerten sie an einen deutschen Schäferhund aus ihrer alten Nachbarschaft. Wenn man Axels Fell teilte, war das Unterfell eine andere, hellere Schattierung als das dunkle Außenfell.

»Und das ist Fitz. Er ist unser Transporter und Aufnahme-Spezialist«, sagte Reginald und deutete auf einen blonden Mann, der auf einem Platz auf der anderen Seite des Raumes saß.

Fitz erhob sich von seinem Stuhl und glitt auf Sophie zu. Langhalsig, mit einem prominenten Adamsapfel, warf Fitz ihr einen herrischen Blick über seine lange Nase hinweg zu. Fitz war bei weitem die größte Person im Raum. Er war sehr dünn, fast schlaksig, mit knochigen Ellbogen, die aus seinen Hemdärmeln hervorlugten. Sophie vermutete, er würde unbeholfen sein, aber Fitz war überraschend anmutig, als er sich näherte. Er hatte blasse, milchweiße Haut, maisblondes Haar und helle, fast silbrige Augen. Er sah nordisch aus, aber ohne die Kraft, die sie von jemandem mit Wikingervorfahren erwartet hätte.

»Es ist schön, dich kennenzulernen, Sophie. Das ist mein Computer und Schreibtisch da drüben«, sagte Fitz und zeigte auf den Arbeitsplatz, den er gerade verlassen hatte. »Setz dich nicht an meinen Schreibtisch und benutze nicht meine Ausrüstung. Oh, das Sprudelwasser im Kühlschrank des Pausenraums gehört auch mir. Trink nicht mein Wasser, und wir werden kein Problem haben, okay?«

»Keine Sorge, ich fasse deine Sachen nicht an«, versprach Sophie, während sie im Stillen überlegte, ob es sich lohnen würde, die Oberseiten all seiner Getränke abzulecken. *Wahrscheinlich nicht*, schloss sie. *Zumindest ist Reggie freundlich*, dachte sie verärgert.

»Amira, würdest du bitte Sophie zeigen, wo sie ihre Sachen verstauen kann, ihr Kasacks besorgen und sie in den Autopsieraum bringen?«, fragte Reginald.

»In Ordnung, folge mir, Neue«, sagte Amira und schritt schnell aus dem Raum.

»Ich heiße Sophie«, sagte Sophie und starrte Löcher in Amiras perfekten Hinterkopf.

»Was auch immer.« Amira seufzte, blickte zurück und verdrehte ihre dunklen Augen in Sophies Richtung.

Bei einem kleinen Pausenraum haltend, fragte Amira, ob Sophie ein Mittagessen mitgebracht habe.

»Falls nicht, können wir wahrscheinlich etwas organisieren. Es gibt nichts in der Nähe, wo man Essen holen könnte, und es wäre sowieso nicht zu unserer Mittagszeit geöffnet«, warnte Amira Sophie.

»Reginald hat mich heute früh gewarnt, also habe ich ein Mittagessen eingepackt.«

Sophie holte ihr Mittagessen aus ihrer Umhängetasche und warf es in den Kühlschrank, wobei sie in sich hineinlachte, als sie einen Haufen Dosen mit Sprudelwasser in einem oberen Regal sah, jede einzelne mit einem individuellen Post-it-Zettel mit Fitz' Namen versehen, der den Besitz beanspruchte.

Sophie folgte Amira durch den Flur, nahm mehrere Abzweigungen, bis sie in einem kleinen Umkleideraum ankamen. Amira bewegte sich wie eine Ballerina – anmutig und sicher, mit ökonomischen Bewegungen. Sie zeigte Sophie den Stapel verfügbarer Kasacks und die Schließfächer.

»Du kannst dich hier umziehen. Ich warte im Flur. Ich würde sagen, besorge dir ein Schloss, damit niemand deine Sachen stehlen kann, aber ich denke, du bist sicher«, sagte Amira und schlüpfte aus dem Raum.

Sophie zog schnell ihre Kleidung aus und griff nach einem Set dunkelblauer Kasacks. Als sie zurück in den Flur trat, sah Sophie, dass Amira an der Wand lehnte und auf sie wartete. Amira machte auf dem Absatz kehrt, schritt schnell davon und krümmte ihren Finger, um anzuzeigen, dass Sophie ihr folgen sollte.

»Es ist gut, dass deine Haare bereits zurückgebunden sind. Achte immer darauf, dass du sie in einem Pferdeschwanz oder Dutt trägst, okay?«, bestätigte Amira. Als Sophie nickte, fuhr Amira fort: »Hier ist die Sache. Ich habe einen ausgezeichneten Geruchssinn und bin empfindlich gegenüber schlechten Gerüchen, also habe ich Reginald bei den Autopsien geholfen, aber es ist ein Kampf. Deshalb brauchen wir dich hier. Wie geht es dir mit unangenehmen Gerüchen?«

»Ich lebe im Tenderloin-Viertel, einem der übelriechendsten Stadtteile, also bin ich an Gestank gewöhnt«, antwortete Sophie und lachte über ihren eigenen Witz.

»Nun, wir werden sehen«, sagte Amira unheilverkündend.

Als Amira eine Tür öffnete und sie hindurchwinkte, nahm Sophie verschiedene Gerüche wahr. Es war ein schwacher Geruch von Desinfektionsmittel mit einem unterschwelligen Hauch von kupfriger Süße und Bleichmittel, der durch die offene Tür wehte.

KAPITEL 3

»*M*ein Leben ist so verdammt seltsam«, sagte Sophie vier Stunden später und starrte gedankenverloren auf ihr Erdnussbuttersandwich. Ein schwacher, fauliger Film von Verwesung haftete trotz mehrmaligen Naseputzens vor dem Mittagessen immer noch in Sophies Nasenlöchern. Vielleicht würde dieser Geruch die meisten Menschen den Appetit verlieren lassen, aber Sophie hatte sich nie als besonders normal betrachtet. Und sie war nicht jemand, der Essen verschwenden ließ. Sie dachte sich nichts dabei und nahm einen großen Bissen von ihrem Sandwich.

»Was meinst du?«, fragte Reginald von ihrer Linken. Sophie, Reginald und Amira saßen am runden Tisch im Pausenraum und aßen ihr Mittagessen.

»Nun, ich habe jetzt offiziell drei menschliche Gehirne in meinen behandschuhten Händen gehalten. Diese Wendung in meinem Leben habe ich nicht kommen sehen«, gab Sophie zu, nachdem sie ihren Bissen geschluckt hatte.

»Sind Gehirne nicht interessant?«, fragte Reginald mit einem seltsamen inneren Leuchten in seinen Augen.

»Ja, sie sind wirklich interessant. Und seltsam. Und viel

weicher, als ich dachte«, sagte Sophie mit einem leichten Schaudern. »Es war, als würde ich einen riesigen Block Tofu in meinen Händen halten. Seltsam zu denken, dass diese Gewebemasse einst beherbergte, was einen Menschen ausmachte. Dieses drei Pfund schwere Stück totes Fleisch, das ich jetzt wiegen und katalogisieren muss, erzeugte jeden Gedanken, jedes Gefühl, jede Unsicherheit und jedes Selbstgefühl. Es ist einfach verdammt seltsam.«

»Ich bin einfach froh, dass du damit klarkommst. Ich freue mich, von nun an jemand anderen zur Unterstützung zu haben«, sagte Amira, bevor sie einen Bissen von ihrem Thunfischsandwich nahm.

Sophie hob eine skeptische Augenbraue in Amiras Richtung. Amira würgte sich durch jeden Geruch im Autopsieraum, kam dann aber sofort in den Pausenraum und wärmte ein Thunfischsandwich in der Mikrowelle auf, wodurch der ganze Raum nach Dosenfisch stank. Sophie beobachtete, wie Amira einen zierlichen Bissen von ihrem Sandwich nahm und dabei ein genießerisches »Hmmm« von sich gab, während sie kaute.

Von wegen empfindliche Nase, dachte Sophie und verdrehte die Augen.

Sophie schaute zum Raumeingang, als sie draußen im Flur Stimmen hörte. Die Tür schwang auf, und Ace und Fitz schlenderten in den Raum.

»Sie ist immer noch hier!«, grinste Ace. »Hat sie sich übergeben? Ist sie ohnmächtig geworden?«

»Sophie hat sich gut geschlagen. Hat kaum Probleme gehabt. Sie hat ein paarmal gewürgt, besonders während der zweiten Autopsie. Die hatte schon fortgeschrittene Verwesung«, sagte Reginald mit einem triumphierenden Grinsen.

»Nichts? Wirklich?«, sagte Fitz schockiert.

Reginald streckte seine Hand aus und machte eine »Gib her«-Geste.

»Ugh, na gut«, sagte Fitz, griff in seine Tasche und zog einen

Schein heraus. Ace tat dasselbe, und beide händigten Reginald das Geld aus.

»Ihr habt darauf gewettet, dass ich kotzen würde?«, fragte Sophie mit zusammengekniffenen Augen.

»Nicht nur übergeben. Ich habe auch darauf gewettet, dass du in Tränen ausbrechen würdest. Fitz dachte, du würdest ohnmächtig werden und dann aus dem Gebäude rennen«, sagte Ace mit einem scharfen Grinsen.

»Tut mir so leid, euch zu enttäuschen«, sagte Sophie und rümpfte Ace gegenüber die Nase.

»Worauf hast du gewettet?«, fragte Sophie und wandte sich an Reginald.

»Ich habe auf dich gesetzt«, sagte Reginald mit einem süßen Lächeln.

»Verdammt nochmal, genau das hast du getan«, sagte Sophie und erwiderte sein Lächeln mit einem eigenen Grinsen.

Fitz öffnete den Kühlschrank und holte eine riesige Plastikschüssel, zwei Dosen Sprudelwasser und ein langes Baguette heraus.

Sophie beobachtete, wie Fitz die Frischhaltefolie von dem abzog, was wie eine bis zum Rand mit Salat gefüllte Rührschüssel aussah. Fitz hatte lange Finger mit ausgeprägten Knöcheln, die auf seltsame Weise elegant wirkten, als er eine Gabel aufnahm; die Art, wie er sich bewegte, war fast anmutig.

»Äh, möchtest du etwas Dressing dazu?«, fragte Sophie mit fasziniertem Entsetzen, als Fitz begann, seinen Salat zu verschlingen, wodurch Sophies Gedanken über seine Anmut verflogen.

»Nein! Warum Salat ruinieren, indem man irgendwelches Zeug draufkippt?«, sagte Fitz mit einem Mund voller Grünzeug. »Was hältst du bisher von dem Job?«

»Der erste Tag war bisher gut. Definitiv seltsam. Ich gebe zu, dass ich nicht erwartet hatte, dass bei einer Autopsie Elektrowerkzeuge und Gartenscheren zum Einsatz kommen. Das war sicherlich eine Überraschung«, antwortete Sophie und dachte sich nichts bei Fitz' Essgewohnheiten.

»Oh ja. Die Werkzeuge des Handwerks«, sagte Reginald und rieb sich wie ein Bösewicht in einem Film die Hände, was Sophie zum Schnauben brachte.

»Ich bin immer noch überrascht, dass der Geruch dich nicht krank gemacht hat«, sagte Amira mit einem zarten Schaudern.

»Nun, ich habe einen Monat lang in einer Wasseraufbereitungsanlage gearbeitet, also habe ich mich an alle Arten von schrecklichen Gerüchen gewöhnt«, erklärte Sophie.

»Hast du? Warum hast du gekündigt?«, fragte Ace mit einem scharfen Blick.

»Ich habe nicht gekündigt. Ich wurde entlassen, nachdem ich meinem Chef gesagt hatte, dass es Sinn macht, dass er dort arbeitet, da er ein riesiges Stück Scheiße ist. Es stellt sich heraus, dass sie solche Dinge nicht gerne sehen«, sagte Sophie mit einem Achselzucken.

»Was hast du dort gemacht?«, fragte Fitz über Aces Gelächter hinweg.

»Ich habe Schwimmer in Sinker verwandelt«, sagte Sophie trocken.

Fitz, der gerade einen Schluck von seinem Sprudelwasser nahm, begann zu husten. Er drückte sich eine Serviette ins Gesicht, und es dauerte einen Moment, bis er wieder zu Atem kam.

»Ist das dein Ernst?«, fragte Ace, lehnte sich näher zu Sophie und ignorierte demonstrativ seinen immer noch hustenden Kollegen. Sophie freute sich, Ace die Luft der Irritation aus dem Gesicht geschockt zu haben.

»Nein.« Sophie lachte. »Aber du hättest dein Gesicht sehen sollen. Ich war in der Hausmeisterabteilung – meistens habe ich die Böden gewischt und den Müll rausgebracht.«

»Die gefällt mir«, verkündete Ace dem Raum mit einem Grinsen.

Reginald bot Sophie einen hellgrünen Apfel aus seiner Papiertüte an.

»Ich habe ein paar extra mitgebracht«, erklärte Reginald.

»Danke«, sagte Sophie. Sie bewunderte die kleine glänzende Frucht und nahm einen großen knackigen Bissen. Der Apfel ließ sie lächeln und an ihren Opossum-Freund denken. Nachdem sie früher von der Bar nach Hause zurückgekehrt war, hatte sie nach dem Tier geschaut, aber es war nirgends zu finden.

»Möchte sonst noch jemand einen Apfel?«, bot Reginald an und zog eine weitere der grünen Früchte aus seiner Lunchbox.

Ace schnappte sich die Frucht aus Reginalds Hand, stand auf und ging zum kleinen Waschbecken neben dem Kühlschrank. Sophie nahm einen weiteren Bissen von ihrer Frucht und beobachtete, wie Ace seinen Apfel energisch schrubbte.

»Wir sollten zum Ende kommen. Wir müssen noch mindestens vier weitere Leichen durchgehen, bevor die Schicht vorbei ist«, sagte Reginald mit einem Seufzer, zerknüllte seine leere Lunchbox und warf sie in den Müll.

»Alles klar, Chef. Nach dir«, sagte Sophie und erhob sich von ihrem Stuhl.

»Hey, Ace, konntest du den Toxikologiebericht für die Jane Doe von vorhin fertigstellen? Die Detective vom Richmond-Revier werden uns im Nacken sitzen, wenn wir bis morgen früh nichts für sie haben«, warnte Reginald Ace.

»Welche Ermittler sind an diesem Fall dran?«, fragte Ace, während er immer noch seinen Apfel schrubbte.

Ich glaube, der Apfel ist mittlerweile sauber. Vielleicht ist er ein Keimphobiker, dachte Sophie und dachte sich nichts bei Aces beinahe unhöflichem Verhalten.

»Äh, ich glaube Lancaster und Hernandez«, sagte Reginald.

»Ugh, nicht diese Arschlöcher«, spottete Ace. »Ja, ich werde sicherstellen, dass ich alle Berichte in der nächsten Stunde fertig habe.«

»Sophie, würdest du die Tabelle überprüfen und die nächste

geplante Leiche aus dem Kühlraum in den Autopsieraum bringen? Ich treffe dich dort«, bat Reginald.

Sophie gab Reginald einen flotten Salut. Nachdem sie die große Tafel außerhalb des Autopsieraums überprüft hatte, begab sich Sophie zum riesigen Kühlraum. Als sie die nächste Leiche lokalisierte, schauderte Sophie ein wenig bei den Reihen von Edelstahltischen. Auf jedem lag ein Leichensack, der auf seine Reihe mit Reginald und seinem Skalpell wartete. Nachdem sie schnell die richtige Bahre gefunden hatte, eilte Sophie aus dem Kühlraum.

»Alles in Ordnung?«, fragte Reginald, als Sophie die Bahre in den Autopsieraum schob.

»Ich mag es nicht, allein im Kühlraum zu sein. Es gruselt mich, von so vielen Toten umgeben zu sein. Ich erwarte ständig, dass sie wie Zombies von den Toten auferstehen.«

Sophie rollte den Tisch in Position. Sie drehte sich um und griff nach den Handschuhen, der Haarabdeckung, der Schutzbrille und der Gesichtsmaske, die sie bei jeder Autopsie tragen musste. Zurück an der Bahre öffnete sie den Reißverschluss des Sacks, damit sie die Leiche herausnehmen konnten.

»Krass. Schau dir das an«, sagte Sophie.

»Was ist los?«, fragte Reginald und blickte von seinem Klemmbrett auf.

»Der Kopf fehlt«, antwortete Sophie und zeigte auf die Leiche.

»Wirklich? Interessant. Ich schätze, wir werden dann keine Zahnunterlagen bekommen. Oh, sieh mal, auch keine Hände!«, rief Reginald mit einer seltsamen wissenschaftlichen Freude aus.

»Keine Hände *und* kein Kopf? Ich wette, der Mörder will die Identifizierung der Leiche verhindern! Was meinst du?«, fragte Sophie.

»Ich weiß nicht. Das ist die Aufgabe der Polizei. Ich neige nicht zur Spekulation. Reich mir bitte das Skalpell«, bat Reginald.

Sophie verbrachte die nächsten Minuten damit, Proben zu wiegen, zu katalogisieren, zu fotografieren und zu verpacken, die für andere Abteilungen bestimmt waren.

»Hmmm. Interessant«, sagte Reginald plötzlich. »Komm und mach ein Foto davon.«

»Klar. Was ist es?«, fragte Sophie, nahm die Kamera und kam um den Tisch herum, um neben Reginald zu stehen.

»Genau hier, am oberen Bizeps. Es sieht aus, als hätte jemand ein beträchtliches Stück Haut von ihm abgeschnitten. Oh, sieh hier. Ein weiterer Abschnitt sieht aus, als wäre er auch von seinem linken Unterarm entfernt worden«, sagte Reginald und zeigte auf die beiden Bereiche.

»Wahrscheinlich hatte er dort Tattoos. Ich wette, dieser Typ steckte im organisierten Verbrechen«, überlegte Sophie laut.

»Organisiertes Verbrechen, ja? Wie die Mafia?«, fragte Reginald, während Sophie anfing, Fotos zu machen.

»Ja, wie die Mafia. Ich denke, dieser Typ war der Kopf einer geheimen Kabale, und sie handelten mit illegal importierten Waren. Sein Rivale versuchte, sein Territorium zu übernehmen, damit er Zugang zu mehreren strategisch an der Bucht gelegenen Lagerhäusern haben konnte!«, sagte Sophie und erfand spontan eine Geschichte über ihre kopflose Leiche.

»Ich verstehe. Was waren die Tattoos an den Armen unseres angeblichen Schmugglers? Damit ich die SFPD warnen kann, nach Hautstücken mit bestimmten Designs Ausschau zu halten«, sagte Reginald und spielte Sophies Spiel mit.

»Hmmm. Das an seinem Unterarm war ein stilisierter Drache, umgeben von einem Satz auf Vietnamesisch«, sagte Sophie und zeigte auf einen Arm mit dem fehlenden Fleisch. »Das andere... es war eigentlich kein Tattoo. Es war eine Formation von fünf Narben, die von Zigarettenverbrennungen stammten. Es ist Teil des Rituals für alle Mitglieder, wenn sie der Bay Soi Bande beitreten.«

»Hat diese Bande einen Namen?«

»Natürlich hat sie einen Namen. Sie nennen sich die Bay Soi Bande«, antwortete Sophie und mischte die Namen ihrer beiden Lieblingsrestaurants für vietnamesisches Essen zusammmen.

»Bay Soi ist der Name der Bande? Das gefällt mir«, sagte Reginald mit einem Lachen. »Und Zigarettenverbrennungen? Warum Verbrennungen?«

»Es ist eine Initiationssache. Es zeigt die Hingabe zur Bande«, sagte Sophie und erfand die Geschichte unterwegs weiter.

»Nun, vielleicht. Zweifelhaft, dass wir es je erfahren werden«, erwiderte Reginald.

»Was meinst du?«, fragte Sophie.

»Wenn ich nicht vor Gericht aussagen muss – was selten vorkommt – oder der Fall von hohem öffentlichen Interesse ist, erfahre ich selten den Ausgang der Ermittlung«, sagte Reginald mit einem Achselzucken.

»Wirklich? Ich würde es wissen wollen!«

»Ehrlich gesagt sehen wir so viele Fälle, dass ich sie nicht mehr alle im Kopf behalten kann. Für dich wird es nach einer Weile wahrscheinlich genauso sein«, antwortete Reginald.

KAPITEL 4

*M*ehrere Stunden später verließ Sophie das Büro des Gerichtsmediziners und war fast vor Freude hüpfend. Sie hielt sogar die Tür auf und lächelte mehrere ankommende Mitarbeiter an, als sie das Gebäude betraten, bereit, ihre Tagschicht zu beginnen. Sophie stellte sich vor, dass sie wie eine Art irre Restaurantbedienung aussehen musste, die jedem ein manisches Lächeln schenkte.

Wie üblich gab es auf der Buchtseite San Franciscos weniger Nebel, sodass Sophie die frühe Morgensonne genoss, die ihre Schultern wärmte, während sie zur nächsten Bushaltestelle ging. Ihre erste Arbeitsnacht war ein solcher Erfolg, dass es ihr nicht einmal etwas ausmachte, mit dem Bus von Bayview zum Tenderloin fahren zu müssen.

Während sie im Bus saß und beobachtete, wie ein verwahrloster Obdachloser seiner Hausratte, die teilweise in einem schmutzigen Mantel versteckt war, etwas zumurmelte, konnte Sophie nicht aufhören zu lächeln. Obwohl sie mit kalten, toten Körpern umgehen und sich durch einige der schlimmsten Gerüche durchbeißen musste, die sie je erlebt hatte, war es eine gute Nacht. Sie mochte ihre Kollegen, auch wenn sie ein wenig seltsam und abweisend waren. Sophie genoss besonders die Zusammenarbeit mit dem leise sprechenden Reginald. Und sie war überraschend gut in ihrem Job. Reginald sagte ihr sogar, als sie die letzte Autopsie abschlossen, dass er sie für eine großartige Ergänzung des Teams hielt.

Die Dinge sahen endlich, *endlich* besser für sie aus.

Sophie betrachtete die vorbeiziehende Landschaft durch die Fenster. Gedrungene, baufällige Lagerhäuser waren planlos zwischen neueren, glänzenden Wolkenkratzern eingequetscht, alle wild durcheinander gewürfelt mit Burrito-Imbissen, Gemischtwarenläden, Geldwechselstuben, Boutiquen und allen möglichen Geschäften. Wenn es etwas gab, das man kaufen wollte, gab es irgendwo in der Stadt einen Ort, der es anbot.

Eine große Lücke zwischen den Gebäuden gab Sophie einen Blick auf das glitzernde Wasser der Bucht frei. Wenn sie ihre Augen gegen das reflektierende Wasser zusammenkniff, konnte sie fast die riesigen Versandkräne sehen, schwor sie, die sich am Wasserrand auf der anderen Seite der Bucht in Oakland drängten. Die riesigen Stahlkonstruktionen erinnerten sie immer an die Skelette uralter Dinosaurier, die in vollkommener Stille am Rande einer Wasserstelle schwebten und nach Raubtieren in der Nähe Ausschau hielten.

Verdeckt von einem neuen Häuserblock verschwand der herrliche Wasserkörper aus dem Blickfeld. Sophie wandte ihre Aufmerksamkeit von den Versandkränen ab und entdeckte ein interessant aussehendes Dim-Sum-Restaurant.

Sich die Lippen leckend, versprach Sophie sich selbst, dass sie mit ihrem ersten Gehaltsscheck ein paar gedämpfte Schweinebauch-Teigtaschen, die Bao-Brötchen, kaufen würde. Sie konnte die fettige Köstlichkeit, ergänzt durch das knackige eingelegte Gemüse, praktisch schon schmecken.

Einige Blocks vor ihrer Endhaltestelle stieg der Mann mit der Hausratte aus dem Bus. Er ging an Sophie vorbei, um den Bus zu verlassen, wobei der Gestank von verfaulendem Müll wie ein

Umhang hinter ihm herwogte. Als sie ihn beobachtete, wie er die Ratte auf die Nase küsste und dann das Tier in seine Jacke steckte, überkam Sophie ein Stich des Neids.

Ich muss einen Kerl finden, der mich so ansieht, wie dieser Mann seine Ratte ansieht, dachte Sophie wehmütig. Auf die langen, strähnigen Haare und den sauren Geruch von Körpergeruch, vermischt mit einem Hauch von Urin, könnte sie jedoch verzichten. *Wenn meine Durststrecke in Sachen Männer noch länger anhält, könnte ich vielleicht über den üblen Körpergeruch hinwegsehen.*

Schließlich kam Sophies Haltestelle, also zog sie an der Schnur, um sie anzufordern. Die Totenschicht begann sie einzuholen, als sie den fünfminütigen Weg zum Streuselkuchen antrat. Ein Gähnen hinter ihrer Hand unterdrückend, entdeckte sie Benno weiter vorne, der den Bürgersteig vor seiner Bar abspritzte.

»Hey, du bist früh auf. Was machst du da?«, rief Sophie Benno zu.

Benno drehte sich zu Sophie um, hob eine Hand zum Gruß, während er weiterhin die Ziegelsteinfront der Bar direkt unter dem großen Vorderfenster abspritzte. Die gold- und grünfarbenen Buchstaben, die The Little Thumb auf dem Fenster buchstabierten, glitzerten in der Morgensonne. An diesem Morgen erinnerte Benno Sophie an die Zirkusplakate von Kraftmenschen aus der Jahrhundertwende. Seine Nase hatte einen großen Buckel in der Mitte, als wäre sie mehr als einmal gebrochen worden, und saß über einem dicken dunklen Schnurrbart. Die Morgensonne reflektierte hell von seinem melonengroßen kahlen Kopf.

»Ich bin immer so früh auf. Ich brauche nicht viel Schlaf. Das würdest du nicht wissen, da ich dich nie vor Mittag gesehen habe. Und ich wasche Pisse von der Wand. Irgendein Arschloch musste gestern Nacht unbedingt sein Revier markieren. Widerliche Bestien«, sagte Benno kopfschüttelnd.

»Igitt. Ich gehe jetzt schlafen. Hab einen schönen Tag, Benno«, sagte Sophie mit einem leichten Winken.

»Oh ja! Der neue Job. Wie war dein erster Tag?«, fragte Benno, seine grauen Augen funkelten vor guter Laune.

»Es war großartig. Ich denke, es wird klappen. Bald kann ich mir meinen Whiskey kaufen, anstatt deinen Lagerraum fegen zu müssen, um ihn mir leisten zu können!«, sagte Sophie mit einem breiten Grinsen und einem Lachen.

»Hast du etwas Ekelhaftes gesehen?«, fragte Benno, helle Freude leuchtete aus seinen Augen.

»Ich habe *ausschließlich* eklige Dinge gesehen! Es war komplett widerlich. Du hättest es gehasst. Es war großartig«, grinste Sophie reuelos.

»Du bist ein seltsamer Vogel, Sophie Feegle.«

»Es braucht einen, um einen zu erkennen, Benno«, antwortete Sophie und ließ Benno zurück, um sich um die Urinbeseitigung zu kümmern.

Sophie schlüpfte in die Gasse zwischen den Gebäuden und schaute leise um die Mülleimer herum, in der Hoffnung, ihren Opossumfreund zu sehen. Enttäuscht, dass das Tier nicht da war, ließ Sophie den halb gegessenen Apfel, den Reginald ihr früher gegeben hatte, für das Geschöpf zurück. Die Ränder waren braun geworden, aber Sophie ging davon aus, dass Opossums wahrscheinlich nicht wählerisch bei ihrem Obst sind.

Als sie die Lobby des Apartmentgebäudes betrat, erregte ein kleines, klagendes Miauen ihre Aufmerksamkeit. In die Hocke gehend, entdeckte Sophie eine kleine Schildpatt-Katze, die sich um die Beine des kleinen Tisches wand, an dem Sophie gewöhnlich ihre Post sortierte. Sophie hielt ihre Hand aus und wartete geduldig darauf, dass die Katze entschied, ob es ihre Zeit wert war, ihr kärgliches Angebot an Kinnkratzern anzunehmen.

Als die Katze sich Sophie näherte, rieb sie ihre Wange fordernd an ihren Fingern.

»Hey, Ginsberg. Bist du wieder ausgebüxt?«, fragte Sophie und hob die winzige Katze vorsichtig hoch.

Sie stieg die zwei Stockwerke hinauf und klopfte an eine

schäbige Tür gegenüber ihrer Wohnung. Nach einem langen Moment öffnete sich die Tür einen Spalt, und Sophie konnte ein milchig-blaues, trübes Auge sehen, das zu ihr herausspähte.

»Guten Morgen, Birdie. Es sieht so aus, als wäre Ginsberg wieder entkommen«, sagte Sophie und hielt den Übeltäter hoch, damit Birdie ihn inspizieren konnte.

»Oh, danke, Sophie! Er muss herausgeschlüpft sein, als ich früher den Müll rausgebracht habe, der freche kleine Schlingel«, sagte Birdie, öffnete ihre Tür und hob Ginsberg aus Sophies Armen.

»Du hättest auf mich warten sollen. Ich hätte deinen Müll rausgebracht«, schalt Sophie und kanalisierte ihre innere strenge Schullehrerin.

»Bitte, Mädchen. Ich kann meinen eigenen Müll rausbringen. Ich brauche kein junges Hüpferchen wie dich, die mich verhätschelt. Ich kümmere mich um mich selbst, seit du noch nicht einmal ein Glanz in den Augen deines Vaters warst«, schnaubte Birdie. »Jetzt vergiss das alles. Möchtest du reinkommen und einen Tee trinken?«

»Das wäre schön. Danke, Birdie«, sagte Sophie und trat in die schwach beleuchtete Wohnung. Die frühe Morgensonne filterte durch die vergilbten Gazevorhänge im Wohnzimmer und hob die Staubpartikel hervor, die durch die Luft schwebten. Die Wohnung war sauber, aber sie hatte den schwachen muffigen Geruch von alten Lehrbüchern und abgestandenem Lavendel.

Sophie nahm auf dem durchhängenden Sofa Platz, das mit großen orangefarbenen Blumen bedeckt war. Die alten Federn gaben ein leises Stöhnen von sich, als ihr Gewicht sich darauf niederließ. Birdie werkelte in ihrer Küche herum und setzte einen kupfernen Kessel auf den avocadogrünen Herd.

Einen Moment später gab der Teekessel seinen schrillen Ruf von sich, und Birdie brachte Sophie eine zierliche Tasse, aus der sich Dampf kräuselte. Als Sophie den Chip an der Lippe des silbernen und weißen Porzellans bemerkte, tat sie so, als würde sie ihn nicht sehen.

»Möchtest du ein bisschen Brandy in deinen?«, bot Birdie an und wackelte mit einer kleinen Flasche vor Sophie.

»Vielleicht beim nächsten Mal«, sagte Sophie ohne die Absicht, jemals einen einzigen Tropfen von Birdies Flasche für besondere Anlässe zu nehmen. Sie starrte auf den Teebeutel, der in ihrer Tasse schwamm, und lächelte in sich hinein.

»Was bringt dich so zum Lächeln? Normalerweise kann nur ein Mann so einen Ausdruck auf mein Gesicht zaubern«, gackerte Birdie.

»Kein Mann hier. Es ist so lange her, dass ich einen Mann hatte, ich setze schon Spinnweben an«, neckte Sophie, was Birdie zum Glucksen brachte.

»Nun, das sollten wir ändern! Dich aufhübschen und unter die Leute bringen«, schlug Birdie vor.

»Nein, danke. Ich muss mich jetzt darauf konzentrieren, meinen neuen Job zu behalten und genug Geld für die Miete zu bekommen. Keine Zeit für Männer im Moment«, erklärte Sophie.

»Das verstehe ich. Ein Mann ist sowieso nichts als Ärger. Lenkt eine Frau immer davon ab, Dinge zu erledigen«, sagte Birdie mit einem Kopfschütteln, das die sorgfältig gelockten Strähnen an Ort und Stelle wackeln ließ. »Also, du hast dann einen neuen Job?«

»Ja. Du wirst es nicht glauben, aber ich habe einen Job unten im Stadtleichenschauhaus bekommen«, sagte Sophie und nahm einen kleinen Schluck von ihrem Tee. »Ich begann zu denken, dass ich anfangen müsste zu strippen, wenn ich nicht bald etwas finde.«

»Nichts falsch am Strippen. Habe früher meinen fairen Anteil am Tanzen gehabt«, deutete Birdie mit einem frechen Augenzwinkern an.

»Wirklich? Ich wette, alle Männer haben nach dir geschmach-
tet«, sagte Sophie, ihre Lippen kräuselten sich zu einem Grinsen.

»Und ob! Ich machte Burlesque in den frühen 60ern«, Birdie
umfasste ihren Busen unter ihrem rosa geblümten Hausmantel
und machte ein kleines Shimmy. »Diese alten Mädchen haben
mich früher in viele Schwierigkeiten gebracht.«

Sophie schnaubte in ihren Tee, was Birdie breit grinsen ließ.
Als Sophie Birdie mit diesem frechen Lächeln sah, konnte sie sich
fast die junge Frau vorstellen, die sie einmal war.

»Diese hier haben meinen lieben alten Darren zuerst ange-
lockt. Dieser Mann konnte mir nie widerstehen«, sagte Birdie,
immer noch ihre Brüste umfassend.

Sophie und Birdie fielen in ein kameradschaftliches
Schweigen und genossen den Tee und die Gesellschaft.

»Möchtest du bleiben und einige meiner Seifenopern mit mir
ansehen?«, fragte Birdie, als Sophie ihre Tasse leerte.

»Ich kann nicht, Birdie. Ich bin gerade von der Arbeit
gekommen und muss etwas schlafen«, sagte Sophie bedauernd.
»Brauchst du, dass ich später heute ein paar Lebensmittel
besorge?«

»Nein, Liebes. Ich habe genug Vorräte für die nächsten Tage.
Geh und ruh dich aus. Wir können ein andermal Besuch
machen«, sagte Birdie und umfasste sanft Sophies Hand mit geal-
terten Fingern. Sophie starrte auf die dünne, blasse, von Adern
bedeckte Haut, legte ihre andere Hand auf Birdies und drückte
sie sanft.

»In Ordnung«, sagte Sophie und stand vom Sofa auf. »Hab
einen schönen Tag. Wir sehen uns später.«

Sie beugte sich hinunter, um Ginsberg ein letztes Mal unter
dem Kinn zu kratzen, ließ sich selbst hinaus und ging zu ihrer
Wohnung, um etwas dringend benötigten Schlaf zu bekommen.

Sie kickte ihre Stiefel an der Haustür ab, zog sich aus,
während sie durch ihre kleine Wohnung ging und hinterließ eine

Spur von Kleidung. In nur ihrer Unterwäsche fiel Sophie auf ihre Matratze und war fast sofort eingeschlafen.

KAPITEL 5

*S*ophie schwang ihre Umhängetasche über die Schulter und sprang die Treppenstufen des Streuselkuchens hinunter. Als sie an der Bar vorbeiging, blickte sie in der Hoffnung hinein, Benno zu sehen. Er war an seinem üblichen Platz hinter der Bar und unterhielt sich mit einem gebeugten alten Mann.

Sie winkte mit der Hand und erregte seine Aufmerksamkeit. Benno schaute auf und hob grüßend die Hand. »Arbeit?«, formte Benno lautlos mit den Lippen in Richtung Sophie. Sophie nickte und streckte den Daumen nach oben. Sie winkte noch einmal und formte mit den Lippen »Bis später«.

Als sie sich wieder der Straße zuwandte, zuckte Sophie überrascht zusammen und blieb abrupt stehen, als sie bemerkte, dass eine Gruppe Teenager vor ihr stand und den Gehweg blockierte. Sie war überrascht von ihrer lautlosen Ankunft, denn normalerweise spürte sie Ärger schon im Voraus.

»Hast du ein bisschen Kleingeld?«, fragte der junge Mann in der Mitte.

Sophie hob ungläubig die Augenbrauen. Vor ihr standen sechs Personen, von denen keine aussah, als wäre sie alt genug, um legal Alkohol zu kaufen. Zwei waren Frauen, der Rest Männer. Und sie alle waren strahlend schön, gekleidet in makellose, teure Kleidung. Sie brauchten kein Geld; sie brauchten eine Ausgangssperre und elterliche Aufsicht.

»Tut mir leid, ich habe kein Kleingeld«, sagte Sophie achselzuckend und betrachtete ihre kunstvoll zerrissenen T-Shirts und Jeans mit offensichtlicher Skepsis.

Das fröhliche Läuten der Glocke an der Bartür erregte ihre Aufmerksamkeit.

»Was macht ihr da?«, fragte Benno die Gruppe der Jugendlichen.

»Wir unterhalten uns nur mit der hübschen Dame. Kümmere dich um deinen eigenen Kram«, erklärte der Anführer.

»Sie ist meine Angelegenheit. Lasst sie jetzt in Ruhe und verschwindet«, sagte Benno und stellte sich geschmeidig zwischen die Gruppe von Möchtegern-Models und Sophie.

»Wir haben uns nur unterhalten. Lass uns in Ruhe, Benno«, sagte der hübsche blonde Jüngling, der den Anführer flankierte.

»Das ist mein Block, und sie steht unter meinem Schutz. Lauft jetzt zurück in euer Gebiet. Ihr seid hier willkommen, solange ihr die Leute unter meinem Schutz nicht belästigt. Habt ihr mich verstanden?«, sagte Benno mit spürbarer Bedrohlichkeit. Die Wut, die in fast sichtbaren Wellen von Benno ausging, ließ ihn noch massiger aussehen als sonst.

»Bist du etwa mit diesem verdammten Oger befreundet?«, höhnte der Anführer Sophie an und lehnte sich um Benno herum, um ihr Gesicht zu sehen.

Unverschämt! Jemand sollte diesem Bengel eine Lektion erteilen, dachte Sophie.

»Ja, Fabio, bin ich. Zumindest sieht er nicht aus wie ein Aussteiger der Modewoche in zu engen Lederhosen. Quietscht es bei jedem Schritt? Du solltest besser nicht furzen, sonst platzen alle Nähte«, stichelte Sophie.

»Verpiss dich, Schlampe! Du solltest beten, dass du Bennos

Schutz nicht verlierst«, sagte der Anführer und versuchte vergeblich, Bennos Bedrohlichkeit nachzuahmen.

Benno trat einen Schritt näher an die Gruppe heran. Fabio wich mit einem Schnauben einen Schritt zurück und hob beide Hände in einer Geste der Kapitulation.

»Schon gut! Wir gehen. Sie war es sowieso nicht wert!«, rief er, als die Gruppe sich umdrehte und davonschlich.

»Du solltest vorsichtiger sein. Sie sehen zwar nicht so aus, aber sie sind gefährlich«, sagte Benno und wandte sich mit einem Stirnrunzeln an Sophie.

»Ja, Papa. Ich werde mehr auf meine Umgebung achten. Bitte gib mir keinen Hausarrest«, sagte Sophie mit einem Augenrollen und kanalisierte dabei ihre innere Fünfzehnjährige.

»Klugscheißer. Los, geh zu deinem ekelhaften Job. Ich dachte, du wärst ein Faulpelz, aber hier bist du und strahlst vor Glück darüber, tote Körper aufzuschneiden«, sagte Benno, trat näher und gab Sophie eine kleine seitliche Umarmung.

»Igitt! Du wirst ja richtig sentimental!«, lachte Sophie und boxte sich aus der Umarmung heraus. »Und selbst Faulpelze wie ich können ihren Traumjob finden! Bis später, Benno.«

»Bis später, Sophie.«

Mit einem Winken machte sie sich auf den Weg die Straße hinunter.

* * *

»WIE LÄUFT dein zweiter Tag bis jetzt?«, fragte Ace, während er sich beim Mittagessen über einen Behälter mit Spaghetti hermachte und akribisch große Rollen roter Nudeln aufwickelte und in seinen Mund schob.

»Brauchst du ein Lätzchen? Oder gleich eine ganze Plastikplane?«, neckte Sophie Ace, der den Mund öffnete, damit Sophie seinen halb gekauten Abendessen bewundern konnte. Sie bemerkte:»Sieht aus wie die Därme, die wir vorhin aufschneiden mussten. Bei diesem Job musst du dir schon mehr Mühe geben, um mich zu ekeln als das.«

Mit einem scharfen Grinsen wickelte Ace einen weiteren Haufen Pasta auf.

»Der Tag läuft großartig. Es gefällt mir wirklich. Aber ich bin überrascht über die Menge an Papierkram. Ich sollte wohl nicht schockiert sein, aber es ist viel, selbst mit Amiras Hilfe. Außerdem bin ich erstaunt, wie viele Opfer von Tierangriffen wir bisher bekommen haben. Dies ist erst mein zweiter Tag, aber ich habe bereits drei gesehen«, sagte Sophie und holte ihr Erdnussbuttersandwich aus ihrer Lunchbox.

»Oh, das kann ich erklären«, sagte Reggie und sprang in das Gespräch ein. »Das ist eine meiner Spezialitäten. Ich bekomme alle Autopsien von Tierangriffen, nicht nur im Bezirk SF, sondern auch in den umliegenden Bezirken.«

»Oh. Wie wird man Experte für Tierangriff-Autopsien?«, fragte Sophie.

»Übung«, sagte Reggie mit einem Achselzucken. »Wie war dein Date mit dem Datenanalytiker, Amira?«

»Ugh«, war alles, was Amira sagte.

»Oh nein«, sagte Reggie mit traurigen Augen. »Was ist passiert?«

»Er fragte mich, woher ich komme, also sagte ich: 'San Francisco'. Dann sagte er: 'Nein, ich meine ursprünglich'. Also sagte ich: 'Ich wurde in Fresno geboren'. Und dann antwortete er: 'Ich meine so richtig ursprünglich. Woher kommen deine Leute?' Ich habe es satt.«

»Hey, zumindest bekommst du Dates«, argumentierte Ace.

»Wenn mich noch ein Typ mit diesem hoffnungsvollen, lüsternen Blick in den Augen als 'exotisch' bezeichnet, fange ich an, Genicks zu brechen«, sagte Amira und ließ ihre Gabel angewidert fallen.

»Ist es so schlimm, als exotisch bezeichnet zu werden?«, fragte Ace mit verwirrtem Stirnrunzeln.

»Ich bin kein Fetischobjekt für irgendjemanden, vielen Dank. Ich habe es satt, objektiviert zu werden. Sie alle denken, ich würde ihre Harem-Konkubinen-Fantasien erfüllen. Ich habe es satt, sie zurechtzuweisen«, sagte Amira mit einem höhnischen Lächeln.

Irgendwie glaubte Sophie nicht, dass Amira sie sanft abblitzen ließ.

»Du hast Glück. Ich wünschte, irgendeine Frau würde mich objektivieren«, beklagte sich Ace, was Sophie zum Lachen brachte.

»Macht es dich glücklicher zu wissen, dass ich dich abstoßend finde? Ist das nahe genug dran für dich?«, neckte Sophie und versuchte, Ace mit großen unschuldigen Augen anzusehen, komplett mit kokettem Wimpernflattern.

»Wir haben eine Priorität-eins-Autopsie im Anmarsch«, verkündete Fitz und steckte seinen Kopf durch die Pausenraumtür, wodurch er jede Erwiderung unterbrach, an der Ace gerade arbeitete.

»Ah, verdammt«, sagte Reggie, stand vom wackligen Pausenraumtisch auf und ließ sein Essen zurück in seine isolierte Lunchbox fallen. »Komm, Sophie. Wir müssen uns sofort darum kümmern. Priorität eins hat Vorrang.«

Sophie stopfte ihr Sandwich zurück in die braune Papiertüte und warf es in den Gemeinschaftskühlschrank. Als sie Reggie in den Flur folgte, hörte sie, wie er Fitz fragte, ob ein Ermittler anwesend sein würde.

»Ja, es ist Volpes«, antwortete Fitz.

»In Ordnung, es könnte schlimmer sein. Volpes ist okay. Er ist umgänglicher als einige der anderen. Es ist gut, dass du ihn zuerst kennenlernst und nicht einen der anderen, volatileren Ermittler«, vertraute Reggie Sophie an.

Sophie zuckte mit den Schultern, da sie keine Ahnung hatte, wovon er sprach. Sie folgte Reggie, zog sich ordnungsgemäß an, bevor sie den Autopsieraum betrat.

»Wir haben einen lebendigen«, sagte ein Mann neben einer Bahre, als sie den Raum betraten.

»Ich glaube nicht, dass das technisch gesehen stimmt«, murmelte Sophie und beäugte die verstümmelt aussehende Leiche auf dem Tisch.

Sie richtete ihre Aufmerksamkeit auf den mysteriösen Mann, vermutlich Volpes. Er war etwa fünfzehn Zentimeter größer als ihre eins sechzig und schien Anfang dreißig zu sein. Selbst unter dem dunkelgrauen Anzug konnte sie erkennen, dass er schlank, aber muskulös war. Er sah aus, als hätte er die schlanke, anmutige Kraft eines Tänzers. Die Haltung, die von ihm ausging, telegrafierte jedoch selbstbewussten Boxer kurz vor einem Kampf: voller Prahlerei und Selbstvertrauen. Sein hellbraunes Haar sah in seiner Unordnung nach einem Haarschnitt aus. Während sie zusah, fuhr er mit den Fingern zerstreut durch seine zerzausten Strähnen und schob die Wellen von seinem Gesicht zurück. Sein Kiefer war von einem mehrtägigen Bartwuchs geziert, was ihn aussehen ließ, als wäre er zu beschäftigt gewesen, um sich richtig zu pflegen. Wäre da nicht das Stirnrunzeln gewesen, hätte Sophie gedacht, er sei der Junge von nebenan, nur erwachsen geworden.

»Wer zum Fick bist du?«, knurrte der Mann Sophie an, als er sie endlich bemerkte.

»Äh, was?«, stotterte Sophie, aus ihrer beiläufigen Musterung durch seinen wütenden Ton herausgerissen.

»Das ist meine neue Autopsieassistentin, Sophie. Sei nett. Lass sie in Ruhe, *Malcolm*«, sagte Reggie und zog den offenen Leichensack weiter zurück, um einen besseren Blick auf die Leiche zu werfen.

»Mac«, korrigierte der Ermittler Reggie mit einem Knurren.

Der Mann schritt quer durch den Raum zu Sophie und blieb direkt vor ihr stehen. Seine Augen wanderten von ihrem schwarzen Haar über ihr Elfengesicht bis zu ihren Stahlkappenstiefeln. Sophie beobachtete, wie seine Nase sich weitete und seine Lippen sich leicht in Abscheu kräuselten, als hätte er gerade ein Paket mit schimmeligem Käse geöffnet.

»Du gehörst nicht hierher«, sagte Volpes. »Wie konntest du sie einstellen, Reginald? Sie wird Probleme verursachen.«

»Dein Name ist Mac. Habe ich das richtig gehört?«, fragte Sophie leise. »Also, Mac, hast du irgendein Mitspracherecht bei meiner Anstellung hier?«

Mac antwortete nicht, sondern starrte nur auf Sophie herab und versuchte schweigend, sie einzuschüchtern. Sophie erwiderte seinen Hardliner-Blick, aber er prallte von ihm ab wie Kieselsteine, die gegen ein Fenster geworfen werden.

»Ist das dein Gruselgesicht, oder musst du nur furzen? Schwer zu sagen«, sagte Sophie grinsend, als Mac immer noch nicht antwortete.

»Du solltest aufhören, solange du noch vorne liegst. Du wirst Probleme für diese Abteilung verursachen, und du wirst Dinge sehen, die du nicht mehr ungesehen machen kannst«, sagte Mac. Königliche sprachen mit weniger Verachtung zu Bauern, als Mac in jedes Wort einfließen ließ.

»Ah, also ist das ein Nein; du hast kein Mitspracherecht bei meiner Anstellung hier. Also, Mac... Du kannst einen Haufen Schwänze lutschen«, höhnte Sophie und starrte direkt in seine tiefen, ozeanisch blauen Augen.

»Was?«, fragte Mac, sein Kiefer klappte vor Überraschung herunter.

»Du hast mich gehört. Lutsch. Einen. Haufen. Schwänze«, wiederholte Sophie fest und betonte jedes Wort.

Mac knurrte in seiner Kehle und machte einen kleinen Schritt näher zu Sophie. Sie stellte sich Mac gegenüber, bereit, ihn verbal in Stücke zu reißen. Dies war nicht ihr erstes Mal im Umgang mit Arschlöchern. Die beste Strategie war, ihnen sofort die Knie wegzuhauen und sicherzustellen, dass sie begriffen, dass man ihren Scheiß nicht hinnehmen würde. Dann, wenn sie noch am

Boden lagen und versuchten, sich zu erholen, trat man ihnen auf die Knöchel. Oder woanders hin.

Wenn das der nette sein soll, wie sind dann die anderen Detektive?, fragte sich Sophie.

»Lass sie in Ruhe, Detective Volpes. Wenn du bleiben und dieser Autopsie beiwohnen willst, wirst du nett zu meiner Assistentin sein. Wenn du das nicht schaffst, kannst du gehen, und du wirst meinen Bericht morgen früh erhalten«, warnte Reggie.

»Verdammt! Gut. Tut mir leid, Assistentin«, sagte Mac mit vorgetäuschter Reue. »Ich brauche so schnell wie möglich Informationen über diesen Tod. Lancaster und Hernandez versuchen, sich in diesen Fall einzumischen, also gib mir etwas, das ich verwenden kann. Verdammte Wölfe«, spuckte Mac aus und atmete praktisch mit jedem Atemzug Irritation aus.

Er wäre gut aussehend, wenn er nicht so ein massives Sackgesicht wäre, dachte Sophie säuerlich.

Während Sophie Reggie bei der Autopsie half, bemerkte sie aus dem Augenwinkel, wie der Ermittler ein Notizbuch aufschlug.

»Basierend auf der Leichenfleckung und dem Grad der Leichenstarre liegt die geschätzte Todeszeit zwischen fünf und sechs Stunden zurück, also zwischen sechs und sieben gestern Abend«, rief Reggie.

Während Sophie die geschätzte Todeszeit auf der Karte notierte, beobachtete sie, wie der Ermittler in seinem kleinen Klappbuch kritzelte. Sophie war froh, dass er dort schweigend stand und ihre Arbeit nicht unterbrach. Reggie hatte eine wiederkehrende Reihe von Schritten, einen systematischen Prozess, den er für jede Autopsie verwendete. Sie war froh, dass Volpes den Rhythmus ihrer Arbeit nicht störte.

»Als Todesursache ist Exsanguination durch eine Halsverletzung anzunehmen«, rief Reggie. »Sophie, bitte nimm das Lineal und fotografiere diese Risswunde.«

Während Mac in sein Notizbuch kritzelte, maßen Sophie und Reginald die Länge und Breite des Schnitts.

»Es sieht so aus, als ob die meisten Wunden, einschließlich der Entfernung der Gliedmaßen, postmortal aufgetreten sind. Es ist möglich, dass sie mit einer Art scharfem Gegenstand entfernt wurden, aber es wurde nicht sauber gemacht. Siehst du diese zerfetzten Markierungen?«, sagte Reggie und zeigte auf die Wunden, während Sophie Bilder von jeder einzelnen machte.

»Es sieht aus, als hätte ihn etwas in Stücke gerissen«, murmelte Sophie. »Ein Monster, das ein Zeichen setzen will.«

»Hast du eine Geschichte über diesen hier?«, fragte Reggie, seine Augen leuchteten in Erwartung auf.

»Eine Geschichte?«, unterbrach Mac und blickte von seinem Notizbuch auf.

»Sophie erfindet die entzückendsten Geschichten über die Menschen, an denen wir Autopsien durchführen. Das hat mich in den letzten zwei Tagen ziemlich unterhalten«, erklärte Reggie.

»Oh, die Geschichten sind entzückend, ja?«, fragte Mac sarkastisch, Verachtung triefte aus jedem Wort.

Sophie tat so, als würde sie sich mit dem Mittelfinger an der Stirn kratzen, und beobachtete, wie Macs Auge sich vor Überraschung weitete und dann mit einem Grinsen kräuselte.

»Keine Geschichten heute, Reg. Ich bin nicht hier, um Arschlöcher zu unterhalten«, sagte Sophie leise zu Reggie, unwillig, eine Geschichte zu erfinden, wenn sie wusste, dass Mac zuhören würde.

Sie war immer noch überrascht, dass die meisten Autopsien weniger als eine Stunde dauerten, von Anfang bis Ende. Wenn jemand sie vor diesem Job gefragt hätte, hätte Sophie angenommen, dass eine Autopsie mehrere Stunden dauert. Obwohl die Autopsie die gleiche Zeit wie üblich in Anspruch nahm, fühlte es sich an, als würde sie sich endlos hinziehen. Zu wissen, dass der Ermittler jede ihrer Bewegungen beobachtete, ließ Sophies Haut zu eng und juckend anfühlen.

Sophie atmete einen stillen Seufzer der Erleichterung aus, als sie schließlich mit dem Körper fertig waren und sie das Opfer in den Kühlraum rollte. Als sie widerwillig in den Autopsieraum zurückkehrte, um die Reinigung nach der Autopsie zu beenden, war Sophie erfreut zu sehen, dass Detective Mac Volpes gegangen war.

Mehrere Stunden später, als das Ende ihrer Schicht näher rückte, sammelte Sophie die letzten Proben ein, um sie an Ace zu liefern. Dankbar für den Wagen lehnte sie einen Teil ihres Gewichts auf den Metallwagen, während sie ihn den Flur hinunterschob. Ihre Augen fühlten sich körnig und unfokussiert an.

Sophie erkannte jetzt, dass sie ihre erste Nachtschicht gestern nur durch das Adrenalin des Abenteuers und den Wunsch, sich zu beweisen, überstanden hatte. Heute Abend verblasste etwas von der Neuheit ihres Jobs, und Sophie spürte den Druck der Erschöpfung auf sich lasten. Ihr Körper hatte sich noch nicht an ihren neuen Nachtplan angepasst, und sie spürte jede Minute davon.

Als sie den Wagen in Aces Labor rollte, entdeckte Sophie ihn im Gespräch mit Amira. Sie lehnte sich gegen Aces Schreibtisch und drängte sich an ihn, wo er saß. Ace funkelte Amira an und sah aus, als wolle er sie erwürgen. Angesichts des schmalen Blicks, den Amira Ace zuwarf, nahm Sophie an, dass sie sich wieder stritten. Amira starrte Ace trotzig an, streckte dann ihre Hand aus und schob langsam einen Stift mit einem Finger von seinem Schreibtisch, während sie intensiven, zornigen Augenkontakt hielt.

Amira stand auf, warf ihr Haar in einem dramatischen Schwung und stolzierte an Sophie vorbei aus dem Raum.

»Leg dich nicht mit mir an, *Azeban*«, warf sie über ihre Schulter.

»Nenn mich nicht so!«, brüllte Ace ihr nach.

»Warum stachelst du Amira auf? Du weißt, dass diese Katze

Krallen hat«, sagte Sophie kopfschüttelnd in Verzweiflung, was Ace schnauben ließ.

»Bitte, sie ist harmlos.«

»Ich habe schon Frauen wie sie kennengelernt. Du treibst sie zu weit, und sie wird dir wahrscheinlich die Kehle durchschneiden und fröhlich zusehen, wie du ausblutst«, warnte Sophie.

Ace warf einen kleinen, nervösen Blick auf Amiras schnell verschwindenden Rücken.

»Magst du deinen vollen Namen nicht?«, fragte Sophie.

»Nicht wirklich. Er ist schwer auszusprechen, und Arschlöcher nennen mich absichtlich Askaban, um mich zu ärgern«, sagte Ace.

»Was ist Askaban?«, fragte Sophie. »Vergiss es, ich kann an deinem entsetzten Gesicht erkennen, dass es ein Film oder so etwas ist, das ich einfach 'sehen muss'. Es interessiert mich nicht, also bemüh dich nicht. Ich mag den Namen Azeban. Er klingt vornehm. Was bedeutet er?«

»Wie in aller Welt kennst du Askaban nicht? Aus Harry Potter? Hast du unter einem Stein gelebt?«, fragte Ace in verwirrtem Schock. »Wie auch immer. Ich muss so tun, als hätte ich das gerade nicht gehört, sonst kann ich dir nie wieder ins Gesicht sehen. Mein Vater hat mich nach dem Abenaki-Waschbär-Trickster-Gott Azeban benannt. Er hat einen seltsamen Sinn für Humor. Und meine Mutter verwöhnt ihn zu oft.«

»Awww. Es klingt, als würden sie sich lieben«, sagte Sophie mit einem falschen zuckersüßen Ton, obwohl sie nie zugeben würde, dass ihre Beziehung tatsächlich süß klang, besonders nicht gegenüber einem Griesgram wie Ace. »Hier, ich habe die letzten Proben für heute Nacht.«

Nachdem sie die Proben übergeben hatte, machte sich Sophie mit einem schnellen Auf Wiedersehen auf den Weg. Sie hielt an Reggies Büro an, um sicherzustellen, dass er nichts mehr brauchte.

»Nein, wir sind hier fertig. Ich bin auch dabei zu gehen. Hab eine gute Nacht... äh... Tag, meine ich. Ich sehe dich morgen«, sagte Reggie mit einem Winken.

»Hey, Reg«, sagte Sophie und erregte mit ihrem ernsten Ton seine Aufmerksamkeit. »Ich wollte mich nur bedanken, dass du mir diese Chance gegeben hast. Du wirst es nicht bereuen. Und ich werde keine Probleme verursachen. Detective Jammerlappen liegt falsch damit.«

* * *

DIE FAHRT nach Hause war verschwommen für Sophie, und sie stieß einen Seufzer der Erleichterung aus, als sie aus dem Bus stieg.

Auf halbem Weg den letzten Block zum Streuselkuchen hinauf jagten Schauer über Sophies Rücken, und die Haare in ihrem Nacken stellten sich alle auf einmal auf. Sie blieb vor der Bar stehen und tat so, als würde sie durch das große Buchtfenster spähen. Mit Hilfe der Spiegelung im Glas versuchte sie, diskret um sich zu schauen und herauszufinden, was ihre Sinne alarmierte. Aus dem Augenwinkel entdeckte Sophie eine dunkle Gestalt, die in die Gasse auf der anderen Seite von Bennos Bar huschte.

Sophie drehte sich um und rannte in die Gasse auf der gegenüberliegenden Seite des Gebäudes. Der Durchgang war kaum mehr als ein schmaler Korridor zwischen der Bar und dem Streuselkuchen. Wenn jemand ihr folgte, könnte er um die Rückseite des Little Thumb herumgehen und sie abfangen, bevor sie die Sicherheit ihres Zuhauses erreichte. So schnell sie ihre Füße trugen, rannte Sophie, bog um die Ecke und rutschte gegen die Backsteinmauer, verborgen vor dem Blick durch einen Stapel wackelnder Kisten.

Mit dem Rücken gegen die raue Wand der Bar gepresst, drehte Sophie ihren Kopf, so dass sie einen Spalt der Gasse hinter einer Holzkiste sehen konnte. Die Gasse war hell und von der Morgensonne von hinten beleuchtet. Sie beobachtete, wie eine dunkle Gestalt um die Ecke stürmte und schnell an ihr vorbeiraste. Genau als der Mann vorbeirannte, trat Sophie hervor und nutzte seinen Schwung zu ihrem Vorteil, indem sie ihn hart zwischen die Schulterblätter stieß.

Der Mann stolperte zum Stillstand, kippte fast um, dann wirbelte er herum, um Sophie anzusehen.

»Warum verfolgst du mich?«, forderte Sophie und musterte den Mann. Er schien Anfang zwanzig zu sein, nur ein paar Jahre jünger als sie. Helle Augen, helles Haar, ein Bauernbräune auf seinen muskulösen Armen lugte unter den Ärmeln seines T-Shirts hervor. Sein Gesicht sah aus, als würde es immer noch versuchen, an seinem Babyspeck festzuhalten, was ihn trotz der verblassten Aknenarben wie einen Teenager aussehen ließ.

Er stand Sophie frontal gegenüber, also hatte er entweder nicht viele Kämpfe gehabt, oder er war zuversichtlich, dass seine größere Statur keine Konkurrenz für sie sein würde. Mit seiner viel größeren Körpergröße, wahrscheinlich über eins achtzig, entschied Sophie, dass sie tief ansetzen musste, oder sein Übermut könnte sich als gerechtfertigt erweisen.

»Sebastian hat mich geschickt, um dir eine Lektion zu erteilen«, sagte das Mannkind bedrohlich.

»Wer zum Teufel ist Sebastian?«

»Du hast ihn letzte Nacht respektlos behandelt«, sagte er und knackte dramatisch mit dem Nacken.

»Du meinst Fabio? Er hat dich geschickt, anstatt selbst zu kommen. Was für ein Arschgesicht«, erwiderte Sophie, stellte ihren Körper seitlich und ging in Kampfstellung.

Sie hob beide Arme, um ihr Gesicht zu schützen, und wippte leicht auf ihren Füßen. Sophie wusste, dass sie dies so schnell wie möglich beenden musste. Babygesicht machte zwei Schritte auf Sophie zu und boxte in die Luft, um seine Arme aufzuwärmen, in der Erwartung, dass sie zurückweichen würde. Sophie überraschte ihn, als sie stattdessen nach vorne stürmte und einen Tritt gegen seinen inneren Oberschenkel hämmerte. Sophie legte so viel von ihrem Gewicht wie möglich in den Tritt. Babygesicht ließ seine Deckung fallen, griff mit beiden Händen nach seinem Oberschenkel und begann, seinen Körper nach unten zu krümmen. Sophie nutzte dies aus, indem sie ihn am Hinterkopf packte und ihm direkt ins Gesicht kniete. Sie konnte das Knirschen seiner brechenden Nase an ihrem Knie spüren.

Mit einem Stoß schubste Sophie Babygesicht, so dass er gegen die Backsteinmauer fiel. Grinsend hob Sophie ein vertrautes Stück rostigen Zauns auf und benutzte es, um Babygesichts Kinn anzuheben, sein Gesicht hochzuheben, damit sie ihm in die Augen sehen konnte.

»Ich habe eine Nachricht für Fabio, die du überbringen sollst.« Sie bemühte sich nicht, sich an seinen richtigen Namen zu erinnern. »Sag ihm, dass er, wenn er ein Problem mit mir hat, mich selbst besuchen muss. Keine Flunkies mit Babygesicht mehr. Du hast Glück, dass ich dich bemerkt habe und nicht Benno. Er hätte dir wirklich den Arsch versohlt«, erklärte Sophie. Sie warf das mit Benno nur zur Verstärkung ein, aber basierend auf der Art, wie Babygesichts Augen sich weiteten, flößte Bennos Name ihm Angst ein.

»Du stehst unter Bennos Schutz?«, stotterte Babygesicht mit tränenden Augen, die sich auf fast komische Weise weiteten.

»Ja. Und Fabio weiß das. Lass mich raten... Fabio hat dir gesagt, dass er dich in seine kleine Gang aufnimmt, wenn du mir den Arsch versohlst, richtig? Sie werden dich nie aufnehmen. Sie haben dich hierher geschickt, um mir wehzutun, wohl wissend, dass die Konsequenzen von Benno voll auf dich fallen würden. Du weißt in deinem Herzen, dass sie leugnen würden, dich geschickt zu haben, und so tun würden, als hättest du dich ganz allein entschieden, mich anzugreifen. Sie werden dich nie zu einem Teil ihrer Gang machen. Ich habe sie getroffen, erinnerst du dich? Und ehrlich gesagt bist du nicht hübsch genug. Sie benutzen dich. Und du lässt es zu«, höhnte Sophie ihm ins Gesicht.

Sie erfand diesen Teil einfach, aber basierend auf dem Blick auf seinem Gesicht musste der Stich für Babygesicht wahr geklungen haben. Er gab Sophie große, verletzte Hundeaugen, und sie musste sich daran erinnern, dass er noch vor zwei Minuten kein Problem damit hatte, ihr Schmerzen zuzufügen.

Mit einem genervten Knurren ließ Sophie Babygesicht in der Gasse zurück, um seine geschwollene Nase und verletzten Gefühle zu pflegen.

KAPITEL 6

*S*ophie betrat die Lobby des Gerichtsmedizinischen Instituts und nickte der gepflegten Empfangsdame Frau Zhao zur Begrüßung zu. Frau Zhao brauchte nur noch eine Hornbrille auf ihrer zierlichen Nase, um das stereotype Bibliothekarin-Aussehen zu perfektionieren. Irgendwo Mitte dreißig wirkte die schlanke Asiatin in ihrer knitterfrei gebügelten Hose und ihrer schlichten, aber eleganten Bluse stets tadellos.

Sophie zog ihre Strickmütze ab, stopfte sie in ihre Tasche, ging mit einem Winken am Empfangstisch vorbei und schob sich durch die Doppeltüren, als deren Schlösser summend entriegelten. Sophie fuhr mit den Fingern durch ihren Pony und versuchte, ihr Haar aufzulockern.

Amira war bereits im Umkleideraum und stopfte ihre Sachen in einen Spind, als Sophie hereinkam. Während sie sich kurz begrüßten, ließ Amira etwas fallen. Da Amiras Hände voll zu sein schienen, bückte sich Sophie und hob ein dünnes rosa Halsband auf.

»Oh! Hast du ein Haustier?«, fragte Sophie, bemerkte dann aber, dass auf dem Anhänger des Halsbandes 'Amira' stand.

Sophie brauchte einen Moment, um sich von ihrem Schock zu erholen, aber dann entfuhr ihr ein leicht entsetztes Kichern.

Amira riss Sophie das Halsband mit einem genervten »Gib das her!« aus der Hand.

»Wow, Amira! Ausgefallen. Wusste gar nicht, dass du einen Herrn hast«, sagte Sophie mit wackelnden Augenbrauen.

»Ach bitte, in dieser Beziehung führe ich das Zepter«, sagte Amira und spitzte ihre burgunderrot geschminkten Lippen.

»Das glaube ich dir«, gluckste Sophie.

Amira warf ihr seidiges Haar in einer dramatischen Geste zurück, was Sophie dazu brachte, einen kleinen Funken Neid gewaltsam hinunterzuschlucken. Sie würde nie so mühelos sophisticated und glamourös sein. *Das ist schon okay*, dachte Sophie bei sich, *ich bin sicher, irgendwo da draußen gibt es jemanden, der auf eine sarkastische, bissige Faulenzerin mit einer Vorliebe für die morbide Seite des Lebens steht.*

»Warte... ich dachte, du hättest gesagt, du wärst Single?«, fragte Sophie plötzlich verwirrt.

»Bin ich auch. Meine Situation ist 'kompliziert'. Du weißt schon, wie das ist«, sagte Amira, komplett mit Luftanführungszeichen.

Sophie hob kapitulierend die Hände. »Unwissenheit ist ein Segen. Ich brauche keine Details!«

Kopfschüttelnd tauschte Sophie schnell ihre Kleidung gegen OP-Kleidung und ging in den Autopsieraum, um sich mit Reggie zu treffen. Sie bereitete sich mental auf die seltsame Todesart vor, die sie gleich zu sehen bekommen würde. Da Reginalds Spezialgebiet ungewöhnliche Fälle waren, hatte Sophie jede erdenkliche Todesart gesehen: von Vergiftung über jemanden, der in zwei Hälften zersägt wurde, bis hin zu einem Mann, dem das Blut abgezapft worden war. In einer Woche hatte Sophie jede Art von schrecklichen Dingen gesehen, die ein Mensch einem anderen antun konnte.

Das Schlimmste, was der Menschheit je passiert ist, ist die Mensch-

heit selbst. Sophie betrat den Autopsieraum und sah, dass Reggie bereits mit ihrem ersten Klienten des Tages auf sie wartete.

* * *

EIN PAAR STUNDEN später steckte Fitz seinen Kopf in den Autopsieraum. »Hey, nur zur Warnung, wir haben ein Protokoll Rot, Reginald«, kündigte er mit ernstem Gesichtsausdruck an.

»Ein Protokoll Rot? Ich verstehe. Werden irgendwelche Ermittler anwesend sein?«, fragte Reggie besorgt.

»Ja. Es sind Hernandez und Lancaster. Sie werden in ein paar Minuten hier sein«, sagte Fitz mit einem leichten Zucken.

»Danke für die Information. Wenn du den Ermittlern bitte mitteilen könntest, dass wir mit dieser Autopsie in etwa zehn Minuten fertig sein sollten, wäre ich dir dankbar«, sagte Reggie.

Sobald Fitz ging, warf Reggie Sophie einen besorgten Blick zu.

»Was ist ein Protokoll Rot?«, fragte Sophie beunruhigt.

»Verdammt. Ich hatte gehofft, dich langsam darauf vorzubereiten«, sagte Reggie und rang die Hände.

Sophies Augen weiteten sich überrascht über Reggies Fluchen. Reggie schien jede Situation mit unerschütterlicher Sanftheit und freundlicher Rücksicht zu meistern. Selbst das ständige Gezanke zwischen Ace und Amira schien keine Wellen in Reggies ruhiger Fassade zu schlagen.

»Erinnerst du dich, als ich dir sagte, dass wir alle seltsamen und ungewöhnlichen Fälle in der Stadt bearbeiten? Nun, ich möchte dich nicht beunruhigen, aber es gibt einige Fälle, die wir erhalten, von denen die allgemeine menschliche Bevölkerung niemals erfahren darf.«

»Was meinst du mit *menschlicher* Bevölkerung?«, kreischte Sophie.

»Es gibt einige Leichen, die wir hier bekommen, die nicht ganz menschlich sind. Erinnerst du dich, wie du gescherzt hast, dass Vampire dem ausgebluteten Körper neulich das Blut abgezapft hätten?«, fragte Reggie.

»Ja«, antwortete Sophie langsam und zog das Wort mehrere Sekunden in die Länge.

»Nun, siehst du, du hattest Recht. Dieses Opfer wurde von einem Vampir getötet. Sie sind real. Ein Protokoll Rot ist ein toter Vampir. Wir werden gleich eine Autopsie an einem durchführen«, erklärte Reggie und beeilte sich mit seinen Worten, als müsste er sie am Ende physisch aus seinem Mund drücken.

»Bullshit«, sagte Sophie mit zusammengekniffenen Augen. »Du verarschst mich doch nur. Was bedeutet ein Protokoll Rot wirklich?«

»Ich schwöre, ich mache keine Witze«, flehte Reggie. »Ich würde keinen grausamen Scherz machen. Ich sage dir die Wahrheit. Vampire sind real.«

Sophie öffnete und schloss ihren Mund mehrmals, aber es kam nichts heraus. Schwindel und ein Klingeln in ihren Ohren ließen Sophie sich vorbeugen und ihre Knie umklammern. Es brauchte mehrere langsame Atemzüge, bevor ihr Kopf aufhörte, sich zu drehen, und die schwarzen Punkte, die vor ihren Augen blinkten, begannen zu verblassen.

»Was zum Teufel, Reg! Warum hast du mir das nicht früher gesagt?«, verlangte Sophie zu wissen.

»Ich weiß, ich weiß! Das ist viel. Ich hätte es dir früher sagen sollen. Ich dachte, ich hätte mehr Zeit. Bitte gerate nicht in Panik. Wenn wir einfach durch diese nächste Autopsie kommen, beantworte ich alle Fragen, die du hast, okay?«, bat Reggie und faltete flehend die Hände unter seinem Kinn.

»Vampire sind real? Du verarschst mich nicht?«

Reggie schüttelte den Kopf und faltete immer noch fest die Hände unter seinem Kinn.

»Heilige Scheiße. Okay dann. Verdammt«, sagte Sophie und rieb sich mit der Hand übers Gesicht. »Gib mir eine Sekunde.«

Ich schaffe das. Ich kann einfach so tun, als wäre die Entdeckung, dass Monster wirklich existieren, völlig normal und überhaupt nicht beängstigend oder beunruhigend. Nur ein ganz normaler Arbeitstag, redete Sophie sich ein.

»Du wirst mir alles erzählen, wenn wir damit fertig sind«, forderte Sophie und richtete einen anklagenden Finger auf Reggie, der wieder mit dem Kopf nickte.

Ein paar Minuten später schob Fitz eine Bahre mit einem schwarzen Leichensack herein, gefolgt von zwei großen Männern. Beide waren groß und breit, einer in einem grauen Anzug und der andere in Marineblau. Sie schienen beide etwa so groß zu sein wie Fitz, aber während Fitz schlank und elegant war, waren diese Männer massiv wie Granit. Der Mann im marineblauen Anzug war glatt rasiert und hatte graumeliertes Haar. Unter einer dicken Braue übersprangen seine durchdringenden blauen Augen Sophie und richteten sich mit einem Stirnrunzeln auf Reggie. In dem schiefergrauen Anzug sah der andere Mann aus, als wäre er mindestens ein Jahrzehnt jünger als der andere Ermittler und hatte so dunkles Haar, dass es blauschwarz wirkte. Er war fast hübsch – breite, männliche Züge, dunkelbraune Augen und lange, geschwungene Wimpern – aber etwas in seinen Augen ließ Sophie einen Schritt zurücktreten wollen.

Normalerweise half Fitz, den Körper zu röntgen und zu wiegen, wenn sie zuerst ankamen, aber Sophie beobachtete, wie er hastig den Rückzug antrat.

»Du bleibst nicht, um bei der Aufnahme zu helfen?«, fragte Sophie leise und näherte sich Fitz, als er die Tür öffnete, um zu gehen.

»Äh, nein. Ich habe eine Sache, die ich nachholen muss. Äh, Papierkram, ich meine, ich habe Papierkram, den ich nachholen muss«, sagte Fitz verlegen und warf einen Blick zu den beiden Detektiven.

Fitz schlüpfte auf leisen Füßen aus dem Autopsieraum und ließ Sophie und Reggie allein mit den Detektiven und einem toten Vampir zurück.

Beide Detektive strahlten Bedrohung und Verachtung in gleichem Maße aus. Ihre abgehackten Bewegungen und ihre angespannte Haltung strahlten pure Aggression aus. Sophie fühlte sich ein wenig schuldig, weil sie froh war, dass sie beide sie komplett zu ignorieren schienen und ihre gesamte Aufmerksamkeit allein auf den armen Reggie richteten.

Wenn sie Reggie in dieser Woche nicht so gut kennengelernt hätte, hätte Sophie vielleicht nicht bemerkt, wie unwohl und still Reggie war. Nicht dass sie es ihm verübeln konnte; diese Typen waren viel zu intensiv.

Haben die als Kinder zu viele Polizeiserien geschaut? Die sollten mal einen Gang runterschalten. Die Bedrohlichkeit ein bisschen zurückfahren, dachte sie höhnisch.

»Guten Abend, Detectives. Gibt es etwas, das ich über dieses Protokoll Rot wissen sollte?«, fragte Reggie. Überraschenderweise schien Reggie dem doppelten Starren der finsteren Zwillinge gut standzuhalten.

»Wir denken nicht. Es sieht aus, als hätte ein Jäger einen Vampir beim Zechprellerei ohne Bezahlung erwischt«, sagte der Detektiv im marineblauen Anzug.

»Werden Sie für die Autopsie bleiben, Detective Lancaster?«, fragte Reggie in einem kühlen, professionellen Ton.

Lancaster blickte zu dem Mann im grauen Anzug hinüber, der nach Sophies meisterhafter Eliminierungsfähigkeit vermutlich Detective Hernandez war. Hernandez gab ein scharfes Nicken zur Bestätigung.

Sophie gelang es gerade noch, ihren Seufzer der Enttäuschung zurückzuhalten. Diese beiden hatten es geschafft, den gesamten Autopsieraum mit einer Atmosphäre des Unbehagens und kaum zurückgehaltener Aggression zu füllen. Es war kein Wunder, dass Fitz lieber hastig flüchtete, als wie üblich zu bleiben und zu helfen.

Normalerweise hätte Sophie etwas Freches zu sagen gehabt, aber sie beschloss, so zu tun, als wäre sie stumm. Schweigend öffnete Sophie den Leichensack, um den Vampir für die Autopsie vorzubereiten. Als sie die Klappe des Sacks zurückzog, hielt Sophie inne, als sie einen Blick auf das Gesicht des Opfers warf.

»Was ist los?«, fragte Reggie, als er bemerkte, dass Sophie erstarrte.

Einen Moment lang starrte sie nur auf das ätherische alabasterfarbene Gesicht des jungen Mannes. Dann wanderten ihre Augen zu seiner kunstvoll zerrissenen Jeans hinunter und bestätigten Sophies Verdacht. »Ich habe diesen Typen schon mal gesehen.«

Hernandez und Lancaster wurden lebendig wie zwei Hyänen, die eine verletzte Gazelle entdecken, die vorbeiläuft.

»Erklären Sie«, forderte Hernandez.

Sophie schilderte ihre Interaktionen mit Fabio, alias Sebastian, und seiner fröhlichen Bande von Arschlöchern. Der tote Vampir war einer der hübschen Jungs, die bei Sebastian gestanden hatten, als Benno sie vor dem rettete, was sie zuvor für einen vereitelten Raubüberfall gehalten hatte.

»Dieser Benno stellte sich zwischen Sie und einen Vampircoven? Wie ist Bennos Nachname?«, unterbrach Lancaster.

»Äh, ich weiß es nicht. Er besitzt den Pub 'The Little Thumb' unten in der Hyde Street.«

»Dieser Benno sagte, Sie stünden unter seinem 'Schutz'. Schlafen Sie mit ihm?«, fragte Hernandez.

»Ich kenne nicht einmal seinen Nachnamen, und Sie denken, ich schlafe mit ihm?! Nein, ich ficke Benno nicht. Wir sind nur Nachbarn und Freunde«, rief Sophie entrüstet.

»Glauben Sie, Benno weiß, dass sie Vampire waren?«, fragte Lancaster und legte eine beschwichtigende Hand auf Hernandez' Arm.

Sophie öffnete den Mund, um eine schnelle negative Erwiderung zu geben, hielt dann aber für eine Sekunde inne. »Äh, vielleicht?«, sagte sie langsam. »Er hat mich gewarnt, dass sie gefährlicher sind, als sie aussehen.«

Während Lancaster schnell Notizen machte, erzählte Sophie ihnen von der gesamten Situation mit Sebastian, einschließlich ihres Austauschs mit Babyface am nächsten Tag.

»Glauben Sie, es war klug, mit einem Mann zu kämpfen, der größer ist als Sie?«, fragte Hernandez mit missbilligendem Stirnrunzeln.

»Na toll, Papa. Hätte ich ihn stattdessen meinen Arsch verprügeln lassen sollen, ohne mich zu wehren? Ich kann verdammt gut auf mich selbst aufpassen. Ich habe ein bisschen Training gehabt. Außerdem habe ich nur gekämpft, weil ich das Überraschungsmoment nutzen konnte.«

Lancaster schnappte sein kleines Notizbuch zu und wandte sich an Reggie. »Wir gehen los, um dieser Spur nachzugehen. Schreiben Sie mir eine Nachricht, wenn die Autopsie etwas Ungewöhnliches ergibt«, befahl Lancaster.

Wie unhöflich! Kein Bitte, kein Danke? Was für ein Arsch, dachte Sophie.

»Bleiben Sie in der Stadt«, befahl Lancaster und zeigte mit dem Finger auf Sophie.

Mit diesem letzten Befehl drehten sich beide Detektive auf dem Absatz um und schritten aus dem Autopsieraum.

»Bleiben Sie in der Staaaat«, äffte Sophie nach und verdrehte übertrieben die Augen. »Glaubst du, er bekommt jedes Mal einen Ständer, wenn er das sagen darf? Wo denkt er, dass ich hingehen werde?«

»Du sagtest, du hättest etwas Kampftraining gehabt. Wo hast du kämpfen gelernt?«

»Das war vielleicht ein bisschen übertrieben. Ich war ein paar Monate lang Rezeptionistin in einem Boxstudio. Der Besitzer mochte mich und zeigte mir die Grundlagen«, sagte Sophie mit einem Achselzucken.

»Warum wurdest du von diesem Job gefeuert?«, fragte Reggie mit einem wissenden Grinsen.

»Es stellte sich heraus, dass diese großen Schläger überraschend empfindliche Gemüter hatten. Einem Typen zu sagen, dass Muskeln einen Mangel an Persönlichkeit nicht ausgleichen, lässt ihn direkt zum Besitzer rennen, um sich zu beschweren.«

Nach den ersten Fotos und Röntgenaufnahmen verpackte Sophie die ruinierte, teure Kleidung des Vampirs. Als sie sein Hemd abzog, kam eine große klaffende Wunde in seinem Bauch zum Vorschein.

»Sieht aus, als hätten wir die Todesursache gefunden«, nickte Reggie auf die Wunde.

»Wirklich? Alle Geschichten sagen, dass man einen Vampir durch das Herz pfählen muss.«

»Vampire können genauso getötet werden wie jeder andere; sie sind nur schwerer zu erledigen als ein Mensch. Sie durch das Herz zu pfählen oder zu enthaupten sind nur die effektivsten Methoden, um sie zu töten. Genauso wie bei einem Menschen. Außerdem vermute ich, dass dieser Vampir tatsächlich durch das Herz gepfählt wurde. Du weißt, wie hart und dick das Brustbein ist; es ist einfacher, durch den Bauch zu stechen und dann die Waffe hinter dem Brustbein nach oben zu richten«, erklärte Reginald.

»Oh wow. Also führt der Weg zum Herzen eines Mannes wirklich durch seinen Magen«, schnaubte Sophie.

»Technisch gesehen ja. Außerdem haben alle Vampire diesen Witz schon gehört, und du könntest es bereuen, ihn ihnen ins Gesicht zu sagen«, warnte Reggie.

»Was ist ein Zechprellerei?«, fragte Sophie, als sie den Körper auf den Autopsietisch bewegten.

»Es ist ein grober Begriff, um zu beschreiben, wie einige Vampire sich ernähren, besonders einsame Vampire, die nicht Teil eines Domus sind. Sie trinken eine kleine Menge Blut von einem Menschen und lassen diese Person die Fütterung vergessen. Ein Teil der Kraft eines Vampirs ist, dass sie kleine Gedächtnisfragmente löschen können. Es ist nicht gefährlich für das menschliche Opfer, aber viele der anderen Spezies haben ein

Problem mit dieser Praxis«, erklärte Reggie, als er mit der Autopsie begann.

Sophie kaute eine Minute lang auf dieser Information herum, während sie den hübschen blonden Vampir auf dem Tisch betrachtete. »Sind alle Vampire so hübsch wie dieser Typ?«, fragte sie.

»Nein. Aber die meisten sind es. Vampire schätzen Schönheit.«

»Du hast ein Wort gesagt, das ich nicht kenne. Was ist ein Domus?«, fragte Sophie, als sie den Körper vorbereiteten und Haarproben sammelten. Eine oberflächliche Untersuchung ergab keine Fasern oder andere Fremdkörper auf dem Körper.

»Die meisten Vampire sind Teil eines Domus, was wie ein Clan oder eine kleine Familie ist. Ein Vampir-Domus hält normalerweise Menschen in der Nähe, um Blut zu liefern. Die Menschen sind freiwillig dort in der Hoffnung, dass sie schließlich in Vampire verwandelt werden. Sie werden Volos genannt, aber viele Leute nennen sie hinter ihrem Rücken 'Adern' oder 'Blutbeutel'. Ich denke, es ist ein grausamer Name, obwohl ich zugeben muss, dass ich nicht verstehen kann, warum jemand ein Volo sein wollen würde«, sagte Reggie.

»Domus? Volos? Ist dieser Scheiß Griechisch oder so?«, fragte Sophie, während sie die Fingerabdrücke des Vampirs nahm.

»Eigentlich Latein. Domus bedeutet Haus oder Familie. Und Volos bedeutet hoffnungsvoll oder wollen oder so etwas. Vampire sind sehr prätentiös, also lieben sie es, Latein zu verwenden, wenn sie Dinge benennen«, sagte Reggie mit einem Augenrollen.

»Lancaster sagte, er dachte, ein Jäger hätte den Vampir während eines Zechprellerei getötet... Was ist ein Jäger? Es klingt wie ein Titel.«

»Es gibt eine Sekte menschlicher Fanatiker, deren einziges Ziel es ist, Vampire auszurotten. Es gibt nicht mehr viele von ihnen. Die meisten von ihnen wurden während der Drogenkriege in den 80er Jahren ausgelöscht«, erklärte Reggie.

»Das ist alles so verdammt seltsam«, sagte Sophie, während Reggie mit dem ersten Y-Schnitt begann, um die Autopsie zu starten.

* * *

»Hm«, sagte Sophie fast eine halbe Stunde später.

»Was ist los? Siehst du etwas Ungewöhnliches?«, fragte Reggie.

»Nein, nichts Ungewöhnliches. Das ist das Verrückte daran. Wenn du mir nicht gesagt hättest, dass dies ein Vampir ist, hätte ich es nicht einmal gewusst. Ich dachte, die inneren Organe würden irgendwie anders sein. In all den Büchern werden Vampire als Untote bezeichnet. Ich dachte... ich weiß nicht, dass seine inneren Organe geschrumpft wären oder so.« Sophie zuckte mit den Schultern.

»Oh, nenne sie niemals die Untoten. Sie sind nicht tot; sie sind nur von Menschen in etwas anderes verwandelt worden. Außerdem mögen sie es wirklich nicht, wenn du sie so nennst«, warnte Reggie.

»Verwandelt? Was meinst du? Wie werden sie verwandelt?«

»Es gibt ein Virus in ihrem Blut. Viele haben versucht, es zu untersuchen, aber es entzieht sich unseren Versuchen, Wissen zu erlangen. Es hat magische Eigenschaften, die die Messwerte medizinischer Instrumente durcheinanderbringen. Es macht Vampire schneller, stärker und lässt sie viel, viel langsamer altern. Allerdings braucht der Vampir mehr Blut, als sein Körper selbst produzieren kann, um zu überleben. Meine Theorie ist, dass ihre roten Blutkörperchen mit den Anforderungen ihres verbesserten Körpers nicht Schritt halten können. Die durchschnittliche Lebensdauer eines roten Blutkörperchens bei einem Menschen beträgt 120 Tage. Die wenigen Forschungen, die wir haben, deuten darauf hin, dass die Lebensdauer eines roten Blutkörperchens eines Vampirs halb so lang ist. Sie sind nicht in der Lage, genug Blut selbst zu produzieren, um mit den Bedürfnissen ihres Körpers Schritt halten. Ace könnte das wahrscheinlich besser erklären als ich«, sagte Reggie, ein aufgeregtes Licht in seinen Augen glänzend.

Sophie lächelte in sich hinein über Reggies Begeisterung für das Thema. *Er hätte Lehrer oder Wissenschaftler werden sollen*, dachte sie liebevoll.

»Nein, du erklärst es ganz gut. Wird Sonnenlicht Vampire töten, wie in den Filmen?«, fragte Sophie und betrachtete die glatte, fast milchweiße Haut des Vampirs.

»Sonnenlicht tötet Vampire nicht. Sie explodieren nicht dramatisch zu Staub.« Reggie lachte. »Im Laufe der Zeit hört ihr Körper auf, Melanin zu produzieren. Je älter der Vampir, desto weniger Melanin haben sie. Je blasser die Haut eines Vampirs ist, desto älter sind sie höchstwahrscheinlich. Es ist keine garantierte Methode, es zu wissen, da Menschen mit unterschiedlichen Hauttönen beginnen. Je älter sie sind, desto mehr werden sie Tageslicht vermeiden, da das UV-Spektrum im Sonnenlicht Unbehagen verursacht. Basierend auf der Blässe der Haut dieses Vampirs würde ich schätzen, dass er über 60 Jahre alt ist«, vermutete Reggie.

»Er sieht nicht alt genug aus, um Bier zu kaufen!«, rief Sophie aus. »Sind sie unsterblich? Leben sie für immer?«

»Sie sind nicht unsterblich, aber sie leben außergewöhnlich lange. Es gab einige Vampire, von denen wir wissen, dass sie über 300 Jahre alt geworden sind. Sie altern, aber sehr langsam. Sie sehen für den größten Teil ihres Lebens jugendlich aus«, sagte Reggie.

»Wie praktisch«, grinste Sophie. »Wie kann man überhaupt erkennen, dass dies ein Vampir ist? Außer dass er so hübsch und blass ist, scheint alles an ihm menschlich zu sein. Abgesehen davon, sein Blut zu untersuchen, schätze ich.«

»Es gibt einen todsicheren Weg«, sagte Reggie. Er zog die Lippen des Vampirs zurück, um Sophie die spitzen Eckzähne zu zeigen.

»Fangzähne«, keuchte Sophie.

»Fangzähne«, bestätigte Reggie. »Vampire haben ausgeprägte Eckzähne. Nach ihrem Tod kehren sie nicht zu einer vollständig menschlichen Form zurück, wie es Gestaltwandler tun. Das ist der schnellste Weg, einen Vampir zu identifizieren.«

»Okay, da–« Sophie hielt inne und sah Reggie an. »Warte... hast du Gestaltwandler gesagt? Wie, äh, wie Werwölfe und so?«

»Nenn sie nicht Werwölfe. Sie hassen das. Nenn sie Wolfsgestaltwandler«, sagte Reggie.

»Warte mal. Nur... Verarschst du mich?«, schaute Sophie Reggie ungläubig an. »Vampire sind real. 'Wolfsgestaltwandler' sind real. Was gibt es sonst noch da draußen?«

»Nun, es gibt alle Arten von Gestaltwandlern, nicht nur Wölfe. Es gibt auch Feen, Kobolde, Oger, Hexen, Sirenen... So gut wie jedes magische Wesen, das in einem Mythos erwähnt wird, existiert wahrscheinlich«, sagte Reggie.

»Heilige Scheiße. Woher weißt du das alles?«, fragte Sophie.

»Ähm, nun... ich bin selbst nicht ganz menschlich«, pausierte Reggie und zuckte besorgt zusammen. »Ich hoffe, das ändert nicht, wie du über mich denkst. Ich möchte deine Freundschaft nicht verlieren.«

»Reggie, nein«, sagte Sophie kläglich. »Du bist mein Freund, und du bist ein guter Kerl. Es ist mir egal, dass du nicht vollständig menschlich bist. Es ändert nichts zwischen uns, okay? Du wirst mich nicht so leicht los.«

Reggie stieß einen kleinen Seufzer der Erleichterung aus und blinzelte schnell. Da sie sich mit Reggies Gefühlsausbruch unwohl fühlte, wandte sich Sophie wieder dem Vampir zu, der auf dem Edelstahl-Autopsietisch lag, und starrte gedankenverloren auf seine zarten, elfenhaften Züge.

»Geht es dir gut?«, fragte Reggie und legte eine sanfte Hand auf Sophies Schulter.

Kopfschüttelnd sah Sophie zu Reggie hinüber. »Ja, mir geht's gut. Ich glaube, mein Gehirn ist von all diesen verrückten Informationen überlastet. Gib mir nur eine Minute, und ich bin wieder fit wie ein Turnschuh.«

»Wie wäre es, wenn wir nach Abschluss dieser Autopsie früh zu Mittag essen und dann weiter reden können. Dann beantworte ich alle Fragen, die du hast.«

»Abgemacht«, sagte Sophie mit einem schnellen Grinsen.

»Würdest du mir eine Geschichte über den Vampir erzählen? Ich denke, wir könnten beide die Ablenkung gebrauchen«, bat Reggie.

Als Reggie und Sophie sich wieder an die Arbeit machten, begann Sophie, ihre Geschichte zu weben. »Dieser Typ war Sebastians rechte Hand. Alle nannten ihn Montgomery, aber sein richtiger Name war Jerry. In den 1950er Jahren benannte er sich nach dem Herzensbrecher Montgomery Clift um. Jerry wurde ursprünglich nach seinem Vater benannt, einem Mann, den er verachtete, also änderte er seinen Namen. Einfach noch einer mit einem Vaterkomplex.«

Reggie schnaubte amüsiert. »Wurde er während eines Zechprellerei getötet, wie Lancaster und Hernandez vermuteten?«

»L-a-a-a-ngweilig«, sang Sophie. »Nein, jemand hat diesen Mord inszeniert, um wie ein Jägerangriff auszusehen, aber das war es nicht. Der Mörder schnappte sich Jerry in Twin Peaks auf seinem Weg zu seiner geheimen menschlichen Freundin: Bridgette. Der Killer benutzte dieselbe Waffe, die die Jäger benutzen – einen gebogenen Holzpfahl.«

»Gebogen? Warum ist er gebogen?«, forderte Reggie sie auf.

»Es ist, wie du es vorhin erklärt hast. Es ist zu schwierig, das Herz durch das Brustbein zu durchbohren. Sie verwenden einen gebogenen Holzpfahl, der so konzipiert ist, dass er durch den Bauch eindringt und dann auf natürliche Weise nach oben biegt, um das Herz des Vampirs mit einem einzigen festen Stoß zu treffen. Sie nennen die Waffe einen Recurve-Pfahl.«

»Ein Recurve-Pfahl... Ich mag diesen Namen. Also warum wurde er getötet, wenn nicht von einem Jäger?«, fragte Reggie.

»Jemand Mächtiges will, dass Jerrys Domus ihnen ein wichtiges Gebäude verkauft. Dies ist nur ein Immobiliengeschäft, das schiefgelaufen ist!«, neckte Sophie.

Ein Schatten, der am Milchglasfenster der Autopsietür vorbeizog, erregte Sophies Aufmerksamkeit. Als sie Aces Stimme voller mürrischem Ärger vor der Tür hörte, lächelte Sophie breit. Es klang, als würde Amira ihn wieder ärgern. Sophie liebte es, zu beobachten, wie die beiden sich jeden Tag beim Mittagessen verbal beschossen.

Es spielte keine Rolle, ob Sophie jetzt mit Vampiren und Feen und anderen magischen Kreaturen umgehen musste. Sie hatte sich immer seltsam und fehl am Platz unter normalen Menschen gefühlt, also ergab es Sinn, dass Sophie sich hier genau richtig fühlte.

KAPITEL 7

*S*ophie saß am Tisch im Pausenraum und beobachtete, wie Reggie nervös in seinem Mittagessen herumstocherte.

»Du musst mir nicht sagen, was du bist. Es spielt für mich keine Rolle. Wirklich«, versuchte Sophie Reggie zu beruhigen. »Solange du unschuldigen Menschen nicht schadest, ist es mir egal.«

»Ich bin ein Opossum, ein amerikanisches Beuteltier«, platzte es aus Reggie heraus, woraufhin er krampfhaft schluckte.

»Ein Opossum«, wiederholte Sophie, für einen Moment vor Überraschung erstarrt. Ein Blick auf Reggies nervöses Gesicht brachte Sophies Gedankenprozesse wieder in Gang. »Also ein Opossum-Gestaltwandler, richtig? Du kannst dich von einem Menschen in ein Opossum verwandeln. Moment mal... bist du das Opossum? Von letzter Woche, das von dem Hund gejagt wurde?«

»Ja, das war ich. Obwohl das ein Wolfsgestaltwandler war, kein Hund.«

»Das war auch ein Gestaltwandler? Er hat dich angegriffen!«, rief Sophie. »Bist du in Gefahr?«

»Ich bin nicht in Gefahr. Er hat mich nur vor seinem Territorium gewarnt. Es wurde bereits geklärt. Ich habe seinen Alpha kontaktiert. Die Konklave gewährt mir Gebietsimmunität wegen meiner Arbeit hier.«

»Das war eine Warnung! Ich dachte, er würde–«

Das Öffnen der Pausenraumtür unterbrach Sophie.

»Ich habe einfach die Schnauze voll. Wir sollten uns nicht damit abfinden müssen, dass er hier reinkommt und seinen Mist verbreitet«, sagte Ace zu Fitz, als sie den Raum betraten, Amira folgte ihnen. In Aces Augen funkelte eine Intelligenz, die von einer allgegenwärtigen Aura der Genervtheit umgeben war – als würde das gesamte Universum ihn nerven.

»Hey Leute, Sophie weiß Bescheid«, verkündete Reggie der Gruppe.

»Endlich. Ich hatte es satt, um ihr empfindliches menschliches Gemüt herumzuschleichen«, sagte Amira mit einem herrischen Augenrollen.

»Wirke ich auf dich, als hätte ich eine empfindliche Sensibilität?«, fragte Sophie und wandte sich mit einem genervten Schnauben und hochgezogener Augenbraue an Reggie.

Amira schnüffelte vornehm. »Ich schätze nicht.«

»Ist irgendjemand von euch menschlich?«, fragte Sophie Reggie leise. Reggie schüttelte leicht den Kopf.

Sophie wollte unbedingt jeden fragen, welche Art von Wesen sie waren, hielt sich aber zurück, da sie nicht wusste, was die Etikette bei interspezifischen Vorstellungen war.

»Wessen Mist müsst ihr nicht ertragen?«, fragte Sophie Ace und entschied sich, ihn aufzuziehen, anstatt persönliche Fragen zu stellen. Ace stand wie üblich am Waschbecken und wusch akribisch sein Mittagessen.

»Dieser Arsch Malcolm Volpes. Wenn er mich noch einmal Müllbären nennt...«

»Müllbären? Wie, äh, ein Waschbär? Bist du ein Waschbär-Gestaltwandler?«, fragte Sophie.

»Nein, er meinte Müllbären. Das ist eine rassistische Beleidigung, sag ich dir«, knurrte Ace.

»Ich bin eine nordamerikanische Schneegans«, verkündete Fitz gelassen, während er einen riesigen Brocken Baguette in seinen Mund stopfte.

Sophie öffnete den Mund, aber es kamen keine Worte heraus. Halbgeformte Gedanken und Fragen wirbelten wie ein Sturm in ihrem Kopf. Schließlich kam ihr eine Frage in den Sinn: »Ist Brot nicht schlecht für Gänse?«

Fitz schnaubte. »Brot ist für niemanden gesund. Aber es ist einfach so verdammt lecker.« Er stopfte einen weiteren Bissen Baguette mit offensichtlichem Genuss in seinen Mund.

»Warte... Kannst du fliegen?«, fragte Sophie, und jedes Wort war mit Neid überzogen.

»Ja«, sagte Fitz mit einem selbstgefälligen Grinsen.

»Das ist so cool. Ich bin super neidisch«, sagte Sophie mit einem Lächeln.

Sophie schaute um den Tisch herum und katalogisierte ihre Freunde, versuchte, sie mental mit ihren tierischen Hälften zu verbinden. Reggie war ein Opossum, Ace ein Waschbär und Fitz eine Gans.

Sophie betrachtete Amira, die kleine, zierliche Bissen von einem weiteren Mittagessen nahm, das hauptsächlich aus Fisch bestand. Sie dachte an das rosa Halsband, die distanzierte Haltung, die Zeit, als sie absichtlich Aces Stift von seinem Schreibtisch gestoßen hatte.

Sophie zögerte einen Moment, dann machte sie weiter. »Amira, bist du eine Katze?«

»Wie hast du das erraten?«, fragte Amira mit einem zufriedenen Gesichtsausdruck.

Sophie nickte auf den Fisch auf Amiras Teller. »Das. Und das Halsband ließ mich an eine Katze denken.«

Klugerweise ließ Sophie Amiras abweisendes Verhalten oder

ihre Vorliebe, Dinge von Theken zu stoßen, wenn sie von jemandem genervt war, unerwähnt.

»Ihr seid also alle Gestaltwandler... Was gibt es sonst noch da draußen?«, fragte Sophie.

»So ziemlich jede Kreatur, von der du in Legenden gehört hast, existiert tatsächlich«, sagte Ace.

»Also sind Trolle echt?«

»Jep«, sagte Ace.

»Zentauren? Kobolde? Goblins? Chupacabras?«, fragte Sophie mit einem Lachen.

»Ja zu allen. Nun, eigentlich... Ich bin mir bei Chupacabras nicht sicher. Ich habe nie einen getroffen, aber das heißt nicht, dass es sie nicht gibt«, erklärte Reggie.

»Gibt es viele Gestaltwandler und Nichtmenschen in der Welt, und ich habe es einfach nie gewusst?«, fragte Sophie.

»Nicht so viele. Es gibt viel mehr Menschen als mythische Wesen in diesem Reich. Wir neigen dazu, uns in größeren Städten oder in der Nähe von Ley-Linien zu versammeln, daher gibt es hier in San Francisco viel mehr als in anderen Gebieten. Die Nähe der Stadt zum Wasser und eine starke Ley-Linie, ein Kanal magischer Energie, bedeutet, dass dies die am dichtesten mit Mythischen Wesen besiedelte Stadt westlich von New Orleans ist«, erklärte Reggie.

»Mythische Wesen? Reiche? Ley-Linien?«

»Mythisch ist nur ein anderes Wort für nichtmenschlich. Es gibt eine Menge anderer Reiche wie das Feenreich, Shangri-La, Walhalla und so weiter. Die anderen Reiche spielen hier normalerweise keine Rolle. Sie ignorieren meist dieses Reich, und wir ignorieren sie. Das Feenreich ist das einzige, das regelmäßig mit dem menschlichen Reich interagiert. Ley-Linien sind Kanäle magischer Energie, die sich über den ganzen Planeten kreuzen. Wo die Ley-Linien am stärksten sind, ist oft der Pfad zwischen den Reichen am dünnsten und am nächsten, was es den

Menschen ermöglicht, aus anderen Reichen herüberzukommen«, erklärte Fitz.

»Wie kann ich erkennen, ob jemand ein Mythischer ist?«, fragte Sophie und schob die Idee der Reiche in den Hintergrund ihres Bewusstseins. Es gab nur so viele seltsame Enthüllungen, auf die sie sich gleichzeitig konzentrieren konnte, bevor sie einen kompletten geistigen Zusammenbruch erlitt.

»Meistens kannst du das nicht. Wir können es normalerweise am Geruch erkennen, aber selbst dann sind einige nicht nachweisbar, wie Hexen, Heinzelmännchen und Nymphen. Einige kannst du identifizieren, wenn du weißt, worauf du achten musst, wie die Zähne bei Vampiren«, sagte Ace mit einem nachlässigen Achselzucken.

»Fast alle Mythischen weisen jedoch biologische und physiologische Unterschiede auf, die bei genauerer wissenschaftlicher Untersuchung als Anomalien auffallen. Deshalb sind wir hier: um sicherzustellen, dass die allgemeine menschliche Bevölkerung nie von den Mythischen in ihrer Mitte erfährt«, sagte Reggie und knüpfte an Aces Erklärung an.

»Heißt das, alle Autopsien, die wir diese Woche durchgeführt haben, waren an Mythischen?«, fragte Sophie.

»Meistens. Einige waren menschliche Opfer eines Angriffs durch einen Mythischen. Eine der Autopsien, die wir durchgeführt haben, war, weil sie nicht sicher waren, ob es von einem Mythischen verursacht wurde oder nicht, also haben sie es sicherheitshalber zu uns gebracht. Ich sehe, dass du besorgt bist, aber Mythische sind sehr streng, was menschliche Todesfälle betrifft. Jede Gewalt gegen Menschen wird schnell geahndet«, versicherte ihr Reggie.

»Warte. Der Typ, der in Yosemite von einem Bären zerfetzt wurde, was war er?«, fragte Sophie misstrauisch.

»Er war ein Bär. Hat einen Dominanzkampf gegen einen anderen Bärengestaltwandler verloren«, sagte Reggie.

»Dominanzkampf?«, fragte Sophie mit hochgezogenen

Augenbrauen. »Weißt du was, eigentlich glaube ich, ich verstehe das Bild. Was ist mit dem Typen, der in zwei Hälften gehackt wurde?«

»Er war ein Fee. Er wurde wahrscheinlich mit Magie in zwei Hälften geschnitten, aber die Autopsie konnte das nicht eindeutig feststellen«, antwortete Reggie.

»Diese ganze Sache ist so verrückt. Warum habt ihr mich eingestellt? Warum darf ich – ein Mensch – von all dem wissen?«, fragte Sophie.

»Aus ein paar Gründen. Du warst freundlich zu mir, als ich in meiner Opossum-Form war – viele Menschen sind das nicht. Mein Instinkt sagte mir, dass man dir vertrauen kann. Außerdem brauchte ich dringend einen Autopsie-Assistenten. Amira drohte zu kündigen, wenn wir nicht bald jemanden finden würden«, sagte Reggie.

Ein zufälliger Gedanke kam Sophie in den Sinn.

»Ist das der Grund, warum Detective Volpes sagte, ich gehöre nicht hierher? Weil ich menschlich bin? Deshalb dachte er, ich würde Probleme verursachen«, fragte Sophie. Der Blick auf Reggies Gesicht bestätigte ihre Vermutungen.

»Was ist überhaupt sein Problem? Volpes hat mich heute früher wegen Sophie belästigt. Wir müssen diesem Arsch keine Rechenschaft darüber ablegen, wen und was wir einstellen«, knurrte Ace.

»Was meinst du damit, er hat dich belästigt?«, fragte Sophie.

»Er wollte nur mehr über dich wissen: ob du pünktlich zur Arbeit erscheinst, ob du Probleme verursachst, ob du dich seltsam verhältst. Er ist einfach ein elitärer Arsch«, höhnte Ace.

»Muss ich mir Sorgen machen, dass er mir Probleme bereitet?«, fragte Sophie.

»Ich werde mit Mac, unserem Vorgesetzten, sprechen. Füchse sind von Natur aus misstrauisch. Es überrascht mich nicht, dass er dich ins Visier genommen hat, weil du hier arbeitest. Du brauchst dir keine Sorgen um ihn zu machen. Ich werde sicherstellen, dass er dich in Ruhe lässt. Mac weiß, dass er wegen unserer Arbeit in unserem guten Willen bleiben muss«, versuchte Reggie Sophie zu beruhigen.

Ein Fuchs?, dachte Sophie bei sich und versuchte, sich mit der Vorstellung anzufreunden, dass der Ermittler ein Fuchsgestaltwandler war.

Reggie schaute auf seine Uhr und seufzte leicht.

»Wir müssen zurück an die Arbeit. Es tut mir leid, dass wir nicht mehr Zeit zum Reden haben«, sagte Reggie.

»Das ist okay. Ich glaube nicht, dass mein Gehirn sowieso mehr Informationen verarbeiten kann«, sagte Sophie, erfreut, ein Kichern von Reggie zu bekommen.

SOPHIE BEOBACHTETE andere Menschen im Bus aus den Augenwinkeln und fragte sich, ob jemand ein Mythischer war. Die wenigen Menschen im Bus zu dieser Tageszeit sahen für Sophie alle normal aus. *Nun, normal für San Francisco jedenfalls,* dachte Sophie, als sie eine Frau mit glasigen roten Augen beobachtete, die die leere Luft vor ihr streichelte.

Es war ein seltsames Gefühl zu erkennen, dass Wesen aus Mythen und Legenden wie eine Geheimgesellschaft, die im Verborgenen lebt, unter den Stadtbewohnern lebten. Den Kopf schüttelnd, kehrte Sophie zurück zur heimlichen Beobachtung ihrer Mitreisenden.

Auf dem Rückweg vom Bus zum Streuselkuchen, der Bar, entdeckte Sophie Benno, der im Türrahmen seiner Bar lümmelte.

»Ich habe auf dich gewartet. Wir müssen reden«, sagte Benno und winkte Sophie in das schummrige Innere der leeren Bar.

Benno deutete auf einen Hocker und zeigte damit an, dass Sophie Platz nehmen sollte. Er trat hinter die Bar, nahm eine halbvolle Flasche mit bernsteinfarbener Flüssigkeit von einem Glasregal. Er schnappte sich zwei Tumbler von unter der Theke und goss jedem zwei Finger breit Whiskey ein. Dann ließ er ein paar Eiswürfel in die gedrungenen Gläser fallen. Genau so, wie Sophie es am liebsten trank.

Sie stießen mit den Gläsern an, und Sophie nahm einen langsamen Schluck. Sie ließ den Whiskey einen Moment auf ihrer Zunge ruhen und genoss, wie er das Innere ihres Mundes wärmte. Der Geschmack ließ Sophie an in Leder gebundene Bücher denken, gekrönt mit einem Klecks Butterscotch und Vanille. Sie ließ ihn langsam ihre Kehle hinuntergleiten. Ein solcher Whiskey musste genossen werden.

»Gestern Abend waren zwei Ermittler hier und haben nach der Vampirbande gefragt, die dich belästigt hat«, sagte Benno.

Sophie begann zu husten und zu keuchen, der Alkohol brannte, als er in die falsche Röhre ging. Benno reichte Sophie eine Serviette mit einer entschuldigenden Grimasse.

»Warn ein Mädchen das nächste Mal vor, wenn du planst, eine Bombe auf sie fallen zu lassen!«, hustete sie. »Ich kann nicht glauben, dass du von Vampiren weißt. Wusstest du, dass sie Blutsauger waren, als du sie von mir weggewarnt hast?«, fragte Sophie, die endlich ihr Husten unter Kontrolle bekam.

»Ja, ich wusste es. Ich wusste nicht, dass du von Vampiren wusstest. Vampire wandern nicht oft in mein Territorium. Sie bleiben normalerweise in ihren schicken Villen in Nob Hill oder man findet sie am Fisherman's Wharf, wo sie nach Touristen Ausschau halten, um einen schnellen Snack zu bekommen.«

»'Touristen-Ködern' wäre ein großartiger Bandname«, sagte Sophie albern, was Benno schnauben ließ. »Übrigens wusste ich bis gestern Abend nichts von Vampiren.«

»Du hast mir nicht gesagt, dass die Vampire eine Vene, einen menschlichen Diener, geschickt haben, um dich zu belästigen, Sophie«, sagte Benno und benutzte seine Strenger-Vater-Stimme.

»Ich hatte die Situation im Griff.«

»Du solltest dich nicht mit Vampiren anlegen.«

»Erstens wusste ich damals nicht, dass es Vampire waren. Zweitens haben sie sich mit mir angelegt. Ich habe mich nicht mit ihnen angelegt.« Sophie zählte die Punkte an ihren Fingern ab.

»Fairer Punkt. Aber von jetzt an, wenn dich jemand belästigt – egal wer – musst du es mir sagen, egal was passiert. Die meisten Mythischen sehen menschlich aus, also wirst du nicht wissen, wer gefährlich ist«, warnte Benno. »Apropos gefährliche Leute, gestern Abend kam ein zweiter Detektiv, um mit mir zu sprechen, speziell über dich. Er wollte wissen, ob du ein Problem bist, wo du in der letzten Woche warst, deine Gewohnheiten und Freunde.«

»Dieses. Neugierige. Arschgesicht! War sein Name Malcolm Volpes?«, fragte Sophie. Als Benno nickte, beschwerte sie sich: »Er mag mich einfach nicht, weil ich menschlich bin. Mach dir keine Sorgen um ihn. Er beschwert sich nur, weil er nicht glaubt, dass ein Mensch in der Leichenhalle arbeiten sollte. Er denkt, meine Anwesenheit wird Probleme verursachen. Er kann nichts gegen meine Anstellung dort tun, außer zu jammern und zu stöhnen wie ein weinerliches Kleinkind. Wenn er so weiter-macht, kaufe ich ihm einen Schnuller.«

»Ich hätte dich warnen sollen, dass der Mann, der dir diesen Job angeboten hat, kein Mensch war. Aber ich habe nicht erkannt, dass er dich für die Mythische Abteilung rekrutiert. Ich dachte, du würdest in der normalen menschlichen Abteilung arbeiten, also kam es mir nicht in den Sinn, es dir zu sagen«, sagte Benno besorgt.

»Mach dir keine Sorgen. Selbst wenn ich es vorher gewusst hätte, hätte ich den Job trotzdem angenommen.«

Benno hob sein Glas, und sie stießen mit den Rändern an.

Sophie wirbelte mit ihrem Finger durch das Wasser, das durch das Kondenswasser, das von ihrem Glas tropfte, auf der Bartheke zurückgeblieben war, während sie langsam ihr Getränk nippte und versuchte, Benno zu ekeln, indem sie den Klang eines

Rippenschneiders beschrieb, wenn er durch einen Brustkorb krachte. Den großen Mann vor Ekel schaudern zu sehen, ließ Sophie wie eine Irre kichern.

Als sie sich schließlich von dem Anfall des Kicherns erholt hatte, starrte sie auf ihr Getränk und versuchte, ihren Mut zu sammeln.

»Hey Benno, bist du menschlich?«, fragte Sophie leise und schaute absichtlich nicht von der polierten, glänzenden Bartheke auf, falls die Frage Benno verärgern würde. »Nicht, dass es mich in irgendeiner Weise stören würde. Ich bin nur neugierig. Du musst meine Frage nicht beantworten, wenn sie unhöflich ist. Ich weiß noch nicht, was die Etikette ist«, sagte Sophie hastig.

»Nein, ich bin kein Mensch, Sophie«, sagte Benno mit einem freundlichen Lächeln. »Ich bin ein Oger aus den alten Märchen.«

Der Schock ließ Sophies Augen so schnell von der Betrachtung der Holzmaserung unter ihren Fingern hochschnellen, dass sie fast ihr Getränk fallen ließ.

»Wow. Ich dachte... Ich weiß nicht, wie ich das taktvoll ausdrücken soll. Nach den Geschichten, die ich gelesen habe, dachte ich, dass ein Oger nicht so menschlich aussehen würde«, sagte Sophie und schluckte das Zusammenzucken hinunter, das sich über ihr Gesicht ausbreiten wollte. Sophie erwähnte klugerweise nicht, dass in den meisten Märchen, an die sie sich erinnern konnte, Oger auch dafür bekannt waren, Menschen zu essen, besonders Kinder.

Benno streckte einen Arm aus und begann dann, seinen Ärmel ordentlich hochzukrempeln. Er enthüllte eine Tätowierung auf seinem Unterarm von einem Stiefel, umgeben von Wörtern in einer Sprache, die Sophie nicht erkannte. Der Stiefel sah aus wie ein kniehoher Stiefel eines Piratenkapitäns mit einer großen umgeklappten Manschette oben. Eine verzierte Schnalle hielt einen dicken Lederriemen über dem Fußrücken. Das Detail der Tätowierung war so fein, dass Sophie schwor, sie könne die Maserung des Leders auf dem Stiefel sehen. Die fremdartigen

Wörter waren in einer kursiven Sprache, die so elegant und flie-
ßend aussah, dass sie einem Kalligraphen wahrscheinlich feuchte
Träume bescheren würde.

»Stiefel kommen in mehreren Geschichten über Oger vor –
vom Gestiefelten Kater bis zum Der kleine Däumling. Das Bild
wird jetzt oft verwendet, um Oger zu repräsentieren. Ich habe
einen Fee bezahlt, um dieses Sigil-Tattoo, ein magisches Symbol,
zu erstellen und mit einem Glamour zu versehen, der mir eine
menschliche Form gibt. Dieses Tattoo ermöglicht es mir, vollständig menschlich zu erscheinen«, erklärte Benno.

Das Tattoo erinnerte Sophie an die kopflose Leiche von ihrem
ersten Tag in der Leichenhalle. Damals hatte Sophie Reggie
scherzhaft gesagt, dass jemand seine Tattoos vom Körper abgeschnitten hatte. Als sie auf Bennos Unterarm blickte, fragte sich
Sophie, ob sie nicht richtig geraten hatte. Bennos Sigil-Tattoo
befand sich an der gleichen Stelle wie das fehlende Fleisch der
Leiche.

»Das ist so cool.« Sophie lachte. »Glaubst du, ich könnte mir
von einer Fee ein magisches Tattoo stechen lassen? Damit ich
mich in etwas Cooles wie einen Drachen oder ein Einhorn
verwandeln könnte?«

»Tut mir leid, bei Menschen funktioniert das nicht. Selbst
wenn du irgendwie eine Fee überreden würdest, dir ein magisches Tattoo zu stechen, wäre es nur ein gewöhnliches Tattoo.
Du brauchst innere Magie, damit Sigil-Tattoos funktionieren.
Außerdem sind die meisten Drachen nervige Arschlöcher; du
würdest kein Drache sein wollen.«

»Was ist mit Einhörnern? Sind die auch echt?«

»Nein, tut mir leid. Aber Pegasi gibt es. Sie kommen aus dem
Olymp. Extrem selten allerdings. Ich habe noch nie einen gesehen«, sagte Benno mit einem breiten Grinsen.

»Pegasi? Olymp? Ich weiß nicht, ob du mich auf den Arm
nimmst oder nicht«, sagte Sophie mit einem Kopfschütteln.

Sophie und Benno beendeten ihre Getränke in Stille. Beide

waren in ihre Gedanken versunken. Nach dem letzten Schluck ihres Whiskeys stand Sophie auf und wandte sich an Benno.

»Ich muss gehen, Benno. Danke für das Getränk. Und danke, dass du auf mich aufpasst. Ich weiß das zu schätzen«, sagte Sophie.

»Du magst eine nervtötende Schlampe sein, aber du bist meine nervtötende Schlampe«, sagte Benno mit einem Augenzwinkern.

»Du magst ein menschenfressender Oger sein, aber du bist mein menschenfressender Oger«, gab Sophie frech zurück. »Hey, Benno, wie schmeckt Menschenfleisch?«

»Ich wüsste es nicht, aber wenn ich jemals die Chance bekomme, es zu probieren, wirst du die Erste sein, die es erfährt.«

»Verpasste Gelegenheit! Du hättest sagen sollen: 'Es schmeckt wie Hühnchen'«, sagte Sophie, als sie die Bar mit einem Winken verließ, getragen von der Welle von Bennos Gelächter.

Als sie die winzige Lobby des Apartmentgebäudes betrat, wünschte sich Sophie, sie wäre mutig genug gewesen, um zu fragen, ob sie Bennos wahre Gestalt sehen könnte. Leise seufzend entschied sie, dass es wahrscheinlich eine unhöfliche Bitte gewesen wäre; wenn er nicht anbot, es ihr zu zeigen, dann fühlte es sich nicht richtig an, zu fragen.

Ginsberg kam die Treppe heruntergeschossen und blieb vor Sophie stehen, wobei er seinen Schwanz über seine Füße legte.

Sich auf seine Höhe hockend, starrte Sophie intensiv in Ginsbergs helle zitronengelbe Augen. Für einige Momente beobachteten sie sich einfach gegenseitig schweigend. Der feurig orangefarbene Streifen, der seine Iris umgab, dehnte sich aus, als seine Pupillen sich zu einem scharfen Schlitz zusammenzogen, während er sich auf Sophies Augen konzentrierte.

»Ginsberg, bist du ein Katzengestaltwandler?«, flüsterte Sophie ihm zu. »Du kannst es mir ruhig sagen. Ich bin jetzt eingeweiht.«

Sophie starrte gebannt in sein Gesicht und suchte nach auch nur einem kleinen Zucken, das Ginsbergs Status als Gestaltwandler verraten würde, und wartete auf eine Antwort.

»Miau«, jaulte das winzige Kätzchen Sophie an, offensichtlich über den improvisierten Starrwettbewerb hinweg.

»Schön. Behalt deine Geheimnisse für dich«, schnaubte Sophie und drückte die Katze unter ihr Kinn. »Lass uns dich nach Hause zu deiner Mama bringen.«

KAPITEL 8

*S*ophie hatte den Eindruck, dass der Nebel in San Francisco nur in zwei Varianten auftrat.

Manchmal rollte er über die Stadt wie ein Riese, der eine graue Decke über die Landschaft breitet. Als sie einmal in Twin Peaks gewesen war, hatte Sophie hoch genug über dem Rest der Stadt gestanden, um zu beobachten, wie der Nebel vom Pazifik hereinrollte. Er sah aus wie eine undurchdringliche Wand, die über das Land wogte, während die Stadt darunter verschwand. Diese Art von Nebel lag wie eine dicke, graue Wolldecke hoch über den Wolkenkratzern.

Die zweite Art von Nebel schlich sich auf leisen Sohlen herein, kroch in alle Winkel der Stadt und hüllte die Landschaft ein, bis er alles in seinen dichten, undurchsichtigen Schleier gehüllt hatte. Er setzte sich in deinen Haaren und auf deiner Kleidung fest und ließ dich deinen Mantel enger um dich wickeln, um seine feuchte Berührung von deiner Haut fernzuhalten.

Als Sophie die Stufen vor dem Streuselkuchen hinabstieg, küsste der Nebel ihr Gesicht mit kalten, feuchten Lippen. Während Sophie schnell den Bürgersteig entlangging, wirbelte der Dunst hinter ihr in Strudeln und Wirbeln, als wäre sie ein Schiff, das sich durch dunkle Gewässer kämpft.

Ich wette, heute Nacht sehen wir mehr Mordopfer als üblich, dachte Sophie. Diese Art von Nebel ließ die Menschen glauben, er würde ihre Sünden verbergen. Die Sünden dieser Menschen landeten auf einem Tisch an ihrem Arbeitsplatz. Ihre Aufgabe war es nun, bei ihrer Aufdeckung zu helfen, um den Täter zu fassen und sicherzustellen, dass er nie wieder jemandem schaden konnte. Obwohl Sophie nicht wusste, was nach jeder Autopsie geschah, sobald sie abgeschlossen war, lag eine Befriedigung in dem Wissen, dass sie geholfen hatte. Es war ihr egal, ob sie nur ein kleines, unbedeutendes Rädchen in der Maschinerie der Gerechtigkeit war.

Als sie in den Bus stieg, zog Sophie ihre Umhängetasche vorsichtig auf ihren Schoß und achtete darauf, das Schinkensandwich darin nicht zu zerdrücken. Dank ihres ersten Gehaltsschecks konnte sie sich endlich etwas Besseres als Erdnussbutter leisten. Der Scheck kam nicht einen Moment zu früh, da sie sonst eine Reiswoche vor sich gehabt hätte.

Als sie aus dem Busfenster schaute, lauerte die Stadt dunkel und geheimnisvoll hinter dem Glas, hohe Gebäude ragten düster über ihr auf. Die vom dichten Nebel gedämpften leuchtenden Kugeln der Straßenlaternen durchbrachen regelmäßig die Dunkelheit mit verschwommenem, flüchtigem Licht. Jede goldene Kugel bot schnell und lautlos nur eine kurze Atempause von den nebligen Schatten. Verdunkelte Gebäude erhoben sich aus dem Dunst wie Grabsteine auf einem Friedhof. Sophie lächelte, als der Bus an einer Bar vorbeifuhr, aus der helles Licht und fröhliche Stimmen in die Nacht drangen – ein lebhafter Hafen in der Dunkelheit.

Sophie stieg mit einem erleichterten Seufzer aus dem Bus, froh, fast bei der Arbeit zu sein. Nach einem spektakulär faulen Wochenende war sie aus irgendeinem Grund unglaublich nervös gewesen; ihre Nerven zum Zerreißen gespannt. Als sie früher am

Tag Moe die Miete zahlte, Lebensmittel für sich und Birdie besorgte und Besorgungen erledigte, konnte Sophie das Gefühl nicht abschütteln, dass jeder sie seltsam ansah. Sie schaute immer wieder über ihre Schulter und fragte sich, ob eine Vampirbande hinter ihr her sein könnte. Das Gefühl, beobachtet zu werden, hatte Sophie überallhin verfolgt.

Das mulmige Gefühl zwischen ihren Schulterblättern ließ endlich nach, als sie auf die seltsame Metallskulptur vor dem Gebäude der Gerichtsmedizin zuging. Froh, endlich fast im sicheren Kokon der Arbeit zu sein, blieb Sophie stehen, um das Kunstwerk zu betrachten. Sie hatte der Skulptur bis jetzt nie einen zweiten Blick geschenkt. Die Plakette an der Basis besagte, dass die Metallskulptur Bootsegel darstellte, die mit Wind gefüllt waren. Für Sophie sah es aus wie Abschnitte eines silbernen Zauns, die mitten im Wirbel eines unsichtbaren Tornados eingefroren waren.

Als sie die Lobby betrat, lächelte Sophie, als sie sah, dass Frau Zhao von Kopf bis Fuß in Pastellrosa gekleidet war. Sogar die Perlen, die ihren hübschen Seitenkamm bedeckten, waren in einem weichen, schillernden Rosa. Sophie hob die Hand zum Gruß, als Frau Zhao sie mit einem kleinen rätselhaften Lächeln hineinließ.

»Ich glaube, Frau Zhao findet meinen Punk-Gammellook amüsant«, sagte Sophie zu Ace und steckte den Kopf in sein und Fitz' gemeinsames Büro. Ace blickte von einem Bericht auf seinem Schreibtisch auf, den er anstarrte, als hätten ihn die Worte auf dem Dokument persönlich beleidigt.

»Ich finde deinen Stil zum Schreien komisch, also bin ich nicht überrascht«, sagte Ace, wobei das leichte Zucken seiner Lippen seinen Humor verriet.

»Ach, hör doch auf, du Charmeur, ich werde noch rot«, konterte Sophie.

Ace warf Sophies schwarzer Jeans mit den herausgerissenen

Knien einen bedeutungsvollen Blick zu und hob erwartungsvoll eine Augenbraue.

»Wie ist eigentlich Frau Zhaos Vorname?«, fragte Sophie und ignorierte die Spitze.

Ace zuckte mit den Schultern. »Ich glaube nicht, dass sie einen hat. Sie ist einfach Frau Zhao.«

Als Sophie sich zum Gehen wandte, streifte Fitz an ihr vorbei ins Büro.

»Hey, Fitz. Ich habe heute etwas für dich besorgt«, sagte Sophie.

»Du hast etwas für mich?«, fragte Fitz überrascht.

»Es ist keine große Sache. Ich war zufällig in der Nähe von Boudin«, erklärte Sophie, griff in ihre Umhängetasche und holte eine Papiertüte heraus. Fitz schnappte ihr das Päckchen praktisch aus der Hand und drückte sein ganzes Gesicht in die Öffnung der Tüte.

»Hmmm, Sauerteig.« Fitz seufzte und schnüffelte an seinem teigigen Geschenk wie ein Süchtiger. »Sophie, möchtest du meine Frau werden? Ich wäre ein guter Ehemann für dich.«

»Er ist schwul«, verkündete Ace. »Also nimm diesen Antrag nicht an.«

»Man outet Leute nicht einfach so. Du weißt nie, wie sie reagieren werden«, tadelte Fitz.

»Wenn es ihr egal ist, dass du ein Spinner bist, wird es ihr sicher auch egal sein, dass du auf Männer stehst.«

»Jetzt reicht's«, unterbrach Sophie, bevor die beiden richtig loslegen konnten. »Nein danke, Fitz. Gemeinsame Brotliebe reicht nicht für eine Ehe. Und Ace – hör auf, so ein Arsch zu sein.«

»Redet ihr über Ace? Ich habe etwas über ein Arschloch gehört«, sagte Amira, als sie den Raum betrat. Sophie drehte sich um und verließ den Raum, bevor die Situation hitzig werden konnte. Als sie wegging, konnte sie hören, wie Amira und Ace ihr übliches Gezänk begannen.

Nachdem sie sich umgezogen hatte, holte Sophie ihre Akten für die Nacht. Sie verglich sie mit der Tabelle an der Wand, bestätigte die Fallnummer für die erste geplante Autopsie und ging dann in den Kühlraum. Sophie fand schnell die entsprechende Bahre und rollte sie in den Autopsieraum.

»Sophie! Was hast du da für mich?«, rief Reggie und blickte von einer Aktenmappe in seinen Händen auf.

»Unseren ersten Kunden des Abends.«

Nachdem sie die Bahre neben dem Autopsietisch geparkt hatte, öffnete Sophie den Leichensack, damit sie die Person in Position bringen konnten. Der überwältigende Geruch des Ozeans – eine Kombination aus sonnengebackenem Seetang, salziger Sole und frischem Fisch mit einem Hauch von Ammoniak und Gurke – erfüllte den Autopsieraum. Sophie schüttelte den Kopf, um den Geruch aus ihrer Nase zu vertreiben, während sie der Frau im Leichensack einen interessierten Blick zuwarf.

»Merkwürdig«, sagte Sophie, als sie den Körper der Frau auf den Autopsietisch überführten. »Warum riecht sie so?«

»Wegen dem, was sie ist«, sagte Reggie mit einem Hauch von Geheimnis.

»Lass mich raten... Sie muss ein Meeresgeschöpf sein... Sirene? Kelpie? Walross-Gestaltwandler? Nein, warte, ich hab's. Meerjungfrau!«, rief Sophie. »Sie riecht wie ein Fischmarkt... Zumindest riecht sie nach frischem Fisch und nicht wie verdorbene Meeresfrüchte.«

»Du hast Recht. Sie war eine Meerjungfrau«, bestätigte Reggie.

»Das ist so cool«, hauchte Sophie leise. »So seltsam, aber trotzdem... so cool.«

Sie arbeiteten eine Weile schweigend, die Stille nur unterbrochen von gelegentlichen Anfragen nach Werkzeugen von Reggie und dem Ansagen von Informationen, die sie notieren sollte.

»Moment mal... Wenn sie eine Meerjungfrau ist, wo ist dann

ihr Schwanz?«, fragte Sophie und betrachtete die sehr menschlich aussehenden Beine der Frau.

»Sehr gute Frage«, sagte Reggie und schlüpfte mühelos in seinen Lehrermodus. »Meerjungfrauen sind eine Art Gestaltwandler, und die meisten Gestaltwandler kehren zu ihrer menschlichen Form zurück, wenn sie sterben.«

»Ist das der Grund, warum wir all diese zerfetzten menschlichen Körper bekommen? Weil sie in ihrer Gestaltwandlerform gekämpft haben, wie ein Wolf oder so. Und wenn sie dann getötet werden, verwandeln sie sich zurück in Menschen, behalten aber ihre Verletzungen?«

»Das ist korrekt«, sagte Reggie mit einem zufriedenen Gesichtsausdruck. Sophie unterdrückte den Wunsch, sich wie eine Musterschülerin zu fühlen.

»Wie ist sie also gestorben?«, fragte Reggie nach einer Weile und bat um eine weitere Geschichte über das Opfer.

»Hmmm... Lass mich nachdenken«, sagte Sophie, während sie Reggie ein Skalpell reichte und die Gestalt der Frau betrachtete.

»Schau dir all diese Wunden an ihrer Seite an. Ich glaube, das könnten Bissspuren sein«, sagte Sophie und zeigte auf eine Reihe von zackigen Rissen und Abschürfungen am Oberkörper der Frau.

»Bissspuren?«, sagte Reggie und betrachtete die Wunden genauer. »Du könntest Recht haben. Schwer zu sagen wegen des Ausmaßes der Risse. Was hat sie gebissen?«

»Ein Seeelefant«, verkündete Sophie triumphierend.

»Was?«, Reggies Kopf schnellte von der Untersuchung der Wunden hoch, was Sophie zum Lachen brachte.

»Ja, sie ist versehentlich in das Revier eines männlichen Seeelefanten während der Paarungszeit geraten. Als Meerjungfrau dachte sie, sie könnte entkommen, indem sie ins Meer läuft, aber er folgte ihr und griff an«, erklärte Sophie.

»Nun, jetzt weiß ich, dass ich niemals einem verliebten Seeelefanten in die Quere kommen sollte. Ich werde fortan den Strand mit größerer Vorsicht besuchen«, scherzte Reggie.

Sophie öffnete den Mund, um zu antworten, wurde aber vom Quietschen der Türangeln unterbrochen, die ankündigten, dass jemand den Autopsieraum hinter ihnen betrat.

»Oh toll«, seufzte Sophie, als sie sah, wie Detective Volpes den Raum betrat.

»Detective Volpes, was kann ich für Sie tun?«, fragte Reggie.

»Ich muss mit Ihnen sprechen, Dr. Didel«, sagte der Detective und warf Sophie einen säuerlichen Blick zu.

»Wir müssen diese Autopsie beenden, bevor ich mit Ihnen sprechen kann. Wir sind fast fertig. Wenn Sie möchten, können Sie in meinem Büro warten oder sich dort drüben hinsetzen«, sagte Reggie und deutete auf einen Stuhl auf der anderen Seite des Raumes.

Mit einem genervten Seufzen nahm der Detective Platz. Sophie runzelte enttäuscht die Stirn, als er nicht zu Reggies Büro ging, beschloss aber, ihn zu ignorieren. Sie würde ihm nicht die Genugtuung geben zu wissen, dass seine Anwesenheit sie störte. Reggie und Sophie setzten die Autopsie schweigend fort.

»Hm, sieh dir das an«, sagte Reggie ein paar Minuten später. »Komm und mach ein Foto von diesem Bereich.«

Sophie nahm die Kamera und ging zu der Stelle, auf die Reggie zeigte.

»Schau dir diese Markierung an ihrem äußeren Oberschenkel an. Diese Schnitte sehen tatsächlich aus, als könnten es Biss-spuren sein. Wie seltsam. Vielleicht hattest du Recht«, scherzte Reggie, breitete seine Hand über dem kreisförmigen Bereich der Wunden aus und zeigte, dass der vermeintliche Biss größer als seine Hand war.

»Dass ein Seeelefant sie getötet hat? Das wäre fantastisch.« Sophie kicherte.

»Vielleicht hat der Seeelefant sie für Sushi gehalten. Komisch, jetzt bekomme ich Appetit auf Maki-Rollen.«

Ein gedämpftes Schnauben von der anderen Seite des Raumes erregte Sophies Aufmerksamkeit. Als sie hinüberschaute, sah sie, wie Volpes ein Lächeln von seinem Gesicht wischte. Sophie war überrascht, dass sie es geschafft hatte, durch die Ich-bin-ein-ernsthafter-Mann-der-ernsthafte-Arbeit-macht-Fassade des Detectives zu brechen.

Vielleicht ist er doch nicht völlig hoffnungslos, dachte Sophie zweifelnd.

»Sophie, wenn du die Meerjungfrau in den Kühlraum zurückgebracht hast, könntest du nachsehen, ob Fitz Hilfe beim Wiegen und Röntgen braucht? Sobald ich mit Mac fertig bin, werde ich dich suchen, und wir können wieder an die Arbeit gehen«, sagte Reggie, als sie die letzten Schritte der Autopsie abschlossen.

»Klar, Chefchen«, sagte Sophie mit einem kecken Salut und verließ den Autopsieraum mit der Meerjungfrau.

Nachdem sie die Meerjungfrau wieder im Kühlschrank deponiert hatte, ging Sophie zu Ace und Fitz' Büro.

Fünfzehn Minuten später, als Fitz seinen lebhaften Monolog über die Bedeutung eines guten Sauerteigansatzes fortsetzte, sah Sophie, wie sich die Tür zu Reggies Büro öffnete. Mac trat zuerst hindurch und bemerkte, dass Sophie in seine Richtung schaute. Mac warf ihr einen langen, nachdenklichen Blick zu, der ein ungutes Gefühl über ihren Rücken laufen ließ.

»Während die Mikroben die Zucker im Mehl fressen, stoßen sie Kohlendioxid aus. Das erzeugt die Blasen. Ich muss dir mal meine Sauerteigmutter zeigen«, erklärte Fitz.

»Deine Sauerteigmutter?«, wiederholte Sophie verwirrt und wandte den Blick von Mac zurück zu Fitz.

»Entschuldige! So nennen wir in der Bäckergemeinde unseren Sauerteigansatz. Ich habe meinen seit drei Jahren!«, rief Fitz.

»Wow. Das ist erstaunlich«, sagte Sophie und versuchte, für Fitz' Wohl Begeisterung vorzutäuschen. Als sie wieder zu Reggies

Büro blickte, sah sie, dass Mac gegangen war. Reggie winkte ihr, zu ihm zu kommen. »Tut mir leid, Fitz, Reggie braucht mich.«

Sie hüpfte praktisch von Fitz weg und gesellte sich zu Reggie vor seiner Bürotür.

»Danke fürs Retten. Hätte ich gewusst, dass ein Brotlaib uns zu Kumpels macht, hätte ich's gelassen. Wenn ich noch einmal was über die perfekte Kruste hören muss, ist es immer noch zu früh«, flüsterte Sophie Reggie zu, als sie zurück zum Hauptautopsieraum gingen. »Was wollte Mac?« Sie rollte die nächste Bahre herein.

»Er hatte nur einige Nachfragen zu einer Autopsie«, sagte Reggie.

»Habt ihr über mich gesprochen?«

»Warum denkst du das?«

»Nur wegen der Art, wie er mich angesehen hat, als ihr aus deinem Büro kamt.«

»Ich glaube, er versucht nur herauszufinden, wie du hier reinpasst.«

»Es tut mir leid, wenn meine Anwesenheit hier dir Probleme bereitet.« Sophie zuckte innerlich zusammen.

»Du verursachst in keiner Weise Probleme. Dich hier zu haben, ist eine enorme Hilfe. Ich bin froh, dass wir zusammenarbeiten können. Wenn Mac weiterhin konfrontativ mit dir umgeht, lass es mich wissen, und ich werde mich darum kümmern.«

Sophie konnte sich nicht vorstellen, dass der süße Reggie sich gegen Mac durchsetzen würde. Sie wollte ihn nicht in eine unangenehme Position mit diesem Idioten bringen, also versprach sie sich selbst, keine Quelle für Probleme für ihn zu sein.

»Ich komm mit Mac klar. Der bellt viel, aber beißt nicht. Und falls doch – ich beiß zurück. Und zwar da, wo's weh tut«, lachte Sophie.

KAPITEL 9

*S*ie mixte zwei Drinks und sorgte dabei dafür, eine tödliche Dosis Fentanyl in einen der Wodka Tonics zu mischen. Sie drückte eine extra Zitrone in das Glas, um jeden Geschmack zu überdecken, und drehte sich dann zu dem Mann um, der es sich auf dem plüschigen Sofa bequem gemacht hatte.

Sie reichte dem großen Mann sein präpariertes Getränk und setzte sich neben ihn.

»Trink mit mir. Ich habe das noch nie gemacht, und bin nervös«, sagte sie mit einem kleinen, zaghaften Lächeln.

Sie unterdrückte ein Grinsen, als er sein Getränk schnell hinunterkippte. Sie beobachtete ihn mit seinen kleinen Augen, die vor unterdrückter Erregung glänzten. Sein ordentlich gestutztes Haar würde zu einem Versicherungsvertreter passen, und sein leicht zerknitterter Anzug war über seinem Bauch zu eng. Er erinnerte sie an einen alternden Highschool-Athleten, der sich hatte gehen lassen, einst kräftige Muskeln, die sich im Laufe der Zeit in hartes Fett verwandelt hatten.

»Also, das ist dein erstes Mal, dass du auf eine Escort-Anzeige antwortest?«, fragte der Mann, der sagte, sein Name sei Dirk. »Wie war nochmal dein Name?«

»*Du kannst mich Schneewittchen nennen*«, *sagte sie und ließ ihre Lippen zu einem geheimnisvollen Lächeln formen. Sie stand auf und begann, auf ihr Opfer zuzuschlendern.*

Sophie schreckte auf. »Verdammt.« Sie rieb sich mit den Handflächen die Augen, schaute auf ihre Uhr und stöhnte über die Uhrzeit. Sie könnte noch zwei Stunden schlafen, bevor sie für die Arbeit aufstehen müsste, aber es gab absolut keine Möglichkeit, nach dem Albtraum wieder einzuschlafen. Sie wollte nicht an den Traum denken. Allein die Erinnerung daran, wie sehr ihr Traum-Ich es genossen hatte, mit ihrem Opfer zu spielen, ließ sie sich vague unwohl fühlen.

»Diese verdammten Träume... Warum, Gehirn, musst du so scheiße sein?«, fragte Sophie laut.

Mit einem Schnauben zog Sophie ihre dicke Bettdecke zurück, einer der wenigen Luxusartikel in ihrer Wohnung. Dunkelheit hüllte ihr Schlafzimmer in Schatten, die Düsternis entstand durch eine Kombination aus zugezogenen Vorhängen und der beginnenden Dämmerung. Im Dunkeln tastete sich Sophie vorsichtig durch ihr Zimmer zu ihrer Kommode, wobei sie durch auswendig gelernte Erinnerung wusste, wo alles in dem kleinen Raum stand. Sie griff nach einigen Kleidungsstücken und nahm eine schnelle Dusche.

Danach blickte Sophie gedankenlos in ihren Kühlschrank, aber der beunruhigende Traum hatte ihr den Appetit geraubt. Als sie einen Blick auf ihre beengte, trostlose Wohnung warf, wurde ihr klar, dass sie keine weitere Minute hier allein mit ihren Gedanken verbringen konnte.

Sie schritt aus ihrer Wohnung und ging über den Flur.

»Birdie, da?«, rief Sophie und klopfte an die verblasste rote Tür ihrer Nachbarin.

»Mädchen, wo sollte ich sonst sein?«, sagte Birdie und öffnete die Tür.

Sophie schnappte Ginsberg, bevor er vollständig in den Flur entwischen konnte. Sie nahm die Katze in ihre Arme und kratzte ihn unter seinem Kinn. Das Summen von Ginsbergs Schnurren beruhigte ihre Nerven mehr als alles andere es könnte.

»Birdie, willst du mit mir in die Bar gehen? Ich lade dich auf einen Drink ein. Wir können so tun, als wäre es Frauenabend, und für Aufregung sorgen«, bot Sophie an.

»Heute Abend läuft eine neue Folge von Der Bachelor. Die kann ich nicht verpassen.«

»Natürlich. Ich würde nicht im Traum daran denken, dich und diesen Bachelor, auf den du ein Auge geworfen hast, zu trennen!«

»Die Dinge, die ich mit diesem Mann anstellen würde!«, kicherte Birdie.

»Ruhig, Mädchen. Er würde sich wahrscheinlich nie erholen, wenn du ihn in die Finger bekämst. Du würdest ihn für andere Frauen ruinieren«, neckte Sophie und gab Ginsberg an Birdie zurück.

»Da hast du verdammt recht.«

»Dann vielleicht nächstes Mal. Hab einen schönen Abend, Birdie«, sagte Sophie und trat von Birdies Türschwelle zurück.

»Du auch, Schätzchen. Geh in die Bar und finde dir einen Mann«, rief Birdie den Flur hinunter, als Sophie sich zum Gehen wandte.

* * *

Das Klingeln der Glocke kündigte Sophies Eintritt in die Bar an. Alle blickten bei dem Geräusch auf, wandten sich aber schnell wieder ihren Getränken zu, als sie Sophie in der Tür sahen. Dies war die Art von Bar, in der die Leute sich um ihre eigenen Angelegenheiten kümmerten und keinen Ärger suchten. Und Benno sorgte dafür, dass es so blieb.

Als Sophie sich im Der kleine Daumen umsah, entdeckte sie ein paar einsame Gäste, die über den Pub verstreut waren, und eine Gruppe kräftiger Männer, die an einem der Tische im hinteren Teil saßen. Es gab ein paar bekannte Gesichter, aber außer Benno kannte sie niemanden mit Namen. Im Der kleine Daumen war immer jemand, der seinen Kummer mit billigem Whiskey oder einem dicken Stout ertränkte. Sie fand einen Hocker an der Bar mit den obligatorischen zwei leeren Plätzen zwischen ihr und der nächsten Person, was sie näher an den Tisch mit den Männern brachte, als ihr lieb war. Sie fühlte sich nicht besonders wohl dabei, eine Gruppe unbekannter Männer im Rücken sitzen zu haben. Aber zu wissen, dass Benno in der Nähe war, bedeutete, dass sie sich keine Sorgen machen musste. Außerdem hatte sie nicht den Eindruck, dass sie ihr irgendwelche Aufmerksamkeit schenkten.

»Hey, Soph. Was kann ich dir bringen? Willst du das Übliche?«, fragte Benno und näherte sich Sophie mit einem weißen Barhandtuch über der Schulter.

»Heute nicht, Benno. Ich muss in ein paar Stunden zur Arbeit und will vorher nichts trinken. Ich brauche etwas ohne Alkohol. Vielleicht nur eine Limonade?«, sagte Sophie.

»Wie wäre es mit einer Wiegenlied-Dame?«, schlug Benno vor.

»Die Wiegenlied-Dame?«, wiederholte Sophie. »Was ist das?«

»Es ist wie eine mythische Version deines Kinderpunschs. Willst du es probieren? Ich glaube, es wird dir gefallen«, sagte Benno.

»Sicher«, sagte Sophie mit einem Achselzucken und legte etwas Geld hin, um für das Getränk zu bezahlen und ihre Rechnung zu begleichen.

Nach ein paar Minuten des Herumbastelns an einem Getränk, wobei er Sophie den Rücken zuwandte, damit sie nicht sehen konnte, was er tat, warf Benno einen Untersetzer auf die Bartheke und stellte mit einer Geste, die sie wieder einmal an einen altmodischen Zirkusartisten erinnerte, ein hohes Highball-Glas vor ihr ab.

Der Inhalt des Glases war trüb weiß, ähnlich wie verdünnte

Milch, mit einer leuchtend karmesinroten Schicht darüber. Während Sophie zusah, sickerte der rote Schwimmer langsam in die weiße Flüssigkeit darunter und sah fast aus wie Blut, das in Stoff einsickert.

»Schön, aber tödlich. Genau wie Die Wiegenlied-Dame«, sagte Benno.

Sophie nahm das Glas, drehte es gegen das Licht, um die Schönheit des makabren Getränks zu bewundern. Sie hielt es an ihre Lippen und nahm einen kleinen Schluck. Als erstes schmeckte sie eine Art blumige Frucht, wie Litschi oder Passionsfrucht. Es war zunächst fast parfümiert, aber dann setzte sich der Geschmack auf ihrem Gaumen und verwandelte sich in etwas Tieferes, wie einen dunklen Tee, der mit Honig gesüßt war.

»Es ist gut. Was ist drin?«, fragte Sophie, leckte sich leicht die Lippen und nahm dann einen weiteren größeren Schluck.

»Wenn ich es dir sage, müsste ich dich töten«, sagte Benno dramatisch und fletschte die Zähne.

»Es ist traurig, dass du denkst, du wärst lustig«, sagte Sophie und verdrehte die Augen. »Die Wiegenlied-Dame... Ein seltsamer Name, nicht wahr?«

»Es ist nach einer echten Person benannt. Sie ist eine Fee, die als so böse und machthungrig gilt, dass nur die Feenkönigin ihren Zorn zügeln kann. Sie ist der Name, den Feenmütter benutzen, um ihre Kinder davon abzuhalten, sich daneben zu benehmen.«

»Also ist Die Wiegenlied-Dame wie der Schwarze Mann – erfunden, um Kinder zu erschrecken, damit sie sich benehmen.«

»Ich muss dir leider mitteilen, dass sowohl der Schwarze Mann als auch Die Wiegenlied-Dame nicht erfunden sind. Sie sind echt. Jede Kultur hat irgendeinen Mythos um eine Kreatur wie den Schwarzen Mann. Es basiert normalerweise auf Ghul-Sichtungen oder manchmal Vampiren, je nach Land«, erklärte Benno.

»Ghule sind echt? Fressen sie Menschen? Weißt du was? Ich

will es gar nicht wissen. Erzähl mir mehr über Die Wiegenlied-Dame. Sie klingt interessanter.«

»Sie soll schön, aber tödlich sein. Ich kenne allerdings niemanden, der sie jemals wirklich gesehen hat. Sie lebt im Feenreich. Es gibt Gerüchte, dass sie die Lieblingsmeuchelmörderin der Feenkönigin ist. Ich habe Gerüchte gehört, dass sie jeden tötet, der ihr Gesicht gesehen hat, so dass nur die Königin überhaupt weiß, wie sie aussieht.«

»Sie klingt irgendwie toll. Sind Feen dasselbe wie Feen? Ich wollte schon immer jemanden fragen. Alle reden ständig von Feen dies und Feen das, und ich stelle mir immer jemanden vor, der wie Tinkerbell aussieht«, fragte Sophie mit großen Augen.

»Feen sind keine echten Wesen, aber sie basieren auf den Feen. Wenn du jemals eine Fee triffst, erwähne keine Feen; sie werden ziemlich sauer wegen der ganzen Sache. Feen sind gefährlich. Manche Leute könnten mich tatsächlich als Feenwesen betrachten, da Oger aus dem Feenreich stammen. Allerdings ziehe ich es vor, mich einfach als Oger zu betrachten, eine völlig andere Spezies als die Feen. Nicht alle Oger sind nach menschlichen Maßstäben nette Leute, aber einige der Feen lassen Oger wie Liebenswürdige aussehen. Die eigentlichen Sídhe-Feen selbst sind in der Regel kalte, schöne, machtgetriebene, überlegene Wesen, die alles andere als unter ihnen stehend betrachten. Leg dich nicht mit ihnen an«, warnte Benno und beugte sich über die Bartheke, um Sophie zuzuflüstern.

»Sídhe-Feen?«, wiederholte Sophie langsam. Es klang, als hätte Benno Schie-Feen gesagt.

»Ja, die Sídhe-Feen. Glücklicherweise bleiben die meisten im Feenreich, halten sich an ihre Höfe und Feenhügel, so dass die Wahrscheinlichkeit, dass wir einem von Angesicht zu Angesicht begegnen, eher selten ist. Meistens bekommen wir nur die Verbannten hier in diesem Reich. Und ihre Nachkommen.« Benno öffnete den Mund, offensichtlich bereit, weitere

Warnungen auszusprechen, aber ein Mann am anderen Ende der Bar hob und wackelte mit seinem leeren Glas.

»Halte dich von den Feen fern, okay?«, sagte Benno zu Sophie und verschränkte seine dicken Arme vor der Brust.

»Verstanden, Benno. Ich werde mich von den Feen fernhalten«, versprach Sophie und hob beide Hände in Kapitulation. »Woher sollte ich überhaupt wissen, dass ich es mit einer Fee zu tun habe? Sehen sie anders aus?«

»Nun, wenn du eine Fee wärst, könntest du vielleicht ihre Magie spüren. Aber da du ein Mensch bist, hast du keine Möglichkeit, es zu erkennen. Viele von ihnen haben einen mächtigen magischen Schlag drauf, also können sie sehr gefährlich sein.«

»Sehen sie anders aus als ein Mensch?«

»Sie sehen größtenteils menschlich aus. Sie sind Snobs, also kleiden sie sich normalerweise üppig. Sie sind in der Regel reich, besonders die alten etablierten Familien. Die beste Möglichkeit, eine zu erkennen – wenn du ihre Magie nicht spüren kannst – ist, dass sie sich oft altmodisch kleiden und dazu neigen, alle Menschen wie Diener zu behandeln«, riet Benno.

»Oookay. Ich glaube, das sind genug Informationen für mich«, flüsterte Sophie unter ihrem Atem, bevor sie einen weiteren Schluck ihrer Wiegenlied-Dame nahm.

»Ich habe einfach genug davon, das ist alles, was ich sage. Es ist verdammter Schwachsinn, und du weißt es«, sagte eine raue Stimme hinter Sophie.

Sie schaute in die antike Spiegelwand über der Bar und lokalisierte die Stimme. Die gefleckte Reflexion zeigte einen zotteligen Mann mit geröteter, wettergegerbter Haut, der an dem runden Tisch ein paar Meter hinter ihr saß.

»Sie drängen uns aus dem Viertel Forest Knolls heraus. Bald werden wir nur noch den Golden Gate Park und das Presidio zum Laufen haben. Wenn sie weiterhin versuchen, uns hinauszudrängen, werden wir am Ende nach Marin County oder Muir

Woods trekken müssen. Und du weißt, wie die verdammten Rudel dort oben sind«, knurrte der Mann.

»Was würdest du uns raten zu tun? Wir haben keinen Einfluss oder Macht. Ich will nicht wie Zee enden«, sagte ein anderer Mann mit goldblondem Haar, das kurz am Kopf geschoren war.

Alle Männer sahen aus, als kämen sie gerade von einem Job, der körperliche Arbeit beinhaltete, basierend auf ihren staubigen, schmutzigen Arbeitshosen und abgenutzten Arbeitsschuhen.

»Wir sollten es vor die Konklave bringen. Sie müssen wissen, was passiert«, sagte der erste Mann.

»Du wirst zu laut, Wayne«, sagte der zottelhaarige Mann. Sophie ließ ihre Aufmerksamkeit schnell vom Spiegel zu ihrem Getränk fallen, bevor sie sie beim Lauschen erwischten.

Sophie winkte Benno zum Abschied, ihr Mund wässerte bereits bei dem Gedanken an eine große Schüssel Ramen aus dem Nudelhaus ein paar Blocks weiter. Sie hatten einige Suppen, die günstig genug waren, um nicht zu viel von ihrem Budget zu verbrauchen.

Als sie ging, spürte Sophie eine Präsenz ein paar Meter hinter ihr. Allerdings klingelte ihre Gefahrenintuition nicht. Als sie vorsichtig über ihre Schulter blickte, sah sie den blonden Mann direkt hinter ihr aus der Bar kommen, leicht stolpernd. Sophie ging schnell weiter und blickte zurück zu dem Mann, um ihn dabei zu erwischen, wie er an die vordere Ecke des Gebäudes pinkelte, wo der Backstein auf den Bürgersteig traf.

Schnaubend rief Sophie: »Benno hasst es, wenn ihr Typen an seine Bar pisst.«

Der Mann blickte von der intensiven Konzentration auf seinen Urinstrahl auf, um Sophie zu sehen, die mit einem anklagenden Finger auf ihn zeigte. Der Mann gab Sophie ein Achselzucken, ein selbstgefälliges Grinsen und ein lüsternes Zwinkern. Kopfschüttelnd drehte sich Sophie auf dem Absatz um, um den Mann seinem betrunkenen Pinkelfest zu überlassen.

KAPITEL 10

*A*ls Sophie sich dem Gebäude der Gerichtsmedizin näherte, entdeckte sie eine in einen Trenchcoat gehüllte Silhouette mit einem vertrauten schlurfenden Gang.

»Reggie! Warte auf mich«, sagte Sophie und joggte, um ihren Freund einzuholen.

Als sie die Haupthalle betrat, sah Sophie Ace und Mac vor sich stehen, die einander gegenüberstanden. Beide starrten sich finster an und stritten mit leisen, wütenden Stimmen. Sophie versuchte zu erkennen, was sie sagten, aber sie war zu weit entfernt, um Worte aufzuschnappen.

Ich dachte, die beiden Könige der Reizbarkeit würden sich verstehen wie Topf und Deckel, dachte Sophie und beobachtete, wie die Männer sich wie Straßenköter aufbauten, die bereit waren, um dieselben Reste zu kämpfen.

»Ich muss mit Ihnen beiden reden«, sagte Mac, ohne den Blick von Ace abzuwenden, um zu bestätigen, wer da war. Er drehte sich auf dem Absatz um und ging den Flur hinunter in Richtung Reggies Büro. Er bemühte sich nicht einmal nachzusehen, ob sie ihm folgten.

Sophie sah Ace an und mimte mit zwei Fingern eine Pistole

an ihrer Schläfe, was ihn schnauben ließ. Als Mac ihn mit einem finsteren Blick ansah, verwandelte Ace sein Schnauben schnell in einen Hustenanfall.

Reggie setzte sich an seinen grauen Metallschreibtisch, während Sophie einen der beiden Stühle ihm gegenüber nahm. Mac lief an der Seite des Raumes auf und ab und wirkte immer aufgeregter. Die wenigen Male, die Sophie zuvor mit Mac zusammen gewesen war, hatte er einen Stoppelbart und zerzaustes Haar getragen, aber jetzt sah er völlig zerknittert aus, als hätte er sich in seinem Anzug herumgewälzt. Unter seinen geröteten Augen lagen dunkle Ringe.

»Was können wir für Sie tun, Mac?«, fragte Reggie, nachdem er sich dezent geräuspert hatte.

Mac erstarrte mitten in seinem aufgeregten Auf und Ab, als hätte jemand seinen Stecker gezogen; dann wirbelte er herum und zeigte mit dem Finger auf Sophie. »Erklären Sie mir, woher Sie von der Meerjungfrau wussten.«

Sophie starrte Mac einen Moment lang verwirrt an und sah dann zu Reggie hinüber, um zu sehen, ob er besser verstand, was vor sich ging. Sie sah, dass Reggie genauso unsicher aussah wie sie.

»Äh... was meinen Sie?«, fragte sie.

»Woher wussten Sie, dass ein See-Elefant die Meerjungfrau getötet hat? Ich dachte, Sie machen nur Witze. Können Sie sich vorstellen, wie überrascht ich war, als heute Morgen in meiner Abteilung alle nur über die dumme Frau redeten, die in das Paarungsrevier eines See-Elefanten gestolpert ist und sich umbringen ließ. Als sie den Körper gestern Nacht brachten, war das kein Allgemeinwissen. Also erklären Sie, woher Sie das wussten«, forderte Mac.

»Ich habe nur herumgealbert. Ich dachte nicht wirklich, dass ein See-Elefant sie getötet hat. Das ist absurd. Ich habe mir den größten Blödsinn ausgedacht, der mir in den Sinn kam, weil ich Reggie zum Lachen bringen wollte. Es ist einfach ein sehr, sehr seltsamer Zufall, dass ein See-Elefant die Meerjungfrau getötet hat. Ich hätte unmöglich die Wahrheit wissen können!«

»Okay. Nehmen wir an, ich glaube Ihnen«, sagte Mac, während Sophie vor Verzweiflung schnaubte. »Sagen wir, es war nur eine seltsame glückliche Vermutung. Erklären Sie mir, woher Sie vom Vampir wussten.«

»Was meinen Sie?«, fragte Sophie, während sich Beklemmung langsam ihre Kehle hocharbeitete.

»Der gepfählte Vampir. Es stellt sich heraus, dass er wirklich eine geheime menschliche Freundin namens Bridgette hatte. Niemand wusste, dass sie existierte, nicht einmal Montgomerys Domus. Der einzige Grund, warum ich sie fand, war, dass ich nach der Nachricht vom Tod der Meerjungfrau beschloss, in Twin Peaks nachzuforschen. Ich hörte Sie sagen, Montgomery sei in Twin Peaks geschnappt worden. Seine Leiche wurde im Golden Gate Park entdeckt. Twin Peaks war auf niemandes Radar. Raten Sie mal, was ich nach einigem Graben fand? Eine geheime menschliche Freundin namens Bridgette Hudson, die in Twin Peaks lebt. Woher wussten Sie all diese Details?«

Sophie saß erstarrt auf ihrem Stuhl mit offenem Mund, ihr Kopf drehte sich in tausend verschiedene Richtungen gleichzeitig. »Sein... Sein Name war wirklich Montgomery?«, fragte Sophie mit leiser Stimme.

Mac nickte bestätigend. Sophie sah hilflos zu Reggie hinüber.

»Ich habe alles nur erfunden, ich schwöre bei allem, was mir heilig ist. Ich habe Geschichten erfunden, um uns zu unterhalten. Du musst mir glauben. Ich wusste nichts über diese Morde. Bitte sag mir, dass du mir glaubst, Reg.« Sophie drehte sich um und faltete ihre Hände so fest zusammen, dass ihre Haut über den Knöcheln straff gespannt aussah.

»Natürlich glaube ich –«

»Ich weiß, dass Sie diese Morde nicht begangen haben«, sagte Mac und unterbrach Reggies Versicherungen. »Als der Vampir in Twin Peaks geschnappt und dann im Golden Gate Park abgelegt wurde, waren Sie hier bei der Arbeit. Ich habe das überprüft. Es wäre unmöglich gewesen, dass Ihre Abwesenheit nicht bemerkt worden wäre. Einen Vampir zu schnappen, zu pfählen und seine Leiche abzulegen, hätte genug Zeit in Anspruch genommen, dass jemand hier bemerkt hätte, dass Sie fehlen. Ich habe gestern bereits mit Reggie gesprochen, und Ihr Aufenthaltsort kann für die gesamte Nacht des Vampirmordes nachgewiesen werden. Sie hätten das Gebäude nicht verlassen können, ohne dass Frau Zhao es bemerkt hätte. Ich bin Ihnen an dem Tag gefolgt, an dem die Meerjungfrau starb, also weiß ich, dass Sie nicht dort waren. Außerdem gab es einen Zeugen für ihre Tötung. Meine Frage ist: Woher wussten Sie all die Details über ihre Tode? Hat Ihnen jemand Informationen zugespielt?«

»Ich rede mit niemandem über die Details der Fälle, an denen wir arbeiten, ich schwöre. Könnte es nicht einfach alles nur ein verrückter Zufall sein?«, fragte Sophie, obwohl sie tief im Inneren wusste, dass es nicht wahrscheinlich schien. Dass Mac ihr neulich gefolgt war, erklärte das Gefühl, beobachtet zu werden.

»Ich habe eine Idee«, meldete sich Reggie zu Wort. Sowohl Mac als auch Sophie sahen ihn mit erwartungsvollen Blicken an, also fuhr Reggie fort: »Mac, wenn Sie Zugang zu allen Polizeiberichten haben, werde ich Amira bitten, die Akten aller Autopsie-Fälle zu holen, an denen Sophie und ich gearbeitet haben. Wir werden versuchen, uns an die Geschichten zu erinnern, die Sophie über jeden Tod erzählt hat, und Sie können ihre Geschichten mit den Berichten vergleichen. Sagen Sie uns nicht die Details der Berichte, damit wir feststellen können, ob sie die Umstände anderer Todesfälle richtig erraten hat.«

»Reg, das ist dumm. Wir müssen das nicht tun. Es waren nur dumme erfundene Geschichten«, sagte Sophie, während Beklemmung ihre Worte klein und schnell machte.

»Das sehe ich anders. Wir müssen sehen, ob es nur ein Zufall war. Wenn die anderen Geschichten nicht mit den Polizeiberichten übereinstimmen, dann werden wir mit Sicherheit wissen. Aber wenn du die anderen Morde richtig beschreibst... könnte etwas Größeres passieren, und wir müssen herausfinden, was es ist«, sagte Reggie. Er drückte Sophies Schulter, als er hinausging, um Amira zu bitten, alle Akten der letzten anderthalb Wochen zu holen.

Während Sophie sich nach vorne krümmte und ihre Stirn auf die Knie presste, räusperte sich Mac und kündigte an, dass er seinen Laptop holen müsse. Sein Befehl, das Büro nicht zu verlassen, ließ Sophie ihm stumm den Mittelfinger zeigen.

Als Mac zurückkehrte, wandte sich Sophie ihm zu. »Was bedeutet das also? Entweder bin ich eine Mordverdächtige, oder ich habe eine übernatürliche Kraft. Sind das meine einzigen verdammten Optionen?«

»Sie wären nicht der erste Mensch mit Kräften. Es bedeutet normalerweise, dass irgendwo in Ihrer Abstammung ein Mythischer war«, sagte Mac. Mit Blick auf ihre hängenden Schultern fügte er hinzu: »Wäre es wirklich so schlimm, Kräfte zu haben? Sie könnten damit Gutes tun.«

»Ich will kein Leben mit Komplikationen. Ich möchte nur bei Autopsien assistieren, mit meinen Freunden abhängen und gelegentlich Whiskey in meiner Nachbarschafts-Oger-Bar trinken. Ist das zu viel verlangt?«

Mac schenkte Sophie einen mitfühlenden Blick, den sie überhaupt nicht zu schätzen wusste. Sie wollte das Mitleid dieses Idioten nicht. Besonders weil es ihrer Meinung nach sowieso alles seine Schuld war.

»Ich habe eine Frage«, sagte Sophie nach einer kleinen, unangenehmen Stille. »Wenn sich herausstellt, dass der Rest der Geschichten nicht übereinstimmt, was bedeutet das für mich? Werde ich eine Mordverdächtige sein?«

»Nicht für die Meerjungfrau, offensichtlich. Aber wir müssen herausfinden, woher Sie all die Details von Montgomerys Tod kannten. Ich kann die Tatsache nicht übersehen, dass Sie detaillierte Einzelheiten kannten. Aber machen Sie sich jetzt keine Sorgen. Wir überqueren diese Brücke, wenn wir dazu kommen.«

Sophie schnaubte verärgert. *Leicht für ihn, gelassen zu sein, wenn nicht sein Leben auf den Kopf gestellt wird.*

Reggie kam eilig zurück, einen Stapel Ordner umklammernd. Er zog Sophies Stuhl um seinen Schreibtisch herum, und sie saßen Seite an Seite, während Mac durch den sperrigen Schreibtisch von ihnen getrennt war.

Reggie stapelte die Akten eine nach der anderen und behielt dabei die gleiche Reihenfolge bei, in der die Autopsien ursprünglich stattgefunden hatten, beginnend mit Sophies erster.

»Wann habe ich angefangen, die Geschichten zu erzählen?«, fragte Sophie ihn und versuchte sich zu erinnern. »Warte... ich glaube, ich erinnere mich. War es dieser kopflose Typ? Ich erinnere mich, dass ich scherzte, die Mörder hätten seine Tattoos abgeschnitten.«

Reggie blätterte durch den Stapel, fand die richtige Akte und rief Mac die Fallnummer zu. Während Mac Notizen in sein kleines Klappbuch machte, erzählten Reggie und Sophie ihm die Details der Geschichte, die Sophie über die kopflose Leiche erfunden hatte.

Als sie zu der Autopsie kamen, bei der sie Mac zum ersten Mal getroffen hatte, begann Reggie, sie auf den wachsenden Stapel der durchgesehenen Akten zu legen.

»Warten Sie. Hatten Sie eine Geschichte über diesen Fall?«, fragte Mac. »Ich erinnere mich, dass Sie etwas über ein 'Monster, das eine Nachricht sendet' gesagt haben. Was wäre Ihre Geschichte über diesen Mord gewesen? Das war mein Fall, und ich würde gerne Ihre Gedanken zum Tod des Opfers hören.«

»Ich weiß nicht. Welche Geschichte ich auch immer erzählen wollte, sie ist weg. Ich erinnere mich nicht, was ich sagen wollte.« Sophie zuckte entschuldigend mit den Schultern.

»Hmmm. Vielleicht musst du in Gegenwart der Leiche sein, um ihre Geschichte zu bekommen«, schlug Reggie vor.

»Ihr nehmt an, dass dies nicht nur Zeitverschwendung ist und dass ich diese Geschichten richtig erzähle«, sagte Sophie nachdrücklich.

»Lassen Sie uns einfach zum nächsten Fall übergehen«, knurrte Mac. »Ich kann nicht die ganze Nacht hier verbringen, während ihr in Erinnerungen schwelgt. Ich habe in den letzten vierundzwanzig Stunden kaum geschlafen.«

»Es tut mir so leid, dass wir Sie belästigen! Wie wäre es, wenn Sie –«

»Keine der für heute Abend geplanten Autopsien hat hohe Priorität. Ich glaube, diese Sache zu klären, hat Vorrang. Wir werden unsere Arbeit problemlos erledigen können«, unterbrach Reggie schnell. Mac winkte herrisch, dass sie fortfahren sollten. Sophie öffnete gerade den Mund, um Mac genau zu sagen, was sie von seiner Einstellung hielt, als Reggie ihren Blick auffing und kaum merklich den Kopf schüttelte. Seufzend in Niederlage wandte sich Sophie der nächsten Akte zu. Sie erkannte, dass ihr Drang, einen Streit mit Mac anzufangen, aus dem Wunsch kam, sich nicht der Möglichkeit stellen zu müssen, dass ihre Geschichten etwas anderes als erfunden waren.

Da sie normalerweise nur etwa fünf bis sechs Autopsien pro Schicht durchführten, waren es weniger als vierzig Akten zu überprüfen. Die Überprüfung der Autopsien dauerte dreißig der längsten Minuten in Sophies Leben.

»Nun, Mac, sagen Sie es uns. Waren irgendwelche von Sophies Geschichten richtig?«, fragte Reggie, nachdem er die letzte Akte geschlossen hatte. Sophie war dankbar, dass er etwas sagte, da ihre Stimmbänder wie eingefroren schienen.

Mac legte seinen Laptop beiseite und nahm sein Notizbuch. Schweigend blätterte Mac durch seine Notizen und überprüfte seine Informationen. Sophie konnte sich kaum zurückhalten, über den Schreibtisch zu springen und ihn vor Ungeduld zu erwürgen.

»Von den 31 Geschichten haben Sie 27 richtig getroffen. Ein

Mord ist ungelöst, also gab es nicht genug Details, um es in die eine oder andere Richtung zu bestätigen. Ich werde mit dem zuständigen Detektiv in diesem Fall sprechen. Bei den anderen drei hatten Sie einige kleinere Details richtig, aber der Großteil Ihrer Geschichte stimmt nicht mit dem Polizeibericht überein. Es scheint also, dass Ihre Gabe nicht narrensicher ist«, erklärte Mac.

»Gabe...«, stammelte Sophie.

»Wenn wir davon ausgehen, dass diese Zahlen Ihre übliche Genauigkeit widerspiegeln, liegen Sie in mehr als 80% der Fälle richtig«, fuhr Mac fort.

»Aber... es waren nur Geschichten. Sie sind nicht real«, flüsterte Sophie und starrte Mac entsetzt an.

»Siehst du nicht, Sophie? Das ist erstaunlich. Du kannst so viel helfen!«, rief Reggie.

Als er Sophies Gesicht sah, verwandelte sich Reggies erfreuter Ausdruck in Bestürzung, als sich ihre Augen mit Tränen füllten.

»Oh, Sophie. Es wird alles gut«, sagte Reggie und zog sie in eine Umarmung. Sophie, normalerweise nicht der gefühlsduseligen Art, klammerte sich einen langen Moment an Reggies Schultern und schluckte schwer, um ihre Emotionen unter Kontrolle zu bekommen. Es gab keine Chance in der Hölle, dass Sophie weinen würde, besonders nicht vor dem mürrischen Ermittler, der sichtlich unwohl mit ihrer Gefühlsregung aussah.

»Mir geht's gut. Ernsthaft, mir geht's gut. Danke, Reg«, sagte Sophie und zog sich zurück.

Sie setzte sich wieder in ihren Stuhl und rieb sich die Schläfen, um Kopfschmerzen durch Stress abzuwehren.

»Okay, was passiert jetzt?«, fragte sie und starrte Mac an.

»Vorerst möchte ich, dass Sie beide wie gewohnt weitermachen. Ich muss diesen drei Fällen nachgehen, die nicht mit Ihren Geschichten übereinstimmen. Ich möchte auch sehen, was ich über den ungelösten Mord herausfinden kann. In der Zwischenzeit möchte ich, dass Sie Reggie weiterhin Ihre Geschichten über jede Autopsie erzählen und sie dann an mich schicken. Wenn Sie einen Weg finden, sie aufzuzeichnen, tun Sie das. Ich möchte sicherstellen, dass keine Details vergessen oder übersehen werden. Sobald ich mehr Informationen habe, komme ich zurück. Erzählen Sie auch noch niemandem von Ihrer Fähigkeit. Wir müssen gemeinsam entscheiden, was wir mit Ihrer Gabe machen. Erzählen Sie es niemandem, Sophie – nicht Ihren Kollegen, nicht Ihrer Familie, nicht Ihrem Oger-Freund. Niemandem. Verstanden?«

»Klar, Papa. Werden Sie mich bestrafen, wenn ich nicht gehorche? Vielleicht mir die Autoschlüssel wegnehmen?«, sagte Sophie mit vor Spott triefender Stimme.

»Sie sind nicht so lustig, wie Sie denken. Nur um es noch einmal zu betonen: Bis wir das im Griff haben, müssen wir es geheim halten. Es gibt gefährliche Leute in dieser Stadt, die Sie gerne benutzen oder beseitigen würden, wenn sie wüssten, was Sie können«, knurrte Mac. »Apropos, was Sie können... Gibt es noch andere verborgene Talente, die Sie besitzen? Konnten Sie jemals die Zukunft sehen oder die Stimmungen anderer Menschen beeinflussen?«

»Nun, ich scheine Sie magisch verärgern zu können.«

»Ja, das scheint ein Talent zu sein, das nur Ihnen eigen ist. Was ist mit Bauchgefühlen? Spüren Sie Gefahr oder bekommen Sie leicht einen Eindruck von den Absichten oder Persönlichkeiten der Menschen?«

»Ich weiß nicht. Ich meine, ich konnte sofort erkennen, dass Sie ein Arschgesicht sind«, neckte Sophie.

»Sophie–«, begann Mac zu knurren.

»Okay, okay. Entschuldigung, Sie sind einfach so leicht aufzubringen. Ja, manchmal habe ich starke Bauchgefühle über Menschen oder Situationen. Aber ich weiß nicht, ob es anders oder stärker ist als die Intuition eines normalen Menschen«, sagte Sophie und hob kapitulierend die Hände.

»Was ist mit Träumen? Irgendwelche Vorahnungen?«, warf Reggie ein.

»Keine Vorahnungen jeglicher Art. Allerdings habe ich einen wiederkehrenden Traum, in dem ich ein Serienmörder bin, der in Disneyland als Schneewittchen arbeitet. Gelegentlich habe ich auch einen Traum, in dem ich ein skrupelloser Börsenmakler bin«, sagte Sophie, was Reggie zum Lachen brachte.

»Ich kann dich mir als Schneewittchen vorstellen, aber ich kann dich nicht in einem Anzug vorstellen.« Reggie kicherte.

»Anti-Schneewittchen, vielleicht. Du würdest eher die vergifteten Äpfel verteilen, als sie zu essen«, sagte Mac, was Sophie amüsiert schnauben ließ. »Okay, ich werde jetzt gehen. Sobald ich mehr Informationen habe, werde ich Sie hier finden.«

Ohne ein weiteres Wort drehte sich Mac um und stolzierte aus dem Büro. Sophie beäugte den Tacker auf Reggies Schreibtisch und fantasierte davon, ihn auf Macs Hinterkopf zu werfen. Sie seufzte, wohl wissend, dass es nicht Macs Schuld war, dass überwältigende Informationen nun über ihr hingen. Das Einzige, was er falsch gemacht hatte, war, dass er herausfand, dass die Geschichten real sein könnten.

»Ich weiß, das ist viel«, sagte Reggie sanft. »Aber du kannst das schaffen. Du kannst Menschen helfen. Dieselbe Frau, die versuchte, ein in die Enge getriebenes Opossum zu retten und ihm einen Apfel zu geben, ist die Art von Person, die ihre Gabe nutzen würde, um Menschen zu helfen. Ich glaube an dich, Sophie.«

»Ich will einfach normal sein, Reg«, flüsterte Sophie.

»Du warst nie normal, Soph«, flüsterte Reggie zurück, als würde er ein gut gehütetes Geheimnis anvertrauen.

»Autsch. Aber zu wahr«, gluckste Sophie. »Okay, genug von dieser Selbstmitleidsscheiße. Lass uns ein paar Leichen aufschneiden.«

»Das ist mein Mädchen.«

Der Rest der Nacht fühlte sich für Sophie etwas surreal an. Reggie benutzte sein Handy, um ihre Geschichten aufzunehmen, während sie arbeiteten. Er versprach, sich darum zu kümmern, die Aufnahmen an Mac zu schicken. Sie war froh, sich darüber keine Sorgen machen zu müssen. Bei den ersten beiden Autopsien kamen die Geschichten stockend und unbeholfen heraus, bis Reggie und Sophie begannen, sich zu entspannen und in den seltsamen rhythmischen Groove ihrer Arbeit zu kommen.

Als sie sich zum Mittagessen hinsetzten, beteiligten sich weder Reggie noch Sophie viel am Gespräch, jeder in seinen eigenen Gedanken verloren. Glücklicherweise schien niemand zu bemerken, dass sie ungewöhnlich still waren. Ein hitziger Streit zwischen Ace und Amira lenkte jede Aufmerksamkeit von ihnen ab.

»Es ist mir egal, dass du das Bedürfnis hast, dein Essen zwanghaft zu waschen wie der zwangsneurotische Nager, der du bist. Darum geht es nicht. Es geht darum, dass du verdammt noch mal überall Wasser verteilst. Das Mindeste, was du tun könntest, ist, es aufzuwischen, damit der Pausenraum keine Gefahrenzone ist. Jemand könnte ausrutschen«, höhnte Amira.

»Ich kann nicht glauben, dass du es wagst, mich rücksichtslos zu nennen, wenn du diesen Raum jeden einzelnen Tag stinken lässt wie einen Fischmarkt«, knirschte Ace und entblößte seine Zähne zu einem beginnenden Knurren. »Ich bin kein Nager. Ich werde diese Tierarten-Diskriminierung von den Obersten Reichen nicht ertragen, also werde ich diesen Scheiß sicherlich nicht von dir ertragen. Du weißt es besser. Die untergeordneten Reiche müssen verdammt noch mal zusammenhalten und aufeinander aufpassen. Oder bist du zu gut für den Rest von uns, Katze?«

»Oberste Reiche? Untergeordnete Reiche? Was ist das?«, fragte Sophie in der Hoffnung, eine Schlägerei zu verhindern. Die Art und Weise, wie sowohl Ace als auch Amira begonnen hatten, von ihren Sitzen aufzustehen, verhieß nichts Gutes für eine friedliche Lösung. Intellektuell wusste Sophie, dass sie nicht wirklich handgreiflich werden würden, aber sie konnte sich vorstellen, dass beide ihre Nackenhaare in Aggression aufgestellt hatten.

»In der Gestaltwandlerwelt gibt es eine Art Hierarchie. Die Apex-Raubtiere wie Wölfe, Bären und die großen Katzen sind in einem Reich. Das untergeordnete Reich besteht aus den anderen Gestaltwandlern, die keine Top-Raubtiere sind. Wie wir zum Beispiel, ein Opossum, ein Waschbär, eine Gans und eine Katze«, sagte Reggie und zeigte der Reihe nach auf jede Person am Tisch. »Es gibt ziemlich viele von uns aus den untergeordneten Reichen in diesem Reich. Trotz unserer größeren Anzahl werden wir oft von den anderen Spezies behandelt, als wären wir seltsam und minderwertig.«

»Ist Mac ein Apex-Gestaltwandler, da er ein Fuchs ist?«, fragte Sophie.

»Er steht an der Schwelle. Wird vom höheren Reich nicht als Apex-Raubtier betrachtet, obwohl er ein Raubtier ist. Aber er passt auch nicht in das untergeordnete Reich mit dem Rest von uns«, sagte Reggie.

»Es ist natürlich alles Blödsinn. Es gibt kein 'untergeordnetes Reich', und wenn du diesen Begriff benutzt, bedeutet das, dass du ein Arschloch bist. Die Hierarchie existiert nicht wirklich – sie ist alles in ihren Köpfen. Je größer das Raubtier, desto größer ihr Ego. Wölfe sind die schlimmsten, weil sie die berühmtesten sind«, sagte Fitz. »Es sind all diese verdammten Liebesromane, sage ich.«

»Und vergiss nicht die Fae, die alle Gestaltwandler-Reiche behandeln, als wären sie minderwertig«, warf Ace ein.

»Was? Warum?«, fragte Sophie.

»Die Fae haben ihre Magie benutzt, um Gestaltwandler als ihre Diener und Krieger zu erschaffen. Sie besaßen früher Gestaltwandler«, erklärte Amira.

»Wie Sklaven?«, fragte Sophie mit Abscheu.

»Ja, genau wie Sklaven. Sie erschufen Apex-Gestaltwandler, um für sie zu kämpfen, zu jagen, zu bewachen. Die niederen

Gestaltwandler wurden für verschiedene Zwecke eingesetzt«, antwortete Amira.

»Wie zum Beispiel?«

»Hängt von der Rasse ab. Aufklärung, Hausarbeit, Attentäter... manchmal einfach als Haustier. Es ist so lange her, dass es jetzt meist nur Spekulation ist«, sagte Amira mit einem Achselzucken. »Aber viele Fae verhalten sich immer noch überlegen gegenüber Gestaltwandlern, und unsere Geschichte mit ihnen hat viel damit zu tun. Das und die Tatsache, dass Fae oft einfach arrogante Arschlöcher sind.«

»Was ist mit Menschen? Wo passen sie hinein?«, fragte Sophie.

Sie blickte um den Tisch, als niemand antwortete. Alle sahen unwohl und vage verlegen aus.

»Wir zählen nicht einmal, oder?«, fragte Sophie mit wachsendem Verständnis.

»Nun...«, sagte Ace und räusperte sich. »Stärke und Macht sind das, was bei Mythischen zählt. Je größer oder gefährlicher das Individuum ist, desto mehr wird es respektiert. Zum Beispiel sind Gestaltwandler körperlich stark, haben Zähne und Krallen; wir sind schneller, stärker und wir heilen schnell – selbst die Gestaltwandler des untergeordneten Reichs. Wir respektieren jedoch die Fae, weil einige von ihnen unvorstellbare Macht haben.«

»In Ordnung. Was würde also passieren, wenn eine kleine Gruppe von Vampiren auf einen Oger träfe? Wenn der Oger ihnen sagte, sie sollen sein Territorium verlassen, würden sie es tun, richtig? Weil der Oger stärker oder mächtiger ist als sie?«, fragte Sophie und erinnerte sich an die Interaktion zwischen Benno und Fabio.

»Es würde einen sehr alten, sehr mächtigen Vampir brauchen, der bereit wäre, sich mit einem Oger anzulegen. Oder zumindest eine beachtliche Gruppe von Vampiren«, sagte Amira mit einem kleinen Achselzucken.

»Bedeutet das, dass Menschen die schwächsten und am wenigsten mächtigen sind? Sind Menschen für einen Vampir nur warme, zappelnde Snacks, die manchmal versuchen wegzulaufen?«, präzisierte Sophie.

»Ein einzelner Mensch? Ja. Aber die gesamte Menschheit? Es liegt so viel Stärke in der schieren Anzahl von Menschen innerhalb dieses Reiches. Um sicher zu bleiben, müssen Mythische ein Geheimnis bleiben. Es gibt einige Individuen in der mythischen Gemeinschaft, die glauben, wir sollten über Menschen herrschen. Ich glaube, diese Leute flirten mit dem Aussterben. Ich möchte einfach nur hier arbeiten und mein Leben in Ruhe leben«, sagte Reggie.

»Nun... dieser schwache, wehrlose, zarte Mensch ist bereit, wieder an die Arbeit zu gehen. Wir sind sowieso wegen Mac im Rückstand«, sagte Sophie und stand auf. »Übrigens, diese Typen, die denken, sie seien besser als ihr, weil sie denken, ihre Tierseite sei größer oder böser... Diese Typen können sich zum Teufel scheren. Was ihr seid und was ihr könnt... Ehrlich gesagt, es ist verdammt erstaunlich.«

Sie warf ihren Müll in den Abfalleimer und verließ den Pausenraum, wobei sie vor der Tafel anhielt, um zu sehen, welche Autopsie als nächstes geplant war.

»Soph, warte«, sagte Reg und holte sie ein, als sie vor dem Autopsieraum anhielt. Als sie sich ihm zuwandte, gab Reggie ihr ein zögerliches Lächeln.

»Danke«, sagte Reggie. »Das hat uns viel bedeutet. Wir haben es satt, wie die Apex-Gestaltwandler uns manchmal behandeln; wir schätzen deine Worte. Und wir halten Menschen nicht für minderwertig. Besonders nicht dich. Du bist unsere Freundin.«

»Ihr seid auch meine Freunde«, sagte Sophie. »Jetzt genug von diesem matschigen Gefühlsscheiß. Lass uns eine Leiche aufschneiden.«

* * *

ALS SOPHIE aus dem Bus stieg, bewunderte sie den frühmorgendlichen Nebel, der sich langsam von der Straße erhob. Bald würde die Hitze der Sonne die letzten Nebelschwaden vertreiben, die sich noch hartnäckig an die Gebäude und Bürgersteige klammerten. Mit einem kurzen Blick nach rechts, wo Streuselkuchen und ihr Bett auf sie warteten, wirbelte Sophie auf dem Absatz herum und ging nach links. Nach den Enthüllungen der letzten Nacht gab es keine Möglichkeit, dass sie bald einschlafen könnte. Erschöpfung und Kopfschmerzen durch Anspannung pochten an ihren Schläfen, aber sie konnte den Gedanken nicht ertragen, in ihre leere Wohnung zu gehen, nur mit ihren wirbelnden Gedanken als Gesellschaft.

Ihr Wanderweg führte sie zu einem kleinen Kuriositätenladen in der Leavenworth. Bücher, Hüte und Regale mit zufälligen Waren quollen aus der verdunkelten Tür auf den Bürgersteig wie ein geplatzter Koffer. Als sie eintrat, war der schmale Raum überfüllt mit Kleidung, Schränken voller gebrauchter Bücher und Hunderten von Hüten, die bis zur Decke gestapelt waren. Mit nur einem Gang war der Laden kaum breit genug für Sophie und ihre Umhängetasche. Es fühlte sich fast an, als wäre sie in den überfüllten Schrank eines Messies getreten. Im Schaufenster befanden sich mehrere rotierende Displays, hoch beladen mit funkelndem Modeschmuck.

Ein dünner, älterer Mann mit einem Schwall dunkelbrauner Haare, die unter einer hellbraunen Schirmmütze hervorschauten, steckte seinen Kopf hinter einer kleinen Glasvitrine hervor und erschreckte Sophie.

»Hallo, willkommen! Suchen Sie nach etwas Bestimmtem?«, sagte der Mann mit warmer, sanfter Stimme.

»Ich schaue mich nur um«, antwortete Sophie und schüttelte staunend den Kopf über diesen seltsamen Laden. Es fühlte sich an, als wäre sie in eine Taschenrealität getreten, getrennt vom Rest der Welt.

Sophie drehte sich um, vorsichtig, um nicht ein hängendes

Display umzustoßen, das mit Handtaschen in jeder Größe und Farbe vollgestopft war. Sie war gerade dabei, zurück in die offenen Räume der Straße zu entkommen, als etwas ihre Aufmerksamkeit erregte. Ein Citrin-Auge schien sie fast hinter einem Haufen Sonnenbrillen auf einem Regal anzustarren. Mit den Fingern durch das Durcheinander stochernd, schob sie den durcheinandergewürfelten Krimskrams beiseite. Sophie schob vorsichtig eine Teetasse und Untertasse an die Vorderseite des staubigen Regals. Auf der Außenseite der zarten Porzellantasse war eine handgemalte Katze, die Ginsberg sehr ähnlich sah.

Sie nahm die Tasse vom Regal und untersuchte sie auf Fehler. Obwohl es sich eindeutig um einen handgefertigten Gegenstand handelte, war das Bild der Katze hübsch und sorgfältig detailliert. Es schien kein einziger Chip oder Kratzer auf der Tasse oder Untertasse zu sein. Als Sophie in den Boden der Tasse blickte, verlor sie fast ihren Griff am Henkel und ließ sie fallen.

Sie brach in Gelächter aus und bewunderte die zierlichen, kursiven Worte, die innen gemalt waren: »Heiße Mieze«.

Unfähig, ihr Grinsen zu unterdrücken, brachte Sophie den lang verlorenen Schatz zu dem Mann, der an einer altmodischen Kasse wartete. Sophie zahlte dem Ladenbesitzer glücklich die wenigen mickrigen Dollar, die auf dem Boden der Untertasse angegeben waren. Er wickelte alles akribisch in Zeitungspapier ein, nachdem er dem Set einen bewundernden Blick geschenkt hatte. Mit einem verschwörerischen Grinsen überreichte er Sophie ihr Paket.

Sophie eilte zurück zu Streuselkuchen und freute sich bereits darauf, Birdies Reaktion auf das Geschenk zu sehen. Sie freute sich auch auf ein normales menschliches Gespräch ohne einen Hauch von magischen Dingen, mit einer süßen, schmutzigen alten Dame.

KAPITEL 11

*K*aum eine Stunde nach Schichtbeginn am nächsten Tag klingelte Reggies Handy laut, als sie gerade eine Autopsie beendeten. Reggie streifte seine Einweghandschuhe ab, nahm das Handy und blickte einen Moment auf den Bildschirm, bevor er schnell etwas tippte. Sophie lächelte, als sie sah, wie Reggies Zunge vor Konzentration aus dem Mundwinkel hervorlugte, während er tippte.

»Kommissar Volpes wird in etwa einer Stunde hier sein. Er möchte sich mit uns treffen«, informierte Reggie Sophie. »Ich denke, wir können noch eine Autopsie durchführen, bevor er hier ist.«

»Alles klar, Chef. Ich hol mal eben den nächsten Kunden«, sagte Sophie leichthin und versuchte, ihre plötzliche Nervosität zu verbergen.

Die nächste Stunde zog sich einerseits endlos hin und raste andererseits vorbei. Es half nicht, dass Sophie sich dabei ertappte, wie sie alle paar Minuten auf die große Uhr an der Wand schielte. Nach einer schnellen, aber gründlichen Reinigung, dem Ausfüllen der Unterlagen und dem Zurückbringen des Körpers in den Kühlraum schlurfte Sophie zu Reggies Büro.

Als sie das kleine Büro betrat, atmete Sophie erleichtert auf. Mac war noch nicht eingetroffen – auch wenn es bestenfalls nur ein vorübergehender Aufschub war. Sophie versuchte, sich zu setzen und zu entspannen, aber fast in dem Moment, als ihr Hintern den Stuhl berührte, sprang sie wieder auf. Sie begann, im Büro auf und ab zu gehen, ähnlich wie Mac am Tag zuvor. Ihre Augen waren dunkel vor Sorge und Stress.

»Mac sagt, dass er in ein paar Minuten hier sein wird. Er wartet in der Lobby darauf, von Frau Zhao eingelassen zu werden«, sagte Reggie und schaute absichtlich auf sein Handy, um Sophie ihren Freiraum zu lassen.

»Ich hätte da übrigens eine Frage«, sagte Sophie und griff hastig nach einem ablenkenden Gedanken. »Warum habt ihr nicht mehr Sicherheit für dieses Gebäude? So viele dieser Autopsien könnten jemanden ins Gefängnis bringen. Man würde denken, sie wären besser geschützt. Alles, was wir haben, sind Türsummer und Frau Zhao.«

»Frau Zhao ist mehr als genug Sicherheit. Nur jemand äußerst Törichtes würde versuchen, sich an ihr vorbeizudrängen«, vertraute Reggie ihr an.

»Frau Zhao?«, wiederholte Sophie und dachte an die Frau im Empfangsbereich mit Kätzchen-Absätzen und einem Wollhosenanzug.

»Oh ja. Sie ist ein Dilong, ein chinesischer Erddrache. Ein mächtiges Wesen aus der chinesischen Mythologie«, sagte Reggie, als ob Sophie wissen sollte, was das bedeutet.

»Ein was?«

»Ein Erddrache ist ein mächtiges Wesen aus der chinesischen Mythologie. Nur ein Narr oder jemand mit Todessehnsucht würde versuchen, gegen einen Erddrachen zu kämpfen«, erklärte Reggie. Sophie wirbelte ungläubig zu ihm herum. Sie spürte, wie sich ihre Augen eulengleich weiteten, aber sie konnte die Reaktion nicht kontrollieren.

»Ein Drache. Wie ein echter lebender Drache«, wiederholte

Sophie. Sie wollte verzweifelt gern zu Frau Zhao gehen und sie wie einen Tiger im Zoo anstarren. Sophie konnte sich Frau Pingelig-und-Proper nicht als schuppigen und mächtigen Drachen vorstellen... Obwohl in Frau Zhaos Augen etwas Weises und Ehrfurchtgebietendes lag.

Bevor Sophie all die Fragen stellen konnte, die in ihrem Gehirn herumschwirrten, schwang die Bürotür auf, und Mac schlüpfte herein.

»Wusstest du, dass die Empfangsdame ein Drache ist?«, fragte Sophie ihn und versuchte, das Staunen aus ihrer Stimme herauszuhalten.

»Oh ja. Wer auch immer sie eingestellt hat, um den Eingang zu bewachen, ist ein Genie. Niemand wird in der Lage sein, an einem Erddrachen vorbeizuschleichen. Und sie werden es sehr bereuen, wenn sie es versuchen. Denk nur daran, dass Respekt und Manieren für chinesische Drachen sehr wichtig sind. Du willst nicht auf ihrer schlechten Seite stehen.«

Sophie ließ sich in einen der Bürostühle fallen, während Mac den anderen nahm und sein Klappnotizbuch herauszog. Während Sophie ihm zusah, wie er schnell seine Notizen durchging, durchforstete sie ihr Gehirn. Sie versuchte, sich zu erinnern, ob sie jemals ihren Mund vor Frau Zhao hatte davonlaufen lassen. Sie konnte sich an keinen Fall erinnern, bei dem sie unhöflich gewesen sein könnte, aber sie nahm sich vor, den Drachen vorsichtig zu behandeln.

Mac wirkte noch immer erschöpft, seine Haare ungebändigt. Aber sein dunkler Anzug war frisch gebügelt mit scharfen Falten. Während er mit den Augen über die Schrift blätterte, die die Seiten füllte, nahm sich Sophie heimlich einen Moment Zeit, um zu bewundern, was das Jackett für seine Schultern tat. Oft verbarg ein Anzug die Statur eines Mannes, aber diese Jacke betonte die Breite seiner Schultern auf angenehme Weise.

Ich wette, er lässt seine Anzüge auf Maß schneidern, deshalb sitzen sie so gut, dachte Sophie und ließ ihre Augen noch einen Moment länger verweilen.

»Hier ist, was ich bisher herausgefunden habe«, verkündete Mac. »Du könntest mit deiner Geschichte über den ungelösten Mord recht haben. Es ist noch zu früh, um das zu sagen, aber ich bin heute Morgen vorbeigegangen, um mit der zuständigen Ermittlerin zu sprechen. Ich habe sie darauf hingewiesen, dass es möglicherweise ein Loch im Alibi des Freundes gibt. Sie war nicht erfreut über meine Einmischung, aber ich habe sie überredet, ihn noch einmal genauer anzusehen. Wir werden sehen, wie sich das entwickelt. Bei den drei Autopsien, die nicht zu deinen Visionen passen, kann ich keinen Weg finden, zu beweisen, welche Version ihrer Todesgeschichten korrekt ist: deine oder der Polizeibericht.«

Mac blätterte einige Seiten in seinem Notizbuch zurück und zeigte auf einen Namen auf der Seite.

»Das erste Opfer, das ich überprüfen möchte, ist Joseph Henson, der Jaguarwandler. Der Polizeibericht besagt, dass er Selbstmord begangen hat. Er hat sich erhängt, aber einen Abschiedsbrief hinterlassen. Sein jüngerer Bruder Floyd fand ihn am nächsten Tag, als er nicht zum Familienessen erschien. Deine Geschichte war, dass der Bruder Floyd Joseph dazu gebracht hat, Schmerzmittel zu nehmen und Alkohol zu trinken, und dann das Erhängen mit zwei Komplizen inszeniert hat. Laut dem toxikologischen Bericht hatte Joseph tatsächlich Oxycodon und Alkohol in seinem System. Floyd hat ein Alibi für diese Nacht, aber es ist nicht wasserdicht. Er war mit zwei seiner Freunde zusammen, einem John Dowling und einem Mateo Perez«, sagte Mac.

»Könnten diese beiden die Komplizen sein, die Sophie in ihrer Vision gesehen hat?«, fragte Reggie.

»Ich kann diese Vermutung nicht beweisen. Der Fall ist als abgeschlossen markiert, und es gibt keine weiteren Anhaltspunkte. Ich habe sowohl Dowling als auch Perez untersucht. Obwohl beide frühere Verhaftungen haben, gibt es nichts in ihrer

Geschichte, was mich glauben lassen würde, dass sie einen Mord begehen könnten. Im Moment ist es eine Sackgasse.«

»Das bedeutet nicht, dass Sophie nicht Recht hat mit dem, was passiert ist«, argumentierte Reggie.

»Da stimme ich zu, aber ich brauche konkretere Beweise, bevor ich etwas unternehmen kann. Um einen Fall wieder zu öffnen, brauche ich mehr als nur Sophies Wort. Das bringt uns zu Cynthia Forsythe. Der Bericht besagt, dass sie einen Einbruch unterbrochen hat und dafür erschossen wurde. Sophies Version der Ereignisse war, dass die Person, die Frau Forsythe erschossen hat, dafür angeheuert wurde. Sie warteten darauf, dass sie nach Hause kam. Sie durchwühlten das Haus und stahlen einige Wertsachen, um es wie einen Raubüberfall aussehen zu lassen. Ich nehme nicht an, dass deine Vision zufällig enthielt, wer den Schützen angeheuert hat?«, fragte Mac.

»Nicht, dass ich mich erinnere. Wenn du mir wieder Zugang zu der Leiche verschaffen könntest, könnte ich versuchen, eine weitere... Lesung zu bekommen«, bot Sophie mit einem entschuldigenden Achselzucken an.

»Ich werde in einer Minute auf dieses Angebot zurückkommen. Vorher möchte ich die dritte Autopsiegeschichte durchgehen, die nicht mit dem Polizeibericht übereinstimmt: der Vampir, Montgomery. Du hattest Recht mit seinem richtigen Namen, seiner menschlichen Freundin, und ich vermute, du hattest Recht, dass jemand ihn in Twin Peaks geschnappt hat. Ich habe mit Bridgette gesprochen. In der Nacht, als er ermordet wurde, erwartete sie seinen Besuch, aber er tauchte nie auf. Der Polizeibericht besagt, es war ein Raub, der von einem menschlichen Jäger unterbrochen wurde. Wenn er sich von einem Menschen ernährt hat, haben sich keine Zeugen gemeldet. Jäger rekrutieren diese Opfer oft für ihre eigenen Reihen, also könnte es in beide Richtungen nichts bedeuten. Ich plane, morgen bei Montgomerys Clan nachzufragen, ob sie Feinde haben, die bereit sind, Mitglieder wegen eines Immobiliengeschäfts zu töten.«

»Aber es fühlt sich wie ein Schuss ins Blaue an. Die meisten Clans sind äußerst verschwiegen. Selbst wenn sie wissen, dass eines ihrer Mitglieder ermordet wurde, würden sie der Polizei keine Informationen geben. Sie regeln Probleme gerne selbst. Es lässt sie schwach aussehen, Hilfe anzunehmen. Bei all diesen Fällen stecke ich fest, und es gibt keine weiteren Spuren zu verfolgen. Außerdem ist dies technisch gesehen der Fall von Lancaster und Hernandez, und sie belästigen mich, weil ich versuche, in ihr Gebiet einzudringen. Sie benehmen sich schlimmer als sonst, was bei territorial veranlagten Wölfen schon etwas heißen will. Ich denke, es ist schlechte Polizeiarbeit, einfach den bequemsten Weg zu akzeptieren, wie sie es getan haben.«

»Wölfe, wie echte Wölfe, meinst du«, fragte Sophie. Als Mac nickte, holte Sophie tief Luft, zählte in Gedanken bis drei, bevor sie ausatmete. Es gab so viele Dinge, die um Platz in ihrem Gehirn kämpften, dass sie diese Information einfach beiseite-legen und später damit umgehen musste. »Okay, weiter. Wenn die Wölfe dich nicht an Montgomerys Fall beteiligen lassen, wo stehen wir dann? Es klingt, als könnte ich nicht mehr helfen, als ich es bereits getan habe.«

»Ich hatte gehofft, dir Zugang zu einer dieser Leichen zu verschaffen, um zu sehen, ob wir eine weitere Lesung bekommen können, aber Joseph Hensons und Cynthia Forsythes Leichen wurden an ihre Familien zurückgegeben. Beide wurden bereits eingeäschert. Montgomery wurde an seinen Clan zurückgege-ben, und ich habe keine Ahnung, was sie mit ihren verstorbenen Mitgliedern machen, aber ich wäre überrascht, wenn sie uns überhaupt in die Nähe von Montgomerys Leiche lassen würden«, sagte Mac.

»Na toll. Ich dachte, du hättest bessere Neuigkeiten. Oder vielleicht einige Ideen, wie ich helfen könnte«, sagte Sophie mit einem Stirnrunzeln.

»Da ist etwas. Erinnerst du dich an unser erstes Treffen? Es war eine Autopsie für Zhang Liu. Er wurde von einem Wandler in Stücke gerissen. Basierend auf Haar- und Gewebeproben konnte die Forensik es auf einen Wolfswandler eingrenzen. Ich dachte zunächst an Bandenaktivitäten oder einen Drogendeal, der schief gelaufen ist, aber ich war nicht überzeugt. Ich konnte keine wirklichen Verdächtigen finden, und die Spuren sind versiegt. Ich möchte, dass du den Körper noch einmal untersuchst«, bat Mac.

»Absolut. Bring mir einfach die Leiche, und ich werde sehen, was ich tun kann«, stimmte Sophie sofort zu.

Mac räusperte sich ein paar Mal und sah immer unbehaglicher aus, als er auf seine Notizen blickte.

»Was ist das Problem?«, fragte Sophie.

»Nun, wir werden ihn ausgraben müssen«, sagte Mac mit einer Grimasse.

»Was meinst du mit ausgraben?«, fragte Sophie, ihre Stimme wurde höher, bis sie beim letzten Wort quietschte.

»Er wurde vor drei Tagen auf dem Woodlawn Memorial Park unten in Colma beigesetzt«, enthüllte Mac sachlich.

»Du willst, dass wir Grabräuber werden!«, kreischte Sophie. »Wie zum Teufel sollen wir drei in einen Friedhof einbrechen und einen Sarg ausgraben?«

»Ich bin mir noch nicht sicher, aber wir müssen es bald tun. Ich werde mir etwas einfallen lassen. Ich bin besorgt, dass deine Visionen mit zunehmendem Abstand zum Todeszeitpunkt an Wirksamkeit verlieren könnten. Ich möchte das Risiko nicht eingehen«, sagte Mac.

»Diesen Samstag haben sowohl Sophie als auch ich frei. Ebenso Amira, Fitz und Ace. Ich denke, wir sollten sie über Sophies Gabe informieren. Sie werden früher oder später bemerken, was sie kann. Ich arbeite seit vielen Jahren mit allen dreien zusammen; wir können ihnen vertrauen«, schlug Reggie vor und schaute erwartungsvoll zu Mac und Sophie.

»Bist du sicher, dass wir ihnen vertrauen können? Wenn wir mit Sophies Gabe falsch liegen, könnte es sehr peinlich werden. Das könnte sogar unseren Laufbahnen schaden. Selbst wenn wir mit Sophies Gabe richtig liegen, würde es eigene Probleme verursachen, wenn es bekannt wird, bevor wir uns vorbereiten können. So oder so, bis wir dies mit unwiderlegbaren Beweisen bestätigen können, sollten wir es vollständig unter Verschluss halten«, warnte Mac.

»Du weißt, dass dies kein Zufall ist, Mac. Du weißt, dass ihre Visionen richtig sind«, knurrte Reggie fast, was Sophies Augenbrauen vor Überraschung in die Höhe schnellen ließ.

»Ich stimme zu. Sie ist echt. Aber... ich muss herausfinden, ob ihre Visionen zu 100% genau sind oder ob sie Fehler macht. Jedenfalls brauche ich eine weitere Spur im Fall Liu, und sie ist meine beste Chance«, argumentierte Mac.

»Hast du das Tonband überprüft, das wir dir heute Morgen geschickt haben?«, fragte Reggie und wechselte das Thema.

»Ja. All diese Visionen scheinen korrekt zu sein. Allerdings waren es auch ziemlich unkomplizierte Fälle. Schauen wir, was am Samstag passiert, und dann können wir herausfinden, was als Nächstes zu tun ist«, sagte Mac. »Bist du sicher, dass du Ace, Amira und Fitz vertrauen kannst?«

»Absolut«, bestätigte Reggie mit einem festen Nicken.

Mac klappte sein Notizbuch entschlossen zu, stand von seinem Stuhl auf und ging zur Bürotür. »In Ordnung, es gibt keine Zeit wie die Gegenwart. Sprechen wir mit eurem Team«, sagte er und verließ das Büro, sodass Reggie und Sophie ihm hinterherstolpern mussten.

»Hey, Arschgesicht, langsamer und warte auf uns«, brüllte Sophie.

»Für dich immer noch Detective Arschgesicht, wenn ich bitten darf.« Er ging in Richtung Aufenthaltsraum, wo das Summen von Gesprächen zu hören war.

Als Mac mit Sophie dicht auf den Fersen in den Aufenthaltsraum trat, brach das Gespräch ab, als hätte jemand den Stummschalter gedrückt. Sophie beobachtete über Macs Schulter, wie alle schockiert mit schlaffen Kiefern auf sein Eindringen starrten. Der Pausenraum war das Heiligtum des Teams, ein Ort zum Entspannen und Abschalten von der gelegentlichen Dunkelheit ihrer Arbeit. Das Erscheinen des Detectives mit Gewitterwolkengesicht in der Tür hatte alle zum Schweigen gebracht.

Als Sophie hinter Reggie in der Tür drängte, nahm Mac einen leeren Stuhl vom runden Tisch im Aufenthaltsraum und setzte sich mit einer Geste.

»Was zur Hölle?«, knurrte Ace. »Du bist hier nicht willkommen, du–«

»Wir brauchen eure Hilfe«, unterbrach Mac, bevor Ace in Fahrt kommen konnte.

Reggie und Sophie eilten herüber und nahmen zu beiden Seiten von Mac Platz.

»Er hat Recht«, sagte Reggie und schnitt alles ab, was Mac sonst noch hätte sagen können, um Ace aufzubringen. »Wir brauchen eure Hilfe.«

Reggie und Mac verbrachten die nächsten dreißig Minuten damit, dem Team die Fakten darzulegen.

»Also ist unser Mädchen hier eine Superheldin, hm?«, sagte Ace mit einem Grinsen, nachdem Mac fertig gesprochen hatte.

»Ich bin nicht–«

»Lass sie in Ruhe, Ace. Dies waren ein paar harte Tage für Sophie«, tadelte Mac. Seine schnelle Verteidigung überraschte Sophie.

»Leck mich. Ich 'nerve' Sophie nicht. Du kommst nicht hier rein und sagst mir, wie ich mit meinen Freunden reden soll«, höhnte Ace und begann aufzustehen und sich über den Tisch zu Mac zu lehnen.

»Genug, ihr beiden. Ich kann jetzt keinen Streit ertragen. Ihr werdet mir Kopfschmerzen bereiten. Wir müssen uns einen Plan überlegen, nicht euch beiden beim Zerfleischen zuhören«, meldete sich Fitz zu Wort. Er starrte beide Männer an, bis Ace sich mit einem genervten Schnauben wieder setzte.

»Wir werden Zhang Liu ausgraben müssen, damit Sophie eine Lesung von ihm bekommen kann. Er ist auf dem Wood-lawn Cemetery unten in Colma begraben. Wir drei können das nicht alleine schaffen. Wir brauchen eure Hilfe. Da ihr alle diesen Samstagabend frei habt, sollten wir es dann tun«, sagte Mac.

»Ich bin dabei«, verkündete Amira mit einem breiten Grin-sen. »Ich wollte schon immer mal das Gesetz brechen!«

»Erstens muss ich den genauen Standort von Lius Grab herausfinden. Außerdem möchte ich das Gelände und die Fried-hofssicherheit erkunden. Sophie, ich brauche dich dabei. Lass uns sehen, ob du eine Lesung bekommen kannst, ohne dass wir ihn zuerst ausgraben müssen. Ich möchte keine Zeit verschwen-den, also würde ich gerne gleich morgen früh losfahren. Ich werde fahren«, erklärte Mac und behandelte den Vorschlag, als wäre er bereits beschlossene Sache.

»Äh, sicher. Das wäre in Ordnung, denke ich«, sagte Sophie und schluckte jede Besorgnis hinunter.

»Wenn du Lesungen bekommst, muss das bedeuten, dass du etwas Mythisches in deiner DNA hast. Du siehst aus, als könntest du etwas Feenhaftes in deinem Stammbaum haben. Du hast die richtige Art von Augen und Knochenstruktur. Jetzt, wo ich genauer hinsehe, vielleicht eine Elfe oder eine Nymphe«, sagte Amira und musterte Sophie lange.

»Ja, aber Elfen und Nymphen haben normalerweise keine hellseherischen Kräfte«, argumentierte Fitz. »Ich würde auf Feen wetten. Sind irgendwelche deiner Großeltern seltsam oder besonders gut aussehend? Selbst mit einem magischen Schleier getarnt, können die Feen nicht anders, als sich selbst hübsch zu machen. All dieses übertriebene Ego würde ihnen nicht erlauben, gewöhnlich auszusehen.«

»Mir fallen keine seltsamen oder magischen Familienmitglieder ein«, sagte Sophie mit einer Grimasse.

»Ist dir in der Mittel- oder Oberschule etwas Seltsames passiert, das du nicht erklären konntest?«, fragte Fitz.

»Außer der Pubertät? Nein, ich war ein normaler Teenager«, antwortete Sophie.

»Du warst normal als Teenager?«, schnaubte Amira.

»Warst du eine Cheerleaderin?«, fragte Ace, plötzlich am Gespräch interessiert.

»Was? Nein. Kannst du dir ernsthaft vorstellen, dass ich eine Cheerleaderin war?«, sagte Sophie und schüttelte den Kopf.

»Ich wette, du warst eines dieser sozial unbeholfenen Gothic-Kids mit der Nase immer in einem Buch vergraben. Deshalb verstehst du unsere Popkultur-Referenzen nie. Du warst zu beschäftigt damit, schwermütige Gedichte zu schreiben, gegen Anpassung zu wettern und existenzielle Angst vor gedankenlosem Konsum zu erleben«, verkündete Amira, was Mac zustimmend kichern ließ.

»Nein, ich wette, sie war ganz für Rebellion, 'das System' zu stürzen und Chaos zu stiften«, schnaubte Mac.

»Ihr seid echt ätzend. Ich war ein völlig normaler Teenager und ich erzähle euch nichts mehr. Ihr müsst einfach mit dem Geheimnis leben, weil ihr Blödmänner seid. Außerdem gibt mir allein der Gedanke an die Oberschule Kopfschmerzen«, sagte Sophie. »Können wir uns bitte wieder auf unsere Grabräuberpläne konzentrieren?«

Für den Rest der Mittagspause berieten sie über den Plan für den Fall, dass Sophie am nächsten Morgen keine Vision von Liu bekommen könnte. Es gab auch eine eingehende Diskussion darüber, welche Werkzeuge und Gegenstände sie benötigen würden, um einen Sarg in einer einzigen Nacht auszugraben und wieder zu begraben.

»Nur um es noch einmal zu betonen, erzählt niemandem von

unseren Plänen oder was Sophie kann. Das muss ein absolutes Geheimnis bleiben. Ich zähle auf jeden in diesem Raum, dass ihr euren Teil dazu beitragt«, erklärte Mac. Nachdem alle ihre Zustimmung genickt hatten, machte er sich auf den Weg, um seinen Teil des Plans zu bearbeiten.

KAPITEL 12

$\mathcal{A}$ ls Mac pünktlich um 7 Uhr vor dem Gebäude der Gerichtsmedizin vorfuhr, war Sophie überrascht von dem unscheinbaren grauen Mittelklassewagen, den er fuhr. Sie hatte etwas Auffälliges und Übermotorisiertes erwartet, nicht so einen unauffälligen Wagen.

»Guten Morgen, Detective Arschgesicht!«, zwitscherte Sophie, als sie ins Auto stieg.

»Dir auch einen guten Morgen, Höllenstifter«, erwiderte Mac.

Sophie schnaubte über seinen schwachen Konter. Während sie sich umsah, bemerkte sie beiläufig das akribisch saubere Innere des Autos.

»Hast du schon gefrühstückt?«, fragte Mac, als Sophie sich anschnallte.

»Nein, aber ich habe keinen Hunger«, antwortete Sophie geistesabwesend, während sie das Auto weiter begutachtete. Mit einem Blick auf Mac bemerkte sie, dass er ausgewaschene Jeans und ein schwarzes T-Shirt trug. Seine Jeans und sein Hemd sahen aus wie Kleidungsstücke, die so oft getragen wurden, dass sie die Form des Körpers ihres Besitzers angenommen hatten und Macs muskulöse Gestalt gleichermaßen zeigten und verbargen. Als sie ihren Blick von seiner Kleidung zu seinem Kopf wandern ließ, blieb Sophies Blick an Macs Gesicht hängen. Heute Morgen sah sie ihn zum ersten Mal glattrasiert. Die allgegenwärtigen Stoppeln seines Bartes hatten bisher die Schärfe seiner Kieferlinie verborgen und die Höhlen unter seinen Wangenknochen weicher erscheinen lassen. Sophie spürte, wie ihre Augen sich weiteten, bevor sie entschlossen ihr Pokerface wieder aufsetzte. Sie konnte nicht leugnen, dass sein attraktives Gesicht eine unerwartete Anziehungskraft auf sie ausübte.

»Was?«, fragte Mac und starrte Sophie misstrauisch mit seinen dunkelblauen Augen an.

»Äh, ich habe dich noch nie ohne Anzug gesehen. Ich dachte, das ist alles, was du trägst. Dass du wahrscheinlich sogar in einem dreiteiligen Anzug schläfst«, neckte Sophie, froh darüber, dass Mac nicht bemerkt hatte, dass ihre Reaktion auf die körperliche Wirkung zurückzuführen war, die sein Gesicht auf ihre Libido hatte. Kopfschüttelnd erinnerte sie sich selbst daran, dass ein hübsches Gesicht und ein deutlicher Mangel an kürzlicher sexueller Befriedigung nichts daran änderten, dass Mac ein Arschloch war. Sie hätte vielleicht einen einmaligen Versuch in Betracht gezogen, wenn sie nicht gelegentlich bei der Arbeit mit ihm zu tun hätte. Auf keinen Fall würde sie ihren Job für einen One-Night-Stand riskieren.

»Du bist nicht so witzig, wie du denkst, dass du bist. Ich besorge uns etwas zu essen. Du musst essen; du hast gestern Abend dein Essen kaum angerührt. Außerdem weiß ich nicht genau, wie lange das hier dauern wird. Hast du irgendwelche Vorlieben beim Essen?«, fragte Mac.

»Nein, ich bin nicht wählerisch. Lass uns einfach unterwegs etwas Schnelles holen«, schlug Sophie vor.

Nach ein paar Minuten unterdrückter, peinlicher Stille öffnete Sophie das Handschuhfach und begann, in den ordentlich gestapelten Papieren darin herumzuwühlen.

»Was machst du da?«, fragte Mac verwirrt und blickte zwischen der Straße und Sophies Schnüffelei hin und her.

»Ich schaue nur nach, ob dieses Auto auf jemand anderen zugelassen ist. Hast du es gestohlen?«, fragte Sophie. »Oder ist es vielleicht das Auto deines Ehepartners?«

»Das ist mein Auto«, brummte Mac. »Und ich bin nicht verheiratet. Ich werde es bereuen, dich zu fragen, aber warum überprüfst du, ob das Auto mir gehört?«

»Ich habe mir dich einfach in etwas Sportlicherem vorgestellt, weißt du, etwas mit einem großen, brummenden Motor, mit jeder Menge PS. Oder vielleicht ein großes, glänzendes schwarzes Motorrad. Etwas mit genug Power, um eventuelle Mängel auszugleichen, die du haben könntest«, sagte Sophie mit einem Grinsen.

»Ich muss nichts kompensieren«, knurrte Mac. »Dieses Auto ist wirtschaftlich, hat einen guten Benzinverbrauch und wird seinen Wiederverkaufswert gut halten. Es war ein kluger Kauf.«

»Natürlich, Herr Vernünftig. Klingt nach einer sehr klugen finanziellen Entscheidung.« Sophie grinste breit und beobachtete, wie Mac sich über sein Fahrzeug und ihre scherzhaften Annahmen aufregte.

Nach einem kurzen Halt bei einem Fast-Food-Restaurant aß Sophie ihr Frühstück, während sie die vorbeiziehende Landschaft betrachtete. Mit einem bösen Grinsen zerknüllte sie die Sandwichverpackung und ließ sie auf den Boden von Macs Auto fallen. Die Wolkenkratzer verschwanden schnell hinter ihnen aus dem Blickfeld und verwandelten sich in die Vororte der Stadt. Die Interstate 280 (Autobahn) wölbte sich hoch über den Randgebieten von San Francisco, wo die günstigeren Immobilien die Landschaft prägten. Heruntergekommene Einkaufszentren und abgenutzte Servicecenter durchschnitten endlose Reihen kleiner Häuser.

Die San Bruno Bergkette erhob sich zur Linken, auf dem Kamm mit einer Reihe rot-weiß gestreifter Türme übersät. In dieser Jahreszeit sah die kleine Bergkette trocken und rostbraun aus.

»Wusstest du, dass es in der Stadt Colma mehr tote als lebende Menschen gibt?«, fragte Mac plötzlich und unterbrach die angenehme Stille, die zwischen ihnen entstanden war.

»Was?«

»Es leben weniger als zweitausend Menschen in Colma, aber es sind über eineinhalb Millionen Leichen dort begraben.«

»Ernsthaft?«

»Ja, wenn es jemals eine Zombie-Apokalypse gibt, wird Colma das Epizentrum sein«, sagte Mac, was Sophie zum Lachen brachte.

Selbst mit dem morgendlichen Verkehr war es kaum eine 30-minütige Fahrt nach Colma. Der Hauptverkehrsstrom ging in die Stadt hinein, nicht aus San Francisco heraus, was die Fahrt einfach machte. Als sie Colma erreichten, bemerkte Sophie einen deutlichen Trend in der Landschaft der Stadt. Grabsteine, Blumenladen, Grabsteine, noch ein Blumenladen, mehr Grabsteine.

»Warum gibt es hier so viele Friedhöfe?«, fragte Sophie.

»Es gibt fast keine unbebauten Grundstücke mehr in San Francisco. Außerdem ist das verfügbare Land zu wertvoll, um es für die Aufbewahrung von Leichen zu nutzen. Anfang der 1900er Jahre verbot San Francisco neue Bestattungen innerhalb der Stadtgrenzen. Dann gab es in den Zwanzigern einen großen Vorstoß, die meisten bestehenden Friedhöfe zu schließen und die Leichen zu verlegen. Die Grundstücke waren zu wertvoll, und viele der Friedhöfe waren verfallen. Colma wurde ausschließlich gegründet, um San Franciscos Tote aufzunehmen. Die meisten der in der Stadt begrabenen Leichen wurden bis Ende der 1930er Jahre exhumiert und nach Colma gebracht. Sie haben weit über hunderttausend Leichen umgebettet. Kannst du dir das vorstellen?«

»Ich kann mir den Geruch vorstellen.« Sophie schauderte.

»Wette ich«, schnaubte Mac. »Obwohl es nicht alles auf einmal passierte. Ein großes Geheimnis, das die meisten Leute nicht kennen, ist, dass ein Haufen Leichen zurückgelassen wurde. So stolpert ab und zu eine Baustelle über einen Haufen Überreste. 1993 wurde die Legion of Honor renoviert, und sie fanden über siebenhundert Leichen.«

»Heilige Scheiße! Das muss ein verdammt seltsamer Tag auf der Baustelle gewesen sein«, rief Sophie. »Also ist Colma tatsächlich eine Nekropole.«

Als Mac den Blinker betätigte, schaute Sophie nach rechts und starrte mit offenem Mund vor Überraschung. Über einer weitläufigen grünen Rasenfläche stand ein cremefarbenes Gebäude, das aussah, als hätte jemand die obere Hälfte einer gotischen, mittelalterlichen Burg genommen und sie vor eine lange Auffahrt gesetzt, die von Palmenreihen gesäumt war.

Zwischen zwei breiten, gewölbten steinernen Durchfahrten, die als eine Art unbemanntes Torhaus dienten, befand sich ein gedrungener achteckiger Turm mit einem rot gefliesten, spitz zulaufenden Dach. Irgendetwas an den grob behauenen weißen Granitsteinen, den gewölbten Fenstern und den breiten Giebeln ließ das Gebäude aussehen, als sollte es mehrere Stockwerke hoch sein, anstatt eine gedrungene, weitläufige Miniaturburg.

Mac fuhr langsam unter einem der Bögen hindurch, zog ein Stück Papier aus seiner Hosentasche und reichte es Sophie. »Liu ist im Moon Gate Garden. Ich habe es auf der Karte markiert. Gib mir Anweisungen, damit ich uns so nah wie möglich heranfahren kann«, bat Mac.

Sophie folgte mit dem Finger den Kurven auf der Karte und rief Mac Anweisungen zu, während sie versuchte, die umgebende Landschaft zu betrachten und gleichzeitig zu navigieren. Sanft geschwungene Hügel waren mit Reihen über Reihen von Grabsteinen bedeckt, nur unterbrochen von antik aussehenden Zypressen. Die San Bruno Bergkette erhob sich in der Ferne über dem Friedhof wie ein stets wachsamer Wachhund.

»Dieser Ort ist riesig groß!«, rief Sophie.

»Ja, laut den Informationen, die ich nachgeschlagen habe, sind es über 60 Hektar.«

Sophie brachte sie so nah wie möglich an Lius Grab heran, dann stiegen sie aus und begannen zu laufen.

»Ich glaube, der Moon Gate Garden ist dort drüben«, sagte Mac und zeigte auf eine raue Steinmauer mit einer großen runden Öffnung, die zu einem hübschen Rosengarten führte. Als sie durch den Steinbogen schlenderten, streckte Sophie die Hand aus, um den grauen Schlussstein zu berühren, als sie darunter hindurchging. Er fühlte sich körnig und rau unter ihren Fingerspitzen an.

In einer der letzten Grabreihen fanden sie Zhang Lius letzte Ruhestätte. Der Rasen, der das Grab bedeckte, war neu. Die Nähte, an denen der Rasen ausgelegt worden war, waren noch deutlich sichtbar.

Mac zeigte auf die quadratischen Rasenstücke und sagte: »Wenn wir vorsichtig sind, sollten wir den Rasen abziehen und wieder an seinen Platz legen können, sodass niemand jemals erfahren wird, dass die Stelle gestört wurde.«

Sophie warf einen Blick umher, um sicherzustellen, dass niemand sie beobachtete, kniete sich neben Lius Grabstein und legte ihre Hände auf das kürzlich gestörte Gras. Sie schloss die Augen, versuchte sich zu entspannen und ließ die Geschichte in ihr Bewusstsein aufsteigen. Bevor bekannt wurde, dass ihre Visionen real waren, hatte Sophie nie darauf geachtet, wie die Geschichten entstanden. Jetzt, da sie die Wahrheit kannte, hatte sie versucht, sich in sich selbst zu konzentrieren, wenn eine Geschichte auftauchte. Es gab eine Quelle in ihrem Geist, aus der die Geschichten vollständig geformt in ihr Bewusstsein aufstiegen. Darauf bedacht, nicht gegen den Abgrund zu drücken, beobachtete Sophie die dunkle, leere Leere in ihrem Geist neutral und wartete darauf, ob etwas hervorsprudelte. Nach ein paar Minuten stillen Quasi-Meditierens seufzte Sophie niedergeschlagen.

Sie schaute zu Mac auf und schüttelte den Kopf, für einen Moment von Unsicherheit überwältigt. Sie wollte niemanden enttäuschen. Die Möglichkeit, nicht bei der Aufklärung des Verbrechens an Zhang Liu helfen zu können, ließ Sophies Herz schmerzen. Sie erinnerte sich lebhaft an seinen zerfetzten Körper und sein blutunterlaufenes, zerschnittenes Gesicht. Und irgendwie wollte sie auch Mac nicht enttäuschen.

»Mach dir keine Sorgen. Es war sowieso ein Schuss ins Blaue, da er zwei Meter unter der Erde liegt. Ich denke, du musst einfach näher an der Leiche sein – möglicherweise sogar in direktem Kontakt. Ich habe immer noch Hoffnung für Samstag. Aber selbst wenn es nicht klappt, werden wir es einfach weiter versuchen«, sagte Mac als Antwort auf den enttäuschten Blick auf Sophies Gesicht.

»Hör auf, nett zu mir zu sein, Detective Arschgesicht. Das macht es nur seltsam«, sagte Sophie, setzte sich auf das weiche Gras und ließ ihre Augen über Lius roten Granitgrabstein wandern. Die eingemeißelten Worte »Liebender Sohn und Bruder« zu sehen, traf Sophie hart. Wenn sie ihre Autopsien durchführte, war es schwer, die Leichen als etwas anderes als eine zu erledigende Aufgabe zu betrachten. Aber diese Worte zu sehen, machte ihr deutlich, dass eine Familie jemanden verloren hatte, den sie liebte. Wenn Sophie ihnen Gerechtigkeit oder auch nur einige Antworten geben konnte, musste sie tief graben und tun, was sie konnte, um die Wahrheit über seinen Mord aufzudecken.

»Verstanden, Höllenstifter. Keine aufmunternden Worte mehr von mir. Also, beweg deinen Hintern und verschwende nicht meine Zeit. Wir haben noch mehr Scheiße zu erledigen, bevor wir hier rauskommen«, sagte Mac mit herausfordernden Augenbrauen. Sophie beobachtete, wie seine Lippen zuckten, während er ein Lächeln unterdrückte.

Sophie zeigte ihm mit einem Grinsen den Mittelfinger, stand

dann auf und klopfte ihre Hände an ihrer Jeans ab. »Wohin als Nächstes, Detective Arschgesicht?«

»Detective Arschgesicht«, erinnerte Mac Sophie scherzhaft. »Lass uns herumgehen und sehen, ob wir den besten Weg finden können, um auf das Grundstück zu schleichen. Halte auch Ausschau nach Überwachungskameras und Sicherheitspersonal.«

Während sie über das Gelände schlenderten, nickte Mac zu einem Maschendrahtzaun hinüber, der den Friedhof von der Rückseite eines Einkaufszentrums trennte. Sie fanden eine Stelle, die vom Rest des Friedhofs durch ein dichtes Gehölz von immergrünen Bäumen weitgehend verborgen war.

»Wir könnten hinter dem Geschäft parken und hier über den Zaun springen«, sagte Mac und zeigte auf den Parkplatz hinter dem Baumarkt. »Ich glaube, sie haben all diese Bäume gepflanzt, um das Einkaufszentrum zu verbergen und die Ästhetik eines friedlichen Ruheortes zu bewahren. Das kommt uns zugute. Lass uns den Eingang des Friedhofs überprüfen und sehen, ob wir Sicherheitspersonal entdecken können. Dann schauen wir uns die Rückseite dieses Geschäfts an. Heute Abend werde ich zurückkommen und sehen, ob Woodlawn nachts Sicherheitsleute einsetzt. Ich muss sehen, wie gut dieser Bereich nachts beleuchtet ist.«

Nach etwa einer Stunde des Umherwanderns in den Gärten rund um Lius Grab besuchten sie das Mausoleum und die Kapelle. Dann gingen sie zurück, um weiter im Friedhof nach höherem Gelände zu suchen. Auf dem höchsten Hügel in Woodlawn stehend, versuchten sie festzustellen, ob Lius Grabstätte von ihrem Aussichtspunkt aus sichtbar war.

»Dies scheint der einzige Bereich zu sein, von dem aus jemand uns an Lius Grab entdecken könnte. Wenn der Moon Gate Garden nicht gut beleuchtet ist, sollten wir in Ordnung sein. Wir müssen nur mit Taschenlampen vorsichtig sein«, sagte

Mac, schirmte seine Augen mit einer Hand ab und starrte intensiv auf den Bereich mit Lius Grab.

Nach Beendigung ihrer Tour gingen Sophie und Mac zu seinem Auto. Die Rückseite des großen Baumarkts schien frei von Überwachungskameras zu sein.

»Schau, wir können auf der anderen Seite dieses Containers parken, wenn er am Samstag noch hier ist. Auf diese Weise werden wir von der Straße aus verborgen sein«, sagte Mac und zeigte auf den grauen Stahlcontainer, der über zwei Mitarbeiterparkplätze hinter dem Geschäft gestellt worden war.

»Das könnte nicht so schwierig sein, wie ich befürchtet hatte. Ich meine, das eigentliche Graben wird eine Qual sein, aber es gibt hier einfach nicht viel Sicherheit. Ich hatte Überwachungskameras oder so etwas erwartet«, sagte Sophie.

»Ich glaube nicht, dass Grabräuberei heutzutage ein großes Problem ist. Ich wette, das Schlimmste, worüber sich der Friedhof Sorgen machen muss, sind Teenager, die auf den Gräbern rumhängen und saufen, und Vandalismus«, sagte Mac nachdenklich, fuhr vom Parkplatz des Geschäfts und zurück auf Colmas Hauptstraße.

»Hast du jemals als Teenager auf einem Friedhof gefeiert? Ich kann mir total vorstellen, wie du mit deinem Footballteam feierst«, fragte Sophie mit einem Grinsen.

»Ich habe ein paar Mal gefeiert. Aber nie auf einem Friedhof. Unsere Partys waren immer am Fuß des örtlichen Wasserturms. Außerdem war es mit meinem Baseballteam. Nicht Football.« Mac lachte. »Ich habe in der High School nicht viel gefeiert, weil mein Vater der Polizeichef - der höchste Polizeibeamte in unserer Stadt - war. Er hätte mir den Hintern versohlt, wenn er mich dabei erwischt hätte, den Familienruf zu 'beschmutzen'.«

»Polizeichef, hm? Du bist nicht von hier?«, fragte Sophie.

»Ich wurde in einer kleinen Stadt namens Civitas geboren, etwa zwei Stunden südlich von hier. Was ist mit dir? Hast du mit deinen melancholischen Emo-Freunden auf einem Friedhof gefeiert?«

»Nicht auf einem Friedhof. Ich war ein typischer Teenager. Ich habe die gleichen Dinge gemacht wie alle anderen. Ich wollte einfach dazugehören, stelle ich mir vor. Nichts Besonderes«, antwortete Sophie.

Mac schnaubte leise, sagte aber nichts weiter. Als sie zurück in die Stadt kamen, nahm Sophie Macs Angebot an, sie nach Hause zu fahren. Als er am Bordstein vor dem Streuselkuchen anhielt, entdeckte Sophie Birdie, die draußen stand und eine Papiertüte mit dem Logo eines Lebensmittelgeschäfts umklammerte. Birdie starrte das Auto misstrauisch an, bis sie Sophie auf dem Beifahrersitz erkannte. Dann eilte sie schneller zum Auto, als es möglich schien.

»Sophie!«, rief Birdie und hielt Sophie auf, bevor sie aus dem Auto aussteigen und ihre Flucht vollenden konnte. »Wer ist das?«

»Birdie, das ist mein Kollege Detective Malcolm Volpes. Mac, das ist meine Nachbarin und Freundin Frau Alberta Gafferty.«

Birdie griff sich dramatisch an die Brust. »Wie kannst du es wagen! Nenn mich nie bei diesem Namen. Jeder nennt mich Birdie. Ich dachte, ich könnte dir vertrauen. Oder soll ich dem Ermittler hier verraten, dass dein voller Name Josephina ist?«

»Das ist nicht mein Name. Mac, ignoriere Birdie. Sie ist tief in ihrem Altersstarrsinn und wird leicht verwirrt«, sagte Sophie mit einem breiten Grinsen, als Birdie ihr die Zunge herausstreckte.

»Es freut mich, Sie kennenzulernen, Frau Birdie«, sagte Mac höflich von seinem Sitz im Fahrzeug aus.

»Oh mein. Ein Ermittler, sagst du? Es freut mich auch, Sie kennenzulernen, Detective Volpes«, sagte Birdie mit einem Flattern ihrer Wimpern, wobei Sophies offensichtlichen Verrat an ihrem Geburtsnamen hatte sie bereits vergessen. »Mir ist aufgefallen, dass du schon vor mehreren Stunden zu Hause sein solltest. Sophie, hat dieser nette junge Mann dir eine Fahrt gegeben?«

Birdie hätte nicht mehr Andeutungen in die Worte legen können, wenn sie es versucht hätte.

»Hat er. Es war eine glatte Fahrt. Nicht so viel PS, wie ich erwartet hatte.« Sophie grinste boshaft, als sie hörte, wie Mac durch die offene Beifahrertür hinter ihr stotterte.

»Hmmm. Zu schade. Ich hoffe, du konntest seine Handschellen ausprobieren«, schnurrte Birdie, was Sophie zum Lachen brachte. Sophie lachte noch härter, als sie zurückblickte und bemerkte, dass Birdie den abgebrühten Detektiv zum Erröten gebracht hatte.

»Komm schon, du freche alte Dame. Lass mich dir mit deinen Einkäufen helfen«, sagte Sophie, schloss die Beifahrertür und nahm vorsichtig die Papiertüte aus Birdies Umklammerung.

»Es war schön, Sie kennenzulernen, Detective Volpes«, sagte Birdie mit einem flirtenden Fingerwink. Mac, der aus dem Fahrzeug gestiegen war und sich gegen das Dach des Autos lehnte, lächelte die alte Dame an. Sophie hakte ihren Arm bei Birdie ein und drehte sie beide in Richtung Streuselkuchen.

»Bitte nennen Sie mich Mac, Frau Gafferty. Ich kann es kaum erwarten, dich am Samstagabend zu sehen, Sophie. Ich zähle die Minuten. Vergiss nicht das Outfit, das ich möchte, dass du trägst, und ich werde sicherstellen, dass ich meine Handschellen mitbringe«, rief Mac Sophie und Birdie in der verführerischsten, Höschen-schmelzenden Stimme zu, die möglich war. Sophie wusste, dass das Outfit, auf das Mac sich bezog, komplett schwarze Kleidung war, aber sie konnte das Birdie unmöglich erklären.

Während Birdie neben ihr johlte und schrie, drehte Sophie ihren Kopf, um Mac einen »du bist ein toter Mann«-Blick zuzuwerfen. Er gab ihr ein sündiges Grinsen zurück, bevor er wieder in sein praktisches Auto stieg und in den Verkehr einfädelte, weg von Sophies Todesblick.

KAPITEL 13

Sophie blickte mit einem amüsierten Lächeln vom Beifahrersitz aus im Inneren des dunkelgrauen Minivans umher. Sie warf einen Blick auf Mac hinter dem Steuer und dann über ihre Schulter auf Amira, Reggie, Ace und Fitz, die hinter ihr verteilt saßen. Das Innere des Minivans war das genaue Gegenteil des makellosen Innenraums des letzten Fahrzeugs, mit dem Mac sie zum Woodlawn-Friedhof gebracht hatte. Überall im Auto lagen Spielzeuge, Bücher und eine Fülle von Krümeln und altbackenen Pommes frites verstreut. Im Getränkehalter der Mittelkonsole stand ein Schnabelbecher. Er war halb gefüllt mit etwas, das wie Apfelsaft aussah.

»Es ist das Auto meiner Schwester. Ich musste es mir ausleihen. Ich wollte heute Abend nicht mehr als ein Fahrzeug nehmen, und das ist das einzige, das ich auftreiben konnte, das groß genug ist, um uns alle unterzubringen«, brummte Mac.

»Keine Urteile von mir. Ich habe nicht einmal ein Auto, also kann ich kaum jemand anderen kritisieren«, sagte Sophie und hob kapitulierend die Hände.

»Hey, hört euch das an«, kicherte Amira vom Rücksitz. »Ich habe eine Glückskeksweisheit gefunden, die jemand übrig gelassen hat. Da steht: 'Du wirst in deinem Leben viele fremde Orte bereisen.' Wir haben schon angefangen! So ein glamouröses Leben führen wir. Die Leute werden so neidisch sein, wenn sie es erfahren.«

»Wusstest du, dass der Glückskeks hier in San Francisco erfunden wurde?«, fragte Mac Sophie leise.

»Wirklich? Ich dachte, er käme aus China«, antwortete Sophie.

»Nein, es gibt einige Streitigkeiten darüber, aber die Kekse stammen definitiv nicht aus China. Interessant ist, dass beide Männer, die behaupteten, die Kekse erfunden zu haben, Japaner waren. Der Keks basierte auf einem traditionellen japanischen süßen Cracker, der in Tempeln serviert wurde. Sie haben den Keks gesüßt, um dem amerikanischen Geschmack zu entsprechen. Die meisten Leute glauben, dass er zuerst im Japanese Tea Garden im Golden Gate Park serviert wurde«, sagte Mac.

»Du bist einfach voller interessanter Fakten, nicht wahr?«, sagte Sophie mit einem Grinsen, das an ihren Lippen zupfte.

»Ich interessiere mich für Geschichte«, sagte Mac mit einem verlegenen Achselzucken.

»Ich auch, eigentlich. Hast du noch andere interessante Fakten über Glückskekse?«

»Du wirst es bereuen, gefragt zu haben«, warnte Mac. »Wusstest du, dass man einige der ursprünglichen Keksmaschinen aus den 60er Jahren heute noch in der Golden Gate Fortune Cookie Factory in der Stadt in Betrieb sehen kann? Sie bieten Führungen an.«

»Okay, dann erkläre mir, wie ein japanischer Keks zum Synonym für chinesisches Essen wurde?«, fragte Sophie.

»Die Theorie, die ich gehört habe, ist, dass die meisten Japaner während des Zweiten Weltkriegs in Internierungslager gezwungen wurden. Chinesisch-amerikanische Hersteller erkannten eine Geschäftsmöglichkeit und begannen, den Keks zu produzieren. Sie begannen, sie in chinesischen Restaurants zu servieren, wo sie sehr beliebt wurden.«

»Verdammt, das ist irgendwie düster«, antwortete Sophie mit einem nachdenklichen Gesichtsausdruck.

»So ist es oft in der Geschichte«, stimmte Mac zu.

Mac bog auf den Parkplatz des Baumarkts ein, schaltete die Lichter aus und fuhr um das kastenförmige Gebäude herum. Der Schiffscontainer verdeckte die Straßenlaterne und tauchte das Innere des Autos in Schatten.

Mac drehte sich auf seinem Sitz um, um den Rest der Insassen anzusehen, und sagte: »Okay, hier ist der Plan. Wenn wir aussteigen, Amira, kannst du dich verwandeln und schnell die Gegend nach Sicherheitspersonal oder anderen potenziellen Problemen absuchen? Soweit ich feststellen konnte, patrouilliert ein Wachmann alle zwei Stunden mit einem Golfwagen auf dem Friedhof. Wenn sie sich an ihren üblichen Zeitplan halten, werden sie um Mitternacht, zwei, vier und sechs Uhr vorbeifahren. Wir müssen lange vor sechs Uhr fertig sein. Ich habe für jeden Schaufeln im Kofferraum, zusammen mit Handschuhen und Taschenlampen. Diejenigen von uns, die sich verwandeln können, können sich beim Wachehalten abwechseln. Der beste Platz dafür ist auf dem steinernen Eingang zum Moon Gate Garden. Wenn jemand etwas sieht, macht ein Tiergeräusch. Nur um es noch einmal zu betonen: Was auch immer passiert, lasst euch nicht erwischen, selbst wenn ihr den Ort verlassen und weglaufen müsst. Das Wichtigste ist, dass wir auf keinen Fall erwischt werden dürfen. Irgendwelche Fragen?« fragte Mac. Sophie unterdrückte ein unangemessenes Grinsen, als ihr klar wurde, dass Mac ein »nur um es noch einmal zu betonen«-Typ war.

Nachdem alle aus dem Minivan geklettert waren, gingen alle nach hinten, um die Schaufeln zu holen.

»Ich werde mich dort drüben verwandeln«, sagte Amira und zeigte auf einen dichten Haufen niedriger immergrüner Sträucher. »Ich komme zurück, nachdem ich die Gegend erkundet habe.«

»Erinnerst du dich, wie man zum Moon Gate Garden kommt?«, fragte Mac.

»Ich hab das im Griff«, war alles, was Amira sagte, bevor sie davonhüpfte.

Mac warf sich eine große Sporttasche über die Schulter, bevor er jedem eine Schaufel gab. Es dauerte nicht lange, bis Sophie ein Rascheln hinter einem nahegelegenen Baum hörte und einen Blitz von brauner Haut sah. Eine Minute später tauchte Amira vollständig angezogen hinter den Bäumen auf und ließ sie wissen, dass es sicher war, anzufangen.

Nachdem sie die Sporttasche und die Werkzeuge über den Zaun geworfen hatten, kletterten alle über die Kettengliedbarriere. Ohne dass eine Diskussion nötig war, reihten sich alle hinter Mac ein. Sophie war froh, dass der Mond zu drei Vierteln voll war, sodass sie nicht in völliger Dunkelheit liefen. Früher hatte Reggie Sophie erklärt, dass die meisten Gestaltwandler über eine ausgezeichnete Nachtsicht verfügen, sodass sie hofften, auf Taschenlampen verzichten zu können.

An Lius Grabstein übernahm Amira die erste Wache. Einige Minuten später hörte Sophie einen Katzenschrei, das vereinbarte Signal, um alle wissen zu lassen, dass Amira auf Position war. Als sie zum Steinbogen hinüberblickte, war Sophie ein wenig enttäuscht, dass sie Amira in ihrer Katzengestalt nicht entdecken konnte. Sie stellte sich vor, dass Amira eine entzückende Katze war; nicht dass sie ihr das sagen würde.

Nachdem sie vorsichtig den Rasen abgezogen hatten, legte Mac mehrere große Planen aus, auf denen alle die ausgehobene Erde stapeln konnten. Mit einem Seufzer zog Sophie ihre dicken Handschuhe an, nahm eine Schaufel und machte sich an die Arbeit.

Zwei Stunden später bereute Sophie es, diesem hirnverbrannten Plan jemals zugestimmt zu haben.

»Das ist Scheiße«, verkündete sie. Sie passte den Griff an ihrer Schaufel an, in der Hoffnung, dass sie verhindern könnte, dass die Blase, die sich auf ihrer linken Handfläche bildete, noch schlimmer wurde.

Ein durchdringender tierischer Schrei unterbrach ihre Arbeit. Mac und Sophie ließen sich hinter Lius Grabstein fallen, während Fitz und Amira sich hinter einem angrenzenden Grabstein versteckten. Sophie spähte um die Seite der großen Granitplatte herum und starrte durch die Öffnung des Steinbogens. Einen Moment später rollte langsam ein Golfwagen am Garteneingang vorbei. Als sie sich wieder hinter den Schutz von Lius Grabstein zurückfallen ließ, sah Sophie, wie der Strahl einer Taschenlampe schnell über ihr Versteck glitt. Als sie zu Mac hinüberblickte, bemerkte Sophie, dass seine Augen vor Aufregung glänzten.

»Genießt du das?«, zischte Sophie unter ihrem Atem.

»Natürlich! Das macht Spaß. Es ist ein Abenteuer. Wir sind wie Abenteurer auf Schatzjagd«, sagte Mac und schenkte Sophie ein scharfes Grinsen. »Was? Magst du es nicht, ein gesetzeswidriger Schatzjäger zu sein?«

»Ich habe noch nie einen Indiana-Jones-Film gesehen«, flüsterte Sophie, während Mac sich mit einem Ausdruck des Entsetzens an die Brust fasste. »Außerdem bezweifle ich, dass wir heute Nacht irgendeinen Schatz finden werden.«

* * *

TROTZ DES GRABENS mit größtmöglicher Geschwindigkeit dauerte es fast vier Stunden, bis sie zum Sarg gelangten.

»Bist du bereit, das zu tun? Möchtest du zuerst einen Moment durchschnaufen?«, fragte Mac Sophie leise.

Sophie blickte auf ihre schmerzenden Hände, die mit Ledergartenhandschuhen bedeckt waren. Nachdem sie ihre Finger ein paar Mal gespreizt hatte, antwortete sie: »Nein, lass uns das erledigen, damit wir nach Hause gehen können.«

Bei dem Versuch, den Schweiß von ihrer Stirn zu wischen, gelang es Sophie nur, Schmutz über ihr Gesicht zu schmieren. Als sie ihre Freunde ansah, wurde ihr klar, dass sie alle wie Sumpfmonster aussahen.

»Sophie, möchtest du deine Handschuhe gegen Nitrilhandschuhe austauschen?«, bot Reggie an und hielt ein Paar dünne blaue Handschuhe hin. Sophie nahm sie mit einem kurzen Dankeschön an.

Mac sprang geschickt in das tiefe Loch und half Sophie, auf ihren Füßen zu stehen, als Reggie und Ace sie auf den Sarg hinunterließen. Auf dem Sarg kniend wartete Sophie, während Mac mit seinen Fingern um den Rand des Sargs fuhr. Die Erdwände drängten sich auf beiden Seiten eng an sie. Als Sophie sich auf ihren Knien bewegte, streifte ihr Arm die löchrigen, zackigen Erdwände. Sie ragten hoch über ihr auf und ließen Sophie das Gefühl haben, am Boden eines tiefen Brunnens zu sein. Fitz lehnte sich über die Öffnung und richtete einen Taschenlampenstrahl auf den Sarg, damit sie sehen konnten, was sie taten.

»Ah, hier ist es«, sagte Mac leise, während er an einer Metallklammer herumfummelte. Nachdem er den Verschluss umgelegt hatte, ließ Mac Sophie zurückgehen, sodass sie beide nebeneinander halb hinten auf dem Sarg saßen.

»Ich werde nur die obere Hälfte des Sargs öffnen. So können wir weiter knien, okay? Bist du bereit?«

Sophie atmete tief ein und ließ die Luft langsam wieder aus, bevor sie ruckartig mit dem Kopf nickte. Mac griff an der Seite des Sargs entlang, grub seine Finger in den Spalt der Sargtür und zog. Mac schnaubte verärgert, als sich die Tür nicht bewegte. Er passte seinen Griff an, klemmte seinen Kiefer zusammen und strengte sich an, die Tür zu öffnen. Die Versiegelung der Sargtür gab so plötzlich nach, dass Mac fast das Gleichgewicht verlor und auf seinen Hintern fiel.

Eine Wolke aus fauler, verrotteter Luft explodierte aus dem Inneren des Sargs direkt in Sophies Gesicht. Sowohl Sophie als auch Mac krochen würgend und hustend von der Öffnung zurück. Sophie zog schnell den Kragen ihres Hemdes über Nase und Mund, in der Hoffnung, den Gestank zu filtern. Der Lichtstrahl verschwand, als Fitz, Reggie und Ace mit Ausrufen des Ekels von der Öffnung des Lochs zurückfielen. Sophie war froh, dass Amira wieder an der Reihe war, Wache zu halten, sodass sie nicht mit ihrem empfindlichen Geruchssinn umgehen mussten.

Nachdem sie dem Sarg ein paar Minuten Zeit gegeben hatten, so viel wie möglich auszulüften, krochen Sophie und Mac langsam zurück zur Öffnung und spähten hinein auf Zhang Liu. Fitz' Taschenlampe hob Lius eingefallene, verfärbte Gesichtszüge in krassen Details hervor. Sophie richtete ihren Fokus schnell auf ein rotes Seideneinstecktuch, das elegant in seiner Anzugjacke steckte.

»Bereit?«, fragte Mac. Als Sophie mit dem Kopf nickte, holte er sein Handy heraus, um aufzunehmen. Sophie legte vorsichtig ihre behandschuhte Hand auf eine der auf Lius Brust gekreuzten Hände und hielt dabei ihre Augen davon ab, wieder zu Lius Gesicht zu wandern. Sie unterdrückte den Schauder des Abscheus, der versuchte, sich ihren Rücken hinaufzuarbeiten, und schloss die Augen.

Sophie konnte sich nicht genug konzentrieren, um den Ort in ihrem Geist zu finden, wo die Geschichten auftauchten. Frustration begann sich in ihr aufzubauen, als die Minuten verstrichen. Sie zog ihre Hand von Lius kalter Hand und schüttelte sie verärgert aus.

»Ist alles in Ordnung?«, fragte Mac leise.

»Es ist nur schwer, mich zu konzentrieren, wenn ich weiß, dass alle zusehen. Außerdem haben wir uns so viel Mühe gegeben, und ich möchte euch Jungs nicht enttäuschen. Ihr alle habt viel mehr zu verlieren als ich, wenn wir erwischt werden«, flüsterte Sophie. »Außerdem gruselt mich das.«

»Du zerschneidest beruflich tote Körper«, sagte Mac und milderte die Aussage mit einem Grinsen. »Warum sollte das anders sein?«

»Ich weiß nicht. Ich denke, dies soll Zhangs letzte Ruhestätte sein. Ich fühle mich irgendwie schlecht, dass wir sie stören.«

»Ich glaube kaum, dass es Zhang noch kümmert, Sophie«, sagte Mac und stieß mit seiner Schulter gegen ihre. »Außerdem, wenn du es wärst, würdest du nicht wollen, dass jemand alles in seiner Macht Stehende tut, um deinen Mord aufzuklären, selbst wenn das bedeutet, dein Grab zu stören?«

»Ja, ich denke schon.«

»Okay, dann. Ich weiß, dass du das kannst. Aber wenn du keine Lesung bekommst, ist das okay. Mein Fall ist nicht schlechter dran als vorher. Das war nur ein Versuch ins Blaue hinein«, sagte Mac und tätschelte sanft Sophies Schulter.

»Du hast Recht. Lass mich das noch einmal versuchen. Danke für die Aufmunterung, Detective Arschgesicht.«

»Gern geschehen, Höllenstifter. Jetzt hol mir meine Geschichte.«

Sophie legte ihre Hand wieder auf Lius und schloss erneut die Augen. Sie atmete langsam ein und konzentrierte sich darauf, ihre angespannten Muskeln zu lockern, bevor sie ihre Aufmerksamkeit nach innen richtete und versuchte, ihren Geist zu entspannen.

»Ein Monster mit einer Botschaft«, flüsterte Sophie laut und hoffte, dass das Aussprechen der Worte die Geschichte in ihrem Geist wieder entfachen würde. Als sie das tat, begann sich ein Bild zu formen.

»Zhang läuft mit seinem Rudel. Sie rasen durch die Hügel und versuchen zu sehen, wer zuerst den Fuß des Sutro-Turms erreichen kann. Er ist wild und frei und umarmt das Tier in sich. Er möchte vor Triumph heulen, als er den Turm zuerst erreicht, aber er unterdrückt den Impuls, weil zu viele menschliche Häuser in der Nähe sind. Zwei weitere Wölfe taumeln aus dem Unterholz, ringen und spielen. Die drei Wölfe verwandeln sich in ihre menschliche Gestalt. 'Das wird nicht so schlimm sein. Wir können hier laufen', sagt Zhang.

»Einer der Männer sagt: 'Der Lake Merced Park war besser. Es ist Bullshit, dass wir vertrieben wurden. Sie versuchen bereits, auch dieses Land zu ergreifen. Wenn wir nicht bald Stellung beziehen, werden wir nirgendwo mehr laufen können.'

»Zhang beruhigt die beiden Männer: 'Marcus, wir können es uns nicht leisten, einen Krieg mit dem Sunset District Pack zu beginnen. Wir würden in einer Konfrontation gegen sie verlieren. Wir haben nicht die Zahlen, um sie zu schlagen. Ich werde mich darum kümmern. Ich habe einen Plan.'«, Sophie versuchte, jedes Detail aufzunehmen, das sie konnte.

»Sie verwandeln sich zurück in die drei dunkelfellbedeckten Wölfe und machen sich wieder den Hügel hinunter, rennen und springen über Hindernisse. Die anderen beiden Wölfe werden abgelenkt, als sie einen Hasen aufschrecken und beschließen, ihn zu jagen«, sagte Sophie und fiel tiefer in den Rhythmus ihres Geschichtenerzählens. »Zhang schüttelt den Kopf über seine beiden Rudelgefährten. Wenn sie morgen auf der Baustelle müde sind, ist das ihre Schuld. Zhang erreicht den Rand des kleinen bewaldeten Gebiets, wo er seine Kleidung gelassen hat. Er verwandelt sich wieder in seine menschliche Gestalt und zieht sich schnell an. Er joggt zurück zu seiner Wohnung in West Portal, als sechs Wölfe ihn überfallen. Sie treiben ihn hinter eine Art Schule. Er kämpft mit allem, was in ihm steckt, aber er weiß bereits, dass es keine Chance gibt, diesen Kampf zu gewinnen. Sechs gegen einen ist zu schwer zu überwinden. Jedes Mal, wenn er einen guten Schlag gegen einen seiner Angreifer landet, ist da ein anderer, der auf seine exponierte Flanke springt. Der Kampf ist brutal, aber kurz«, beendete Sophie die Geschichte mit einem Schauder.

Sophie öffnete ihre Augen und sah Mac an. »Hat das geholfen?«, flüsterte sie.

»Ja, das hat es. Danke, Sophie«, flüsterte Mac zurück. »Bevor wir gehen, hast du einen guten Blick auf einen der Wölfe bekommen, die Zhang angegriffen haben? Irgendwelche spezifischen Wunden, die er seinen Angreifern zugefügt hat?«

Sophie schloss die Augen und versuchte, sich die angreifenden Wölfe vorzustellen. »Hmm. Sie alle hatten Fell, das dunkelbraun, vielleicht sogar schwarz war. Außer dem, von dem ich denke, dass er der Anführer war: Seine Schnauze hatte viel graues oder weißes Fell. Fast wie mit dem Alter, wenn du weißt, was ich meine. Sie bewegten und verschoben sich viel, also ist es schwer, sich nur auf einen zu konzentrieren. Sie sahen alle sehr ähnlich aus.«

»Was ist mit Verletzungen?«, fragte Mac.

»Zhang versuchte, einem die Kehle durchzubeißen. Der Wolf drehte seine Schulter im letzten Moment, so dass Zhang stattdessen in seinen Nacken biss, anstatt ihm die Kehle herauszureißen, wie er es wollte. Ich glaube, er schaffte es, eines ihrer Ohren zu packen, aber ich weiß nicht, wie viel Schaden er angerichtet hat. Es tut mir leid, Mac, es war alles so verschwommen, und Zhang war völlig überwältigt von seinen Angreifern. Er konnte nicht viele Treffer landen, bevor sie ihn töteten.«

»Du musst dich nicht entschuldigen, Sophie. Du hast mir mehr Informationen gegeben, als ich vorher hatte. Diese ganze Nacht war es wert«, sagte Mac. »Alright, Leute, wir haben bekommen, wofür wir gekommen sind. Es ist Zeit, Zhang wieder seiner ewigen Ruhe zu überlassen.«

Erde zu einem Grab zurückzubringen, war ein viel einfacherer, schnellerer Prozess als eines freizulegen. Es dauerte nicht viel mehr als eine Stunde, um Zhangs Grabstätte in ihren vorherigen Zustand zurückzuversetzen. Wenn jemand zufällig den Bereich inspizieren würde, würden sie höchstens Vertiefungen im Boden und etwas lose Erde zwischen den Grashalmen finden.

»Niemand wird denken, dass Leute hereingekommen sind und ein Grab ausgegraben haben. Höchstens werden sie denken, dass Vandalen oder Teenager auf dem Friedhof gefeiert haben. Lasst uns von hier verschwinden«, beruhigte Mac die Gruppe, als sie den Bereich inspizierten.

Sie sammelten ihre Ausrüstung ein und schlichen leise zwischen den Reihen von Grabsteinen zurück zum Maschendrahtzaun, der sie von ihrer Flucht trennte.

Auf der Rückfahrt in die Stadt herrschte eine jubelnde Feierlaune im Minivan. Alle lachten und scherzten, gratulierten sich selbst zu einer gut gemachten Arbeit.

»Also, Amira, ich weiß, du wolltest wissen, wie es sich anfühlt, ein Gesetzesbrecher zu sein. War es alles, was du dir erhofft hast?«, neckte Reggie Amira.

»Mehr körperliche Anstrengung, als ich möchte. Ich meine, schau dir meine armen Nägel an«, jammerte Amira und zeigte Reggie Nägel, die für Sophie völlig in Ordnung aussahen. »Ich bin für ein Leben im Luxus bestimmt, nicht für körperliche Arbeit.«

»Was? Du dachtest, ein Grab auszuheben würde glamouröser sein?«, stichelte Ace von der Rückbank aus gegen Amira.

»Fang nicht mit mir an, TP. Zumindest habe ich letzte Nacht meinen Teil beigetragen«, knurrte Amira zurück zu Ace.

»Nenn mich nicht verfickt noch mal TP, Katze«, lehnte sich Ace über Reggies Schoß nach vorne, um Amira ins Gesicht zu kommen. Sophie schaute zurück und unterdrückte ein Grinsen, als Reggie die Augen über die Albernheiten seiner Freunde verdrehte.

Als sie sich wieder umdrehte, blendete Sophie ihre streitenden Kollegen aus, während sie durch die Frontscheibe starrte. Sie konnte nicht herausfinden, was es war, aber etwas kitzelte ihr

Bewusstsein. Ein nagender Gedanke, dass sie ein wichtiges Detail übersah, tanzte am Rande ihres Verstandes.

»Also, Mac, sag uns. Glaubst du, Sophie hat die Geschichte richtig verstanden?«, fragte Reggie und beruhigte den Streit zwischen Ace und Amira.

»Ich glaube, das hat sie. Sie fanden Zhangs Körper im Hawk Hill Park direkt auf der anderen Seite des Zauns hinter der Herbert Hoover Middle School. Hinter der Schule gibt es einen großen gepflasterten Bereich mit einer Laufbahn und Basketballplätzen. Wir fanden Beweise für einen Kampf und Blut überall auf dem Hof«, sagte Mac. »Ich habe die Alphas der lokalen Rudel interviewt. Sie alle gaben an, dass Zhang Liu ein rudellose Gestaltwandler war. Ein nicht angeschlossener einsamer Wolf. Sophies Geschichte zeichnet ein anderes Bild von einem kleinen Rudel, das aus Territorien verdrängt wird. Ich werde den Alpha des Sunset District Rudels sehr bald wieder besuchen. Außerdem muss ich sehen, ob ich einen Gestaltwandler namens Marcus aufspüren kann.«

Mac bot an, jede Person nach Hause zu fahren, anstatt sie im Büro des Gerichtsmediziners abzusetzen, da alle mit Schmutz und Grasflecken bedeckt waren. Er fuhr zuerst nach Noe Valley, um Reggie abzusetzen. Noe Valley war eines von Sophies Lieblingsvierteln in der Stadt, also schaute sie mit ein wenig Neid auf Reggies Straße. Sie entdeckte einen schicken, pingelig aussehenden Teeraum. Nach dem kurzen Blick, den sie beim Vorbeifahren ins Innere werfen konnte, schien es, als hätte jemand Deckchen über jede Oberfläche erbrochen. Birdie würde es lieben.

Als nächstes setzten sie Ace und Amira ab, die sich zu Sophies völliger Überraschung eine Wohnung teilten.

»Ihr seid Mitbewohner? Aber ihr beiden könnt kaum eine Minute ohne Streit verbringen«, stotterte Sophie.

»Die Miete ist in dieser Stadt verdammt teuer. Ohne Mitbewohner kann ich mir keine anständige Wohnung leisten. Zumindest kenne ich Amira schon«, sagte Ace. »Außerdem ist sie kaum zu Hause. Sie verbringt die meiste Zeit als Haustierkatze des Nachbarn.«

»Schau mich nicht so an«, sagte Amira, nachdem Sophie sie ungläubig angestarrt hatte. »Bob ist wirklich nett. Er ist nicht zu bedürftig wie manche Menschen. Es ist ein Schmerz im Hintern, einen Menschen richtig zu trainieren, und ich möchte nicht von vorne mit einem neuen anfangen. Außerdem bekomme ich kostenloses Essen. Es ist ein süßer Deal.«

»Oh mein Gott! Du bist die 'Königin dieses Schlosses'. Heilige Scheiße. Jetzt verstehe ich das!«, rief Sophie aus.

Amira und Ace stiegen mit einem Winken aus dem Auto und gingen in ihr Gebäude.

Fitz wohnte nur ein paar Blocks entfernt in einem umgebauten Ziegelstein-Lagerhaus. Als Fitz den Minivan verließ, begann die Stille im Fahrzeug Sophie auf die Nerven zu gehen. Als sie sich umsah und versuchte, etwas zu finden, worüber sie sprechen konnte, bemerkte Sophie den Schmutz, der über die Polster verschmiert war.

»Wir haben das Auto deiner Schwester total verdreckt«, sagte Sophie und verzog das Gesicht über die Beweise ihrer nächtlichen Aktivitäten, die überall im Inneren des Fahrzeugs verschmiert waren.

»Ich plane, das Auto für meine Schwester als Dankeschön detailliert reinigen zu lassen. Sie wird nie sehen, was wir damit gemacht haben. Ich arbeite heute nicht, also sollte es einfach sein«, sagte Mac mit einem nachlässigen Achselzucken.

»Kann ich dich etwas fragen?«, bat Sophie.

»Sicher«, antwortete Mac, nachdem er Sophie einen schnellen prüfenden Blick zugeworfen hatte.

»Ich habe keine Ahnung, ob es unhöflich ist zu fragen, aber… bist du wirklich ein Fuchsgestaltwandler? Ich habe dich letzte Nacht nicht gesehen«, fragte Sophie schnell.

»Einige Gestaltwandler können etwas beleidigt sein, wenn

jemand fragt, aber für sie ist es einfach, weil sie am Geruch erkennen können, welche Art von Gestaltwandler jemand ist. Mir macht es jedoch nichts aus. Um deine Frage zu beantworten: Ja, ich bin ein Fuchs.«

»Reggie erwähnte Fuchs, aber ich war zu der Zeit so überwältigt von all den neuen Informationen, dass ich sichergehen wollte. Sind Füchse aus dem Apex- oder dem Niederen Königreich?«, fragte Sophie.

Mac brummte leise vor sich hin.

»Ich mag den Begriff Niederes Königreich nicht, aber ich weiß nicht, wie die Nicht-Apex-Gestaltwandler sonst genannt werden sollen«, beeilte sich Sophie zu erklären.

»Tut mir leid, ich hasse diesen Begriff. Die Nicht-Raubtier-Gestaltwandler sind nicht 'nieder'. Es ist nur ein Bullshit-Vorurteil, das von einigen Apex-Gestaltwandlern und den Fae praktiziert wird«, knurrte Mac. »Um deine Frage zu beantworten, die meisten Mythischen betrachten Fuchsgestaltwandler als Teil des Apex-Königreichs, aber wir bewegen uns meist an der Grenze. Es hängt wirklich davon ab, mit wem du sprichst.«

»Hm«, antwortete Sophie. »Es ist so seltsam, dass selbst magische Wesen mit Rassismus zu tun haben.«

Sie dachte über ihre Gedanken nach, während sie nach draußen schaute und das frühmorgendliche Treiben bewunderte, das in der Stadt bereits begann. Eine der Dutzenden von Taquerias, die an jeder Ecke des Mission Districts zu finden waren, fiel ihr ins Auge. Ein Mission-Style-Burrito, die berühmte San Francisco Spezialität, klang so göttlich, dass Sophie fast laut gestöhnt hätte bei dem Gedanken. Aber selbst das leise Knurren ihres Magens konnte Sophie nicht von dem Gefühl ablenken, dass sie etwas vergessen hatte.

»Ist etwas falsch?«, fragte Mac.

»Ich habe das Gefühl, dass ich etwas übersehe. Es ist da, aber ich kann es nicht greifen«, seufzte Sophie.

»Meinst du, es liegt dir auf der Zunge?«, schnaubte Mac.

»Nein, mein Gehirn. Es ist gerade außer Reichweite. Ich kann es einfach nicht fassen. Was vergesse ich? Ich weiß, es hat etwas mit Zhang zu tun, aber ich kann es nicht herausfinden.« Frustration durchzog ihre Stimme.

»Willst du zum Tatort fahren? Es könnte helfen, deine Erinnerung anzuregen. Wir können auch in Forest Knolls herumfahren und uns den Sutro-Turm ansehen. Ich habe heute nichts anderes zu tun, außer Mirandas Van zu reinigen«, bot Mac an.

»Forest Knolls! Meine Güte, das ist es!«, rief Sophie aus. »Vor ein paar Tagen war ich im Streuselkuchen, als ich diese Typen belauschte, die darüber sprachen, dass sie aus dem Forest Knolls-Territorium vertrieben wurden. Ähm, lass mich nachdenken... was haben sie gesagt?«

Sophie rieb sich die Stirn und versuchte, sich an den Vorfall zu erinnern.

»Da waren vier Männer. Sie sahen aus, als würden sie vielleicht im Baugewerbe arbeiten oder so, du weißt schon, farbverspritzte Kleidung und Arbeitsschuhe und so. Einer hatte zotteliges braunes Haar; ein anderer war blond mit kurz geschorenem Haar. Ich habe nicht viel von den anderen beiden gesehen, sie waren von mir abgewandt, aber sie hatten beide dunkleres Haar. Sie sagten, sie müssten anfangen, im Golden Gate Park und im Presidio zu laufen, weil sie aus Forest Knolls vertrieben wurden. Sie sagten etwas darüber, es vor einen Konklave zu bringen«, sagte Sophie. »Oh Scheiße! Der Blonde warnte sie, dass sie nicht wie Zee enden wollten! Glaubst du, dass sie über Zhang sprachen?«

»Ich weiß es nicht, aber es lohnt sich auf jeden Fall, das zu überprüfen«, antwortete Mac, seine Augen glänzten mit der Aufregung der Jagd. »Wärst du bereit, mit mir zu Benno zu gehen? Ich denke, er wird weniger feindselig sein, wenn du dabei bist. Das letzte Mal, als wir uns trafen, stellte ich Fragen über dich. Ich glaube, ich habe ihn verärgert, also wenn du da bist, wird er erkennen, dass wir im selben Team sind. Ich brauche dich auch, um ihm Beschreibungen der Gestaltwandler zu geben und sein Gedächtnis aufzufrischen. Ich möchte wissen, ob er diese Typen kennt oder etwas mitbekommen hat. Könnten wir jetzt gehen?«

»Sicher. Ich denke, er wohnt über der Bar, also sollte er in der Nähe sein. Er öffnet normalerweise um elf, aber er bereitet sich oft früher für den Tag vor«, sagte Sophie und überprüfte die Zeit auf dem Armaturenbrett. Es war noch früh am Morgen, aber Benno würde wahrscheinlich wach sein. Die Sonne war aufgegangen, während sie ihre Freunde absetzten, aber die meiste Stadt begann gerade erst ihren Tag.

Auf der gegenüberliegenden Seite des Streuselkuchens von der Bar war ein schmaler Bereich für die Autos der Bewohner reserviert. Mac fuhr in den einzigen freien Platz und drehte sich zu Sophie um.

»Danke, Sophie«, sagte Mac. »Deine Hilfe war erstaunlich. Ich hätte das nicht ohne dich tun können. Ich weiß, dass ich dir Scheiße gegeben habe, weil du ein Mensch bist und gesagt habe, du würdest Probleme für Gestaltwandler verursachen. Ich lag falsch, und es tut mir leid, dass ich ein Arschloch war.«

»Mach dir keine Sorgen. Ich habe deine Einstellung damals nicht verstanden, aber jetzt verstehe ich, warum du besorgt warst. Aber danke für die Entschuldigung«, sagte Sophie. »Außerdem glaube ich nicht, dass du es vermeiden kannst, ein Arschloch zu sein. Es ist einfach, wer du bist.«

Mac lachte über Sophies Einschätzung. »Ich muss nach Hause fahren und mich säubern. Wenn ich zurückkomme, können wir beide mit Benno sprechen. Ich lebe im Outer Richmond, also wird es etwa 45 Minuten dauern, bis ich zurück bin.«

»Du könntest dich in meiner Wohnung säubern, und dann müssten wir nicht warten«, bot Sophie an. »Obwohl ich nicht weiß, ob du deine Kleidung ohne Waschmaschine sauber genug bekommen kannst. Es gibt einen gemeinsamen Waschraum im Keller, aber ich habe nichts, was du tragen könntest, während du wartest. Ich meine, du trägst Schwarz – wir könnten es vielleicht mit einem Waschlappen sauber genug bekommen?«

»Ich habe einen Ersatz-Satz Kleidung dabei. Ich bin lange genug bei der Polizei, um immer eine Ersatzkleidung dabei zu haben. Wenn es dir nichts ausmacht, mir deine Dusche zu leihen, würde ich die Gelegenheit, mich zu säubern, sehr schätzen.«

KAPITEL 14

*M*it einem amüsierten Lächeln folgte Mac Sophie, während sie auf Zehenspitzen ihren Flur entlangging. Sie drehte sich zu Mac um und legte den Finger vor die Lippen, um Stille anzudeuten. Sie deutete auf die Tür gegenüber ihrer eigenen und formte lautlos das Wort »Birdie« mit den Lippen, woraufhin Mac verständnisvoll nickte. Sophie lotste Mac in ihre Wohnung und schaute sich dabei im Flur um, um sicherzustellen, dass niemand ihren Durchgang bemerkte. Sie folgte ihm hinein und schloss ihre Wohnungstür so leise wie möglich.

Nachdem sie sicher in ihrer Wohnung waren, beobachtete Sophie, wie Mac seinen Rucksack auf den Boden fallen ließ und ihren eklektischen Raum in Augenschein nahm. Die meisten ihrer Möbel waren Geschenke, gebrauchte Stücke oder Flohmarktfunde. Mac ging zu dem kleinen Tisch neben ihrem klumpigen Futon und starrte auf ihre wertvolle Lampe hinab. Sophie hatte die viktorianische gotische Glaslampe in einem Secondhandladen in der Haight Street gefunden. Gewölbte, verzierte Messingarbeiten, wie man sie in einer alten Kathedrale finden würde, umrahmten die jadegrünen Glasscheiben des Lampenschirms. Der Sockel der Lampe war ein Messingschädel mit einer angelaufenen Patina, die ihr ein antikes Aussehen verlieh. Der grinsende Schädel brachte sie immer zum Lächeln. Sophie liebte den Kontrast zwischen dem ausgefallenen Lampenschirm und dem makabren Sockel. Auf dem Weg in die Küche blieb Mac vor zwei Bandpostern von Konzerten stehen, die sie im Fillmore besucht hatte.

»Von The Struts oder Tune-Yards habe ich noch nie gehört. Waren die Konzerte gut?«, fragte Mac und betrachtete die Kunstwerke. Das Fillmore stellte wunderschöne, maßgeschneiderte Konzertposter für jede Band her, die in ihrem Veranstaltungsort spielte. Die wenigen Male, die Sophie sich eine Eintrittskarte leisten konnte, genoss sie es, durch das Gebäude zu laufen und die Konzertposter zu betrachten, von denen einige bis in die 60er Jahre zurückreichten und fast jeden Quadratzentimeter der verfügbaren Wandfläche bedeckten.

»Nein, sie waren schrecklich. Ich kaufe nur Konzertposter von Bands, die ich hasse«, antwortete Sophie mit hochgezogener Augenbraue.

»Äh, das habe ich verdient.«

Mac sah sich verwirrt in ihrem Wohnzimmer um und wandte sich dann mit einer Frage in den Augen an Sophie.

»Was?«, fragte Sophie gereizt.

»Wo ist dein Fernseher?«

»Ich habe keinen«, sagte Sophie mit einem Achselzucken.

»Was? Warum nicht?«, fragte Mac und sah wirklich verwirrt aus bei der Vorstellung, ohne Fernseher zu leben.

»Ist nicht so meins. Außerdem konnte ich mir bis vor kurzem sowieso keinen leisten«, antwortete Sophie und fühlte sich durch die Frage ein wenig bloßgestellt. Niemand wusste, wie nahe sie daran gewesen war, obdachlos zu werden, und sie hatte es vorgezogen, es dabei zu belassen.

»Was machst du dann in deiner Freizeit?«, fragte Mac, nicht bereit, das Thema fallen zu lassen.

Sophie nahm ein abgenutztes Buch neben ihrer kostbaren

Lampe und wedelte damit unter Macs Nase. Mac schaute auf einen unordentlichen Stapel Bücher auf dem Boden neben dem Futon.

»Manchmal schaue ich mit Birdie Reality-TV. Sie liebt einen guten Zickenkrieg.«

Kichernd ging Mac in ihre winzige Küche und öffnete einen Schrank, um die Sammlung unpassender Geschirrstücke zu inspizieren.

»Wo ist dein Voodoo-Schrein für irgendeinen bösen Gott? Die Pentagramme zur Beschwörung von Dämonen? Ich bin enttäuscht, dass nirgendwo ein Opferaltar steht«, sagte Mac mit einem breiten Grinsen und schaute sich mit gespielter Enttäuschung in ihrer Wohnung um.

»Mach nur so weiter, und du bekommst eine hautnah-persönliche Ansicht meines Opferaltars, Höllenstifter«, drohte Sophie, was Mac ein zufriedenes Kichern entlockte. »Wenn du fertig bist mit deiner Neugier, das Badezimmer ist da drüben.«

Sophie führte Mac durch ihr winziges Schlafzimmer in ihr noch winzigeres Badezimmer. Nachdem sie ihm gezeigt hatte, wo sie ihre Ersatzhandtücher aufbewahrte, eilte Sophie schnell zurück in die Küche, um Mac seine Privatsphäre zu geben.

Sie schrubbte ihre Arme bis zu den Ellbogen und holte Zutaten heraus, um Toast und Eier zuzubereiten. Sie war gerade dabei, den Toast zu buttern, als Mac aus ihrem Schlafzimmer kam. Schweigend zeigte sie auf die Kaffeemaschine, während sie das Frühstück auf zwei Teller verteilte.

Am alten Esstisch mit Formica-Platte sitzend, verschlang Mac sein Essen mit der zielstrebigen Intensität, die Sophie mittlerweile als typisch für Gestaltwandler erkannt hatte. Nachdem sie ihre einfache Mahlzeit schnell beendet hatten, legte Sophie das Geschirr in die Spüle, um es später zu reinigen. Mit dem Versprechen, sich zu beeilen, ging sie in ihr Schlafzimmer, um saubere Kleidung zu holen und zu duschen.

Als sie in die Duschkabine trat, stieß sie ein gedämpftes

Stöhnen aus, als das heiße Wasser auf die schmerzenden Muskeln ihrer Schultern traf. Sie verschwendete keine Zeit mit Verweilen, wohl wissend, wie schnell das heiße Wasser im Streuselkuchen – wie sie ihr Wohngebäude liebevoll nannte – ausging. Nachdem sie sich angezogen hatte, blieb Sophie überrascht in der Türöffnung ihres Schlafzimmers stehen und beobachtete, wie Mac das Frühstücksgeschirr abwusch.

Als sie sich räusperte, schaute Mac über seine Schulter zu Sophie. »Danke, Mac. Das hättest du nicht tun müssen«, sagte Sophie und nickte in Richtung des Tellers in seiner Hand.

»Du hast gekocht, also wasche ich gerne ab. Außerdem versuche ich nur zu vermeiden, auf deinem Altar geopfert zu werden, Höllenstifter«, sagte Mac.

»Zu spät. Ich habe deinen Besuch auf dem Altar bereits in meinen Kalender eingetragen. Du willst den Kult doch nicht enttäuschen, oder?«, tadelte Sophie.

»Nein, du hast Recht. All ihre enttäuschten kleinen Gesichter zu sehen, wäre herzzerreißend.« Mac kicherte. »Bist du bereit, von hier zu verschwinden und zu sehen, ob wir Benno finden können?«

Seite an Seite gingen Sophie und Mac den schäbigen Korridor entlang in Richtung der Treppe am Ende des Flurs. Ein schrilles »Ahem« hinter ihnen ließ beide in ihren Spuren erstarren.

Über ihre Schulter blickend sah Sophie Birdie in ihrer Türöffnung stehen, die dünnen Arme vor der Brust verschränkt und mit den Zehen ungeduldig tippend.

»Du wolltest nicht vorbeikommen und mir einen guten Morgen wünschen?«, fragte Birdie hochnäsig.

»Fräulein Gafferty, normalerweise würden wir gerne zu Besuch kommen, aber wir müssen irgendwo hin«, erklärte Sophie schnell.

»Nenn mich nicht 'Fräulein Gafferty', junge Dame. Es ist immer Zeit für eine Tasse Tee mit deiner Lieblingsnachbarin. Jetzt kommt rein«, forderte Birdie herrisch.

»Ja, Ma'am. Wir würden gerne etwas Tee trinken«, sagte Mac und trat eilig in Birdies Wohnung.

Birdie zeigte auf ein Sofa, auf dem sie beide Platz nehmen sollten. Sophie wusste, dass Birdie sie absichtlich auf das kleine Sofa setzte, damit sie selbst den Ohrensessel gegenüber nehmen konnte, was ihr erlaubte, sie ordnungsgemäß zu verhören. Sophie warf sich mit einem dramatischen Seufzer der Niederlage auf das Sofa.

»Mein Lieber, wie klingt English Breakfast Tee?«, fragte Birdie aus ihrer Küche.

»Bitte nennen Sie mich Mac. Tee klingt wunderbar, Fräulein Birdie. Danke«, antwortete Mac.

Sophie formte lautlos 'Schleimer' mit den Lippen in Richtung Mac, der fröhlich zustimmend nickte.

»Oh mein Gott. Nun, bist du nicht wohlerzogen? Was machst du bloß mit Sophie?«

»Oh, ich weiß nicht, Fräulein Birdie. Sophie hat gewisse Talente, die ich zu schätzen gelernt habe.« Mac gab Sophie ein böses Grinsen, während Birdie vor Vergnügen kreischte und gackerte.

Birdie brachte zwei Teetassen, die gefährlich auf Untertassen balancierten, zu Mac und Sophie, dann holte sie ihre eigene von der Küchentheke. Sophie schielte zu Birdie hinüber und schenkte ihr ein heimliches Grinsen, als sie die Teetasse sah, die Mac hielt.

Ginsberg sprang auf die Armlehne an Sophies Ellbogen und forderte Aufmerksamkeit.

»Wer ist das?«, fragte Mac und streckte über Sophie hinweg seine Finger aus, um sie der Katze anzubieten.

»Das ist Ginsberg«, sagte Sophie. Ginsberg schnüffelte sehr misstrauisch an Macs Fingern, erlaubte ihm aber widerwillig, unter seinem Kinn zu kratzen.

»Ich bemerkte, dass ihr beide erst in den frühen Morgenstunden nach Hause gekommen seid. Muss ich mich nach Ihren Absichten gegenüber unserer lieben, süßen Sophie erkundigen?«, fragte Birdie und täuschte Besorgnis um Sophies Tugend vor.

»Süß?«, wiederholte Mac mit komisch hochgezogenen Augenbrauen.

»Zu viel?«, fragte Birdie, ihre Augen funkelten vor Heiterkeit.

»Nun, werden wir mehr von Ihnen hier sehen? Oder war eine Nacht genug? Ich weiß, Sophie ist ein bisschen prüde, also könnte ich ihr ein paar Bewegungen zeigen, um Sie bei Interesse zu halten.«

»Muss ich euch zwei trennen?«, drohte Sophie.

»Es könnte nicht schaden, wenn Sie ihr ein paar neue Techniken zeigen könnten. Ich meine, Sophie hatte die Ausdauer, die ganze Nacht durchzuhalten, aber ihre Bewegungen wurden ziemlich eintönig«, sagte Mac und ignorierte demonstrativ Sophie, während sie versuchte, ihn mit ihrem Blick zu ermorden.

»Nun, Macs Ausrüstung war ausreichend, um den Job zu erledigen, aber sie gab mir nicht viel Raum, um kreativ zu werden. Man muss mit dem arbeiten, was man hat. Weißt du, was ich meine?«, witzelte Sophie.

Kichernd nahm Mac noch einen Schluck von seinem Tee. Sein Würgen, als er die Schrift am Boden der Teetasse sah, ließ Sophies Schultern zittern, während sie versuchte, ihre Belustigung zu verbergen. Birdie und Sophie tauschten selbstgefällige Blicke aus, als sie beobachteten, wie er »Heiße Mieze« vom Boden seiner Tasse ablas.

»Oh, habe ich den Tee zu heiß gemacht?«, fragte Birdie mit zuckersüßer, falscher Unschuld.

»Nein, Fräulein Birdie. Der Tee ist perfekt. Genau wie die Gesellschaft«, antwortete Mac.

»Oh mein Gott! Du bist so ein Schleimer!«, rief Sophie aus. »Fall nicht auf diesen Schauspiel herein, Birdie. Normalerweise ist er ein mürrisches Arschloch.«

»Ich kann nichts dafür, dass meine Mutter mir Manieren beigebracht hat. Manche Leute benehmen sich wirklich, als wären sie von Wölfen aufgezogen worden«, sagte Mac mit einem gespielt ernsten Gesichtsausdruck.

»Oder Füchsen, vielleicht«, flüsterte Sophie herausfordernd zurück.

Sie beendete ihren Tee und lehnte sich auf dem Sofa zurück, um zu beobachten, wie Birdie schamlos mit Mac flirtete, der all die Aufmerksamkeit in sich aufsog. Sophie schüttelte amüsiert und genervt den Kopf. Birdie nannte Mac immer wieder einen »süßen Jungen«, was Sophie zum Lachen brachte und sie gleichzeitig dazu brachte, Macs selbstgefälliges Gesicht erwürgen zu wollen.

Mac lümmelte in seiner Ecke des Sofas wie ein Löwe, der sich in der Savanne sonnt, entspannt, aber jederzeit zum Angriff bereit. Sophie fragte sich, ob Birdie den Jäger sehen konnte, der sich hinter Macs scharfen blauen Augen verbarg. Die Empfindung einer vorübergehend gezügelten Aggression eines Raubtiers knapp unter seiner ruhigen Oberfläche machte es Sophie unmöglich, sich jemals vollständig in seiner Gegenwart zu entspannen. Mac mochte zwar behaupten, dass er zwischen beiden Königreichen stand, aber Sophie fiel es schwer zu glauben, dass Mac etwas anderes als ein Spitzenraubtier war.

»Fräulein Birdie, wir müssen wirklich gehen. Wir haben einen Termin einzuhalten. Es war ein absolutes Vergnügen, Sie kennenzulernen. Und vielen Dank für den Tee«, sagte Mac und stand vom Sofa auf. Er schaute zu Sophie, die damit beschäftigt war, so zu tun, als würde sie Erbrechen zurückhalten. »Komm schon, Höllenstifter. Wir müssen gehen.«

»Es war auch so schön, dich kennenzulernen, Mac. Du kannst jederzeit vorbeikommen und mich besuchen«, gurrte Birdie zu Mac, während sie ihn zur Tür begleitete und Sophie zurückließ. »Selbst wenn Sophie mit dir fertig ist, fühl dich frei, jederzeit vorbeizuschauen.«

»Das werde ich«, versprach Mac, bevor er in den Flur trat.

»Danke für den Tee, Birdie«, sagte Sophie und blieb neben

ihrer Nachbarin stehen, die Mac immer noch schöne Augen machte. »Hey, brauchst du, dass ich Lebensmittel oder irgendetwas anderes für dich besorge, während ich heute unterwegs bin?«

»Mein Lieblingsschnaps geht langsam zur Neige... Wärst du so lieb und würdest eine kleine Flasche für mich besorgen?«, fragte Birdie.

»Natürlich. Ich werde sie später vorbeibringen. Hab einen schönen Tag, Birdie.«

»Ich mag Birdie wirklich. Sie ist fantastisch«, sagte Mac, nachdem Birdie ihre Tür geschlossen hatte.

»Hey! Das ist meine freche alte Dame. Du kannst sie nicht haben. Geh und hol dir deine eigene«, kreischte Sophie entrüstet und führte den Weg die alten Treppen hinunter. »Ich habe eine seltsame Frage an dich. Birdies Katze, Ginsberg, ist er ein Gestaltwandler wie Amira?«

»Nein, tut mir leid, Ginsberg ist nur eine gewöhnliche Katze. Er mag kein Gestaltwandler sein, aber Birdie ist definitiv auf der Jagd nach jungen Männern«, neckte Mac, was Sophie zum Lachen brachte. »Ginsberg, hm? Wurde er nach dem Dichter benannt?«

»Ja. Birdie sagt, sie habe gelegentlich mit Allen Ginsberg und einigen anderen Beatniks in den 50er und 60er Jahren abgehangen. Sie sagt, er war sehr zielstrebig und leidenschaftlich. Sie hat die Katze ihm zu Ehren benannt«, sagte Sophie.

»Wusstest du, dass Ginsberg den Ausdruck 'Flower Power' geprägt hat?«, fragte Mac. »Er wollte dazu beitragen, dass die Anti-Kriegs-Proteste zu friedlichen Demonstrationen werden und nicht auf Gewalt zurückgreifen.«

»Ich glaube nicht, dass ich den Begriff 'Flower Power' je gehört habe. Er muss vor meiner Zeit populär gewesen sein.« Sophie grinste.

»Verletzend«, verkündete Mac. »Versuchst du anzudeuten, dass ich alt bin? Ich bin nur ein paar Jahre älter als du. Außerdem, wie ist es möglich, dass du diesen Begriff noch nie gehört hast? Er ist berühmt. Ich kann nicht sagen, ob du mich verarschst oder nicht.« Mac kniff die Augen zusammen und betrachtete Sophie, die unschuldig mit den Schultern zuckte. Dann fragte er: »Warst du schon einmal bei City Lights Booksellers?«

»Nein, davon habe ich noch nie gehört«, zuckte Sophie mit den Schultern, während er sie eulenhaft anstarrte.

»Du hast noch nie gehört von...«, sagte Mac, schüttelte den Kopf und sah aus, als wären ihm die Worte ausgegangen. »Es ist eine Buchhandlung in der Columbus, aber es ist so viel mehr. Ende der 50er Jahre veröffentlichten sie Allen Ginsbergs 'Howl'. Einer der Gründer des Ladens und Ginsberg wurden beide wegen Obszönitätsvorwürfen verhaftet. Die Gedichtsammlung sprach über Drogen und Homosexualität, unter anderen Tabuthemen. Als die Anklagen aufgehoben wurden, half es, einen Präzedenzfall für den Schutz der Meinungsfreiheit für zuvor verbotene Literatur zu schaffen.«

»Das ist cool. Und die Buchhandlung gibt es noch?«

»Ja, du solltest sie dir mal ansehen«, schlug Mac vor.

Sophie ging Mac voraus und versuchte, die Tür zu Bennos Lokal zu öffnen, doch diese war verschlossen. Als Mac neben sie trat, spähte sie in das düstere Innere der Bar. Sie entdeckte Benno, der ein Fass von hinten hereinrollte, klopfte an die Tür und winkte, um Bennos Aufmerksamkeit zu erregen.

Als er aufblickte, verblasste Bennos anfängliches Lächeln ein wenig, als er Mac neben Sophie entdeckte. Er stellte das Fass ab, kam herüber und öffnete die Tür.

»Hey Benno, tut mir leid, dass wir dich so früh stören. Hast du ein paar Minuten? Wir müssen mit dir reden«, fragte Sophie.

»Sicher, kommt rein«, sagte Benno und hielt die Tür für sie offen. »Nehmt Platz; ich komme gleich zu euch. Ich muss nur erst dieses Fass an seinen Platz bringen.«

Sophie führte Mac zu dem Tisch, an dem die möglichen Wolfsgestaltwandler nur wenige Tage zuvor gesessen hatten.

Sophie atmete tief ein und nahm den hefigen Geruch von abgestandenem, verschüttetem Bier gemischt mit zitronigen Anklängen von Holzpolitur wahr. Einen Moment später zog Benno einen Stuhl an ihren Tisch heran und setzte sich.

»Was kann ich für euch beide tun? Ich muss sagen, es ist unerwartet, euch hier zusammen zu sehen«, stellte Benno fest.

»Sophie unterstützt mich bei einem Fall«, sagte Mac. »Da waren vier Männer, von denen wir glauben, dass sie Wolfsgestaltwandler sein könnten, die letzten Dienstag hier etwas getrunken haben. Ich hatte gehofft, du könntest einige Fragen über sie beantworten.«

»Ich kann es versuchen. Ich erinnere mich an keine bestimmten Gestaltwandler vom Dienstag. Könnt ihr sie für mich beschreiben?«, fragte Benno.

Mac nickte Sophie zu, um die Männer für Benno zu beschreiben.

»Ich war diejenige, die sie gesehen hat. Sie waren hier gegen 7 oder 8 an diesem Abend, vielleicht? Ich glaube, sie waren schon hier, als ich hereinkam. Einer hatte zotteliges braunes Haar. Ein anderer hatte blondes Haar, das kurz am Kopf rasiert war. Wenn ich raten müsste, würde ich sagen, sie waren in den Dreißigern. Ich glaube, die anderen beiden hatten dunkles Haar, aber ich habe sie nicht sehr gut gesehen. Einer könnte den Namen Marcus gehabt haben, aber ich bin nicht sicher. Sie beschwerten sich, dass irgendein Konklave ihnen nicht mit ihrem Territorium helfen würde. Sie saßen an diesem Tisch, hinter mir an der Bar, als du mir eine Wiegenlied-Dame serviert hast. Erinnerst du dich?«, fragte Sophie.

»Du trinkst Wiegenlied-Damen? Das ist ein Kindergetränk«, spottete Mac.

»Ich musste danach zur Arbeit gehen, also kein Alkohol. Und das Getränk ist lecker, also halt die Klappe. Die Wiegenlied-Dame ist genau wie ich: schön, aber tödlich«, erwiderte Sophie und warf dramatisch ihr Haar zurück in einer passablen

Nachahmung von Amira, was beide Männer den Kopf schütteln ließ.

»Ich glaube, ich erinnere mich an die Männer, nach denen ihr sucht. Sie kommen gelegentlich vorbei. Sie haben diese Woche ein paar Mal vorbeigeschaut. Ich glaube, sie arbeiten auf einer Baustelle in der Nähe, also kommen sie nach der Arbeit vorbei, um ein oder zwei Bier zu teilen. Ich bin ziemlich sicher, dass sie nicht zugehörige Gestaltwandler sind. Ich bekomme viele rudellose Gestaltwandler, weil die Bar als neutrales Gebiet gilt«, sagte Benno.

»Das verstehe ich. Mit dem Territorium eines Ogers legt sich niemand an«, sagte Mac. »Weißt du, auf welcher Baustelle sie arbeiten?«

Nach einer langen, nachdenklichen Pause sagte Benno: »Hmmm... Ich glaube, sie haben etwas darüber gesagt, dass eingebildete, verzogene Jurastudenten ihnen die Arbeit schwer machen.«

»Es gibt die UC Hastings Law School nur ein paar Blocks von hier entfernt. Könnte es sich lohnen, dort nachzusehen«, sagte Mac. »Kennst du zufällig einen ihrer Namen?«

»Nein. Aber lass mich sehen, ob ich irgendwelche Quittungen vom Dienstag finden kann. Gebt mir ein paar Minuten.«

»Was denkst du?«, fragte Sophie Mac, als Benno durch eine Tür im hinteren Teil der Bar verschwand.

»Ich denke, das ist ein Hinweis, den ich gestern noch nicht hatte. Vielleicht ein Faden, an dem ich ziehen kann, und hoffe, dass er mir hilft, die ganze Sache zu entwirren«, antwortete Mac.

»Übrigens, was ist ein Konklave? Ich habe den Begriff jetzt schon mehrmals gehört«, fragte Sophie.

»Das Konklave ist so etwas wie die lokale Regierung der Mythischen. Die meisten großen Städte oder Gebiete mit starken Ley-Linien haben eines. Die meisten Konklave-Mitglieder stammen aus Gründerfamilien, also sind sie Fae. Sie sollen die Mythischen in der Stadt beaufsichtigen. Wenn einer von uns ein

Problem mit einer anderen Spezies hat, können wir es zum Konklave bringen. Sie kümmern sich um jedes Problem, das groß genug ist, um die Aufmerksamkeit der Menschen zu erregen. Sie haben Leute in der Regierung, bei der Polizei, in Krankenhäusern, sogar in den Medien platziert, um sicherzustellen, dass unsere Präsenz in diesem Reich ein Geheimnis bleibt«, erklärte Mac.

»Und in der Leichenhalle! Warum sagten diese Gestaltwandler, dass das Konklave ihnen nicht helfen würde?«

»Das Konklave kümmert sich normalerweise nicht um Gebietsstreitigkeiten innerhalb desselben Königreichs. Leider hatte der Gestaltwandler, den du belauscht hast, Recht. Das Konklave würde sich nicht mit ein paar rudel-losen Gestaltwandlern befassen, die aus Forest Knolls vertrieben werden. Das gilt als ein innerartliches Problem«, sagte Mac mit einer Grimasse, die Sophie verriet, dass er kein Fan des Konklaves war.

»Was machst du, wenn du ein Problem innerhalb deines Königreichs hast, bei dem das Konklave dir nicht helfen kann?«

»Ich bin mir nicht sicher, wie es bei nicht-gestaltwandelnden Mythischen funktioniert. Aber für meine Leute gehören die meisten Gestaltwandler zu einem Rudel. Wenn ein Mitglied ein Problem hat, kann es das Problem zu seinem Alpha bringen. Wenn er oder sie es nicht lösen kann oder will, gibt es nicht viel, was der Einzelne tun kann. Normalerweise finden sie ein anderes Rudel, dem sie beitreten können, oder sie können gehen und werden nicht zugehörig. Einige Gestaltwandler tun das, aber rudel-los zu sein ist für viele Menschen schwierig. Sie haben nicht die Ressourcen und den Schutz, die mit der Zugehörigkeit zu einem Rudel einhergehen. Aber ein Rudel ist nur so gut wie sein Alpha, und dieses Leben ist nicht für jeden. Manchmal wird ein Gestaltwandler von seinem Rudel durch den Alpha ausgestoßen, weil er Probleme verursacht. Das sind normalerweise diejenigen, die meiner Abteilung die meisten Probleme bereiten. Sie können sehr gefährlich sein.

Sie haben keinen Alpha, der ihre schlimmsten Verhaltensweisen bremst.«

Benno kehrte zurück und hielt einen kleinen Stapel Papiere fest.

»Ich habe alle Quittungen herausgesucht, die ich von Dienstag ab 18 Uhr bis Mitternacht hatte. Ich bin sicher, dass alle vier Gestaltwandler lange vor Mitternacht weg waren. Ich habe die drei Quittungen, von denen ich glaube, dass sie am wahrscheinlichsten sind, nach oben gelegt«, sagte Benno und reichte Mac die Quittungen.

»Nur drei?«, fragte Mac.

»Mindestens einer von ihnen hat bar bezahlt, also wäre kein Name daran angeheftet. Es könnten sogar zwei von ihnen gewesen sein, aber ich kann es nicht mit Sicherheit sagen«, sagte Benno. »Ich erinnere mich, dass alle von ihnen gleichzeitig bezahlt haben und zusammen gegangen sind. Wenn ich raten müsste, war es gegen neun Uhr, also sind das die wahrscheinlichsten Übeltäter«, Benno zeigte auf die oberste Quittung in Macs Händen.

»Marcus Lincham«, sagte Mac mit einem triumphierenden Grinsen zu Sophie und zeigte ihr die oberste Quittung. »Das stimmt mit unseren Informationen überein.«

Mac schrieb die Namen von jeder der Quittungen auf, bevor er Benno den Stapel Papiere zurückgab.

»Ich glaube, du hast Recht, Benno. Diese beiden Quittungen gehören höchstwahrscheinlich zu unseren Leuten. Glaubst du, dass einer deiner anderen Stammgäste diese Männer kennt? Könnten sie uns mehr über sie erzählen?«, fragte Mac.

»Nein, diese Typen halten sich meist für sich. Sind sie gefährlich?«, fragte Benno besorgt.

»Ich glaube nicht. Sie haben vielleicht Informationen, die mir bei einem Fall helfen können. Wenn dir noch etwas einfällt oder wenn sie zurückkommen, würdest du mich anrufen?«, fragte Mac, öffnete seine Brieftasche und gab Benno eine Visitenkarte.

»Natürlich«, antwortete Benno und steckte die Karte in seine Gesäßtasche.

»Vielen Dank für deine Hilfe, Benno«, sagte Mac, stand vom Tisch auf und schüttelte Bennos Hand. Sophie stand ebenfalls auf, bereit, Mac aus der Bar zu folgen.

»Hey, Soph. Hast du eine Minute?«, fragte Benno und deutete mit einem Kopfnicken an, dass Sophie sich wieder setzen sollte.

»Ich warte draußen«, sagte Mac und trat mit einem Klingeln der Türglocke hinaus. Benno folgte Mac mit seinen Augen, bevor er seine Aufmerksamkeit wieder Sophie zuwandte.

»Ist alles in Ordnung, Sophie? Macht dir dieser Typ Probleme? Er war derjenige, vor dem ich dich gewarnt habe. Er kam hierher und stellte einen Haufen Fragen über dich«, fragte Benno leise.

»Ja, alles ist in Ordnung. Mac und ich haben eine Verständigung erreicht. Er hat sich sogar entschuldigt. Er war nur besorgt, dass ein Mensch in der Mythischen Abteilung des Gerichtsmediziners arbeitet. Ich war damals verärgert über ihn, aber jetzt verstehe ich seine Besorgnis besser«, versicherte Sophie Benno. »Der Grund, warum wir zusammen hier sind, ist, dass ich etwas gehört habe, was für einen von Macs Fällen relevant ist. Ich helfe ihm nur, einer Spur zu folgen. Du musst dir keine Sorgen um mich machen. Alles ist in Ordnung, ich verspreche es.«

»In Ordnung, wenn du dir sicher bist. Ich wollte nur nachfragen. Ich habe ihn bereits gewarnt, dass du unter meinem Schutz stehst. Wenn er dir Probleme macht, kommst du zu mir und sagst es mir«, knurrte Benno.

»Alles klar, Benno. Wenn er mir Ärger macht, lasse ich dich seinen Hintern verprügeln«, sagte Sophie mit einem breiten Grinsen. »Ich werde jetzt nach Hause gehen. Ich bin erschöpft. Mein Schlafrhythmus ist so durcheinander; ich glaube, ich werde versuchen, etwas Schlaf nachzuholen. Wir sehen uns später, okay?«

Mit einem Winken ging Sophie nach draußen und fand Mac,

der sich an die Außenseite der Bar lehnte und versuchte, lässig auszusehen.

»Alles in Ordnung da drinnen?«, fragte Mac mit einer hochgezogenen Augenbraue. »Ist Benno besorgt, dass ich dich schlecht behandle?«

»Er sagt, wenn du gemein zu mir bist, wird er deine Kniescheiben brechen. Also solltest du von jetzt an netter zu mir sein«, warnte Sophie, ein zahniges Grinsen breitete sich auf ihrem Gesicht aus.

»Das ist nicht fair. Wer wird mich vor dir beschützen? Ich bin eine sehr sensible Person, und du bist verdammt gemein«, beschwerte sich Mac.

»Niemand. Du wirst einfach härter werden müssen, schätze ich.«

»Ich dachte daran, zur juristischen Fakultät zu laufen, um zu sehen, ob ich irgendwelche Bauarbeiten rund um den Campus finden kann. Wenn ich Glück habe, arbeiten sie vielleicht sogar, obwohl das am Wochenende unwahrscheinlich ist. Möchtest du mitkommen?«, bot Mac an.

Trotz der Versuchung schüttelte sie den Kopf. »Ich habe versprochen, eine Flasche Schnaps für Birdie zu besorgen, dann gehe ich zurück zum Streuselkuchen, um etwas Schlaf zu bekommen.«

»Streuselkuchen?«, fragte Mac mit Verwirrung in seiner Stimme.

»Du weißt schon, wie ein Streuselkuchen - traditionell, klassisch und gleichmäßig goldbraun gebacken«, Sophie deutete mit dem Daumen über ihre Schulter auf das Haus, das hinter ihr aufragte. »Das erste Mal, dass ich ihn je hatte, war bei Three Pigs Bakery in der Market Street. Er mag langweilig aussehen, aber er schmeckt köstlich.« Mac nickte verstehend und gab ein leises, amüsiertes Brummen von sich.

»Also gut. Sobald ich mit der Nachverfolgung der Informationen, die du aufgedeckt hast, fertig bin, werde ich Reggie mit

Updates benachrichtigen. Da du aus irgendeinem verdammten Grund kein Handy besitzt.« Mac schüttelte verzweifelt den Kopf, als Sophie ihm ein reumloses Grinsen schenkte.

»Ich hatte ein Handy, aber es ist kaputt gegangen. Ich hatte nicht das Geld, um es reparieren zu lassen. Jetzt, wo ich einen regelmäßigen Gehaltsscheck bekomme, werde ich mir bald ein Handy besorgen, also beruhige dich«, sagte Sophie mit einem Achselzucken.

»Gut. Sag Reggie, dass er meinen Anruf erwarten soll.«

KAPITEL 15

*M*itte der Woche hatte die Hochstimmung vom gemeinsamen Abenteuer am Wochenende bei Sophies Kollegen nachgelassen. Sie hatte die Nacherzählung ihres gemeinsamen Abenteuers oft genug gehört, um für den Rest ihres Lebens davon zu zehren, nicht dass sie deren Spaß verderben würde, indem sie das sagte. Besonders Ace schien es besonders zu genießen, von seiner knappen Begegnung mit einem Wachmann zu erzählen, als er Wache stand. Er war zu diesem Zeitpunkt in seiner Waschbärgestalt, daher glaubte Sophie nicht, dass er in Gefahr gewesen war, erwischt zu werden, sondern eher, mit einem Besen verjagt zu werden.

Während ihrer gemeinsamen Essenspause am Donnerstagabend verkündete Amira dramatisch, dass sie bereit sei, den Glanz und Glamour des Verbrechens aufzugeben und zum ruhigen Leben einer gesetzestreuen Bürgerin zurückzukehren.

»Seltsam. Ich kann mich an keinen Glanz und Glamour erinnern, als ich auf einem offenen Sarg kniete, voller Friedhofserde«, neckte Sophie.

»Na ja, vielleicht nicht. Aber ich sah fabelhaft aus in meinem schwarzen Catsuit. Vielleicht sollte ich ein Leben als Verbrecherin beginnen, nur um die Mode genießen zu können«, sagte Amira mit nachdenklichem Gesichtsausdruck.

»Wir sollten einen Bandennamen haben. Wisst ihr, wenn wir eine Verbrechensaufklärungseinheit werden. Etwas, das unserer Großartigkeit entspricht. Wie, Die Großartigen oder Die Erstaunlichen«, schlug Ace vor.

»Wenn wir einen Namen wählen, der uns wirklich repräsentiert, sollten wir uns Sonderlinge nennen«, konterte Fitz mit einem Grinsen, was alle außer Ace zum Lachen bringt.

»Ihr nehmt das nicht ernst!«, beschwerte sich Ace.

Danach wandte die Crew ihre Aufmerksamkeit dem nächsten neuen Thema zu, nämlich Fitz' Anschuldigung, dass jemand aus der Tagschicht eines seiner kostbaren Sprudelwasser gestohlen hatte. Sein Schwur, den Täter zu finden, ließ Sophie und Reggie amüsierte Blicke austauschen. Er bestand sogar darauf, dass Sophie seine Wasserdosen berühren sollte, um zu sehen, ob sie eine Vision über den Dieb bekommen könnte. Sophie musste ihm die schlechte Nachricht überbringen, dass sie nur Visionen bei toten Körpern bekam.

Während sie an ihrem Putensandwich knabberte, dachte Sophie über die Autopsie nach, die sie vor ihrer Mittagspause abgeschlossen hatten. Es war ein weiterer Angriff zwischen Gestaltwandlern gewesen. Laut ihrer Vision war es ein Dominanzkampf um den Rang innerhalb eines Rudels. Einer der Gestaltwandler verlor die Kontrolle über seine tierische Hälfte und tötete schließlich das Opfer. Reggie erklärte, dass es in vielen Rudeln eine strenge Hierarchie gab, die auf bewiesener Stärke und Zurschaustellung von Kampfgeschick basierte, besonders bei den räuberischeren Apex-Gestaltwandler (Raubtier-Gestaltwandler). Gestaltwandler kämpften oft, um ihren Platz innerhalb dieser Hierarchie zu verbessern.

»Verlieren Gestaltwandler oft die Kontrolle über ihre tierischen Hälften und töten Menschen? Ich habe bereits mehrere gesehen, seit ich hier zu arbeiten begonnen habe«, fragte Sophie in die plötzliche Stille des Pausenraums.

»Es ist etwas, das häufiger bei den Apex-Gestaltwandlern vorkommt. Sie sind gewalttätiger als Nicht-Apex-Gestaltwandler. Es ist besonders verbreitet in diesem Reich«, antwortete Fitz.

»Warum?«, fragte Sophie.

»Weil die Feen dieses Reich wie einen Abladeplatz behandeln«, sagte Ace, seine Verärgerung umhüllte ihn wie ein Mantel. Mürrischkeit schien einfach Aces Grundzustand zu sein, aber Sophie konnte erkennen, dass er sich über diese Diskussion in Rage redete.

»Ich denke, das ist ein bisschen hart.« Reggie runzelte die Stirn.

»Nein, ist es nicht. Die meisten anderen Reiche behandeln die Erde so, wie England früher Australien behandelt hat. Sie schicken all ihre Unerwünschten, Dissidenten und Kriminellen hierher. Die Erde ist die 'aus den Augen, aus dem Sinn'-Lösung für diese anmaßenden Arschlöcher«, antwortete Ace und fuhr sich aufgeregt mit den Händen durch sein scheckiges Haar.

»Moment... wir sind eine Strafkolonie?«, lachte Sophie.

»Viele Bürger aus dem Feenreich entscheiden sich freiwillig, auf die Erde einzuwandern. Viele mythische Wesen haben die Ley-Linien gerne genutzt, um hierher zu ziehen, einschließlich meiner Vorfahren«, entgegnete Reggie.

»Na ja, viele der Gestaltwandler aus den 'niederen' Königreichen kamen hierher, weil wir die ganzen Vorurteile gegen unser Volk satt hatten. Deshalb gibt es eine so große Population von Nicht-Apex-Gestaltwandlern in der Gegend. Aber das ändert nichts an der Tatsache, dass der Sídhe-Hof (der Feenhof) problematische Feen und Gestaltwandler hier ablegt. Mehr als die Hälfte der Leichen, die wir in dieser Einrichtung sehen, können wahrscheinlich Ausgestoßenen zugeschrieben werden«, knurrte Ace.

»Ihr habt oft Ley-Linien erwähnt. So kommen mythische

Wesen zur Erde, richtig? Bedeutet das, dass es hier eine Ley-Linie gibt? Wie in der Stadt selbst?«, fragte Sophie.

»Ja, die hier in San Francisco ist sehr stark und eines der nächsten Portale zum Feenreich, weshalb es hier eine so hohe Konzentration von mythischen Wesen gibt, die ursprünglich aus dem Feenreich stammen«, erklärte Reggie.

»Also ist das Feenreich nahe bei San Francisco, richtig? Deshalb gibt es so viele Feenwesen in der Gegend. Bedeutet das, dass das Walhalla-Reich irgendwo in der Nähe von Skandinavien ist?«, fragte Sophie. »Und würde man dort mehr Walküren und dergleichen finden statt Feen?«

»Das ist richtig. Wesen aus den anderen Reichen sind seit Tausenden von Jahren über die Ley-Linien in die Erde eingesickert und haben die Mythologie und Bevölkerung jeder Region beeinflusst.«

»Wenn es hier eine Ley-Linie gibt, könnte ich sie benutzen, um das Feenreich zu besuchen?«, fragte Sophie, ihre Augen leuchteten bei dem Gedanken, an einen Ort zu reisen, von dem nur in Märchen erzählt wird.

Ace schnaubte verächtlich. »Keine Chance. Zur Erde zu kommen ist eine Einbahnstraße. Es gibt keinen Weg, von der Erde zurück ins Feenreich zu gelangen. Selbst das Verlassen des Feenreichs in Richtung Erde kann schwierig sein. Der Feenhof und ihre Speichellecker kontrollieren die Ley-Linien-Tore mit eiserner Hand. Man muss eine Genehmigung bekommen. Und nichts für ungut, aber für sie bist du nur ein mickriger Mensch.«

»Wann seid ihr Leute hierhergekommen?«, fragte Sophie.

»Wir sind alle mehrere Generationen entfernt. Um die Jahrhundertwende wanderten viele der Nicht-Feen-Mythischen, wie Gestaltwandler, Trolle, Rotmützen und dergleichen, nach San Francisco ein. Es war eine einfache Zeit, anzukommen und sich einzufügen, wegen des Zustroms von Menschen aufgrund des Goldrauschs«, erklärte Reggie.

»Was ist mit dir, Sophie? Wann kamen du oder deine

Vorfahren an? Ich frage mich, ob einer deiner Großeltern zur gleichen Zeit wie unsere kam«, fragte Amira.

»Meine Familie kommt von überall her. Ich könnte nicht einmal raten, woher ich meine Fähigkeit habe. Ich kenne den Großteil meiner Familie nicht, da sie überall verstreut ist«, sagte Sophie mit einem nachlässigen Achselzucken.

»Vielleicht bist du dann keine Fee. Vielleicht bist du eine andere Art von mythischem Wesen. Die Feen sind ziemlich militant, was das Nachverfolgen von Blutlinien angeht«, sagte Fitz mit nachdenklicher Miene. »Sie sind allesamt Snobs und würden sich daher kaum mit Menschen vermischen. Wenn ein halb-feenhaftes Baby geboren wird, ist es normalerweise das Nebenprodukt einer unerlaubten Liaison.«

»Eine Liebschaft, ja? Klingt wie aus einem historischen Liebesroman? Ich nehme an, das erklärt, warum ich nie von Feen in meiner Geschichte gehört habe. Die Chancen stehen gut, dass jemand in meinem Stammbaum ein geheimes Affärenbaby war«, zuckte Sophie mit den Schultern, unbesorgt über den Ursprung ihrer Fähigkeit.

»Hat sonst jemand in deiner Familie irgendwelche Visionen oder seltsame Kräfte?«, fragte Reggie.

»Ich habe nie etwas gehört oder gesehen, das mich das denken lassen würde.«

»Nun, solche Dinge können über Generationen hinweg in der DNA verborgen bleiben, bevor sie zufällig ohne Vorwarnung auftauchen. Es ist selten, aber ich habe schon Geschichten darüber gehört.«

»Bedenke auch Folgendes: Ich war mir meiner Fähigkeit bis jetzt nicht einmal bewusst. Ich könnte Familienmitglieder haben, die eine verborgene Kraft haben, derer sie sich nicht einmal bewusst sind. Wenn ich nicht toten Körpern ausgesetzt gewesen wäre, hätte ich den Rest meines Lebens verbringen können, ohne von meiner 'Gabe' zu wissen. Es ist das zufälligste, seltsamste Talent überhaupt.«

»Vielleicht könntest du Mitglieder deiner Familie kontaktieren und sehen, ob sie irgendwelche unerklärlichen Gaben oder Fähigkeiten haben?«, Hoffnung und Aufregung blühten in Reggies Augen auf.

»Das wird nicht passieren. Ich bin ein Einzelkind, und meine Eltern sind beide tot. Ich stehe niemandem sonst in meiner Familie nahe, also werde ich sie nicht anrufen, um sie zu bitten, ein paar tote Körper zu berühren, um zu sehen, ob sie Visionen bekommen. Ich bin mir nicht einmal sicher, ob ich sie aufspüren könnte, selbst wenn es mich genug interessieren würde«, erklärte Sophie bestimmt.

»Okay. Es ist natürlich deine Entscheidung. Bist du bereit, wieder an die Arbeit zu gehen?«

»Ja, musst du dein Telefonladegerät holen?«, erinnerte Sophie Reggie.

Reggie schaute auf sein Telefon und schüttelte den Kopf. »Ich habe noch genug Prozent übrig, um uns durch mindestens eine weitere Autopsie zu bringen.«

Jeden Tag zeichneten Sophie und Reggie pflichtbewusst ihre Geschichten auf und leiteten sie an Mac weiter. Mac hatte sich noch nicht gemeldet, um ihnen mitzuteilen, ob er irgendwelche Durchbrüche im Mordfall von Zhang Liu erzielt hatte. Sophie versuchte, den kleinen Ball der Enttäuschung zu ignorieren, der in ihrem Bauch wuchs, weil sie noch nichts von Mac gehört hatte.

Auf dem Weg zum Autopsieraum erregte eine Bewegung vor ihnen Sophies Aufmerksamkeit. Zielstrebig auf sie zu schritt Mac, was ein erfreutes Lächeln an Sophies Lippen zog. Beunruhigt von ihrer ersten Bauchreaktion auf Macs Anwesenheit, zwang Sophie ihr Gesicht in einen neutralen Ausdruck. Als sie hinüberschaute, grinste sie, als sie sah, dass es Reggie nicht einmal in den Sinn kam, seinen glücklichen Gesichtsausdruck bei Macs Ankunft zu verbergen.

»Habt ihr zwei ein paar Minuten zum Reden?«, fragte Mac leise mit einem Nicken in Richtung von Reggies Büro.

Reggie führte Mac eifrig in sein Büro, Sophie folgte den beiden. Reggie setzte sich auf seinen üblichen Platz hinter seinem Schreibtisch, was Sophie dazu brachte, sich neben Mac zu setzen. Sie fühlte sich unbeholfen und selbstbewusst, so nahe bei ihm zu sitzen. Innerlich hielt sie sich selbst einen Vortrag über die lächerliche Reaktion auf Macs Nähe und zwang sich, aufzupassen. Es spielte keine Rolle, ob er ein Arschloch war, das sie unwohl fühlen ließ; vorerst brauchte er sie, um bei der Aufklärung von Morden zu helfen.

»Mac, brauchst du wieder unsere Hilfe? Oder hast du Neuigkeiten für uns?«, fragte Reggie hoffnungsvoll. Sophie schüttelte den Kopf darüber, wie sehr Reggie ihr neues geheimes Leben als verbrechensaufklärende Spürnasen genoss.

»Ich wollte nur vorbeischauen und euch darüber informieren, was ich bisher herausgefunden habe. Ich habe zu viele Fragen gestellt und Vorschläge zu Fällen gemacht, die sich immer wieder als wahr herausstellen. Einige Leute in meiner Abteilung beginnen, mich seltsam anzusehen. Irgendwann müssen wir vielleicht darüber sprechen, den Polizeichef über deine Gabe zu informieren, Sophie. Er ist ein Mythischer, also glaube ich, dass er bereit wäre, dir eine Chance zu geben, deine Fähigkeit zu beweisen und bei der Lösung von Fällen zu helfen. Und ich vertraue ihm. Aber vorerst möchte ich deine Gabe weiterhin geheim halten. Etwas fühlt sich an all dem seltsam an.«

»Was meinst du?«, fragte Sophie.

»Mir ist heute Morgen aufgefallen, dass alle drei Fälle, bei denen deine Visionen sagen, dass sie anders sind als die offiziellen Polizeiberichte, Lancaster und Hernandez zugewiesen sind. Ich bin wahrscheinlich nur paranoid, aber wir müssen vorerst vorsichtig sein, nur für den Fall, dass sie nicht ganz sauber sind. Ich habe keine Beweise dafür, dass sie korrupte Polizisten sind, und ich versuche, meine Abneigung gegen sie nicht meine Wahrnehmung färben zu lassen. Sie sind wahrscheinlich nur faul und führen ihre Sorgfaltspflicht bei ihren Fällen nicht aus, aber mein Bauchgefühl sagt mir, dass wir vorsichtig vorgehen müssen. Ich möchte nicht, dass sie von deiner Beteiligung an all dem wissen. Im Moment brauche ich nur jemanden, mit dem ich über diese Fälle sprechen kann. Ich habe das Gefühl, dass mir etwas entgeht. Also hoffte ich, wir könnten sie durchgehen.«

»Natürlich«, antwortete Reggie.

»In Ordnung. Gehen wir in chronologischer Reihenfolge vor. Joseph Henson wurde von seinem jüngeren Bruder Floyd getötet. Deine Vision enthielt kein Motiv für den Mord, also gibt es nicht viel, worauf man aufbauen kann. Joseph hatte keine Frau oder Kinder. Außer seinem Bruder lebt keine unmittelbare Familie mehr. Es gibt nicht viel zu besprechen.« Mac seufzte.

»Ich wünschte, meine Vision hätte mir gesagt, warum Floyd seinen Bruder getötet hat. Ich meine, war es wegen einer Frau? Gier? Oder vielleicht einfach nur Geschwisterrivalität?«

»Hmmm. Der Mord war methodisch, gut geplant und präzise ausgeführt. Das klingt nicht nach einem Mord aus hohen Leidenschaften. Wenn ich spekulieren müsste, würde ich auf Gier als Motivation tippen. Ohne andere unmittelbare Familie wird Floyd das gesamte Vermögen von Joseph erben... Und sein Anwesen«, sagte Mac mit einem nachdenklichen Blick und tippte mit den Fingern auf den Schreibtisch.

»Was denkst du?«, sagte Reggie mit wachsender Aufregung und klammerte sich an die Erwartungshaltung, die über ihnen schwebte.

»Sophie hat mehr als einmal erwähnt, dass diese Morde mit Territorien und Immobilien zu tun hatten. Könnte das die Verbindung sein?«, fragte sich Mac und blickte zur Decke, als ob die Antworten auf seine Fragen dort wären. »Ich wünschte, ich hätte eine Karte der Stadt. Wenn es um Immobilien geht, werde ich eine Karte brauchen.«

»Lass mich sehen, ob Frau Zhao eine für uns finden könnte!

Als die Stadt diese Einrichtung vor ein paar Jahren baute, gab es viele Debatten darüber, wo das Gebäude ursprünglich platziert werden sollte. Es könnten einige Karten aus dieser Zeit in unserer Aufzeichnungsabteilung archiviert sein«, sagte Reggie und eilte zur Tür hinaus, bevor Mac oder Sophie antworten konnten.

Nach ein paar Minuten peinlichen Schweigens wandte sich Sophie an Mac. »Bin ich in Gefahr? Wenn Leute von meinen Visionen erfahren würden, würde mich das in Gefahr bringen?«

»Es ist möglich, denke ich. Aber ich glaube nicht. Jedoch, bis wir herausfinden, ob diese drei Fälle das Ergebnis schlechter Polizeiarbeit oder etwas Finstererem sind, möchte ich, dass wir mit Vorsicht vorgehen. Nur für den Fall«, sagte Mac.

Reggie kam mit einem Stapel Karten zurück ins Zimmer geeilt. Er übergab die Karten an Mac, während er begann, Gegenstände von seinem Schreibtisch zu räumen. Mac blätterte durch die verschiedenen Karten, faltete die aus, die er für am besten geeignet hielt, und legte sie auf Reggies Schreibtisch.

»Okay. Joseph Henson wurde in seinem Haus hier im Haight-Ashbury-Viertel ermordet«, sagte Mac und zeigte auf einen Bereich auf der Karte. »Ich brauche irgendeine Möglichkeit, eine Markierung auf dieser Karte zu setzen.«

»Ich glaube, ich habe etwas«, rief Reggie aus, öffnete eine Schublade seines Schreibtisches und reichte Mac verschiedene Münzen.

»Perfekt«, sagte Mac und legte eine Münze dort hin, wo Joseph Henson starb.

»Wer ist der Nächste?«, fragte Reggie.

»Cynthia Forsythe war ein Auftragsmord, inszeniert, um wie ein schiefgegangener Raubüberfall auszusehen. Ihr Haus war in Nob Hill«, sagte Mac und platzierte eine weitere Münze auf der Karte.

»Nob Hill, hm? Schick«, murmelte Reggie und beugte sich vor, um den Ort auf der Karte zu betrachten.

»Was war Cynthia? Wenn wir ihre Autopsie durchgeführt haben, kann ich davon ausgehen, dass sie kein Mensch war«, sagte Sophie.

»Fee. Eine ziemlich hochrangige. Ich kann kein Motiv für ihren Mord herausfinden. Niemand profitiert von ihrem Tod. Sie hatte keine unmittelbare Familie«, sagte Mac.

»An wen geht ihr Nachlass?«, fragte Sophie.

»Ich weiß es noch nicht. Ich warte darauf, es herauszufinden. Es wird wahrscheinlich an den nächsten Verwandten gehen, einen Cousin oder so. Oder es könnte an die Stadt übergeben werden, oder möglicherweise sogar an das Konklave«, antwortete Mac mit einem Achselzucken.

»Gibt es eine Möglichkeit, wie du das herausfinden kannst?«, fragte Reggie.

»Ich habe eine Anfrage bei jemandem aus der IT-Abteilung gestellt, dem ich vertraue. Ich wollte nicht, dass Lancaster oder Hernandez herausfinden, dass ich in einem ihrer abgeschlossenen Fälle herumstöbere. Sie sind schon genug verärgert über mich. Ich möchte es nicht noch schlimmer machen, indem ich sie direkt befrage. Außerdem vertraue ich den verdammten Kerlen zu diesem Zeitpunkt einfach nicht.«

»Okay, der Vampir ist der Nächste. Montgomery wurde im Golden Gate Park gefunden.« Mac platzierte eine Münze in dem Bereich des Parks, wo die Leiche entdeckt wurde. »Er wurde in Twin Peaks entführt, auf dem Weg zu seiner Freundin.« Mac platzierte eine weitere Münze auf der Wohnung der Freundin.

»Sophie sagte, es war wegen eines schief gelaufenen Immobiliengeschäfts. Jemand inszenierte den Mord, um es so aussehen zu lassen, als hätte ein Jäger ihn während eines Zechprellerei getötet. Hatte Montgomery irgendwelche Immobilien?«, fragte Reggie Mac.

»Ich glaube nicht, aber sein Domus-Anführer Sebastian tut es. Ihr Haupt-Domus (Vampirgemeinschaft) ist in Alamo Square. Ich werde sehen, ob ich herausfinden kann, ob Sebastian andere

Immobilien besitzt, oder ob der Domus kürzlich Immobilien verkauft hat. Ich werde zurückgehen und nachsehen, ob eines unserer Opfer oder deren unmittelbare Familien in den letzten Monaten Immobilien verkauft oder gekauft haben«, sagte Mac.

»Wollen wir Zhang auf die Karte setzen? Hast du Marcus Lincham aufgespürt?«, fragte Sophie.

»Es hat eine Weile gedauert, aber ich habe ihn schließlich gefunden. Marcus glaubt, dass Mitglieder des Wolfsrudels aus dem Sunset District Zhang Liu wegen des Territoriums getötet haben und weil Zhang versuchte, ein Rudel aus Gestaltwandler-Ausgestoßenen zu bilden. Viele der stärkeren Rudel wollen keinen Wettbewerb von neuen Rudeln, die in die Stadt kommen. Besonders ein gemischtes Rudel, wie Zhang es schaffen wollte. Er wollte ein Rudel, das alle Arten willkommen heißt«, sagte Mac, studierte die Karte und platzierte eine Münze auf West Portal. »Zhang Liu wurde in West Portal von sechs Wölfen nicht weit von seinem Wohnort getötet. Es ist möglich, dass der Mord wegen des Territoriums in Forest Knolls war, also werde ich diesen Ort auch markieren.«

»Hm, abgesehen von den Münzen auf West Portal, Golden Gate Park und Twin Peaks bilden die restlichen eine fast perfekt gerade Linie«, sagte Sophie und fuhr mit dem Finger über die Linie auf der Karte.

»Sophie hat Recht. Scheiße!«, rief Mac aus, sein Gesicht intensiv mit einem gewitterwolkenartigen Ausdruck. »Reggie, siehst du, was ich sehe?«

»Es ist unmöglich zu übersehen. Ich finde es schwer zu glauben, aber das muss die Motivation hinter all dem sein«, sagte Reggie und fuhr sich mit der Hand über das Gesicht, benommen.

»Was ist unmöglich zu übersehen? Was bedeutet es?«, fragte Sophie verwirrt.

»Das ist die Ley-Linie, die durch San Francisco verläuft«, sagte Mac und tippte mit dem Finger auf einen Punkt in der äußersten südwestlichen Ecke der Stadt, führte ihn diagonal durch die Karte und endete in der oberen rechten Ecke, wo das Land auf die Bucht traf.

»Bedeutet das, dass jemand versucht, die Kontrolle über die gesamte Ley-Linie zu übernehmen?«, flüsterte Reggie.

»Vielleicht. Es könnte eine einzelne Person oder sogar eine Gruppe sein. Im Moment haben wir keine Möglichkeit, es zu wissen. Warum sollte jemand alle Immobilien entlang der Ley-Linie besitzen wollen?«, fragte Mac mit einem nachdenklichen Stirnrunzeln. »Soweit ich weiß, werden die Portale vom Feenreich zur Erde auf der Feenseite kontrolliert. Niemand weiß einmal, wie die Feen die Portale betreiben oder wie sie Leute hindurchschicken.«

»Ich habe gehört, sie haben eine Möglichkeit, die Kraft zu nutzen, die von den Ley-Linien ausgeht. Vielleicht versucht jemand, darauf zuzugreifen?«, schlug Reggie vor.

»Also denkst du, diese Morde hängen zusammen?«, fragte Sophie leise.

»Es besteht fast kein Zweifel«, erklärte Mac ernst.

Sophie starrte eine Minute lang auf die Karte und dachte über die Möglichkeiten nach. »Wie lange, denkst du, passiert das schon? Wenn dies eine Art Verschwörung ist, dann bezweifle ich, dass diese vier die einzigen Vorfälle sind, bei denen jemand versucht, Immobilien zu ergreifen.«

»Verdammt. Du hast Recht. Ihr führt nur Autopsien für Todesfälle durch, die von mythischen Wesen begangen wurden oder gegen sie gerichtet waren. Ich muss alle Morde überprüfen, die entlang der Ley-Linie begangen wurden«, sagte Mac.

»Du solltest auch Selbstmorde und Unfälle untersuchen«, schlug Sophie vor. »Joseph Hensons Tod wurde so inszeniert, dass er wie Selbstmord aussah.«

»Gibt es eine Möglichkeit, auch kürzlich verkaufte Immobilien entlang der Ley-Linie zu überprüfen?«, fragte Reggie.

»Scheiße. Das wird ewig dauern«, seufzte Mac.

»Gibt es irgendeine Möglichkeit, wie wir helfen können?«, bot Reggie an.

»Ich bin mir noch nicht sicher. Ich muss erst sehen, welche Informationen ich aufdecken kann. Ich muss sehr vorsichtig vorgehen. Ich möchte nicht, dass irgendjemand merkt, wonach ich suche, noch nicht. Nicht, bis wir wissen, wer die Hauptakteure sind. Bis ich mehr Fakten habe, lasst uns all das unter uns dreien halten. Einverstanden?«

Sowohl Reggie als auch Sophie nickten zustimmend.

»Oh, und ich hole dich ab, wenn deine Schicht vorbei ist, und wir besorgen dir ein Handy. Das alles ist zu wichtig und potenziell gefährlich, als dass wir nicht in der Lage sein sollten, dich zu erreichen. Diskutiere verdammt nochmal nicht mit mir!«, knurrte Mac, als Sophie den Mund öffnete, um zu protestieren.

»Er hat Recht, Soph. Du brauchst wirklich ein Telefon«, stimmte Reggie zu, was Sophie dazu brachte, ihre Hände in genervter Niederlage hochzuwerfen.

* * *

»AUF WIEDERSEHEN, FRAU ZHAO«, rief Sophie, als sie durch die Lobby ging. »Haben Sie einen schönen Tag.«

»Auf Wiedersehen, Sophie. Viel Spaß bei deinem Date!«, zwitscherte Frau Zhao.

Als Sophie sie verwirrt ansah, nickte Frau Zhao mit dem Kopf in Richtung der Glaseingangstüren. Als sie nach draußen schaute, seufzte Sophie resigniert, als sie Mac erblickte, der vor dem Eingang auf und ab ging, das frühe Morgensonnenlicht spiegelte sich in seiner dunklen Brille. Mac erstarrte, als er Sophie drinnen sah, zeigte dann auf seine Uhr und winkte ihr, zu ihm zu kommen.

»Nein, nein, nein, Frau Zhao. Das ist kein Date. Er hilft mir nur, ein Telefon zu bekommen. Das ist alles«, bestritt Sophie vehement und schüttelte zur Betonung den Kopf.

»Sicher. Natürlich nicht, Liebes«, sagte Frau Zhao, Unglauben triefte aus jedem Wort.

»Es ist keins!«, bestritt Sophie.

»Mmhmm«, summte Frau Zhao unverbindlich und wandte sich wieder ihrem Computer zu.

Als sie Mac ansah, der ungeduldig mit dem Fuß tippte, war Sophie versucht, noch ein paar Minuten länger bei Frau Zhao zu verweilen, nur um ihn zu ärgern.

»Du solltest zu deinem Kerl gehen. Bevor er hereinkommt, um dich hinauszuzerren«, murmelte Frau Zhao belustigt.

»Er ist nicht... Ugh, egal«, schnaubte Sophie und stampfte auf Mac zu.

* * *

EINEINHALB STUNDEN später stürmte Sophie aus dem Einzelhandelsgeschäft, wütender als je zuvor. Sie knallte aus dem Eingang des Geschäfts mit einem glänzenden neuen Telefon in der Tasche und wirbelte auf dem Bürgersteig herum, um Mac zu konfrontieren, als er nach ihr aus dem Geschäft trat.

Mit anklagendem Finger auf ihn zeigend, brüllte sie: »Oh mein Gott! Du hast diese Leute glauben lassen, ich sei deine Geliebte, du Arsch!«

»Was? Nein. Ich habe dem Verkäufer nur gesagt, dass ich meiner Liebsten ein Telefon besorgen wollte, damit sie, wann immer ich sie will, kommen und sich um meine Bedürfnisse kümmern kann«, sagte Mac mit einem unschuldigen Gesicht.

»Ich werde dich umbringen, und es wird niemanden interessieren. Ich könnte sogar eine Medaille bekommen. Niemand wird dich vermissen«, stellte Sophie sachlich fest, ein Feuer knisterte in ihren Augen.

»Hey, das war ein großartiger Tag! Willst du frühstücken gehen? Ich lade dich ein, Schätzchen«, bot Mac mit einem schelmischen Grinsen an.

»Ein großartiger Tag?«, wiederholte Sophie langsam, Irritation überzog jedes Wort.

»Ja! Wir kommen der Lösung meiner Fälle näher. Du hast ein neues Telefon bekommen. Ich konnte dich auch so richtig blamieren. Und schau dir dieses Wetter an«, sagte Mac und deutete auf den klaren Himmel über ihnen, »einfach herrlich.«

Sophie stand mitten auf dem Bürgersteig, blockierte die Tür zum Geschäft und starrte Mac in fassungslosem Unglauben an. *Wer ist dieser fröhliche Verrückte? Wo ist der grimmige, angepisste Polizist, der jeden anknurrt?*, fragte sich Sophie innerlich und schaute sich vorsichtig nach einem Fluchtweg um, nur für den Fall.

»Ach, sei nicht böse, Honig«, bettelte Mac spielerisch.

»Nenn mich nicht 'Honig'. Du bist ein Spinner. Bring mich einfach nach Hause«, sagte Sophie und schüttelte den Kopf über die seltsame Wendung, die ihr Leben genommen hatte.

»Weißt du, dass du, wenn du wütend wirst, ein Zucken am linken Augenlid bekommst?«, fragte Mac fröhlich, bevor er davonschlenderte und Sophie ihm nachstarrte.

KAPITEL 16

Sophie trat aus ihrer Wohnung und machte sich auf den Weg zu Birdies Apartment. Nachdem Mac sie heute Morgen abgesetzt hatte, war Sophie klar geworden, dass sie Birdie seit der Lieferung ihres Brandys vor ein paar Tagen nicht mehr besucht hatte. Als sie die Hand hob, um zu klopfen, ließ eine männliche Stimme aus dem Inneren der Wohnung Sophie kurz überrascht erstarren. Nachdem sie sich erholt hatte, klopfte sie vorsichtig an Birdies Tür.

Sophie entspannte sich, als sie Birdies Stimme hörte: »Ich komme!«

Als Birdie die Tür öffnete, entdeckte Sophie einen älteren Mann, der auf dem Liebessitz saß. Der Mann trug eine gebügelte beige Hose, ein Hemd mit Knöpfen und eine Schiebermütze aus Tweed. Eine dicke schwarzrandige Brille saß auf seiner langen Nase. Er schenkte Sophie ein süßes, schiefes Grinsen, als er sah, dass sie ihn über Birdies Schulter hinweg anschaute. Sie winkte ihm mit den Fingern zur Begrüßung zu und bemerkte auch, dass Birdie ein hübsches Blumenkleid trug, anstatt ihres üblichen gesteppten Hauskleids.

»Wer ist das?«, fragte Sophie und versuchte, über Birdies Kopf hinweg besser in ihre Wohnung zu sehen, wie die neugierige Nachbarin, die sie war.

»Nun... du weißt doch, dass das Seniorenzentrum diese Kunstmuseumstouren durch die Stadt veranstaltet hat? Ich habe mich für eine Gruppentour im Legion of Honor Museum angemeldet.« Sophie nickte, da sie sich erinnerte, dass Birdie früher in der Woche etwas darüber gesagt hatte. »Nun, Milton war gestern Morgen in meiner Tourgruppe, und wir haben uns einfach auf Anhieb verstanden.«

»Wirklich? Das ist toll«, sagte Sophie leise. Sophie lächelte, als sie bemerkte, dass Milton Birdies beste Teetasse auf seinem Knie balancierte. Die Heiße Mieze-Tasse schien noch nicht aufgetaucht zu sein. Birdie musste Milton wirklich mögen, wenn sie sich so vorbildlich benahm.

»Milton, das ist meine Nachbarin Sophie. Sophie, das ist mein neuer Freund Milton«, sagte Birdie, während Milton Sophie mit einem schüchternen Lächeln begrüßte.

»Ich wollte dich einladen, mit mir etwas in der Bar zu trinken, aber wie ich sehe, bist du schon beschäftigt«, grinste Sophie boshaft. »Vielleicht nächstes Mal?«

»Nicht heute Abend, aber vielleicht werden wir beide dich an einem anderen Abend begleiten«, antwortete Birdie.

»Nun, viel Spaß! Mach nichts, was ich nicht auch tun würde«, sagte Sophie mit gespielt strenger Stimme.

»Alles klar. Dann ist ja praktisch alles erlaubt«, gab Birdie frech zurück. »Vielleicht könnten wir irgendwann bald ein Doppeldate mit deinem Mac haben.«

»Mac gehört mir nicht. Er ist nur ein Arbeitskollege.« Sophie schüttelte den Kopf.

»Erzähl mir keine Märchen. Ich konnte die sexuelle Spannung zwischen euch beiden spüren. Ihr habt meine Couch fast in Flammen gesetzt. Außerdem, wenn du nicht bald etwas Action bekommst, wirst du vergessen, wie man es benutzt.«

»Erstens gibt es keine sexuelle Spannung zwischen Mac und mir. Es gibt nur gute altmodische normale Spannung. Ich glaube, Mac stand sowieso eher auf dich. Und zweitens werde ich nicht vergessen, wie man 'es benutzt'. So funktioniert das nicht, und das weißt du«, erwiderte Sophie, was Birdie zum Kichern brachte.

»Da könntest du Recht haben. Er schien sehr empfänglich für mein Flirten zu sein. Also, vergiss Mac, aber lass uns einen Mann für dich finden. Du brauchst ein Liebesleben, Mädchen. Du bist zu jung, um deine Vorzüge zu verschwenden. Du bist jung genug, dass sie noch der Schwerkraft trotzen, und du wirst dir wünschen, dass mehr Menschen die Chance bekommen hätten, sie zu schätzen, bevor die Natur ihren Tribut fordert«, belehrte Birdie.

»Kein Dating für mich im Moment, danke. Ich erlebe das lieber durch dich. Ich schaue morgen vorbei, und du kannst mir alles über deine Nacht mit Milton erzählen.« Sophie zwinkerte.

»Du solltest wirklich darüber nachdenken, mal wieder Sex zu haben. Um wieder in Schwung zu kommen.«

»Ich bin nicht mürrisch, du Frechdachs. Du musst aufhören, dir Sorgen um meine Muschi zu machen und dich auf deine eigene konzentrieren«, flüsterte Sophie. Über Birdies Schulter blickend, winkte sie. »Es war schön, dich kennenzulernen, Milton. Ich hoffe, ihr beide habt ein schönes Date.«

Birdie trat zurück in die Wohnung, ein glückliches kleines Kichern entwich durch den Spalt, als sie die Tür schloss.

Mit einem schiefen Lächeln darüber, dass die kleine alte Dame von gegenüber mehr Action hatte als sie selbst, hüpfte Sophie die Treppe hinunter und in die kalte Dämmerung, die sich draußen niederließ. Der Nebel lag dick in der Luft, sodass der tiefe Atemzug, den Sophie nahm, sich feucht und schwer in ihren Lungen anfühlte. Das warme Licht, das vom Streuselkuchen-Gebäude ausstrahlte, wirkte einladend und vertrieb die Düsternis.

»Hey, Sophie! Ich habe ein neues IPA-Bier vom Fass. Willst du es probieren?«, rief Benno, als Sophie die Bar »Der Kleine Daumen« betrat.

Ein Haufen Stammgäste der Kneipe – die größtenteils aus mürrischen alten Männern bestand – nickten oder hoben ihre Hände zum Gruß, als Sophie sich auf einen Hocker an der Bar setzte. Hartes Leben hatte diese Männer bis auf die Knochen abgemagert, bis nur noch sehniges Fasergewebe, ledrige, verwitterte Haut und eine barsche Einstellung übrig waren. Als Sophie zum ersten Mal ins Streuselkuchen-Gebäude eingezogen war und anfing, regelmäßig in »Der Kleine Daumen« zu gehen, hatten die Männer sie mit Misstrauen in ihren harten Augen angesehen. Aber über die langen Monate hatte Sophies Null-Toleranz-Einstellung es ihr schließlich ermöglicht, einen ruhigen, ignorierten Platz in der Landschaft ihrer Bar einzunehmen. Jetzt war sie nur noch eine weitere zusammengesunkene Gestalt, die entlang der Bar saß.

»Sicher, Benno. Ein IPA klingt gut«, sagte Sophie und sah sich im Inneren der Kneipe um.

Als Benno das Bier vor Sophie hinstellte, grinste sie ihn anerkennend an.

»Es ist ein lokales Gebräu von der Russian River Brewery. Ich denke, es wird dir gefallen.«

Sophie nahm einen kleinen Schluck und schnalzte dann anerkennend mit den Lippen.

»Nicht zu bitter, oder? Es heißt Pliny the Younger – ein spezielles Craft-Bier, benannt nach einem römischen Schriftsteller«, sagte Benno.

»Seltsamer Name, aber ich mag ihn. Guter Andrang heute Abend«, bemerkte Sophie. Die meisten Hocker an der Bar waren besetzt, und alle Tische bis auf einen hatten Gäste, die um sie herum saßen.

»Ja, 'Der Kleine Daumen' wurde in einem Reiseblog erwähnt. Die Person schrieb, dass es eine der ältesten kontinuierlich betriebenen Bars in San Francisco ist, also haben wir in letzter Zeit mehr Betrieb. Besonders an den Wochenenden«, platzte Benno aufgeregt heraus.

»Das ist großartig. Achte nur darauf, dass du mir immer einen Platz freihältst, wenn du ein angesagter Ort wirst. Hat die Bar immer 'Der Kleine Daumen' geheißen? Ich wollte schon immer fragen. Es ist ein ziemlich seltsamer Name.«

»'Der Kleine Daumen' ist nach einer Märchenfigur benannt, dem kleinsten Jungen aus einem Ogermärchen«, sagte Benno und lehnte sich auf die Bartheke.

»Davon habe ich noch nie gehört.«

»Hast du schon viele Ogermärchen gehört?«, fragte Benno herausfordernd.

»Ähm, ich glaube, ich kenne ein paar. Muss ehrlich sein – keines, in dem Oger nicht die Bösen waren. Wie Hans und die Bohnenranke oder Der gestiefelte Kater.«

»Ich glaube nicht, dass es Märchen gibt, in denen Oger nicht böse sind. In den meisten fressen wir Menschen. Man hat mir empfohlen zu sagen, dass Menschen wie Hühnchen schmecken«, sagte Benno und machte eine typische italienische Kochgeste, als ob Menschen einfach köstlich wären. Das Lachen überraschte Sophie so sehr, dass sie fast an ihrem Bier erstickt wäre.

»Also gut, erzähl mir die Geschichte vom Kleinen Daumen«, sagte Sophie, nachdem sie ihr Gesicht abgewischt hatte, und stützte ihre Ellbogen auf die hölzerne Bartheke.

»Der Kleine Daumen war der jüngste von sieben Brüdern in einer armen Familie von Holzfällern. Er war bei seiner Geburt nicht größer als ein Daumen. Der Kleine Daumen war vielleicht der Kleinste in der Familie, aber er war auch der Klügste. Obwohl er kaum sprach, hörte er immer zu. Die Familie war mittellos, und die Eltern konnten sich nicht mehr um ihre Kinder kümmern, also beschlossen sie, sie im Wald auszusetzen«, erzählte Benno.

»Also schmieden die Eltern einen Plan, ihre Kinder auszusetzen. Der Kleine Daumen hört den Plan der Eltern, sie im Wald zurückzulassen, und sammelt eine Tasche voll kleiner weißer Steine aus einem nahe gelegenen Fluss. Während seine Eltern die Kinder durch den Wald führen, benutzt der Kleine Daumen die Kieselsteine, um eine Spur zu legen, die sie nach Hause führt. Die Jungen können der Spur der Kieselsteine folgen, um ihren Weg aus dem Wald zu finden. Als die Kinder nach Hause zurückkehren, warten die Eltern ein paar Wochen, bevor sie die Jungen erneut in den Wald locken.«

»Eltern des Jahres«, neckte Sophie.

»Hey, unterbrich mich nicht. Du wirst den Fluss meines Geschichtenerzählens ruinieren.«

»Bitte vergib mir, oh großer Barde!«

»Diesmal macht der Kleine Daumen einen Fehler und benutzt Brotkrumen als Wegmarkierung anstelle von Kieselsteinen. Aber Vögel fressen alle Brotkrumen, und die Kinder verirren sich im Wald, als sie versuchen, nach Hause zurückzukehren.«

»Wie Hänsel und Gretel!«, rief Sophie aus. Als Benno sie nur stetig anstarrte, mimte Sophie, dass sie ihre Lippen verschließe.

»Wo war ich? Ach ja – also klettert der Kleine Daumen auf einen Baum, um einen Weg durch den Wald zu finden. Als er das tut, entdeckt er eine Hütte, die im Wald versteckt ist. Die Kinder machen sich auf den Weg zum Haus, bevor sie erkennen, dass es einem Oger gehört. Die Jungen beschließen, dass es sicherer ist, im Haus eines Ogers zu bleiben, als die Nacht draußen im Wald zu verbringen. Der Wald wimmelte von gefährlichen, menschenfressenden Wölfen.« Benno machte eine Pause, um einem Kunden ein Bier einzuschenken.

Zu Sophie zurückkehrend, fuhr er fort: »Also beschließen sie, die Nacht im Haus des Ogers zu verbringen. Der Oger ließ die Kinder im Zimmer seiner Töchter schlafen. Der Oger hatte sieben Töchter, und jede trug ein goldenes Krönchen. Der Kleine Daumen stellt fest, dass der Oger plant, ihn und seine Brüder im

Schlaf zu töten. Also lässt der Kleine Daumen seine Geschwister ihre Nachtmützen mit den Kronen der Töchter des Ogers tauschen. Infolgedessen tötet der Oger, nach zu viel Wein, stattdessen seine Töchter. Ohne seinen Fehler zu bemerken, geht er zurück ins Bett. Bevor er aufwachen kann, schleichen sich die Jungen aus seinem Haus und beginnen, den Weg nach Hause zu finden. Als der Oger aufwacht und erkennt, was passiert ist, zieht er seine Siebenmeilenstiefel an und jagt den Kindern nach. Der Kleine Daumen entdeckt den Oger und lässt seine Brüder sich in einer nahe gelegenen Höhle verstecken. Der Oger wird müde vom Laufen einer großen Strecke in kurzer Zeit und beschließt, nicht weit von der Höhle entfernt ein Nickerchen zu machen. Sobald er einschläft, sagt der Kleine Daumen seinen Geschwistern, sie sollen weiter nach Hause gehen, während er die Stiefel des Ogers stiehlt. Als der Kleine Daumen die Stiefel anzieht, passen sie sich magisch seiner Fußgröße an. Sie ermöglichen ihm, schnell zu reisen, und er macht sich auf den Weg nach Hause. Der Kleine Daumen nutzt die magischen Stiefel, um dem König seine Dienste als Bote anzubieten. Da die Siebenmeilenstiefel es dem Kleinen Daumen ermöglichen, große Entfernungen sehr schnell zurückzulegen, wird er ein geschätzter Bote im ganzen Land. Dank des Geldes, das der Kleine Daumen verdient, können er und seine Familie für den Rest ihres Lebens bequem leben«, beendete Benno die Geschichte mit einer ausladenden Geste.

»Was. Zum. Teufel. Du – ein Oger – hast deine Bar nach dem Kind benannt, das einen Oger dazu brachte, seine eigenen Töchter zu ermorden, und dann seine magischen Stiefel stiehlt. Habe ich das richtig verstanden?«, fragte Sophie, völlig verblüfft über den Prozess der Kneipenbenennung.

»Ich habe die Bar nicht benannt. Mein Großvater hat den Namen ausgesucht. Aber hier ist die Sache, die nicht im Märchen stand: Der Kleine Daumen war auch ein Oger. Er wurde zu seiner Zeit ziemlich berühmt«, sagte Benno mit vertraulicher Miene. »Mein Großvater schwört, dass unsere Familie entfernt mit ihm verwandt ist.«

»Ich glaube, du verarschst mich. Ist das wirklich das Märchen? Oder hast du diese Geschichte nur erfunden, um eine leichtgläubige Person zu verarschen?«, fragte Sophie mit zusammengekniffenen Augen misstrauisch.

»Das ist die wahre Geschichte, ich schwöre. Du kannst es nachschlagen«, lachte Benno und deutete auf Sophies fast leeres Glas. »Möchtest du noch ein Bier? Was hast du von dem neuen IPA gehalten?«

»Es war gut. Nicht zu bitter. Ich nehme noch eins«, sagte Sophie und trank den letzten Rest des Bieres in ihrem Glas aus.

Ein paar Minuten später stellte Benno ein frisches Pint vor Sophie.

»Warum hast du so viel Kram an den Wänden? Wirst du nicht müde, all diese alten Nippes abzustauben?«, Sophie winkte mit der Hand in Richtung der unzähligen Regale, die die Wände säumten, schwer beladen mit Bildern, Figürchen, Statuen und jeder Art von Dekoration.

»Diese Gegenstände sind kein Kram!«, sagte Benno entrüstet. »Das sind Schätze, die meine Familie in den letzten hundert Jahren gesammelt hat. Einige dieser Gegenstände sind so selten, dass sie dir den Verstand rauben würden. Fast jeder Gegenstand hier ist einzigartig.«

»Oh ja? Wie was?«, fragte Sophie und schaute mit erneuertem Interesse auf den Krimskrams an den Wänden.

»Siehst du diese Trophäe?«, Benno zeigte auf eine goldene Trophäe an der Wand gegenüber von Sophies Sitzplatz. Sophie kniff die Augen zusammen und betrachtete den »Schatz«, auf den Benno zeigte. Sie schien aus Gold zu sein. Auf einem Marmorsockel hielt eine Frauenfigur einen großen Pokal über ihrem Kopf. Goldene Flügel breiteten sich von ihrem Rücken aus, das Gefieder wölbte sich hinter ihr, um die Seiten des Pokals zu berühren. Für Sophies Augen sah es ein wenig alt und etwas angelaufen aus.

»Ja, ich sehe sie. Sie sieht für mich nur wie eine gewöhnliche Sporttrophäe aus.« Sophie zuckte mit den Schultern.

»Das ist die Jules-Rimet-Weltmeisterschaftstrophäe. Sie stellt Nike dar, die Göttin des Sieges. Sie haben die Trophäe zurückgezogen, als Brasilien sie 1970 gewann. Mein Vater hat sie 1984 gestohlen. Es gibt keine zweite auf der ganzen Welt«, sagte Benno und warf sein Bartuch mit einem dramatischen Schwung über seine Schulter.

»Weiß irgendjemand, dass du sie hast?«

»Nein, es ist ein Geheimnis. Nur du und ich wissen es jetzt. Nun, und mein Vater, aber er ist vor zehn Jahren nach Florida in den Ruhestand gegangen. Er wird es niemandem erzählen.«

»Nun, sie ist schön«, sagte Sophie mit dem, was sie hoffte, der richtigen Menge an Ehrfurcht war, um Bennos Stolz auf die Trophäe zu befriedigen. »Es scheint trotzdem viel Zeug zu sein, das du abstauben musst. Selbst unbezahlbare Gegenstände sammeln Staub.«

»Meine nicht«, sagte Benno mit einem Grinsen.

»Wie ist das möglich?«, Sophie kniff die Augen zusammen und erwartete, das Opfer eines Witzes zu sein.

»Meine Großmutter hat einem Hausgeist ein paar Jahre nach der Eröffnung der Bar einen Gefallen getan. Im Gegenzug hat der Hausgeist einen Zauber hier gesetzt, sodass wir nie abstauben müssen«, sagte Benno.

»Was? Du hast so ein Glück. Wie bekomme ich einen Hausgeist dazu, einen Zauber auf meine Wohnung zu legen?«, maulte Sophie. »Deine Großmutter hätte den Hausgeist dazu bringen sollen, dass man auch nie fegen muss.«

»Vielleicht, aber wie sonst würde ich dich dazu bringen, deinen Unterhalt hier zu verdienen?«, neckte Benno. Das Klingeln des Bartelefons verhinderte, dass Sophie eine freche Antwort geben konnte.

Sophie stand auf und schlenderte zu der gestohlenen Trophäe, um sie besser zu betrachten, während Benno ging, um sein Telefon zu beantworten. Sie thronte auf einem der höchsten Regale an der Wand, sodass Sophie sie nicht so genau betrachten konnte, wie sie es gerne würde. Sie zuckte unsicher mit den Schultern, als sie sie anstarrte. Für sie sah es wie eine gewöhnliche alte Trophäe aus. Sie ging herum und versuchte, Bennos vollgestopfte Sammlung mit neuen Augen zu betrachten. Sie ging hinüber und starrte auf ein vergilbtes Zirkusplakat. Es zeigte einen Mann, der einen Kopfstand auf einer hohen Stange machte, während ein starker Mann zuschaute. Über dem Plakat stand »Pablo Fanque's Circus Royal«.

Sophie nahm einen Schluck von ihrem Bier und bewunderte eine glänzende Violine, wobei sie ihr Getränk fast verschüttete, als einer der Stammgäste ihr auf die Schulter tippte. Der koboldähnlich aussehende Mann sagte Sophie, dass Benno nach ihr fragte.

»Ist alles in Ordnung?«, fragte Sophie und setzte sich wieder auf ihren Barhocker. Benno hatte einen seltsamen Gesichtsausdruck und drückte ein Telefon an seine Brust.

»Du hast einen Anruf«, sagte Benno und reichte Sophie den schnurlosen Hörer.

»Hallo?«, sagte Sophie unsicher ins Telefon.

»Warum zum Teufel gehst du nicht an dein verdammtes Telefon?«, knurrte Macs Stimme in ihr Ohr.

»Oh Scheiße! Ich habe es auf meiner Kommode liegen lassen«, rief Sophie aus.

»Du hast tatsächlich dein Telefon vergessen«, wiederholte Mac ungläubig. »Das Telefon, das ich dir speziell für Notfälle gekauft habe?«

Das ruhige Grollen in Macs Stimme ließ Sophie erkennen, wie nahe er daran war, tatsächlich die Beherrschung zu verlieren.

»Es tut mir leid. Ich bin noch nicht daran gewöhnt. Ich werde es nicht wieder vergessen«, sagte Sophie hastig. »Warum rufst du an? Gibt es einen Notfall?«

»Ja. Es gab heute Abend einen Mord an einem Feenwesen, das entlang der Energielinie lebt. Ich brauche dich, um mich in der Rechtsmedizin zu treffen. Ich möchte so schnell wie möglich eine Deutung am Opfer durchführen. Ich habe bereits mit Reginald gesprochen, und er ist auf dem Weg dorthin. Schaffst du es, dich von deinem Bier zu trennen, um zur Rechtsmedizin zu kommen?«, sagte Mac höhnisch.

»Hey, du brauchst kein Arschloch zu sein. Ich darf verdammt noch mal eine Nacht frei haben und ein Bier in meiner Stammkneipe genießen. Das Einzige, was ich falsch gemacht habe, war, mein Telefon zu vergessen, und dafür habe ich mich bereits entschuldigt. Also hör auf mit dem Scheiß«, flüsterte Sophie wütend ins Telefon.

Eine Pause. Dann: »Du hast Recht. Ich benehme mich wie ein Idiot. Ich werde ab jetzt netter sein«, sagte Mac und atmete einen langen Seufzer aus, als ob er versuchte, Stress herauszudrücken.

»Übertreib es nicht mit der Nettigkeit. Das könnte ungewohnt für dich sein.« Sophie grinste, was Mac zum Lachen brachte.

»Kannst du uns heute Abend in der Rechtsmedizin treffen? Du hast nicht zu viel getrunken, oder?«, fragte Mac und klang endlich mehr wie er selbst.

»Nur ein Bier. Und ja, ich kann mich jetzt auf den Weg zum Institut für Rechtsmedizin machen. Es wird mindestens eine halbe Stunde dauern, bis ich dort bin.«

»Das ist in Ordnung. Sie bearbeiten noch den Tatort, also wirst du wahrscheinlich vor mir dort sein.«

»Dann bis gleich.«

»Danke, Soph. Bis bald«, antwortete Mac sanft, kurz bevor Sophie das leise Klicken hörte, als er auflegte.

Sophie winkte, um Bennos Aufmerksamkeit zu bekommen.

Sie legte das Telefon und etwas Geld auf die Bar. Sie warf einen kurzen, sehnsüchtigen Blick auf ihr volles Bier, stand aber auf und ging zur Tür hinaus.

Als sie zu ihrer Wohnung hochging, um ihr Telefon zu holen und ihre Schuhe zu wechseln, lächelte sie, als sie ein weibliches Kichern unter Birdies Wohnungstür hervordringen hörte.

KAPITEL 17

*E*twas mehr als eine halbe Stunde später stürmte Sophie in das Gebäude der Gerichtsmedizin.

»Guten Abend, Frau Zhao«, sagte Sophie, überrascht, die distinguierte Frau an einem Wochenendabend hinter dem Tresen zu sehen.

»Guten Abend, Sophie. Dr. Didel ist bereits hier und wartet auf dich«, sagte Frau Zhao, während sie Sophie den Zugang nach hinten freischaltete.

Sophie ging mit schnellen Schritten zu Reggies Büro und klopfte an seine Tür. Reggie riss sie in atemloser Aufregung auf.

»Sophie! Ist Mac schon hier?«, fragte Reggie mit vor Eifer strahlenden Augen.

»Ich glaube nicht, aber ich bin gerade erst eingetroffen«, sagte Sophie vorsichtig.

»Ich habe dem diensthabenden Gerichtsmediziner bereits erklärt, dass wir diese Autopsie auf Anfrage von Detective Volpes durchführen würden. Er ist ein Mensch, also ist er es gewohnt, dass einige der Autopsien für meine Abteilung aufgehoben werden, weil er unter dem Eindruck steht, dass ich ein Spezialist bin. Er weiß nichts über Mythische Wesen, also müssen wir sehr vorsichtig sein, was wir in seiner Gegenwart sagen, okay? Die Chancen stehen gut, dass du ihn nicht einmal sehen wirst. Dr. Langston führt seine Arbeit lieber in einem der anderen Autopsieräume durch.«

»Kein Problem. Ich werde kein Wort sagen, falls ich ihn jemals sehe«, versprach Sophie. »Wird er es seltsam finden, dass wir an unserem freien Tag kommen?«

»Nicht wirklich. Es ist selten, aber ich wurde schon früher gerufen, wenn eine Autopsie sofort durchgeführt werden muss. Es sollte keinen Argwohn erregen«, versicherte Reggie.

»Wurde Frau Zhao auch hereingerufen?«, fragte Sophie plötzlich.

»Was? Nein, sie war schon hier.«

»Sie hat die ganze Woche mit uns gearbeitet. Hat sie keinen freien Abend?«, fragte Sophie besorgt.

»Sie nimmt keine freien Tage«, erklärte Reggie. »Sie betrachtet ihren Job und dieses Gebäude als ihr Eigentum. Drachen sind sehr territoriale Wesen. Wir haben festgestellt, dass es am besten ist, sie ihren Willen haben zu lassen, sobald sie etwas für sich beansprucht haben.«

»Ihr Mythischen Wesen seid so seltsam«, neckte Sophie und erntete ein Grinsen von Reggie.

»Als ob Menschen besser wären«, konterte Reggie. Sophie nickte zustimmend und dachte an den improvisierten Trommelkreis von Kiffern, der früher in der Woche im Bus stattgefunden hatte. Das war eine duftende Truppe – eine Mischung aus Weihrauch, Marihuana und ungewaschenem Haar. Sophie hatte Glück, dass sie an diesem Abend nicht mit einem Passivkiffen zur Arbeit kam.

Beide zogen ihre Arbeitskleidung an und trafen sich im Hauptautopsieraum, um auf Mac und sein eintreffendes Feen-Opfer zu warten.

Als ein unbekannter Mann eine Bahre in den Raum rollte,

war Sophie bereit, etwas nach Reggie zu werfen, um ihn dazu zu bringen, mit seinem nervösen Auf- und Abgehen und ängstlichem Geplapper aufzuhören.

»Guten Abend, Dr. Didel«, rief der Mann. »Ich habe hier Ihre Priorität eins.« Der Mann rollte die Bahre zur Röntgen- und Wiegestation und bemerkte Sophie, die hinter Reggie stand. »Hey, ich bin George. Wie heißt du?«, fragte George Sophie mit einem Grinsen, was sie nur als charmant gemeint interpretieren konnte, aber hauptsächlich wie ein schmieriges Grinsen rüberkam, das perfekt zu seinem schleimigen Blick passte.

»Ich heiße Kein Interesse«, sagte Sophie abweisend.

»In Ordnung, Kein Interesse. Sei halt so«, der Mann drehte sich auf dem Absatz um und verließ den Raum, wobei er »Zicke« gerade laut genug murmelte, um sicherzustellen, dass Sophie ihn hörte.

»Ich werde Mac anrufen und herausfinden, wie weit er noch entfernt ist. Ich denke, wir sollten auf ihn warten, bevor wir anfangen«, sagte Reggie und hielt sich sein Handy ans Ohr.

Einen Moment später hinterließ Reggie eine Nachricht auf Macs Mailbox und ließ ihn wissen, dass sie auf ihn warten würden, bevor sie anfingen. Als aus fünf Minuten zehn und dann zwanzig wurden, begann Reggie wieder auf und ab zu gehen und schaute fast ununterbrochen auf sein Telefon.

»Warum rufst du ihn nicht noch einmal an?«, schlug Sophie vor, die mit dem nächtlichen Auf- und Abgehen fast am Ende war.

Reggie wählte Mac erneut. Einen Moment später blickte er mit Frustration und Sorge in den Augen Sophie an.

»Er geht nicht ran. Es ging wieder auf die Mailbox«, sagte Reggie und legte auf, ohne eine zweite Nachricht zu hinterlassen.

»Das ist seltsam, oder?«, fragte Sophie, Reggies Sorge hatte begonnen, auf sie abzufärben.

»Lass uns einfach anfangen. Ich denke nicht, dass wir länger warten sollten. Wer weiß, was Mac aufhält? Wir werden die Sitzung aufzeichnen, damit er später zuhören kann.«

»Es macht mir nichts aus, eine zweite Lesung zu machen, wenn er hier ist«, schlug Sophie vor.

Sie öffnete den schwarzen Leichensack und sog scharf die Luft ein.

»Oh, Mist«, keuchte sie. »Jemand hat diesen Kerl richtig fertig gemacht.«

Reggie trat neben Sophie, um das gefleckte, geschwollene Gesicht ihrer Leiche zu betrachten. Der Mann hatte kurzes schwarzes Haar und eine lange, pferdeähnliche Nase. Es war schwer zu erkennen unter all den Blutergüssen, aber Sophie dachte, er sei wahrscheinlich im Leben sehr vornehm und markant aussehend gewesen. Wahrscheinlich auf der anderen Seite seiner Fünfziger, hatte er ein Gesicht, das auf den Status eines Silberfuchses – eines attraktiven älteren Mannes – hindeutete. Aber was auch immer ihm heute Nacht passiert war, hatte ihn zu einer blauen und gebrochenen Hülle reduziert und ihn seiner Vitalität und seines Lebens beraubt.

Nachdem sie ihn schnell gewogen und geröntgt hatten, bewegten Sophie und Reggie den Fae auf den Autopsietisch.

»Bist du bereit?«, fragte Reggie, griff nach seinem Telefon und stellte es ein, um die Geschichte des Mannes aufzunehmen.

»Ja, lass uns anfangen«, antwortete Sophie und legte langsam ihre Hand auf den Arm des Toten.

»Herr Agosti, ich bin für heute fertig. Es sei denn, Sie brauchen noch etwas, bevor ich gehe?«, fragte Mary.

»Danke, Mary, aber nein. Ich bin für den Abend gerüstet. Ich sehe dich morgen. Hab eine gute Nacht«, antwortete Herr Agosti seiner sanft sprechenden Haushälterin. Als er sich wieder dem Finanzbericht zuwandte, den er gerade durchsah, bemerkte Atticus beiläufig, wie die Haushälterin wenige Momente später durch die Überwachungskamera der Vordertür das Haus verließ.

Eine Bewegung auf dem Bildschirm, der die Vordertür überwachte, fiel ihm ein paar Minuten nach Marys Weggang auf. Sorge setzte sich in seinem Bauch fest, als ihm klar wurde, dass die Männer, die jetzt an seiner Vordertür standen, so schnell und bequem nach Marys Abgang angekommen sein mussten, dass sie draußen gewartet haben mussten, bis sie ging.

Als er genauer auf den Monitor schaute, verzog Atticus grimmig das Gesicht, als er erkannte, wer an seiner Tür stand. Der Fae, der in der Mitte von zwei anderen Männern stand, war ein erkennbarer und unwillkommener Anblick. Die beiden Männer, die ihn flankierten, waren unbekannt. Basierend auf ihrer Haltung und der Art, wie sie sich hielten – locker und bereit, in einem Augenblick in Aktion zu treten – würde er vermuten, dass sie Gestaltwandler waren. Das ließ Atticus überrascht die Augenbrauen hochziehen. Seit wann hatten sich die Fae mit Gestaltwandlern verbündet?

Er muss wirklich verzweifelt sein, um persönlich hier aufzutauchen, dachte Atticus bei sich. Mit einem flüchtigen Blick durch den Raum stand er auf und schritt zu dem Tresor, der hinter dem Gemälde seiner verstorbenen Frau versteckt war. Er schwang den Rahmen auf lautlosen Scharnieren auf und drehte das Kombinationsschloss. Die Vordertürklingel läutete, als er eine Pistole aus dem Tresor nahm. Als die Türklingel in wachsender Ungeduld immer wieder zu läuten begann, lud er Kugeln in die Kammer, obwohl er wusste, dass es ihm wahrscheinlich nichts nützen würde.

Er starrte einen langen Moment auf die kunstvoll geschnitzte Holzbox, die in der Mitte des Tresors stand. Er griff nach der Box, öffnete den Deckel und starrte auf den großen, blassgrünen Stein, der auf einem Bett aus schwarzem Samt lag, während sein Verstand wirbelte. Er zog den Vermarin-Juwel an seiner kurzen Messingkette heraus, nahm einen der Lieblingsanhänger seiner verstorbenen Frau aus seinem Etui. Der große, honigfarbene Topas passte gut in die Box, sah aber nicht fehl am Platz aus. Dann schloss er den Holzkasten und legte ihn zurück in den Tresor, drehte das Schloss, um ihn wieder zu verschließen.

Er wünschte sich, nicht zum ersten Mal, dass er bessere offensive Magie hätte. Die Fähigkeit, die Verletzungen anderer Menschen mit einer Berührung zu heilen, hatte ihm in seinem Leben nie gut gedient. Es hatte ihm sicherlich nicht geholfen, seine Frau zu retten. Ohne starke offensive Magie zur Verfügung, war es ihm nie erlaubt worden, seinen rechtmäßigen Platz im Konklave einzunehmen. Er hatte sein Leben damit verbracht, seine Würdigkeit zu beweisen, indem er dem Konklave nach deren Belieben diente. Wenig hatte es ihm gebracht.

Er schwang das Gemälde zurück an die Wand und starrte in die gemalten Augen seiner geliebten Lizbeth. Sanft fuhr er mit einem Finger über ihre Wange und war froh, dass er ein Leben mit der einen Frau gehabt hatte, an der er nie zweifeln musste. Es war ein Leben, das gut gelebt und voller Liebe war.

Mit dem beharrlichen Ruf der Türklingel, der an seinen Nerven zerrte, schaute er sich im Raum um. Als er den Bodenheizungslüftungs-schlitz neben seinem Bücherregal entdeckte, erinnerte er sich, dass er kürzlich gegen den Lüftungsschlitz getreten und versehentlich seine Verankerung vom Boden gelöst hatte. Er hob den Lüftungsschlitz hoch und ließ den Stein in die dunklen Tiefen des Lüftungssystems fallen. Er legte die Abdeckung des Heizungslüftungsschlitzes vorsichtig zurück und steckte die Waffe in seinen Hosenbund. Dann ging Atticus mit einem tiefen Atemzug der Entschlossenheit zur Vordertür, um zu öffnen.

Als er durch das kunstvolle Glas seiner Vordertür spähte, formte Atticus sein Gesicht zu einer sorgfältigen Maske der Gleichgültigkeit. Er schwang die Tür auf und begrüßte die Männer, die an der Schwelle standen.

»Edwyn, es ist sehr spät für deinen Besuch. Ich habe geruht. Wenn du so freundlich wärst, könntest du und deine Begleiter morgen zu einer passenderen Zeit wiederkommen«, sagte er.

»Atticus, mein Freund, es tut mir so leid, dich zu belästigen, aber das kann wirklich nicht warten. Dürfen wir hereinkommen?«, sagte Edwyn mit einem warmen, freundlichen Lächeln.

»Nein, ich denke nicht. Ich weiß, warum ihr hier seid, und meine Antwort hat sich nicht geändert«, sagte Atticus und zog die Waffe auf die Männer. »Geht und kommt nicht wieder. Zwingt mich nicht, etwas

zu tun, das wir beide bereuen werden. Wenn ihr mich noch einmal belästigt, werde ich dem Konklave sagen, was ihr zu tun versucht.«

Edwyn seufzte traurig: »Ich wünschte, du würdest es dir noch einmal überlegen. Wenn die Geschichte auf diese Zeit zurückblickt, wirst du auf der Seite der Sieger stehen wollen. Auf der Seite der Gerechten.«

Mit einem herrischen Fingerschnippen von Edwyn löste sich ein Schatten aus dem verdunkelten Wohnzimmer links von Atticus und packte seinen Arm, der die Waffe hielt. Zu spät erkannte er, dass eine vierte Person durch die Hintertür seines Hauses geschlichen sein musste, während er von Edwyn an der Vordertür abgelenkt war. Atticus versuchte verzweifelt, seinen Arm wieder nach unten zu bringen, um auf Edwyn zu zielen. Als er versuchte, sich von dem Angreifer loszurei- ßen, löste sich die Waffe und ließ eine kleine Menge Putz und Staub von der Decke auf ihre Köpfe fallen.

Dem Angreifer gelang es, Atticus die Waffe zu entreißen, und er warf die Waffe beiläufig beiseite. Er zog Atticus auf die Zehenspitzen und verdrehte seinen Arm schmerzhaft hinter seinem Rücken.

»Stell sicher, dass wir nicht gestört werden«, sagte Edwyn zu einem der Männer, der wieder durch den Haupteingang hinausschlüpfte, die Tür hinter sich schloss und Atticus in die Falle sperrte, zu der sein Zuhause nun geworden war.

»Lass uns diese Diskussion in dein Büro verlegen«, sagte Edwyn höflich.

Die beiden verbliebenen Gestaltwandler packten Atticus und schleppten ihn zurück in sein Büro, wo sie ihn in seinen plüschigen Bürostuhl warfen, der unter der Wucht seiner unsanften Landung knarrte.

»Wir müssen das nicht schwierig machen. Gib uns einfach Zugang zu diesem Grundstück und gib mir den Clavis«, sagte Edwyn, der sich auf die Ecke von Atticus' Schreibtisch setzte.

»Was du planst, ist Wahnsinn. Die Feenkönigin und das Konklave werden es nicht zulassen. Es spielt keine Rolle, ob du im Besitz dieses

Gebäudes oder des Clavis oder sogar ganz San Francisco bist. Du hast immer noch Zeit, zurückzutreten, bevor es zu spät ist«, flehte Atticus.

»Du irrst dich. Dies ist... wie sagen die Menschen? Schicksal. Dies ist unser Schicksal. Mein Plan ist bereits in Bewegung, und es gibt kein Aufhalten des Fortschritts. Es ist schade, dass du nicht da sein wirst, um zu sehen, was wir erschaffen«, dozierte Edwyn. »Jetzt sag mir, wo der Clavis ist.«

»Er ist nicht hier. Ich habe ihn an einem sicheren Ort versteckt; an einem Ort, an dem du ihn nie finden wirst. Du wirst jetzt niemals Zugang dazu bekommen«, erwiderte Atticus heftig, die Lüge fiel ihm leicht von den Lippen.

Edwyn schnaubte zart: »Unwahrscheinlich. Ich bin sicher, er ist hier irgendwo. Meine Herren, lasst uns sehen, ob wir meinen lieben alten Freund Atticus überzeugen können, uns zu sagen, was wir wissen wollen. Achtet bitte darauf, keine physischen Beweise zu hinterlassen.«

Der erste Schlag traf Atticus überraschend, der Hieb warf seinen Kopf zur Seite. Nach dem ersten Treffer regneten die Schläge so schnell, dass alles nur noch zu einem Schmerznebel verschwamm. Atticus konnte sich nicht auf die kontinuierlichen Schmerzschocks an seinem Körper und Gesicht vorbereiten oder sich davon erholen. Edwyns höfliche, raffinierte Fassade brach nie ein, selbst als Atticus zu schreien begann.

Atticus beobachtete durch ein geschwollenes Auge, wie Edwyn vorsichtig durch sein Büro ging, die Bücherregale überprüfte und verschiedene Schubladen öffnete. Als er versuchte, das Gemälde seiner lieben Lizbeth von der Wand zu reißen und erkannte, dass es an Scharnieren hing, gab er Atticus ein triumphierendes Grinsen.

Edwyn schwang das Gemälde weit auf und drehte sich zu Atticus. »Was ist die Kombination?«

»Ich hoffe, du verrottest«, lallte Atticus durch geschwollene Lippen.

Edwyn schnalzte mit der Zunge und schüttelte den Kopf. »Überzeugt ihn«, befahl Edwyn den Gestaltwandlern, die Atticus festhielten.

»Sag uns die Kombination«, befahl einer der Gestaltwandler und nahm einen Brieföffner von seinem Schreibtisch in eine behandschuhte

Hand. Der zweite Gestaltwandler packte eine von Atticus' Händen und drückte sie flach auf die glänzende Holzoberfläche seines Schreibtisches. Er versuchte, seine Finger einzukrümmen, aber der Gestaltwandler zwang seine Hand flach.

»Sag es uns«, forderte der Gestaltwandler erneut. Atticus schüttelte den Kopf und knirschte mit den Zähnen. Der Gestaltwandler hielt das scharfe Ende des Öffners über seine Hand und starrte Atticus erwartungsvoll an.

Edwyn seufzte in gespielter Enttäuschung von der anderen Seite des Raumes.

Als der Gestaltwandler den Brieföffner auf Atticus' Hand rammte, in den fleischigen Bereich zwischen seinem Daumen und Zeigefinger, fühlte er einen Moment lang nichts als Ungläubigkeit über die Aktion. Bevor er auch nur einen Atemzug nehmen konnte, um sich zu erholen, strahlte scharfer, brennender Schmerz von seiner Hand die Nerven seines Körpers hinauf und blendete seine Sicht aus. Trotz seines besten Versuchs, eine stoische Stille zu bewahren, schrie Atticus in schockierter, erstickender Qual auf.

»Sag uns die Kombination, oder deine andere Hand gesellt sich zur ersten«, sagte der Gestaltwandler, seine Stimme triefte vor freudiger Boshaftigkeit. Er nahm eine scharfe Schere von Atticus' Schreibtisch und wirbelte sie um einen seiner Finger, während der andere Gestaltwandler seine andere Hand neben die erste zwang.

»25, 6, 14«, keuchte Atticus.

Als Edwyn sich wieder dem Tresor zuwandte, stach der Gestaltwandler die Schere in sadistischer Freude durch Atticus' andere Hand. Sein schockierter Schrei hallte durch den Raum. Atticus sackte auf seinem Sitz zusammen, Niederlage und Schmerz überwältigten ihn. Atticus wünschte sich, nicht zum ersten Mal, dass er sich selbst heilen könnte und nicht nur andere.

»Raffiniert«, sagte Edwyn anerkennend zu dem Gestaltwandler, der mit einer unheimlichen Luft kicherte.

»Du wirst nichts erreichen, außer deinen unvermeidlichen Unter-

gang zu beschleunigen«, presste Atticus durch zusammengebissene Zähne hervor. »Du wirst nie die Hände an dieses Haus legen.«

»Sobald du weg bist, wird alles, was du besitzt, auf deinen Cousin übertragen. Leandro ist ein rückgratloser Narr. Ich habe wenig Zweifel daran, dass wir Schwierigkeiten haben werden, ihn zu überzeugen, uns das Haus zu verkaufen. Das ist jedoch eine Sorge für einen anderen Tag. Der Clavis ist das Einzige, was ich heute Nacht beschaffen musste«, sagte Edwyn, während er das Safeschloss drehte. Er schwang die Tür auf, griff hinein und zog die kleine Holzbox mit einem gierigen Lächeln heraus. »Und jetzt habe ich ihn.«

Edwyn öffnete den Deckel der Box und bewunderte das Juwel, das darin eingebettet war. Er strich mit einem Finger über seine Oberfläche, bevor er den Deckel schloss und die Box in eine Tasche in seiner Jacke steckte.

»Selbst wenn du ihn zum Turm bringst, besitzt du nicht das Wissen, um den Clavis zu führen. Du bist ein Narr«, warnte Atticus.

»Wie üblich unterschätzt du mich, mein Freund«, sagte Edwyn mit einem gnädigen Lächeln, ein heller Glanz des Wahnsinns leuchtete in seinen Augen.

Das Einzige, was ich unterschätzt habe, war, wie tief du sinken würdest, du Schwachkopf. Du weißt nicht einmal, dass du nicht den echten Clavis hältst, dachte Atticus bei sich mit einem kleinen Bissen Genugtuung.

»Marcella und das Konklave werden dich aufhalten. Sie wird den Clavis mit Freuden aus deinen kalten toten Händen reißen«, warnte Atticus.

»Diese Schlampe ist ein Nichts!«, kreischte Edwyn, Spucke flog von seinen Lippen. »Marcella kann nicht einmal die Rebellion sehen, die unter ihren eigenen Füßen braut. Das Konklave besteht aus alten, machtlosen Relikten aus einem sterbenden Zeitalter. Sie haben keine Vision! Gelangweilt und ruhig auf ihren fetten Thronen. Sie bieten keine Bedrohung gegen die großartige Zukunft, die ich für unser Volk plane.«

Edwyn drehte Atticus den Rücken zu und nahm ein paar Atemzüge, um sich zu beruhigen.

»Meine Herren, ihr könnt alles im Tresor und im Rest des Hauses haben, was ihr wollt. Lasst es wie einen Raubüberfall aussehen. Achtet nur darauf, keine Spuren von euch zu hinterlassen. Ich würde mich beeilen, bevor neugierige Menschen die Polizei rufen. Außerdem möchte ich, dass einer von euch bleibt und das Anwesen im Auge behält. Ruft mich an und lasst mich wissen, wer kommt und geht«, sagte Edwyn und drehte sich um, um das Büro zu verlassen.

»Auf Wiedersehen, Atticus«, warf Edwyn über seine Schulter, als er mit einem Schwung seines langen Wollmantels den Raum verließ.

Einer der Gestaltwandler riss den Brieföffner aus Atticus' Hand, wo er festgesteckt hatte, und stieß ihn so schnell in seinen Hals, dass er nicht einmal die Chance bekam, mehr als ein Krächzen der Ablehnung von sich zu geben. Mit einer Hand, die immer noch an seinen Schreibtisch gepinnt war, versuchte Atticus, das Blut, das aus seinem Hals floss, mit seiner freien Hand zu stoppen. Mit seinem heißen Blut, das über seine tapsenden Finger sprudelte, fühlte Atticus schnell, wie seine Kraft mit jedem Schlag seines Herzens schwand.

Sein letzter Gedanke war, dass Edwyn, sobald er erkannte, dass der gefälschte Clavis nicht funktionierte, zurückkommen würde, um nach dem echten zu suchen. Atticus hoffte, dass Edwyn den versteckten Clavis nicht finden würde und dass sein Tod nicht umsonst war.

Er freute sich darauf, seine wunderschöne Lizbeth wiederzusehen. Ach, wie sehr hatte er sie vermisst...

Sophie war schockiert, sich im Autopsieraum stehend wiederzufinden. Tränen benetzten ihre Wangen, als sie sich selbst in Schock und Horror umarmte. Nie war eine Vision so intensiv, lebendig und schmerzerfüllt gewesen. Es war, als wäre sie in Atticus' Geist eingetaucht, anstatt die Vision von der Seitenlinie aus zu beobachten.

»Geht es dir gut?«, fragte Reggie, griff nach seinem Telefon und stoppte die Aufnahme. Sophie konnte noch nicht sprechen, also schüttelte sie nur hilflos den Kopf. »Komm, setz dich.«

Reggie führte Sophie sanft wie ein verlorenes Kind zu einem Stuhl auf der anderen Seite des Raumes. »Ich werde Mac noch einmal anrufen. Wir brauchen ihn hier.«

Sophies Hände hörten nicht auf zu zittern, und sie schüttelte sie mehrmals aus, um die Phantomschmerzen zu vertreiben, die vom Horror von Atticus' Tod zurückgeblieben waren. Sie drückte ihre Hände gegen ihren Hals, fast in der Erwartung, heißes, klebriges Blut über ihre Finger fließen zu fühlen.

Reggie, der sein Telefon fest an sein Ohr drückte, knurrte: »Wo bist du? Ruf uns an. Wir haben wichtige Informationen, die du hören musst.«

Reggie kam zurück und kniete sich vor Sophie, sein Gesicht voller Sorge.

»Mir geht's gut«, versuchte Sophie, ihn zu beruhigen. »Ehrlich. Es war nur eine intensive Vision.«

»Wie wäre es, wenn du dich einen Moment hinsetzt und ausruhst, während ich mit der Autopsie beginne?«, schlug Reggie leise vor. »Es war seltsam, dich bei dieser Vision zu beobachten. Normalerweise, wenn du eine Vision hast, bist du die ganze Zeit über bewusst und präsent und erzählst einfach eine Geschichte. Diesmal, als du den Körper berührt hast, bist du einfach wie in Trance erstarrt. Du hast auch angefangen zu sprechen, als ob du aus Atticus' Sicht sprichst. Weißt du, warum diese Vision anders war?«

»Ich habe keine Ahnung. Es war ein sehr bizarres Gefühl. Ich fühlte mich, als wäre ich in seinem Kopf. Vielleicht weil sein Mord so kürzlich passiert ist, war er noch frisch. Ich bin mir nicht sicher, was gerade passiert ist«, sagte Sophie mit einem halben Achselzucken.

»Vielleicht hat deine Magie einfach aus irgendeinem Grund anders mit seiner angeborenen Feen-Magie reagiert«, schlug Reggie Sophie vor, die in hilfloser Unsicherheit mit den Schultern zuckte.

Er sagte ihr, sie solle auf ihrem Sitz bleiben und sich erholen, während er zu Atticus' Körper ging, um mit der Autopsie zu beginnen. Das Klingeln von Reggies Telefon hallte schrill durch den gefliesten Raum und ließ sowohl Reggie als auch Sophie zusammenzucken.

»Es ist Mac«, sagte Reggie zu Sophie, Erleichterung war in seiner Stimme deutlich zu hören, als er auf den Bildschirm schaute, bevor er das Telefon an sein Ohr hob. »Wo bist du?«, forderte er ins Telefon.

Reggies Augen weiteten sich, und er starrte Sophie schockiert an, während er zuhörte, was Mac sagte.

»Verstanden, Mac. Ich werde alle holen, und wir treffen dich dort. Danach muss Sophie dir erzählen, was wir bei der Autopsie erfahren haben. Du musst es hören«, sagte Reggie. »Ja, okay. Wir werden so schnell wie möglich dort sein.«

Reggie legte das Telefon auf und wandte sich an Sophie. »Komm, Sophie. Wir haben eine Situation. Wir müssen uns mit Mac treffen. Ich bin froh, dass ich heute Abend mein Auto mitgebracht habe, anstatt mit der BART zu fahren. Ich muss die Crew anrufen.«

Sophie und Reggie verschlossen schnell Atticus' Leichensack wieder und rollten ihn in den Kühlschrank. Sie folgte Reggie, immer noch wie betäubt, als sie das Gebäude verließen und zu seinem Auto gingen. Reggie setzte sich hinters Steuer, startete das Auto und wartete dann, bis sein Telefon sich mit dem kabellosen System des Fahrzeugs verband. Er wählte Aces Telefonnummer und fuhr aus dem Parkplatz des Gerichtsmediziners.

»Hey, Reggie, was ist los?«, füllte Aces raue Stimme das Auto.

»Wir haben eine Situation«, sagte Reggie. »Mac hat Sophie und mich angerufen, um eine Lesung an einem Mordopfer durchzuführen. Er war auf dem Weg, uns im Büro zu treffen, als ein Gestaltwandler ihn zu jagen begann. Sie liefen in den Verkehr, und der andere Gestaltwandler wurde auf der Geary von einem Auto angefahren. Das Auto hat ihn getötet.«

»Scheiße. Geht es Mac gut?«, rief Ace aus.

»Ja, Mac geht es gut. Zum Glück waren sie beide in ihrer Tiergestalt, also dachte die Person, die das Auto fuhr, sie hätte einen großen Hund angefahren. Wir brauchen dich, um Amira und Fitz zu holen und uns hinter der Kathedrale Maria Himmelfahrt in der Gough zu treffen. Kannst du das tun?«

»Okay, du kannst auf uns zählen. Amira ist hier, und ich werde Fitz sofort anrufen. Ich rufe dich an, wenn wir in der Nähe sind.«

»Wir sehen uns bald«, sagte Reggie und ließ einen langen, erleichterten Atemzug entweichen, als er das Telefon auflegte.

KAPITEL 18

*A*ls sie bei der Kirche ankamen, waren Sophie und Reggie beide gereizt. Ihre gemeinsame Geduld war durch den Samstagabendverkehr strapaziert worden.

»Hier sind wir«, sagte Reggie, als sie zum Parkplatz hinter der Kirche fuhren. »Unsere Liebe Frau von Maytag - benannt nach der amerikanischen Waschmaschinenmarke.«

»Was?«, Sophie erstickte fast an einem Lachen.

»Schau dir das Gebäude an«, sagte Reggie und nickte in Richtung der Kirche.

Sophie betrachtete die moderne Kathedrale mit ihrer schlanken weißen Fassade. Die geometrische Kirche ragte hunderte von Fuß in die Luft mit anmutigen Kurven, die in vier flachen Ecken zusammenliefen. Es sah aus, als würden die vier Ecken die Form eines Kreuzes bilden, wenn man sie von oben betrachten könnte.

»Sie ist sehr... modern und kahl«, antwortete Sophie.

»Sie sieht auch genau wie der Rührer einer riesigen Waschmaschine aus.« Reggie kicherte. »Deshalb wurde sie liebevoll in 'Unsere Liebe Frau von Maytag' umbenannt.«

»Ich bin ziemlich sicher, dass das Blasphemie ist«, lachte

Sophie und stellte fest, dass die Kirche tatsächlich dem Inneren einer Waschmaschine ähnelte. Sie erinnerte sie an die uralte Maschine, die im winzigen Waschraum im ersten Stock des Streuselkuchens stand.

Reggie parkte das Auto an einer Stelle, die die Finger der Straßenlaternen nicht erreichten, und schrieb Mac eine SMS, um ihm mitzuteilen, dass sie angekommen waren. Einen Moment später tauchte Mac um eine Ecke auf und winkte ihnen, zu ihm zu kommen.

Als Sophie aus dem Auto stieg, zitterte sie, die Kälte traf sie wie eine Ohrfeige ins Gesicht. Zu spät bemerkte sie, dass sie in der Eile, zu Mac zu gelangen, ihren Mantel in der Leichenhalle vergessen hatte. Mit fest um ihren Körper geschlungenen Armen folgte sie Reggie um die Seite der imposanten Kathedrale.

»Ich habe gerade eine SMS von Ace bekommen, und sie sollten alle in ein paar Minuten hier sein«, informierte Reggie Sophie und Mac.

»Geht es dir gut?«, fragte Sophie.

»Ja, mir geht's gut. Ich hätte wahrscheinlich Verstärkung rufen sollen, als mir klar wurde, dass mir jemand folgte, aber ich hatte gehofft, denjenigen unvorbereitet zu erwischen und ein paar Antworten aus ihm herauszubekommen«, sagte Mac, Frustration in seinen Worten.

»Was brauchst du von uns?«, fragte Reggie.

»Warten wir auf die anderen, und dann können wir überlegen, wie wir mit der Situation umgehen«, sagte Mac.

»Gibt es eine Leiche? Brauchst du, dass ich eine Lesung durchführe?«, fragte Sophie.

»Ja, er ist tot. Eine Lesung durchzuführen ist eine gute Idee. Es könnte uns ein paar Antworten geben. Aber lasst uns auf den Rest der Truppe warten«, schlug Mac vor.

Sophie versuchte, ihr Zittern zu unterdrücken und ihre Zähne nicht vor Kälte klappern zu lassen, aber Mac warf einen Blick auf sie und legte wortlos seine Jacke über ihre Schultern.

»Ich bin okay. Es ist nicht so kalt«, versuchte Sophie zu protestieren.

»Halt die Klappe, Sophie; nimm einfach die verdammte Jacke«, knurrte Mac sie leise an. »Wandler haben generell eine höhere Körpertemperatur, also ist mir nicht kalt. Außerdem will ich nicht die ganze Nacht dein Zähneklappern hören.«

»Wow, und ich dachte, du wärst so selbstlos«, gab Sophie zurück und genoss heimlich die Körperwärme, die noch im Inneren der Jacke hing.

»Du solltest es besser wissen«, sagte Mac mit herausforderndem Kinn.

»Das tue ich tatsächlich. Du bist kein strahlender Held«, sagte Sophie und warf Mac einen spielerisch abschätzigen Blick von Kopf bis Fuß zu.

Reggies unbehagliches Räuspern ließ Sophie und Mac zurückspringen. Sophie hatte nicht einmal bemerkt, dass sie sich direkt voreinander aufgebaut hatten. Sie durfte sich von Mac nicht so leicht aufregen lassen. Es begann zu sehr wie Flirten zu wirken, und Sophie war sich nicht sicher, ob sie diesen Weg mit Mac gehen wollte. So viel passierte mit ihr, es fühlte sich wie ein schrecklicher Zeitpunkt an, über eine weitere Umwälzung in ihrem Leben nachzudenken. *Ich werde von nun an die Ruhe selbst sein,* gelobte sie sich still.

»Sie sind da«, kündigte Reggie an und unterbrach unwissentlich die peinliche Stille, die sich zwischen Mac und Sophie ausgebreitet hatte.

Sie drehten sich alle um, um den Rest ihrer Gruppe zu empfangen. Nachdem sie Fitz, Ace und Amira gefunden hatten, führte Mac alle zu einem Müllcontainer und rollte ihn von der Wand weg, wodurch ein nackter Mann zum Vorschein kam.

»Warum ist er nackt?«, platzte Sophie überrascht heraus.

»Wenn wir uns in unsere Tierformen verwandeln, können wir das nicht mit unseren Kleidern tun. Wir würden uns darin verheddern«, sagte Amira in einem »na-klar«-Ton.

»Oh. Ja, das macht Sinn. Entschuldigung, ich hatte nur nicht erwartet, dass er nackt sein würde«, sagte Sophie mit einem verlegenen Achselzucken. Sie trat näher an die Leiche heran und beugte sich vor, um einen Blick auf das Gesicht des Mannes zu werfen.

»Was für ein Gestaltwandler ist er? Dieser Geruch ist mir nicht bekannt«, fragte Fitz und nahm mehrere tiefe Schnüffelgeräusche vor, wobei sich seine Nase so niedlich kräuselte, dass Sophie ihre Belustigung verbergen musste. Sie bezweifelte, dass Fitz es zu schätzen wüsste, dass sie ihn niedlich fand.

»Schakal-Gestaltwandler«, sagte Mac.

»Echt jetzt! Die sind in diesem Teil der Welt super selten«, rief Ace aus. »Weißt du, wer er ist? Kommt er dir bekannt vor?«

»Nein, ich habe diesen Typen noch nie gesehen. Nachdem wir herausgefunden haben, was wir mit der Leiche machen, werde ich versuchen, seinen Weg zurückzuverfolgen. Hoffentlich kann ich seine Kleidung und seinen Ausweis finden«, sagte Mac. »Ich kann mich nicht entscheiden, ob wir ihn einfach hier lassen oder versuchen sollen, die Leiche zu beseitigen. Er hat mich verfolgt, nachdem ich den Tatort früher verlassen habe, also wäre es vielleicht besser, wenn er einfach verschwindet, anstatt tot aufzutauchen. Es wäre vielleicht sicherer, wenn ich nicht mit ihm in Verbindung gebracht werde. Was meinst du, Reggie?«

Sophies Keuchen zog die Aufmerksamkeit aller auf sich, bevor Reggie eine Chance hatte zu antworten. »Er war einer der Gestaltwandler bei Atticus' Mord. Nachdem sie Atticus getötet hatten, sagte Edwyn diesem hier, er solle bleiben und das Haus im Auge behalten«, erklärte Sophie.

Sie legte sanft ihre Hand auf die Schulter des toten Gestaltwandlers. Die letzte Nacht des Mannes begann sich in Sophies Geist zu formen. Sie drängte gewaltsam vorbei an dem, was er und seine Begleiter Atticus angetan hatten. Sie musste Atticus' letzte Momente nicht noch einmal durchleben.

»Sein Name war Andrew. Nachdem er und der andere

Gestaltwandler Dimitri Atticus getötet hatten, nahmen sie einige Juwelen und Geld aus dem Safe. Sie stellten sicher, dass sie das Büro verwüsteten. Sie nahmen auch einige Wertsachen aus dem Hauptschlafzimmer mit. Nachdem Andrew seinen Teil der gestohlenen Gegenstände in seinem Auto verstaut hatte, kehrte er zurück, um Atticus Haus im Auge zu behalten. Er wartete in den Büschen an der Seite eines Hauses, ein paar Gebäude weiter. Es war dunkel, wo er sich versteckte, aber es sieht aus, als wäre es ein weißes Haus mit blauer Verzierung gewesen. Andrew musste nicht lange warten, bis die Polizei auftauchte. Etwa dreißig Minuten nach dem ersten Eintreffen der Polizei sah er dich ankommen, Mac. Als Andrew sah, wie du das Haus betratest, rief er Edwyn an«, erzählte Sophie ihnen und versuchte, sich zu konzentrieren und so viele Details der Vision wie möglich aufzunehmen. »Er beschrieb dich und dein Auto für Edwyn, und Edwyn dachte, dass du es bist. Er kannte deinen Namen. Er sagte, dass du zu einem Problem wirst. Du hast zu viele Fragen gestellt und Ärger verursacht und Aufmerksamkeit auf ihr Schema gelenkt. Edwyn sagte zu Andrew: 'Folge ihm. Sieh nach, ob er sich mit jemandem trifft oder mit jemandem spricht. Wenn du eine Chance bekommst, erledige ihn. Was auch immer du tust, lass nicht zu, dass er dich sieht. Ruf mich an, wenn du kannst.' Dann legte Edwyn auf.«

Sophie nahm einen kleinen Atemzug und schüttelte ihre Hand aus.

»Ich glaube, ich weiß, was als nächstes passiert. Du musst den Rest nicht machen«, bot Mac leise an, seine blauen Augen dunkel und ernst.

»Nein, es geht mir gut«, sagte Sophie und legte ihre Hand zurück auf Andrews Arm. Mit einem kleinen Atemzug, um ihren Geist zu zentrieren, fuhr sie fort: »Okay, als du das Haus wieder verlassen hast, beobachtete er, wie du mehrere Telefonanrufe tätigtest. Ich nehme an, dass du da Reggie und mich angerufen hast. Oh Mann, du sahst wirklich wütend aus, Mac. Ich nerve dich wohl ziemlich, was?« Sophie kicherte. »Andrew bemerkte, dass du im Begriff warst, in dein Auto zu steigen und wegzufahren, also zog er sich schnell aus und verwandelte sich in seine Schakalform. Er knurrte in seiner Kehle, versuchte deine Aufmerksamkeit zu erregen und dich von deinem Fahrzeug wegzulocken. Er begann, rückwärts zwischen den Häusern zu schleichen und machte genug Lärm, um dich von dem Bereich wegzuführen, wo noch einige Polizisten herumstanden. Du begannst, ihm zu folgen, aber er hatte nicht erwartet, dass du dich in deine Fuchsform verwandelst. Er dachte, dass sein Schakal, der viel größer ist als deine Fuchsgröße, dich wahrscheinlich ausschalten könnte. Als du anfingst zu rennen, geriet Andrew in Panik, weil ihm klar wurde, dass er dich jetzt töten musste. Schließlich bist du dir jetzt bewusst, dass dir jemand folgt. Wenn du entkommen würdest und Edwyn herausfinden würde, dass du Andrew gesehen hast, würde Edwyn ihn töten. Ich glaube, dieser Typ war nicht gerade die hellste Kerze auf der Torte. In seiner Panik versuchte er, dir über die Geary Street zu folgen, aber er sah den Lastwagen nicht, bis es zu spät war.«

Sophie zog ihre Hand von Andrews Körper weg und stand auf, verriegelte ihre Knie und versuchte, ruhig und gefasst auszusehen. Es gab keinen Grund, dass alle mitbekamen, wie erschüttert sie war.

»Er war in Schakalform, als er starb. Aber jetzt ist er wieder ein Mensch. Reggie hat mir gesagt, dass das normalerweise passiert, wenn Gestaltwandler sterben, stimmt das?«, fragte Sophie und suchte nach etwas anderem, worauf sie sich konzentrieren konnte, außer auf ihre zerfetzten Nerven.

»Ja, wir verwandeln uns zurück«, antwortete Mac. »Wer ist Edwyn?«

»Er war der Mann, der den Mord an Atticus heute Abend orchestriert hat. Es ist vielleicht einfacher, wenn wir uns einfach die Aufnahme von Sophies Vision anhören, anstatt zu versuchen, alles zu erklären«, schlug Reggie vor.

Sie rollten den Müllcontainer zurück an seinen Platz, um Andrews Körper vorübergehend zu verstecken, und versammelten sich alle näher, als Reggie sein Telefon herausholte und die Aufnahme abspielte. Unbehagen kroch Sophies Kehle hinauf, als ihre Stimme aus den Lautsprechern des Telefons drang, hohl und unvertraut klingend. Der Ton ihrer Stimme klang seltsam und vague roboterhaft, als wäre sie in einer Art Trance gewesen. Als der letzte Teil ihrer Geschichte zu Ende ging, zuckten alle leicht zusammen bei Sophies zerfetzten Keuchen, als sie wieder zu Bewusstsein kam. Reggie stoppte schnell die Aufnahme und schnitt den Rest von Sophies ersticktem Keuchen ab.

»Scheiße! Ich muss sofort zurück zu Atticus Haus. Ich weiß nicht, was ein Clavis ist, aber wir müssen es in die Hände bekommen, bevor es jemand anderes tut. Aber wir müssen uns auch um Andrews Leiche kümmern«, sagte Mac und sah aus, als wolle er sich die Haare ausreißen.

»Ich kann mich um die Leiche kümmern.« Fitz brach die Stille.

»Kannst du? Wie?«, fragte Mac.

»Mein Cousin ist Bestatter in San Mateo. In seinem Bestattungsinstitut gibt es ein Krematorium. Er wird uns erlauben, es zu benutzen, ohne Fragen zu stellen«, sagte Fitz selbstbewusst.

»Bist du sicher?«, fragte Mac.

»Absolut. Meine Familie musste in der Vergangenheit mit einigen 'unappetitlichen' Charakteren umgehen, also wird es nicht das erste Mal sein, dass das Bestattungsinstitut meines Cousins benutzt wird, um eine Leiche verschwinden zu lassen«, antwortete Fitz.

Mac starrte Fitz für einen langen, schwangeren Moment an, bevor er in Niederlage den Kopf schüttelte. »Scheiße. Es ist nicht so, als hätte ich eine Wahl. Ich komme vielleicht mit einigen Fragen über das Bestattungsinstitut auf dich zurück, wenn das hier vorbei ist.«

»Weißt du, unsere Abteilung in der Leichenhalle hat viel

Ermessensspielraum, um mit den Leichen umzugehen, wie wir es für richtig halten. Unser Hauptauftrag ist es, die Entdeckung von Mythischen durch die Menschheit zu verhindern«, erinnerte Reggie Mac. »Wir mussten das Bestattungsinstitut seines Cousins bei mehr als einer Gelegenheit nutzen.«

»Mach dir keine Sorgen, Mac. Das Krematorium meiner Familie wurde nur benutzt, um Leute zu beseitigen, ohne die die Welt besser dran ist«, versicherte ihm Fitz. Überraschenderweise sah Mac nicht getröstet aus.

»Ich nehme an, ich muss dir vorerst einfach glauben. Ich vertraue dir. Ihr drei«, sagte Mac und zeigte auf Fitz, Ace und Amira, »könnt ihr euch um die Leiche kümmern, während ich, Sophie und Reggie zurück zu Atticus' Haus fahren?«

»Klar«, sagte Fitz. »Lasst uns die Leiche in Aces Kofferraum packen.«

»Sophie und ich werden Wache halten, während ihr Jungs die Leiche verpackt«, kündigte Amira an und starrte Sophie intensiv an. »Es werden nicht sechs von uns gebraucht, um einen Kerl in den Kofferraum eines Saturn zu bekommen.«

Amira packte Sophie an der Schulter und zog sie zum Eingang des Kirchenparkplatzes.

»Geht es dir gut? Du siehst völlig durch den Wind aus«, fragte Amira leise. »Du klangst am Ende der Aufnahme, als würdest du anfangen auseinanderzufallen.«

»Es war schrecklich, Amira«, flüsterte Sophie, ihre Stimme zitterte. »Ich habe den Tod dieses Mannes gefühlt. Ich habe seine letzten Momente gefühlt. Ich habe seine Angst und seinen Schmerz gefühlt. Ich weiß nicht, ob ich das ertragen kann.« Sophies Knochen fühlten sich an, als wollten sie sich aus ihrer Haut herausvibrieren. Sie presste ihre Zähne zusammen, um zu verhindern, dass sie klapperten.

»Du darfst deswegen durchdrehen. Du hast heute Abend ein beschissenes Blatt bekommen, und ehrlich gesagt, deine Fähigkeit kommt mit einem ziemlich hohen mentalen Preis. Es ist scheiße, aber jetzt musst du deine großen Mädchen-Höschen anziehen. Wenn du jetzt durchdrehst, werden die Jungs dich verhätscheln und dich vor all dem beschützen. Aber das ist nicht, was du brauchst. Etwas Großes passiert, und wir brauchen dich, um es durchzustehen«, sagte Amira. »Nachdem wir die Leiche entsorgt haben, werde ich die Jungs bitten, mich bei dir abzusetzen. Du und ich werden eine Flasche Wein – oder zwei – trinken und uns ausweinen, okay? Aber bis dahin musst du deine Scheiße zusammenhalten. Glaubst du, du kannst das?«

Sophie nahm einen tiefen Atemzug und starrte in die kalte, neblige Nacht über ihr, dann seufzte sie. »Ja, ich kann das. Du hast Recht. Ich kann jetzt nicht zusammenbrechen. Ich weiß nur nicht, wie ich stark sein kann wie du.«

»Doch, das weißt du. Aktiviere einfach deine innere Zicke«, sagte Amira und entlockte Sophie ein zittriges Kichern.

»Meine innere Zicke?«, wiederholte Sophie.

»Ja! Eine Zicke zu sein ist, im positiven Sinne, die wahre Stärke der Weiblichkeit. Die Fähigkeit, sich einen Scheiß darum zu kümmern, was andere Leute denken, und angesichts von Zweifeln deinen eigenen Weg zu gehen. Eine Zicke muss Scheiße erledigen. Also setz dein Zickengesicht auf, und lass uns das durchziehen«, sagte Amira und stieß mit ihrer Hüfte gegen Sophies.

»Mein Zickengesicht?«, sagte Sophie mit einem Grinsen.

»Ja! Aktiviere dieses Zickengesicht. Wir haben Scheiße zu erledigen«, belehrte Amira und hob herausfordernd eine zierliche Augenbraue.

Sophie schenkte Amira ein breites Grinsen und fühlte Erleichterung, dass Amira ihr helfen konnte, ihren Mini-Zusammenbruch zu überwinden. »Danke. Ich brauchte eine Aufmunterung. Du hast Recht. Ich kann später durchdrehen, aber jetzt haben wir Scheiße zu erledigen.«

Sophie bemerkte, dass Mac ihnen winkte, also gesellten sich Sophie und Amira wieder zu den Jungs.

Ein paar Minuten später wurden Sophie, Mac und Reggie auf dem leeren Kirchenparkplatz zurückgelassen, als sie zusahen, wie die Rücklichter von Aces Auto um die Ecke bogen und in der Nacht verschwanden.

»Ich habe eine Frage«, sagte Sophie, als sie auf Reggies Auto zugingen, und wollte die Sorge aus Macs Augen vertreiben, als er sie fragend anschaute. »Warum bist du nicht nackt, Mac? Ich habe gesehen, wie du dich in Andrews Vision in deine Fuchsform verwandelt hast, also wie bist du jetzt angezogen?« Sie verzichtete klugerweise darauf zu erwähnen, wie niedlich sie seine Fuchsform fand.

»Nachdem ich Andrews Körper hinter den Müllcontainer gezogen hatte, verwandelte ich mich zurück und rannte zu meinen Kleidern. Nachdem ich mich angezogen hatte, rief ich Reggie an und traf euch hier«, erklärte Mac.

»Ah, deshalb hast du nicht geantwortet, als Reggie anrief. Du hast deine Kleidung und dein Telefon zurückgelassen, als du dich verwandelt hast. Warte... Heißt das, du warst nackt, als du Andrew hinter den Müllcontainer ziehen musstest?« Sophie fragte kichernd hinter ihrer Hand. Als Mac nickte, lachte Sophie laut auf.

»Das ist nicht lustig«, brummte Mac.

»Hmm. Irgendwie schon. Was wäre, wenn dich jemand erwischt hätte, den Bilderbuch-Polizisten, mit nacktem Hintern, während du einen nackten toten Mann über einen Kirchenparkplatz schleppst? Du musst ein Anblick gewesen sein«, neckte Sophie.

»Tut mir leid, dass ich dich enttäuschen muss, dass du nie die Chance haben wirst, es selbst zu sehen. Ich schätze, du musst einfach deine Fantasie benutzen. Brauchst du ein paar Minuten, um dich zu sammeln? Reggie und ich können im Auto warten«, erwiderte Mac.

»Das hättest du wohl gerne«, spottete Sophie. »Du bist so ein Arschgesicht.«

»Das ist Detective Arschgesicht für dich, schon vergessen? Das vergisst du ständig«, erinnerte Mac Sophie.

Als sie auf dem Beifahrersitz Platz nahm, blickte Sophie zurück und sah Reggie, der aussah, als wäre er lieber überall sonst auf der Welt als in einem Auto mit Mac und Sophie gefangen. Sie erinnerte sich mental daran, Mac nicht mit seinen Bemerkungen in Rage zu bringen. Ihnen beim Streiten zuzuhören, musste für unschuldige Zuschauer unangenehm sein.

Es dauerte nur wenige Minuten, bis sie zu Atticus' Haus kamen. Als sie langsam am verdunkelten Haus vorbeifuhren, verkündete Mac, dass es so aussah, als wäre das Forensikteam weg. Er parkte um die Ecke und bat Reggie, die Straße im Auge zu behalten.

Als sie auf leisen Füßen den Bürgersteig zum Hauseingang hinaufgingen, schwebte Sophie nervös hinter ihm, während Mac am Türschloss herumfummelte. Er verfluchte die Tür leise unter seinem Atem, aber nach einer Minute schwang die Tür mit einem langsamen Knarren auf. Er duckte sich unter dem gelben Polizeiband, das die Schwelle kreuzte, und verschwand im schwarzen Inneren des Foyers.

Sophie schlich hinter ihm her und beeilte sich, um Mac nicht aus den Augen zu verlieren.

»Hey«, flüsterte Sophie. »Hast du gerade dieses Schloss geknackt?«

»Ja«, warf Mac über seine Schulter, als er auf Atticus' Büro zuging.

»Kannst du mir zeigen, wie man Schlösser knackt?«, flüsterte Sophie aufgeregt.

»Ich weiß nicht, ob das eine gute Idee wäre. Du bist gefährlich genug, wie du bist.«

»Bitte?«

»Ich glaube nicht.«

»Bitte, bitte?«, bettelte Sophie.

»Ich weiß jetzt schon, dass ich das bereuen werde, aber du

gewinnst.« Mac seufzte geschlagen. »Ich werde es dir irgendwann bald zeigen. Ich könnte genauso gut. Ich habe das Gefühl,
du wirst mich sowieso so lange nerven, bis ich es tue.«

Sophie verzichtete klugerweise darauf, ihm zu versichern,
dass sie ihn tatsächlich so lange nerven würde, bis sie bekam, was
sie wollte. Mac zu quälen wäre nur ein Bonus.

Mac schaltete eine kleine Taschenlampe ein, als er zur
Bürotür kam. Er ließ den Lichtstrahl schnell über das Innere des
Raums gleiten. Sophie achtete darauf, ihren Blick von dem imposanten Holzschreibtisch abzuwenden, der ihnen gegenüberstand,
da sie nicht noch einmal erleben wollte, was dort geschehen war.

»Wo ist der Heizungsschacht, in dem Atticus den Clavis
versteckt hat?«, fragte Mac.

Als sie den Raum betrat, wobei Mac sie warnte, auf ihre
Schritte zu achten und keine Beweise zu hinterlassen, zeigte
Sophie auf den Sockel eines Bücherregals zu ihrer Rechten.
Während er den Lichtstrahl so ausrichtete, dass sie sehen konnte,
wo sie hintrat, gingen sie zum Versteck des Clavis. Auf Zehenspitzen durch verstreute Bücher, Papiere und Blutspritzer
gehend, führte Sophie Mac zum Bodenventil.

Vorsichtig arbeitete sie ihre Finger unter den Metallrand des
Lüftungsgehäuses, wobei sie darauf achtete, ihre Handschuhe
nicht zu zerreißen, und hob langsam die Abdeckung an. Sie ließ
ihre Hand in das dunkle Loch gleiten und konzentrierte sich
darauf, den Raum abzutasten und nicht an Monster zu denken,
die in dem dunklen Loch darauf warteten, ihre Hand zu ergreifen. Schließlich verfing sich ihr Finger an einer Kette, und sie zog
den mysteriösen Stein aus dem Lüftungssystem. Während Sophie
den Edelstein in ihren Händen hielt, leuchtete Mac mit seiner
Taschenlampe auf den Stein. Er war oval geformt und etwa so
groß wie ein Golfball. Die Taschenlampe ließ die Facetten des
grünen Edelsteins funkeln, das Licht brach sich in einem glit-
zernden Muster.

»Weißt du, was es ist?«, fragte Sophie Mac. »In der Vision

nannte Atticus es einen Clavis. Er dachte auch daran als Vermarin. Ich habe noch nie von Clavis oder Vermarin gehört, du?«

»Nein, aber wir können später online gehen und sehen, ob wir Informationen finden können.«

»Müssen wir noch etwas anderes mitnehmen?«, fragte Sophie und warf einen letzten Blick auf den Clavis, bevor sie ihn in ihre Tasche steckte.

»Nein, lass uns verdammt noch mal hier raus.«

Sie schlichen schnell aus dem Haus und trafen Reggie wieder auf dem Bürgersteig.

»Habt ihr es?«, flüsterte Reggie.

»Ja, Sophie und ich müssen Andrews Kleidung holen. Wir treffen dich wieder am Auto«, sagte Mac. »Sophie, kannst du mir zeigen, wo er seine Sachen gelassen hat?«

Sophie führte ihn dorthin, wo Andrews Sachen versteckt waren. Mac teilte einige Büsche am Fuß eines weiß-blauen Marina-Stil-Hauses. Er fegte den Haufen Kleidung in seine Arme, drehte sich um und joggte zu der Stelle, wo Reggie mit laufendem Motor wartete. Sophie unterdrückte ihren Ärger darüber, dass sie Mac hinterherlaufen musste, um nicht zurückgelassen zu werden.

»Wohin sollten wir fahren?«, fragte Reggie nervös, nachdem Sophie und Mac ins Auto gestiegen waren.

»Ich musste mein Auto gleich um die Ecke stehen lassen, als Andrew mich verfolgte. Könnt ihr mich dort absetzen?«

»Danach sollten wir uns alle bei mir treffen«, schlug Sophie vor. »Diese Typen wissen über Mac Bescheid, also müssen wir verhindern, dass er gefunden wird. Keiner dieser Mythischen scheint Menschen wie mir Aufmerksamkeit zu schenken, also könnte es der beste Ort sein, um hinzugehen.«

Mac antwortete nicht, da er zu beschäftigt war, Andrews Sachen zu durchwühlen.

»Okay«, sagte Reggie nach einer Pause. »Machen wir das.«

Mac zog Andrews Brieftasche heraus und blätterte schnell durch. Als nächstes hielt er ein Handy hoch.

»Scheiße, ich brauche einen Fingerabdruck, um es zu entsperren«, knurrte er verärgert. Mac griff nach seinem Telefon und wählte schnell eine Nummer. »Hey. Habt ihr die Leiche schon eingeäschert?« Er pausierte einen Moment und sagte dann: »Gut. Ich brauche, dass ihr zuerst seine Daumen aufhebt und dann den Rest verbrennt. Ich brauche sie, um auf sein Handy zugreifen zu können. Wenn ihr dort fertig seid, könnt ihr sie zu Sophies Wohnung bringen? Gut. Schreibt mir, wenn ihr unterwegs seid, und ich schicke euch ihre Adresse.«

Reggie hielt an, und Mac joggte zu seinem Auto. »Wir sehen uns bei Sophie!«

Es war eine stille Fahrt zurück zum Tenderloin, abgesehen von Sophies gelegentlichen Anweisungen, welche Abzweigung zu nehmen sei. Schon bald hielten sie an einem leeren Platz neben dem Streuselkuchen.

Reggie schaltete das Fahrzeug aus. Im Stillen sitzend, dem leisen Ping eines abkühlenden Motors lauschend, blickten sowohl Reggie als auch Sophie zum ruhigen Gesicht des Streuselkuchens hinauf. Sophie bemerkte, dass das Fenster zu Birdies Wohnung dunkel war. Sie hoffte, Birdie und Milton hatten einen schönen Abend.

»Geht es dir gut?«, fragte Reggie leise in die Stille, seine Augen voller Sorge.

»Ich denke schon. Ich bin froh, dass du hier bei mir bist: du und der Rest unserer Bande. Danke, dass du mein Freund bist, Reggie«, sagte Sophie und starrte intensiv auf ihre Knöchel und verspürte ein vages Unbehagen dabei, Reggie ihre verletzliche Seite zu zeigen.

»Ich bin auch froh, dass du meine Freundin bist«, antwortete Reggie, legte seine Hand über ihre und drückte sie sanft.

Sie stiegen aus dem Auto und warteten darauf, dass Mac vorfuhr. Als Mac sein Fahrzeug parkte, führte Sophie sie in den

Streuselkuchen. Sie schlichen auf Zehenspitzen die Treppe hinauf, wobei Sophie auf die quietschende Stufe hinwies, damit sie sie vermeiden konnten. Sie wollte nicht, dass Birdie sie dabei erwischte, wie sie mitten in der Nacht zwei Männer in ihre Wohnung führte. Sie würde das nie vergessen.

Sie ließ Reggie und Mac in ihre Wohnung und schaltete die Schädellampe neben ihrem Sofa ein, da sie die Beleuchtung auf ein Minimum beschränken wollte. Sie ging sofort zur Kaffeemaschine. Sie war inzwischen an die späten Nachtstunden gewöhnt, dank des Jobs in der Leichenhalle, aber die Müdigkeit begann auf ihren Schultern zu lasten.

»Ich habe gerade Ace eine SMS geschrieben. Sie haben den Einäscherungsprozess begonnen. Ace sagt, dass Fitz' Cousin schätzt, dass es vier Stunden dauern wird, bis sie fertig sind«, verkündete Mac. Sophie schaute über ihre Schulter und sah, wie das Leuchten seines Handys Macs Gesicht im Dunkeln ihrer Wohnung grotesk beleuchtete. Reggie saß auf dem Futon und schaute sich in Sophies Wohnung um, sein Gesicht leuchtete vor Neugierde.

Ich hatte keine Ahnung, dass eine Einäscherung so lange dauert, dachte Sophie überrascht.

»Wollt ihr Kaffee?«, rief Sophie. Als sowohl Mac als auch Reggie bejahten, begann Sophie, die Getränke vorzubereiten. Sie wusste bereits, wie Reggie seinen Kaffee mochte, aber nicht Mac, also rief sie: »Willst du Sahne oder Zucker, Mac?«

»Schwarz, bitte«, sagte Mac, was Sophie vor Ekel erschaudern ließ.

Sie goss die Getränke ein und brachte sie dann zu den wartenden Männern. Sie reichte Reggie seinen beigefarbenen Kaffee mit drei Teelöffeln Zucker.

»Schwarz wie deine Seele, wie es sich gehört«, grinste Sophie und reichte Mac seinen Becher.

Sie ging in die Küche, holte ihren eigenen Kaffee und kehrte ins Wohnzimmer zurück, um den einzigen noch freien Platz einzunehmen: einen uralten Schaukelstuhl, den sie vor ein paar Monaten auf dem Bürgersteig gefunden hatte. Sie hatte den Stuhl schwarz gestrichen und das zerstörte Kissen durch ein neues in einem marineblauen und silbernen Damast-Stoff ersetzt.

»Was nun?«, fragte Sophie nach ihrem ersten Schluck.

»Wir müssen einen Plan entwickeln«, sagte Mac und lehnte sich in seinem Stuhl nach vorne.

»In Ordnung, was für einen Plan?«, fragte Sophie.

»Lassen Sie uns die Fakten durchgehen.« Mac griff in die innere Tasche seines Anzugs und zog sein immer bereites Notizbuch heraus. »Zuerst müssen wir herausfinden, wer Edwyn ist. Sobald Ace mir Andrews Daumen bringt, sollte ich Edwyns Telefonnummer aus dem Anrufprotokoll ziehen können. Ich hoffe, ich kann eine Suche nach der Nummer durchführen. Dann müssen wir entscheiden, was wir mit dem Clavis machen.«

»Vergiss nicht Conclave und Marcella«, warf Reggie ein. »Ich glaube, ich weiß, wer das ist. Marcella Venturi: sie ist eine sehr mächtige Fee, die praktisch den gesamten Conclave leitet. Als wir vor ein paar Jahren die Eröffnung des neuen Büros des Gerichtsmediziners hatten, war sie in offizieller Funktion da. Unser Team hat sie kurz kennengelernt, aber ich habe keine Ahnung, ob sie sich an einen von uns erinnern würde.«

»Ich glaube, du hast Recht. Die Marcella, die Atticus in der Vision erwähnte, muss dieselbe Frau sein. Ich habe sie selbst ein- oder zweimal getroffen«, sagte Mac.

»Atticus sagte, Marcella und der Conclave würden Edwyn aufhalten. Glaubt ihr, wir sollten versuchen, sie zu warnen, dass Edwyn etwas im Schilde führt?«, fragte Sophie.

»Ich wünschte, wir wüssten, wer Edwyn ist. Irgendwelche Ideen, Reggie?«, fragte Mac. Als Reggie den Kopf schüttelte, wandte sich Mac wieder an Sophie. »Kannst du beschreiben, wie er aussah?«

»Ähm, er sah aus, als wäre er vielleicht in seinen späten Vierzigern. Er hatte aschblondes Haar; ich glaube, es lichtete sich etwas am Oberkopf. Er war dünn und groß. Ich bin mir nicht sicher, wie groß, aber vielleicht um die sechs Fuß. Er hatte keine Muttermale oder Tattoos oder irgendwelche besonderen Merkmale, an die ich mich erinnern kann. Hellblaue Augen, breite Stirn; wenn er lächelte, hatte er ein Grübchen in seiner rechten Wange. Er wirkte sehr proper, fast gelehrt«, sagte Sophie langsam, schloss die Augen und versuchte, sich an so viel von dem Mann zu erinnern, wie sie konnte. Sie konnte das Kratzen von Macs Bleistift hören, als er alles in sein Notizbuch schrieb.

»Noch etwas?«, fragte Mac.

»Er hatte eine Art Ring an einem seiner Daumen. Ich glaube, er hatte einen roten Stein darin. Es war ein großer Ring, dick und schwer. Ich erinnere mich an keinen anderen Schmuck«, seufzte Sophie. »Verdammt. Mir fällt nichts anderes ein.«

»Das ist okay. Was du mir gegeben hast, hilft«, versicherte ihr Mac.

»Ich denke, wir sollten mit dem, was wir haben, zu Marcella gehen«, schlug Reggie vor.

»Wir haben nicht viel. Sicherlich keine Beweise«, sagte Mac. »Aber sie würde wahrscheinlich wissen, wer Edwyn ist.«

»Ich glaube nicht, dass wir ihr sagen sollten, dass wir den Clavis haben«, warf Sophie ein. Als beide Männer ihre Augenbrauen hoben, fuhr sie fort: »Okay. Wir wissen, dass all diese Morde etwas mit den Ley-Linien zu tun haben, richtig? Wir wissen auch, dass Edwyn, der meiner Meinung nach hinter allem steckt, Atticus speziell ermordete, um den Clavis in die Hände zu bekommen. Was auch immer es ist, es ist wichtig. Edwyn denkt, er hat den Clavis, also denke ich, wir sollten den echten verstecken, bis wir zumindest wissen, was es ist. Es könnte etwas Gefährliches sein, und ich weiß nicht, ob wir es einfach jemandem übergeben sollten, ohne eine Ahnung zu haben, was es tun kann.«

»Ich stimme Sophie zu. Wir sollten es verstecken«, stimmte Reggie zu.

»Diese Typen wissen über dich Bescheid, Mac, also denke ich, dass ich diejenige sein sollte, die es versteckt. Ich bin 'nur ein Mensch', also wird niemand nach mir suchen. Warte. Ich weiß genau den richtigen Ort!«, rief Sophie aus und dachte an die gestohlene Fußballtrophäe hoch oben auf einem Regal im Kleinen Däumling. Um in den goldenen Pokal der Trophäe zu schauen, würde selbst eine sehr große Person eine Leiter benötigen. Niemand schenkte den Nippes im Kleinen Däumling einen zweiten Blick; außerdem musste er nie abgestaubt werden, so dass er seit Jahrzehnten nicht gestört worden war.

»Bist du sicher, dass es sicher sein wird?«, fragte Mac skeptisch.

»Ja. Ich habe den perfekten Ort«, versicherte ihm Sophie. »Sobald wir wissen, was der Clavis ist, können wir entscheiden, was wir damit machen.«

»Okay, abgemacht. Sophie, du versteckst den Clavis. Vorerst sag uns nicht einmal, wo er ist, nur für den Fall. Ich sollte mich mit der Polizeidatenbank verbinden und Marcellas Telefonnummer finden können. Ich werde sie anrufen und ihr von Atticus' Tod erzählen. Ich kann sehen, ob sie weiß, wer Edwyn ist und ob sie irgendwelche Informationen hat, die uns helfen können, einen Weg zu finden, seinen Plan zu vereiteln. Vielleicht kann ich mit ihrer Hilfe mehr Beweise für das sammeln, was entlang der Ley-Linie geschieht. Es wird mehr als nur deine Visionen brauchen, wenn ich durch die richtigen Kanäle gehen will, um Edwyn vor Gericht zu bringen«, sagte Mac und zog einen Laptop aus seiner Umhängetasche. »Ich brauche Beweise.«

Als er den Computer auf seinen Schoß legte, grummelte Mac, als er feststellte, dass Sophie keine Internetverbindung oder WLAN in ihrer Wohnung hatte. Er fummelte an seinem Handy herum und sagte etwas über einen »Hotspot«. Alles, was mit Technologie zu tun hatte, ging Sophie im Allgemeinen über den Kopf, also zuckte sie nur mit belustigt akzeptierendem Achselzucken, als Mac sie wegen ihres Mangels an technischem Know-how anstarrte. Mit ein paar Klicks auf seiner Tastatur und einem genervten Murmeln über langsame Verbindungen verkündete Mac, dass er Marcellas Privatnummer gefunden hatte.

»Ich werde sie jetzt anrufen. Ich werde es auf Lautsprecher stellen, damit ihr hören könnt, was sie zu sagen hat. Aber ich möchte nicht, dass einer von euch etwas sagt«, sagte Mac.

»Denkst du, es ist klug, sie so spät anzurufen?«, fragte Reggie besorgt.

»Es ist mir scheißegal. All das fühlt sich zu ernst an. Ich will nicht bis zum Morgen warten.«

»Was wirst du über meine Visionen sagen?«, fragte Sophie.

»Ich werde ihr sagen, dass ich eine Person habe, die Todesvisionen hat, aber dass die Person anonym bleiben möchte, um ihre Identität zu schützen. Ich werde Marcella nicht einmal dein Geschlecht verraten. Je weniger jemand über einen von uns weiß, desto besser«, sagte Mac.

»Klingt gut für mich«, sagte Sophie, während Reggie zustimmend nickte.

»Okay. Ich werde sie jetzt anrufen. Es gibt keinen Grund zu warten«, sagte Mac, legte sein Handy auf den Couchtisch zwischen ihnen. Er wählte schnell die Nummer und drückte auf den Lautsprecherknopf auf seinem Handybildschirm.

Das Telefon klingelte mehrmals, bevor das Klicken von jemandem, der abnahm, in der gespannten Stille von Sophies Wohnung ertönte. »Hallo?«, sagte eine lallende weibliche Stimme.

»Hallo. Hier ist Detective Malcolm Volpes. Spreche ich mit Marcella Venturi?«, fragte Mac mit strenger, professioneller Stimme.

»Ja, hier ist Marcella. Ist alles in Ordnung?«, fragte Marcella, die Schläfrigkeit in ihrer Stimme verflüchtigte sich.

»Es tut mir leid, dass ich Sie so spät anrufen muss. Allerdings musste ich Sie darüber informieren, dass Atticus Agosti heute Abend in seinem Haus ermordet wurde«, sagte Mac.

Ein leises Keuchen durchbrach die ruhige Stille des Raumes. »Atticus ist tot? Was ist passiert?«, sagte Marcella, ihre Stimme zitterte.

»Das ist etwas, was ich nicht am Telefon besprechen möchte. Ich würde mich gerne so bald wie möglich persönlich mit Ihnen treffen. Ich habe Informationen über seinen Mord, die äußerst sensibel sind. Ich vermute, dass nur Sie mir dabei helfen können«, erklärte Mac.

»Sie können mir nichts am Telefon sagen?«, fragte Marcella, Verdacht färbte ihre Stimme.

»Nein, Ma'am. Das Einzige, was ich am Telefon preisgeben möchte, ist, dass ich glaube, der Mord hatte etwas mit der Ley-Linie zu tun«, sagte Mac, biss sich auf die Lippe und schaute besorgt zu Reggie und Sophie. Sophie verstand, dass Mac ein kalkuliertes Risiko eingehen musste, um sicherzustellen, dass Marcella dem, was er zu sagen hatte, zuhören würde.

Als die Stille sich für einen Moment hinzog, begann Sophie sich Sorgen zu machen, dass Marcella auflegen würde.

»Atticus wurde wegen der Ley-Linie ermordet?«, fragte Marcella schließlich, ihre Stimme voller Sorge.

»Ich habe Grund zu der Annahme«, antwortete Mac.

»Das ist nicht gut. Können Sie mich morgen früh treffen?«

»Ja, das wäre gut. Ich möchte mich so bald wie möglich mit dieser Situation befassen.«

»Können Sie mich um 8 bei Buck's in Woodside treffen?«

»Ja. Ich werde Sie dann sehen. Danke, dass Sie sich bereit erklärt haben, sich mit mir zu treffen.« Mac legte auf, nachdem sie sich beide eine gute Nacht gewünscht hatten. Er blies einen Atemzug aus und sagte: »Nun, jetzt werden wir sehen, was passiert.«

»Wir sollten als Sicherheitsvorkehrung mit dir kommen. Wir haben keinen Grund, dieser Frau zu vertrauen, außer dass Atticus dachte, sie wäre bereit, Edwyn aufzuhalten«, sagte Sophie.

»Ich möchte nicht, dass sie von eurer beider Beteiligung weiß. Besonders deiner, Sophie«, argumentierte Mac.

»Sie muss nicht wissen, dass wir da sind. Lass uns früh hingehen und den Ort auskundschaften. Ich kann drinnen an einem anderen Tisch sitzen – nur ein normaler, langweiliger Mensch beim Frühstück. Leicht zu übersehen und zu ignorieren. Und Reggie kann die Straße außerhalb des Restaurants im Auge behalten, da sie ihn vielleicht erkennen würde. Vielleicht können wir sogar den Rest der Sonderlinge mitnehmen, wenn sie vor 8 Uhr mit Andrew fertig sind«, konterte Sophie.

»Sonderlinge?«, wiederholte Mac.

»Das ist unser Bandenname!«, sagte Sophie, was Mac den Kopf in belustigter Verzweiflung schütteln ließ.

»Ich stimme Sophie zu. Du solltest nicht allein dort hingehen«, sagte Reggie, was Mac in resignierter Verärgerung schnauben ließ. »Obwohl ich nicht weiß, ob wir den Rest der Crew einbeziehen müssen. Sie werden zu dieser Zeit wahrscheinlich erschöpft sein.«

Mac lehnte sich auf dem Futon zurück und umklammerte seine abkühlende Tasse Kaffee. Mac schüttelte den Kopf und schnaubte amüsiert.

»Was ist so lustig?«, fragte Reggie.

»Es passt einfach, dass sie sich bei Buck's treffen will«, sagte Mac.

»Was ist besonders an Buck's?«, fragte Sophie.

»All die reichen Silicon-Valley-Risikokapitalgeber und Tech-Unternehmer-Milliardäre essen dort. Es ist der Ort, an dem Deal-Maker und Tycoons Pfannkuchen essen«, antwortete Mac. Sophie hatte noch nie von Buck's gehört, aber sie wusste, dass Woodside die Stadt war, in der San Franciscos wohlhabendste Bürger ihre Ersatz-Villen errichteten.

Nach mehreren Minuten Debatte einigten sie sich schließlich auf einen Plan. Mac würde ein Transkript von Sophies Vision tippen und Marcella geben, wobei er den Teil weglassen würde, wo Atticus den echten Clavis gegen einen falschen austauschte. Bis sie wussten, wem sie vertrauen konnten, musste niemand wissen, dass sie im Besitz des echten waren. Reggie und Sophie würden früh zu Buck's fahren. Sophie würde einen Tisch bekommen, und Reggie würde draußen Wache halten.

Die große Meinungsverschiedenheit war, dass Mac nach Hause gehen wollte, um zu schlafen. Sowohl Sophie als auch Reggie argumentierten, dass es nach dem vereitelten Angriff am Abend für ihn möglicherweise nicht sicher sei. Nachdem Reggie und Sophie gedroht hatten, ihn zu fesseln und in Reggies Gästezimmer zu werfen, gab Mac schließlich nach.

Sophie verabschiedete beide Männer und versprach Reggie, dass sie bereit sein und ihn in den frühen Morgenstunden draußen erwarten würde. Sie griff nach ihrem Handy, um herauszufinden, wann Amira vorbeikommen würde.

Sophie: *Wie läuft's? Kommst du bald vorbei?*

Amira: *Es dauert EWIG. Ich hatte keine Ahnung, dass es so lange dauert, einen Körper zu verbrennen. Ich glaube nicht, dass ich es heute Abend noch schaffe :(*

Sophie: *Mach dir keine Sorgen. Wir können uns ein anderes Mal besaufen.*

Amira: *Ich nehme dich beim Wort!*

Als ihr klar wurde, dass Amira nicht vorbeikommen würde, ging Sophie zum Kleinen Däumling. Mit dem Clavis sicher in ihrer Tasche verweilte sie an der Bar und trank Die Wiegenlied-Dame, bis der letzte Gast auf wackligen Beinen die Bar verließ. Sophie bot an, den Boden zu fegen »wie in alten Zeiten«. Als Benno nach hinten ging, um seine Kasse abzurechnen, griff sie schnell nach einem Barhocker und nutzte ihn, um hoch genug zu kommen, um den Clavis in die wartenden Arme der Göttin Nike und der Jules-Rimet-Weltmeisterschaftstrophäe fallen zu lassen.

KAPITEL 19

it sandigen Augen starrte Sophie während der
Fahrt zu Bucks gedankenverloren aus dem Auto-
fenster auf die vorbeiziehende Landschaft. Sie war froh, dass
Reggie auch nicht besonders gesprächig war. Nach kaum drei
Stunden Schlaf wusste Sophie nicht, ob ihr Gehirn der Aufgabe
gewachsen war, Wörter zu bilden und sie in eine Reihenfolge zu
bringen, die hoffentlich einem Satz ähneln würde.

Als sie auf den Parkplatz des Restaurants einfuhren, blieb
Sophies Blick an einem riesigen, verwitterten Holzfisch hängen,
der im Schmutz am Eingang lag. Die Schnitzerei war länger als
Reggies Auto und hatte, nach ihrer grauen, abgescheuerten Oberfläche zu urteilen, seit Jahrzehnten den Eingang zum Parkplatz
von Bucks bewacht. Das unscheinbare Restaurant war nicht das,
was Sophie erwartet hatte. Eingebettet in eine Straße voller
hoher, verschlungener Eichen, war das niedrige, schokoladenfar-
bene Gebäude zunächst schwer zu erkennen.

Sophies erster Eindruck war, dass die Stadt Woodside ähnlich
wie jede andere verschlafene, rustikale Stadt wirkte, die an Kali-
forniens Küste verstreut lagen. Doch dann bemerkte sie einen
Ferrari, der auf den Parkplatz des Restaurants fuhr, gefolgt von

einem weiteren schlanken, glamourösen Fahrzeug, das wie etwas aus der Zukunft aussah. Es strahlte Luxus und Reichtum aus.

Auf dem Weg zum Eingang gab Sophie Reggie ein diskretes Zeichen. Er blieb im Auto, während Sophie drinnen auf Mac und Marcella wartete. Sie öffnete die Glastür von Bucks und betrat das Restaurant, blieb jedoch direkt hinter der Eingangstür stehen und blockierte versehentlich den Eingang. Sie hatte erwartet, dass ein Restaurant, das die Reichen und Mächtigen bediente, anspruchsvoll, raffiniert und opulent sein würde, etwas mit luxuriösen Stoffen, sanfter Beleuchtung und weißen Tischdecken, vielleicht sogar mit einigen schlanken Kerzen für Ambiente. Stattdessen sah das Innere von Bucks aus wie eine chaotische Mischung aus Spielzeugladen und exzentrischem Museum.

Als die Hostess Sophie zu einem leeren Tisch führte, ging sie an einer zwei Meter hohen Nachbildung der Freiheitsstatue vorbei, die statt einer Fackel eine Eistüte hielt und einen Sombrero trug. Als nächstes ging sie unter einem silbernen Zeppelin vorbei, der von der Decke hing, dann an einem lebensgroßen Raumanzug, gefolgt von einem orangefarbenen Derby-Auto, das in einem kecken Winkel schwebte. Die Hostess führte sie zu einem Tisch neben einer Sammlung antik aussehender Schwerter, die an der Wand befestigt waren. Als Sophie Platz nahm, reichte ihr die Frau eine Speisekarte und überließ sie der Betrachtung der Dekorationen.

Sophie ignorierte die Speisekarte in ihrer Hand, um sich die Einrichtung des Restaurants anzusehen. Sie fragte sich kurz, ob der Besitzer mit Benno verwandt sein könnte, da ihr Designgeschmack in eine ähnliche Richtung ging. »Schätze« befanden sich auf fast jedem Zentimeter der Wände: Spielzeug, Schwarz-Weiß-Fotografien, Modellflugzeuge, sogar ein ausgestopfter Alligator auf einem Surfbrett. Sophie lachte, als sie eine angelaufene goldene Trophäe entdeckte, die in einer Sammlung von Figuren in einer Glasvitrine fast verloren ging. Ihre Augen weiteten sich, als sie den enormen Kopf eines Bisons sah, der an der verspiegelten Wand hinter einer kleinen Bar auf der anderen Seite des Restaurants angebracht war.

Einige Minuten später kam die Kellnerin vorbei, und Sophie bestellte eine Tasse Kaffee.

Sophie war von ihrem Studium der Speisekarte - die eine Vielfalt an standardmäßigen amerikanischen Diner-Gerichten präsentierte - durch das Ding ihres Telefons abgelenkt. *Verdammt, sechzehn Dollar für Granola und Joghurt? Das sollte besser das weltbeste Granola sein.* Als Sophie auf ihr Telefon schaute, schnaubte sie. Sie sah, dass Mac ihr und Reggie eine Nachricht geschickt hatte, in der stand, dass er auf dem Parkplatz war und im Begriff war, das Restaurant zu betreten. Als die Kellnerin ihren Kaffee brachte, bestellte Sophie Huevos Rancheros.

Gerade als die Kellnerin sich umdrehen und mit ihrer Bestellung weggehen wollte, entdeckte Sophie Mac, der das Restaurant betrat. Aus dem Augenwinkel beobachtete sie, wie er auf den leeren Tisch neben Sophies zeigte. Sophie tat so, als würde sie die Speisekarte vor sich eingehend studieren, während Mac näher kam. Sie konnte nicht umhin zu bemerken, dass er in seiner dunklen Jeans und dem anthrazitfarbenen Henley-Shirt großartig aussah, während sie sich wie ein überfahrenes Tier fühlte. *Das ist nicht fair,* dachte Sophie säuerlich, *er sollte auch Scheiße aussehen.*

Die Kellnerin kam, um ihre leere Kaffeetasse nachzufüllen und ihr mitzuteilen, dass ihr Essen bald kommen würde. Als die Kellnerin ging, steckte Sophie kleine Ohrhörer in ihre Ohren. Obwohl kein Ton zu hören war, wippte Sophie sanft mit dem Kopf im Takt zu imaginärer Musik.

»Sie ist hier«, sagte Mac nur für Sophies Ohren bestimmt. Das Erscheinen der Kellnerin mit einem Tablett, auf dem Sophies Frühstück lag, gab ihr einen Vorwand, kurz zu der Frau hinüberzuschauen, die sich Mac an seinem Tisch anschloss. Die Fae-Frau bestand ganz aus scharfen Winkeln, sogar ihr glattes stahlgraues Haar. Sie erinnerte Sophie an einen Raubvogel. Sie konnte sich diese scharfäugige und scharfkrallige Frau über einem Nest kauernd vorstellen, bereit, ihre Feinde anzugreifen.

Mac stand von seinem Platz auf, bereit, die herannahende Frau zu begrüßen.

»Magistratsmitglied Venturi, danke, dass Sie sich mit mir getroffen haben«, sagte Mac förmlich und streckte der Frau die Hand zum Schütteln entgegen.

»Bitte, nennen Sie mich Marcella. Nach dem, was Sie mir bisher erzählt haben, denke ich, wir können uns auf die Basis der Vornamen einigen«, sagte Marcella und nahm den angebotenen Stuhl gegenüber von Mac an.

Nachdem die Kellnerin ihre Getränkebestellungen aufgenommen hatte, sagte Mac: »Kommen wir gleich zur Sache, Marcella. Ich habe hier ein Transkript von Atticus Agostis Mord von gestern Nacht. Aufgrund dessen, was passiert ist, glaube ich, dass es von höchster Wichtigkeit ist, dass Sie wissen, was sich ereignet hat.«

Sophie, die vorgab, den Reiseartikel auf der Rückseite der laminierten Speisekarte zu lesen, beobachtete, wie Mac Marcella einen kleinen Stapel Papiere überreichte.

»Wie haben Sie ein Transkript seines Mordes bekommen? Wurde er aufgezeichnet?«, fragte Marcella.

»Ich arbeite seit einiger Zeit mit einer Hellseherin zusammen. Diese Person hat Visionen von Todesfällen und hilft meiner Abteilung, Morde aufzuklären.«

»Wie kommt es, dass ich noch nie von dieser Person gehört habe? Ich würde sie gerne kennenlernen.«

»Das ist derzeit nicht möglich. Diese Person arbeitet nur unter dem Versprechen völliger Anonymität mit mir zusammen. Wenn jemand die Identität der Hellseherin entdecken würde, könnte das sie möglicherweise in Gefahr durch kriminelle Elemente in der Stadt bringen«, sagte Mac kopfschüttelnd. »Die Zusammenarbeit meines Kontakts beruht ausschließlich darauf, anonym zu bleiben.«

»Hmmm. Wie können Sie dann den 'Visionen' dieser Person vertrauen? Wie können Sie garantieren, dass diese angebliche Hellseherin nicht einfach eine talentierte Betrügerin ist?«

»Sie hat keinen Profit aus ihren Visionen gezogen. In über vierzig Fällen waren ihre Visionen vollkommen korrekt. Ich bin schwer zu täuschen, wie meine Bilanz bei der Polizei zeigen wird. Es besteht absolut kein Zweifel in meinem Kopf, dass diese Person vertrauenswürdig ist und ihre Visionen die Wahrheit zeigen. Hier, lesen Sie das Transkript. Sie werden sehen, was ich meine.«

Während Marcella die Papiere las, gab sie gelegentlich ein leises Geräusch der Bestürzung oder des Zorns von sich. Das Stimmengewirr von Gesprächen und Gelächter von anderen Tischen schwebte über Sophies Kopf hinweg. Ungeachtet des etwas grellen Erscheinungsbildes von Bucks war das Essen ausgezeichnet. Trotz der frühen Stunde war das Gebäude bereits fast bis zur Kapazitätsgrenze gefüllt, und nicht nur mit den Reichen und Mächtigen der Gegend. Familien machten einen Großteil der Kundschaft aus. Kinder liefen zwischen den Tischen umher und lachten über die seltsamen und wunderbaren Dekorationen. Alteingesessene debattierten über Politik bei Diner-Gerichten und dampfenden Tassen Kaffee. Dennoch waren viele Nischen mit ernsten Männern in scharf gebügelten Hemden gefüllt, jeder mit einem offenen Laptop am Ellbogen und intensiven Ausdrücken, die lebhaft über ihren Eiern und Toast diskutierten. Es war ein Ort für intensive Gespräche, an dem Titanen der Welt Pläne für wirtschaftliche Vorherrschaft schmiedeten.

»Edwyn«, knurrte Marcella plötzlich. »Dieser Bastard.«

»Wissen Sie, wer Edwyn ist?«, fragte Mac mit kaum verhohlenem Eifer in seiner Stimme. Sophie konnte erkennen, dass sein Jagdgeist in voller Kraft angekommen war. Er hatte Edwyns Witterung aufgenommen, und jetzt, wo er ihn im Visier hatte, würde er nicht mehr lockerlassen. Sophie vermutete, dass es seine raubtierhafte Natur war, die Mac zu einem so guten Ermittler machte.

»Ich bin mir sicher, dass es sich um Edwyn Nothus handeln muss. Ich kann es nicht glauben. Ich wusste, dass er Ambitionen hatte, aber ich hätte nie gedacht, dass er so tief sinken würde. Wie konnte er eine so abscheuliche Tat begehen?«

»Wissen Sie, was der clavis ist? Er hat Atticus ermordet, um ihn in die Hände zu bekommen. Ich habe auch Beweise für mindestens drei Todesfälle gefunden, die in den letzten Wochen begangen wurden, um Grundstücke entlang der Ley-Linie in der Stadt zu erwerben. Meine Recherche ist noch nicht abgeschlossen, daher ist es unmöglich, die Gesamtzahl der Immobilien zu bestimmen, die verkauft oder an neue Eigentümer übertragen wurden. Sobald ich meine Untersuchung abgeschlossen habe, vermute ich, dass ich viele finden werde.«

»Edwyn und seine Anhänger schlagen seit einiger Zeit vor, dass wir uns vom Fae-Reich abspalten sollten. Er setzt sich seit mehreren Jahren für die Abspaltung ein. Wenn er den clavis brauchte, muss ich davon ausgehen, dass er versucht, das Portal vom Fae-Reich dauerhaft zu schließen. Der clavis ist der Anker, der dem Fae-Reich erlaubt, ein Portal zur Erde zu öffnen. Es ist nicht allgemein bekannt, wie das Portal funktioniert. Beide Seiten benötigen einen clavis, um den Weg offen zu halten, obwohl man nur von Fae hierher reisen kann. Wenn er das Portal dauerhaft schließt, wäre es, als würde man eine Seite eines Tores schließen und abschließen.«

»Das Portal kann dauerhaft geschlossen werden«, wiederholte Mac mit Überraschung in seiner Stimme. »Wäre das so schlimm? Die Fae haben seit über einem Jahrhundert ihre gefährlichsten und unerwünschten Bürger hier abgeladen. Ich muss mich fast täglich mit diesen kriminellen Elementen auseinandersetzen.«

»Ich widerspreche nicht, dass die Fae ihre Probleme auf uns abwälzen, und es ist eine ständige Quelle von Ärger für unser

Volk. Aber Edwyn will nicht nur dabei aufhören, uns vom Fae-Reich abzuschneiden. Er und seine Anhänger wollen die Stadt als ihr eigenes Land beanspruchen, alle Menschen vertreiben und darüber herrschen. Was sie vorschlagen, ist Selbstmord für unsere Art«, erklärte Marcella. »Ich glaube, sowohl das Fae-Reich als auch die Menschen werden sich erheben, um uns alle zu vernichten, sollte er es versuchen.«

Mac gab einen leisen Laut der Überraschung von sich. »Das ist wahnsinnig. Er würde uns alle töten. Wie könnte Edwyn möglicherweise glauben, dass er dreiviertel Millionen Menschen aus der Stadt vertreiben könnte? Es gibt kaum achtzigtausend Mythische hier.«

»Ich kann mir nicht vorstellen, was in Edwyns Kopf vorgeht.« Marcella seufzte.

»Wie kann Edwyn den clavis benutzen, um das Portal dauerhaft zu schließen?«

»Morgen ist die Frühjahrs-Tagundnachtgleiche. Während der Frühjahrs- und Herbst-Tagundnachtgleiche ist die Ley-Linie am mächtigsten. Er wird in der Lage sein, die Kraft des clavis zu verstärken, um das Portal zu schließen. Sehr wenige Menschen kennen den Prozess, aber ich muss davon ausgehen, dass er jemanden hat, der es tun kann, oder irgendwie das Wissen erlangt hat, um das Ritual selbst durchzuführen. Das Transkript erwähnte etwas davon, es zum Turm zu bringen«, sagte Marcella. Sophie konnte das Rascheln von Papieren hören, als Marcella durch das Transkript blätterte, um nachzuprüfen.

»Ja, ein Turm wurde erwähnt. Die einzigen beiden Türme, an die ich denken konnte, sind Sutro und Coit. Beide liegen auf der Ley-Linie, also nahm ich an, es sei einer dieser beiden«, sagte Mac.

»Wir können davon ausgehen, dass es der Coit Tower ist. Eine zweite, schwächere Ley-Linie kreuzt diesen Punkt, was die Kraft der Linien verstärkt und es zum perfekten Ort macht, um ein Portal zu öffnen. Der Coit Tower ist der Ort, an dem die meiste Portalaktivität von Fae stattfindet. Deshalb wurde dieser Standort für den Turm gewählt«, sagte Marcella und tippte nachdenklich mit ihrem Nagel auf den Tisch.

»Also wissen wir, wann und wo. Kann der Konklave Edwyn aufhalten?«, fragte Mac.

Marcella stieß langsam einen Atemzug aus. »Ich weiß nicht, ob ich allen Mitgliedern vertrauen kann. Einige von ihnen müssen von Edwyns Machenschaften wissen, besonders wenn viele Immobilien den Besitzer gewechselt haben. Ich habe einige Leute, von denen ich weiß, dass ich ihnen vertrauen kann. Wenn ich Edwyn aufhalten kann, bevor er morgen den clavis aktiviert, glaube ich, dass ich die Zwietracht innerhalb des Konklaves beseitigen kann. Ich wünschte, ich wüsste, wie viele Leute Edwyn auf seine Seite gezogen hat. Wenn dieses Transkript stimmt, hat er einige Gestaltwandler rekrutiert.«

»Ich habe einige Leute, denen ich vollkommen vertraue und die ich in diese Bemühung einbringen kann. Ich denke, der beste Weg, Edwyn aufzuhalten, ist, ihn am Coit Tower abzufangen. Wir können den Turm überwachen und ihn dort morgen schnappen. Ich habe keine Beweise, aber ich glaube, er arbeitet möglicherweise mit dem Rudel aus dem Sunset District zusammen.«

»Das Sunset-Rudel? Ich kann mich nicht entscheiden, ob ich überrascht bin oder nicht. Der Alpha, Alphonse, ist ein Separatist und Fremdenfeind, also kann ich mir vorstellen, dass er Menschen vertreiben will. Aber ich kann mir schwer vorstellen, dass er mit Edwyn oder anderen Mythischen zusammenarbeitet, die keine Apex-Gestaltwandler sind.«

Marcella und Mac formulierten einen Plan, um Edwyn aufzuhalten, während Sophie lauschte. Marcella informierte Mac, dass Edwyn versuchen würde, den clavis auf der Spitze des Turms zu aktivieren. Die offene Luft der Aussichtsplattform bot den besten Zugang zur Energie der Ley-Linien. Beide waren sich einig, dass Edwyn kein Risiko eingehen würde, während der regulären

Öffnungszeiten Aufmerksamkeit auf sich zu ziehen, also würde er sich in die Anlage einschleichen, nachdem sie für den Tag geschlossen hatte. Mac schlug vor, dass die meisten ihrer Verbündeten in den Nischen rund um das Observatorium warten könnten, bereit, Edwyn zu schnappen, sobald er aus dem Aufzug käme. Marcella versicherte Mac, dass ihre Position im Konklave ihnen Zugang zum gesamten Gebäude ermöglichen würde, damit sie sich lange vor Edwyns Ankunft in Position bringen könnten.

Als die Kellnerin die Rechnung für ihre Mahlzeit brachte, verlor Sophie den Faden des Gesprächs. Da sie keine Aufmerksamkeit auf sich ziehen wollte, bezahlte Sophie ihre Rechnung. Sie stand auf und ging in der Lobby des Restaurants umher, wobei sie vorgab, die Dekorationen zusammen mit einigen anderen Touristen zu bewundern. Sie wollte unbedingt wissen, was Mac und Marcella sagten, aber sie befürchtete, ihre Tarnung zu gefährden, wenn sie wieder in ihre Nähe wanderte. Nach einigen Minuten schüttelten Mac und Marcella sich die Hände. Langsam schlenderte Sophie zum Barbereich des Restaurants. Im Barspiegel beobachtete sie, wie Marcella zum Ausgang ging. Sophie schickte Reggie schnell eine Textnachricht, um ihm mitzuteilen, dass Marcella ging, und sagte ihm, er solle sie im Auge behalten.

Sophie wartete einige Minuten und verließ das Restaurant allein. Als sie sich auf den Beifahrersitz von Reggies Auto setzte, seufzte Sophie erleichtert, nachdem sie die Tür hinter sich geschlossen hatte. Sie war nicht für dieses heimliche Spionage-Zeug gemacht. Sie würde viel lieber den direkten Ansatz wählen, Edwyn aufzuspüren, ihm in den Hals zu schlagen und den clavis aus seinen noch zuckenden Fingern zu reißen.

»Wie ist es gelaufen?«, fragte Reggie mit unterdrückter Aufregung. Reggie sah aus, als wollte er vor Begeisterung auf seinem Sitz wippen. Anscheinend mochte er dieses Spionagezeug mehr als sie.

»Ich denke, es ist gut gelaufen. Marcella ist dabei«, Sophie wollte Reggie gerade mehr erzählen, als beide Telefone gleichzeitig mit einer eingehenden Nachricht klingelten.

»Es ist von Mac«, verkündete Reggie unnötigerweise. »Er will, dass wir uns in seinem Haus treffen. Er sagt, wir müssen einige Dinge für morgen abholen. Was passiert morgen?«

»Ich werde dich auf den neuesten Stand bringen«, sagte Sophie. »Lass uns sicherstellen, dass Mac zu seinem Auto kommt und sicher auf den Weg gebracht wird. Dann können wir auch losfahren.«

Auf der Fahrt zu Macs Haus fasste Sophie das Treffen zwischen Marcella und Mac zusammen.

»Wenn Edwyn nur zum Coit Tower gehen muss, um das Portal zu schließen, warum musste er all diese Grundstücke entlang der Ley-Linie erwerben?«, fragte Sophie, nachdem sie ihre Zusammenfassung beendet hatte.

»Ich bin mir nicht sicher. Es könnte mehrere Gründe haben. Mythische, besonders die Fae, besitzen viele Grundstücke entlang der Ley-Linie. Sie zapfen die Kraft der Ley-Linie für Zauber und Ähnliches an. Er versucht vielleicht nur, andere Mythische von der Quelle ihrer Magie wegzudrängen, damit er der mächtigste Fae in der Stadt sein wird. Aber was ich wirklich denke, ist, dass er Zugang zur Ley-Linie braucht, um welchen Zauber auch immer aufzuladen, den er plant, um das Portal zu schließen. Aber ich rate nur, da ich nicht viel über Fae-Magie weiß«, erklärte Reggie.

Den Anweisungen der blechernen Stimme aus dem Navigationsprogramm folgend, bog Reggie eine Straße zu früh ab. Mac hatte ihnen zuvor eine Nachricht geschickt, dass sie durch den Garten des Nachbarn hinter seinem Haus schleichen sollten. Er war mit den Hausbesitzern befreundet, und sie hatten ein kleines Tor im Zaun zwischen ihren Gärten. Mac glaubte, dass, wenn jemand sein Haus beobachtete, sie nicht erwarten würden, dass er oder jemand anderes sich durch den Hintereingang einschleichen würde.

Sophies Neugier brodelte vor Aufregung über. Sie konnte es kaum erwarten zu sehen, wie Macs Haus aussah. Sie hatte sich ein unordentliches Durcheinander vorgestellt, mit Wänden, die mit Fahndungsfotos von Verbrechern bedeckt waren, verbunden durch lange rote Fäden. Ein Design im Stil eines Verschwörungstheoretikers, gemischt mit dem Albtraum eines Archivars.

Reggie parkte in einer Straße mit dicht gepackten Einfamilienhäusern. Als sie aus dem Auto stiegen, winkte Mac sie zu einem Seitentor eines zweistöckigen Hauses in der Farbe von süßer Butter.

»George und Anne sind wahrscheinlich nicht zu Hause, also müssen wir uns keine Sorgen machen, sie zu stören«, versicherte Mac ihnen, als sie besorgt zum Haus blickten. Reggie und Sophie folgten Mac einen schmalen, gepflasterten Weg neben dem Haus entlang. Der Pfad öffnete sich zu einem streichholzschachtelgroßen Hinterhof. Sie huschten über den Hof, und Mac entriegelte ein hohes Holztor. Am Eingang hielt Mac inne, drehte seine Nase zum Himmel und nahm lange, langsame Atemzüge. Aus dem Augenwinkel sah Sophie, dass Reggie dasselbe tat.

»Nichts. Nimmst du etwas wahr, Reg?«, fragte Mac leise. Reggie schüttelte den Kopf. Mac öffnete das Tor leicht und spähte einen Moment lang durch den Spalt, bevor er durch die Öffnung schlüpfte. Reggie und Sophie folgten ihm schnell in einen weiteren kleinen Hof. Der Hinterhof war auf allen Seiten von einem hohen Sichtschutzzaun umgeben. Sophie ging an einem kreisförmigen Kiesbereich mit einer Feuerstelle vorbei, umgeben von Stühlen im Adirondack-Stil. Sie blickte mit etwas Neid auf die Grube. Es wäre der perfekte Ort, um ein kaltes Bier zu genießen und ihre Füße an einem kalten, nebligen San Francisco-Abend zu wärmen.

Das Haus war mit cremefarbenem Stuck bedeckt und mit rostfarbenen spanischen Missionsziegeln gedeckt. Reggie und

Sophie beeilten sich, zu Mac aufzuschließen, der an der Hintertür des Hauses stand. Als er die Tür aufschloss, hob er eine Hand, um anzuzeigen, dass sie zurückbleiben sollten. Er drückte sich eng an die leicht geöffnete Tür und führte erneut seinen Schnüffeltest durch. Zufrieden mit dem, was auch immer seine Nase wahrnahm, öffnete er die Tür, und sie folgten ihm, als er leise hineinschlüpfte.

Die Hintertür führte sie in eine schmale Küche. Die Küche war klein, aber tipptopp. Sophie spähte in die Vintage-Bauernhausspüle und erwartete, sie mit schmutzigem Geschirr überhäuft zu sehen, aber die abgenutzte Porzellanspüle war leer. Abgesehen von einem Toaster, einer Kaffeemaschine und einer Rolle Küchenpapier waren die Arbeitsplatten frei von Unordnung.

Der Boden war mit Terrakotta-Quadraten bedeckt, die mit leuchtenden handbemalten Fliesen durchsetzt waren. Sophie bewunderte die Küche; sie war alt und abgenutzt, aber auch erfüllt von einer altweltlichen Wärme und einem Charme. Sie konnte sich eine süße und rundliche Großmutter vorstellen, die Stunden in diesem Raum verbrachte und köstliche Leckereien für ihre Lieben zubereitete. Es übertraf auf jeden Fall Sophies abgesplitterte Formica-Arbeitsplatten und rissigen Linoleumböden.

Als Sophie und Reggie Mac aus der Küche folgten, wichen die Fliesen dunklen Holzböden. Macs Wohnzimmer war ordentlich, aber spartanisch, die Möbel schwer und funktional. Als Sophie sich daran erinnerte, wie makellos Mac sein Auto hielt, wurde ihr klar, dass sie hätte wissen müssen, dass sein Haus genauso sein würde.

So viel zu Vorurteilen, dachte Sophie. *Natürlich lebt Mac nicht in deinem typischen Junggesellenbau.*

Mehrere große gerahmte Poster – die einzige wirkliche Dekoration in Sicht – zogen Sophie quer durch das Wohnzimmer. Sie blieb vor einem der Poster stehen, auf dem »Schrei der

Großstadt« in großen gelben Buchstaben über einer dunklen Hafenszene prangte. Das gequälte Gesicht eines Mannes starrte über den Filmtitel hinweg. Das nächste Poster zeigte einen schneidigen Mann mit Schnurrbart, der eine blonde Frau umklammerte, während ein verdächtig aussehender Kerl in einem braunen Trenchcoat aus der Ferne zusah. Auf einem roten Block stand der Filmtitel »Im Zeichen des Bösen«. Bevor Sophie einen Blick auf das dritte Poster werfen konnte, rief Mac sie zu sich.

»Du magst alte Schwarz-Weiß-Krimis?«, fragte Sophie neugierig.

»Ich liebe Film Noir. Hartgesottene Detektive, die sich in hinterhältige Damen verlieben, alles eingehüllt in Zigarettenrauch und Schatten. Was soll daran nicht gefallen?«, grinste Mac.

»Ich kann verstehen, warum dir das gefallen würde«, neckte Sophie. »Ist das, worauf du deine Polizisten-Persona basiert hast? Ich könnte dir einen Trenchcoat besorgen, um dein weltmüdes, fatalistisches Schnüffler-Image zu vervollständigen. Vielleicht kaufe ich mir einen Zoot-Anzug, damit ich dein Gangster-Erzfeind sein kann. Ich glaube nicht, dass ich eine Femme fatale darstellen könnte. Wir können heimliche Treffen an dunklen Straßenecken haben, Juwelenraubüberfälle planen, gefolgt von Autoverfolgungsjagden und Schießereien!«

»Zoot-Anzug? Du hast keinen dieser Filme gesehen, oder? Nein, ich werde dir etwas Figurbetontes zum Anziehen finden. Du wärst eine ausgezeichnete verräterische Dame.« Mac lachte.

»Du hast mich erwischt. Ich habe kurze Ausschnitte von einigen von ihnen gesehen, denke ich, aber ich habe nie einen dieser alten Schwarz-Weiß-Filme angeschaut«, gestand Sophie.

»Nun, das müssen wir beheben.«

Sophie bekam nur einen kurzen Blick auf einige dunkle Holzmöbel und eine marineblaue Bettdecke, die Macs Bett bedeckte, als sie ihm in den begehbaren Kleiderschrank des Zimmers folgte. Der Raum roch schwach nach Macs Eau de Cologne, einer

Art holzigem, männlichem Duft, der Sophie dazu bringen wollte, ihr Gesicht in seinen hängenden Hemden zu reiben.

»Halt das bitte«, bat Mac. Er legte eine leere Reisetasche in Sophies Arme, bevor er sich dem großen Safe zuwandte, der in der hinteren Ecke seines Kleiderschranks stand. Mit einer schnellen Drehung seines Handgelenks drehte Mac die Scheibe und schwang die große, schwer aussehende Tür auf. Er winkte Sophie näher und begann, Waffen und verschiedene Elektronik in die Reisetasche zu legen.

»Ist das, wo du die Leichen aufbewahrst?«, fragte Sophie theatralisch in den Safe spähend mit seinen ordentlich organisierten Regalen und Gestellen.

»Oh nein, dafür benutze ich den Kriechkeller«, sagte Mac, was Sophie zum Lachen brachte. »So unmenschlich bin ich nun auch wieder nicht.«

Sie liebte, wie Mac so schlagfertig war und nie ihren Mist ernst nahm. Es war schön, mit jemandem auf Augenhöhe zu sein und sich keine Sorgen um verletzte Gefühle oder zu ernst genommene Witze machen zu müssen. Außerdem konnte Mac austeilen, genauso gut wie er einstecken konnte.

Es dauerte nur wenige Minuten, bis er die Reisetasche zu seiner Zufriedenheit gefüllt hatte. Er nahm die Tasche aus Sophies Händen, schloss den Reißverschluss und warf sie sich über die Schulter. Er nahm eine zweite, kleinere Tasche und stopfte sie mit ein paar Wechselkleidern voll. Sophie und Mac gingen zurück ins Wohnzimmer, wo sie Reggie dabei erwischten, wie er die Filmposter bewunderte.

»Ich mag dein Haus«, sagte Sophie zu Mac und blickte nach oben, um die dunklen, freiliegenden Balken zu bewundern, die sich über sein Wohnzimmer erstreckten.

»Es gehörte meinen Großeltern. Ich könnte mir kein Haus in der Stadt leisten, wenn ich es nicht geerbt hätte«, sagte Mac mit einem Achselzucken und nahm keinen Verdienst für seinen Anteil am Immobilienbesitz in Anspruch.

»Ich sehe, du hast einen Fernseher«, sagte Sophie mit einem breiten Grinsen und nickte auf den großen Flachbildschirm, wobei sie an Macs Entsetzen dachte, dass Sophie keinen besaß.

»Hast du jemals Die Spur des Falken gesehen?«, fragte Mac. Als Sophie den Kopf schüttelte, schnalzte Mac missbilligend mit der Zunge. »Humphrey Bogart als Sam Spade ist Bogart in Bestform. Lass uns bald einen Filmabend machen.«

»Klingt nach Spaß, Detective Arschgesicht«, sagte Sophie mit falscher Zuversicht, nicht wollend, dass Mac den kleinen Kern nervöser Sehnsucht bemerkte, der in ihr aufblühte, als er breit grinste. Das Gefühl, als hätte Mac an einem losen Faden in ihrem Brustkorb gezogen, hinterließ ein seltsames Unbehagen unter ihrem Brustbein. Sophie schluckte das Gefühl hinunter und bewahrte es auf, um es später herauszuholen und zu untersuchen, wenn sie allein war.

»Wollt ihr euch bei mir oder bei Sophie treffen?«, fragte Reggie, ohne zu merken, dass er einen aufgeladenen Moment unterbrach. »Ich denke, wir sollten zu Sophies Wohnung gehen. Niemand würde daran denken, dich mit ihr in Verbindung zu bringen.«

»Ich stimme zu. Ich muss Ace anrufen und die Crew bitten, uns dort mit Andrews Daumen zu treffen«, sagte Mac und wandte seinen Blick von Sophies dunklen Augen zu Reggie.

Sophie lächelte, als sie sah, wie Reggie bei der Erwähnung der Daumen schauderte. Hatte er vergessen, womit er seinen Lebensunterhalt verdiente?

KAPITEL 20

*S*ie beschlossen, Macs Limousine zurückzulassen und mit Reggies Auto zum Streuselkuchen zu fahren, da Reggie befürchtete, dass jemand nach Macs Fahrzeug suchen könnte. Mac hatte versucht zu argumentieren, dass all diese Heimlichtuerei übertrieben sei, aber Sophie hatte ihm gesagt, er solle das Maul halten und sich fügen.

»Stell dir vor, wie sauer Birdie wird, wenn ich zulasse, dass dir was passiert. Ich werd' nie wieder Ruhe haben, wenn du dir den Hals brichst. Das passiert nun mal, wenn man andere an sich heranlässt – die machen sich dann Sorgen. Also reiß dich zusammen und sei wenigstens ein bisschen vorsichtig«, schimpfte Sophie mit einem schmollenden Mac.

»Wenn Edwyn hinter Sophie her wäre, was würdest du von ihr verlangen?«, fragte Reggie, was Mac besser zu beruhigen schien als Sophies Tirade.

Den Rest der Fahrt zu Sophies Wohnung verbrachten sie mit gutmütigen Sticheleien. Sowohl Sophie als auch Mac hielten ihren gewohnten Sarkasmus etwas zurück, Reggies sanftere Art zuliebe.

Als Sophie ihre Wohnungstür aufschloss, drehte sie sich zu

ihnen um: »Hey, ich schau kurz nach Birdie. Bin gleich wieder da.«

»Ich würd' auch gern Hallo sagen. Du solltest Birdie kennenlernen, Reggie. Sie ist was Besonderes«, sagte Mac.

Mit einem resignierten Schnaufen führte sie die beiden zu Birdies Tür. Birdie schob Sophie regelrecht zur Seite, um Mac fest zu umarmen.

»Mac, mein süßer Junge, wie geht's dir denn?«, sagte Birdie und tätschelte seine Schulter.

»Mir geht's bestens, Frau Birdie. Und Ihnen?«, fragte Mac mit seinem charmantesten Lächeln, was Sophie dazu brachte, zu Reggie hinüberzuschauen und die Augen zu verdrehen.

»Ich hab' gestern Abend 'ne schöne Zeit gehabt, also kann ich mich nicht beklagen.« Birdie zwinkerte verschmitzt. Reggies schockiertes Würgen lenkte ihre Aufmerksamkeit von Macs breitem Grinsen ab.

»Frau Birdie, darf ich Ihnen unseren Freund Dr. Reginald Didel vorstellen«, sagte Mac und trat zur Seite, damit Birdie sich Reggie nähern konnte.

»Birdie, das ist mein Chef, also bitte mach nichts, was mich meinen Job kostet«, warnte Sophie, nur halb im Scherz.

»Würde mir nie einfallen! Du bist ja hinreißend! Und auch noch Doktor, ach herrje«, sagte Birdie und kniff Reggie in die Wange. »Und du musst jeden Tag Sophie ertragen, du Armer. Du musst sehr geduldig sein.«

»Ich stell dir keine Freunde mehr vor, wenn du weiter so gemein zu mir bist«, drohte Sophie scherzhaft.

»Mit Sophie zu arbeiten ist großartig. Schon ihre Anwesenheit im Leichenschauhaus macht den Tag für alle heller«, sagte Reggie aufrichtig zu Birdie. Birdie schwärmte über Reggies süße Worte, während Sophie schnell blinzelte und den plötzlichen Kloß im Hals wegzuschlucken versuchte.

»Apropos Birdie mehr deiner Freunde vorstellen – Ace, Fitz

und Amira sind hier. Ich lass sie rein«, kündigte Mac an und blickte von seinem Handy auf.

Bald drängten sich alle in Birdies winzigem Flur und stellten sich vor. Die Gruppe zeigte sich von ihrer besten Seite. Ace war sogar charmant – etwas, von dem Sophie nicht gewusst hatte, dass er dazu fähig war. Fitz war sein gewohnt zurückhaltendes Selbst, aber Sophie bemerkte, wie behutsam er mit Birdie umging. Und Amira und Birdie verstanden sich auf Anhieb. Als die beiden anfingen zu tuscheln und zu kichern, brach Sophie in Panik aus. Nichts Gutes konnte dabei rauskommen, wenn die beiden sich so gut verstanden.

»Möchtet ihr alle etwas Tee?«, bot Birdie an.

»Könnten wir das auf später verschieben? Wir haben beruflich noch einiges zu erledigen. Du weißt, dass ich normalerweise gern bleibe und 'ne Tasse Tee mit dir trinke«, sagte Mac.

»Darauf nehm' ich dich beim Wort«, warnte Birdie.

»Hey Leute, ich will kurz mit Birdie reden, dann komm' ich zu euch rüber, okay?«, sagte Sophie.

Alle verabschiedeten sich höflich von Birdie und ließen sie wissen, wie sehr sie sich gefreut hatten, sie kennenzulernen. Als Mac Birdie zum Abschied umarmte, neckte sie ihn, dass er seine Chance verpasst habe, ihr »Spielzeug« zu werden, jetzt wo sie Milton hatte.

»Also, wie war's denn nun mit Milton?«, fragte Sophie aufgeregt, sobald sich die Tür hinter der Gruppe geschlossen hatte.

»Eine Dame erzählt nicht alles«, wiegelte Birdie ab.

»Perfekt, dann kannst du mir ja alles erzählen.« Sophie grinste.

»Nur wenn du mir erzählst, was zwischen dir und deinem sexy Detektiv läuft«, konterte Birdie.

»Zwischen Mac und mir läuft nichts.«

»Aber du willst, dass was läuft.«

»Nein. Keine Ahnung. Es ist—«

»Wenn du jetzt sagst 'es ist kompliziert', tret' ich dir in den Hintern«, warnte Birdie mit erhobenem Zeigefinger.

Sophie stieß einen frustrierten Seufzer aus. »Ich weiß nicht, ob's 'ne gute Idee ist. Aber... da ist schon was, weißt du? Er hat erwähnt, dass wir vielleicht mal 'nen Filmabend machen könnten.«

»Mädchen, ich hätte nie gedacht, dass du so 'n Schisser bist. Du wirst's bereuen, wenn du nicht wenigstens versuchst herauszufinden, ob da mehr ist als nur eure Wortgefechte.«

»Du hast recht. Ich muss mein Zickengesicht aktivieren«, sagte Sophie.

»Dein Zickengesicht aktivieren? Was soll das denn heißen?«, kicherte Birdie.

»Das sagt Amira immer. Ist besser als 'sei ein Mann', findest du nicht?«, fragte Sophie mit einem schelmischen Grinnen.

»Guter Punkt«, prustete Birdie. »Also los, Mädchen. Aktivier dein Zickengesicht.«

»Ich werd's versuchen, Birdie.«

»Übrigens, ich freu' mich, dass du neue Freunde findest. Ich hab' mir schon Sorgen gemacht. 'ne junge Frau sollte nicht nur 'ne alte Dame und 'nen mürrischen Barkeeper als Freunde haben«, sagte Birdie sanft.

»Hey, mach dich nicht kleiner als du bist. Jeder wär' froh, dich zur Freundin zu haben. Ich bin glücklich über meine Arbeitskollegen, aber du bleibst immer meine beste Freundin.«

»Schon gut, Sophie, du Schmeichlerin. Geh zu deinen Freunden«, sagte Birdie und schob Sophie sanft zur Tür. »Kommst du später vorbei für schlechtes Fernsehen?«

»Klar! Je schlechter, desto besser.« Sophie grinste, bevor sie in ihre Wohnung ging und sah, dass alle es sich bequem gemacht hatten. Ihr wurde klar, dass sie mehr Möbel brauchte, wenn sie öfter mit Kollegen abhängen wollte.

Mac saß an ihrem Küchentisch und fummelte an einem Handy herum.

»Hat geklappt. Ich bin drin«, verkündete Mac, seine Worte zogen Sophie an seine Seite.

Sie setzte sich neben ihn und meckerte: »Du hast 'nen Leichenthumb auf meinem verdammten Tisch gelassen. Hier esse ich.«

»Du schneidest fünf Tage die Woche Tote auf. Hör auf zu jammern«, brummte Mac, ohne vom Bildschirm aufzublicken.

»Ja, aber nicht da, wo ich esse, du Idiot«, protestierte Sophie. Sie ging in die Küche, holte Desinfektionstücher und knallte sie erwartungsvoll vor Mac hin.

»Schon gut«, knurrte Mac, steckte die Daumen in einen Beutel und wischte halbherzig über den Tisch.

»Was Brauchbares auf dem Handy?«, rief Reggie aus dem Wohnzimmer.

»Nicht wirklich. Nichts, was wir nicht schon wussten«, sagte Mac. »Sieht aus, als wär' Andrew nur angeheuerte Muskeln gewesen. Ich hatte gehofft, wir könnten ihn mit 'nem bestimmten Gestaltwandlerrudel verknüpfen, aber Fehlanzeige.«

Während Mac weiter durch Andrews Handy scrollte, erklärte er allen den Plan für den nächsten Tag.

»Wir sind Backup. Marcellas Leute warten oben im Turm, bis Edwyn auftaucht. Ace und Amira, ihr positioniert euch beim Fundament, versteckt in der Nähe der Filbert Street Treppe. Fitz und Reggie, ihr zwei seid auf der anderen Seite des Turms. Wir bleiben über Handy in Kontakt«, erklärte Mac.

»Und wo bin ich?«, fragte Sophie.

»Äh... zu Hause, wahrscheinlich«, sagte Mac langsam und vermied es, in Sophies Richtung zu schauen.

»Von wegen. Du lässt mich nicht zurück«, sagte Sophie und lehnte sich vor, zwang Mac, ihr ins Gesicht zu sehen.

»Diese Typen sind gefährlich, Sophie«, bellte Mac.

»Das weiß ich, Arschloch! Ich hab' gesehen, wozu sie fähig sind. Ich weiß besser als du, wozu sie fähig sind. Deshalb komm' ich mit. Ich weiß, wie Edwyn aussieht. Ich weiß, wie Dimitri aussieht. Du lässt mich nicht zurück.«

»Das sind keine Menschen. Du schon. Sie sind schneller als du, stärker, haben magische Kräfte. Egal wie zäh du als Mensch bist, du bist immer noch nur ein Mensch.« Mac stand auf, lehnte sich über den Tisch und kam mit seinem Gesicht näher an Sophies.

Komm ruhig noch näher, damit ich dir eine klatschen kann, dachte Sophie wütend, verletzt und ein wenig verraten von Macs mangelndem Vertrauen.

»Ich hab' nicht vor, gegen jemanden zu kämpfen, du Trottel. Ich kann Wache halten und mich genauso aus der Schusslinie halten wie alle anderen. Ich werd' verdammt nochmal nicht zu Hause rumsitzen und nur hoffen, dass es euch gut geht. Schlag dir das aus dem Kopf. Ich komm' mit, und du kannst mich nicht aufhalten. Wir sind ein Team, wir alle, und wir halten als Team zusammen«, knurrte Sophie zurück, stand auf und kam Mac noch näher ins Gesicht.

Mac warf frustriert die Hände hoch und sah aus, als würde er sich die Haare ausreißen. »Stell dir vor, wie Birdie sich fühlt, wenn du verletzt wirst. Das passiert nun mal, wenn man andere an sich heranlässt – die machen sich dann Sorgen. Also reiß dich zusammen und bleib in Sicherheit. Kommt dir das bekannt vor?«

»Vielleicht könnten wir sie ins Auto auf den Parkplatz setzen? Sie werden denken, sie ist 'n normaler Mensch, und wenn's brenzlig wird, kann sie abhauen. Einen einzelnen Menschen beachten sie nicht«, schlug Fitz von seinem Platz auf Sophies Futon vor.

Mac drehte sich zu Fitz um und sah aus, als würde er ihm den Kopf abreißen wollen.

»Gute Idee, Fitz. Genau das machen wir«, verkündete Sophie und zog Macs Aufmerksamkeit zurück. »Ich sitz' auf dem Parkplatz. Ein, zwei Waffen griffbereit. Bleib' brav im Auto wie 'n artiges Schulmädchen und halt' nur nach den Bösen Ausschau.«

Mac knurrte, seine blauen Augen blitzten vor Wut. Sophie konnte fast das Raubtier in Mac durchscheinen sehen. In seine stahlblauen Augen zu starren fühlte sich an wie der Blick in einen Gletscher.

»Artiges Mädchen – von wegen«, maulte er grob.

»Willst du mich einschüchtern?«, schnaubte Sophie und tat so, als würde es nicht ein bisschen funktionieren. Das Raubtier in Mac sah aus, als wär's bereit zu springen und Fleisch zu zerreißen.

»Ich will dich nicht einschüchtern!«, rief Mac genervt. Mit einem tiefen Atemzug zügelte Mac sichtbar seinen Ärger, eine ruhige Maske glitt über sein Gesicht. »Kann ich kurz allein mit dir reden?«

Sophie führte Mac verärgert in ihr Schlafzimmer. Als sie die Tür schloss, lehnte sich Mac dagegen und blockierte ihren einzigen Fluchtweg, es sei denn, Sophie wollte sich aus dem Schlafzimmerfenster stürzen.

»Okay«, sagte Sophie. »Was musstest du mir sagen, was du nicht vor den anderen sagen konntest?«

»Sophie, wie bring' ich dich dazu, hier zu bleiben, weg von der Gefahr? Ich will nicht, dass du dich in Gefahr begibst.«

»Ich will auch nicht, dass ihr euch in Gefahr begebt, aber wir haben keine Wahl. Warum ist es für alle anderen okay, aber nicht für mich? Und wag's nicht zu sagen, dass es daran liegt, dass ich 'n Mensch bin.«

»Verdammt, Höllenstifter.« Mac seufzte. »Es liegt daran, dass du mir wichtig bist. Ich will nicht riskieren, dich zu verlieren. Du bedeutest mir was.«

»Du bedeutest mir auch was. Deshalb muss ich dabei sein. Du kannst nicht von mir verlangen, zu Hause zu bleiben«, sagte Sophie und stemmte die Hände trotzig in die Hüften.

Mac begann in ihrem winzigen Zimmer auf und ab zu gehen. Es gab nur ein paar Fuß Platz um ihr Bett herum, und Mac schien den ganzen verfügbaren Raum auszufüllen. Er ging um das Fußende ihres Bettes, blieb vor ihrem Nachttisch stehen, drehte sich um und machte seinen unruhigen Weg zurück zur Tür. Sophie kletterte auf ihr Bett, aus seinem Weg, um ihn seine Aufregung abarbeiten zu lassen. Sie beobachtete, wie er in ihrem Schlafzimmer umherwanderte wie ein gefangener Löwe.

»Hey, ich hab' was für dich«, unterbrach Sophie.

»Du hast was für mich?«, wiederholte Mac verwirrt, als Sophie ein braun eingepacktes Paket von ihrem Nachttisch nahm.

»Ja, ich hab' auf den richtigen Moment gewartet. Hier, mach's auf«, sagte Sophie und hielt ihm das Paket hin. Mac nahm es, setzte sich neben ihre Füße auf die Patchworkdecke und starrte einen Moment lang auf das Paket. »Mach's auf«, drängte Sophie.

Als er das braune Papier aufriss, starrte Mac auf das Buch mit dem Titel »Die wilde und seltsame Geschichte der Stadt an der Bucht«. Er fuhr langsam mit dem Finger über den Titel und drehte das Buch um, um den Klappentext zu lesen.

»Ich weiß, dass du Geschichte magst. Also bin ich mit Birdie zu dem Buchladen, von dem du mir erzählt hast – City Lights, dieser legendäre Laden in San Francisco«, erklärte Sophie.

»Soph... Danke. Das ist... das bedeutet mir viel«, sagte Mac leise und blickte vom Buch auf.

»Du hast es noch nicht gelesen, oder?«, fragte Sophie und versuchte, den Ausdruck in seinen Augen zu deuten.

»Nein. Was hast du von City Lights gehalten?«

»Hat mir sehr gefallen. Zuerst schien es wie 'n ganz normaler Buchladen. Aber als wir herumgingen, durchströmte dieses Gefühl von Geschichte den ganzen Ort, sickerte aus jeder Ecke heraus. Es war wie ein Café in Paris während der Résistance, stelle ich mir vor. Ich weiß nicht, wie ich's erklären soll – als ob Ideen bereit wären, Flügel zu bekommen, 'ne Revolution des Denkens anzuzetteln. Jedes Buch dort öffnete ein Tor zur Veränderung. Es war einfach... magisch.« Sophie starrte auf das Buch in Macs Händen und versuchte mit unzu-

reichenden Worten einzufangen, wie sich der Buchladen ange-
fühlt hatte.

Als sie von Macs Händen aufblickte, stockte Sophie der Atem,
als sie die Hitze in seinen Augen sah. Ihr Geist wanderte noch
durch einen fernen Buchladen, und es dauerte einen gefrorenen,
atemlosen Moment, bis sie begriff, was geschah. Das Letzte, was
Sophie sah, bevor sie die Augen schloss, waren Macs ozeanblau
funkelnde Augen. Seine Lippen streiften schmetterlingsweich
ihre. Einmal. Zweimal. Die Berührung zupfte an den Saiten ihres
Herzens und entlockte ihr einen ganzen Chor von
Empfindungen.

Als Mac ihre Lippen mit seinen teilte, riss sich das Verlangen
von der Leine und brüllte durch ihren Körper. Ein Kribbeln lief
über ihre Haut. Ohne bewussten Gedanken fanden Sophies
Hände ihren Weg zu Macs Kiefer, Finger glitten sanft durch seine
Bartstoppeln. Die rauen Stoppeln kitzelten ihre Fingerspitzen.
Dem Umriss seines kantigen Kiefers folgend, fuhr Sophie mit
den Fingern in Macs zerzaustes Haar.

Macs Mund zog sich leicht von ihrem zurück, verharrte einen
Moment, während er ihren Namen flüsterte. Sophie lockte ihn
mit ihren Lippen zurück. Sie drehte sich auf der Matratze und
wollte gerade auf seinen Schoß klettern, als Amiras und Aces
laute Stimmen in ihr Bewusstsein drangen.

Mit einem Keuchen zog sie sich zurück, gefangen zwischen
dem Wunsch, sich zurückzuziehen und Mac zu packen und nicht
loszulassen. Sie hatte nicht gemerkt, wie sehr ihre Haut nach
Berührung verlangte, bis Mac seine Hände von ihrer Taille nahm.

»Sophie, ich—«, begann Mac, aber Aces und Amiras Streit
unterbrach ihn erneut, was ihn dazu brachte, der Tür einen
bösen Blick zuzuwerfen. Er lehnte seine Stirn gegen Sophies,
rollte seinen Kopf sanft gegen ihren, seine hellen Augen starrten
in ihre.

»Jetzt ist nicht der richtige Zeitpunkt. Aber... wir müssen
reden. Über uns. Sobald wir morgen überstanden haben, möchte

ich Zeit allein mit dir. Ich mag sie«, sagte Mac und nickte Richtung Wohnzimmer, »aber wir brauchen Zeit herauszufinden, was wir füreinander sein wollen, ohne Publikum.«

Überwältigt konnte Sophie nur nicken. Mac stand auf, drehte sich zum Fenster und stieß einen langen Atemzug aus, als würde er versuchen, seine Frustration und unterbrochene Lust wegzublasen.

Sie konnte kaum glauben, dass sie ihre Freunde komplett ausgeblendet hatte, die nur wenige Schritte entfernt waren. Nur eine dünne Tür trennte sie von der Entdeckung. Mac half ihr auf die Füße und führte sie durch ihr Schlafzimmer. Bevor er die Tür öffnete, lehnte er sich vor und hauchte noch einen Kuss auf ihre Lippen.

»Bald, versprochen«, versprach er und drückte das Buch an seine Brust.

Zwanzig Minuten später beschwerte sich Mac immer noch über Sophies Teilnahme am Plan, schien aber resigniert, als er, Reggie, Ace und Fitz sich zum Gehen bereitmachten.

»Kommst du mit?«, fragte Reggie, als er bemerkte, dass Amira noch auf Sophies Futon lungerte.

»Nein, wir haben Frauenabend geplant«, verkündete Amira, fischte eine Weinflasche aus ihrer Designertasche und hielt sie triumphierend hoch.

Reggie erinnerte sie daran, dass sie später noch arbeiten mussten, also versprachen beide, nicht zu viel zu trinken.

»Reicht Zeit für etwas Wein und Schlaf, bevor wir arbeiten müssen«, versicherte Amira.

Als Sophie und Amira die Jungs nach draußen begleiteten, steckte Moe seinen Kopf aus seiner Erdgeschosswohnung.

»Wer sind diese Leute?«, maulte Moe.

»Nur Freunde. Geht dich nichts an, Moe«, antwortete Sophie stirnrunzelnd.

»Du hast Freunde? Glaub' ich nicht. Was machen all die Leute wirklich hier?«

GWEN DEMARCO

»Du hast recht, Moe. Wir haben 'nen Porno in meiner Wohnung gedreht«, spottete Sophie grinsend.

»Die kann ich mir vorstellen«, sagte Moe und zeigte auf Amira, »aber dich will keiner in Aktion sehen.«

»Dein Vater meinte gestern Abend was ganz anderes«, konterte Sophie schlagfertig.

Sie drehte dem schimpfenden Moe den Rücken zu und begleitete ihre Freunde zum Treppenabsatz.

»Wer zum Teufel ist das?«, knurrte Mac in Sophies Ohr und blickte auf Moes rotes Gesicht. Der Ausdruck auf Macs Gesicht sagte, dass er sich Moes Ermordung vorstellte.

»Mein Vermieter, Moe. Ist harmlos. Einfach ignorieren«, beruhigte Sophie ihn. »Er kämpft gern verbal mit mir. Merkt nicht, dass ich ihn ständig fertigmache.«

»Ich weiß nicht, ob ich geschmeichelt oder beleidigt sein soll«, murmelte Amira.

»Kannst beides sein«, bot Sophie an.

Nachdem die Jungs weggefahren waren, schlug Sophie vor, Birdie zu ihrem Frauenabend einzuladen. Als sie zu Birdies Tür gingen, freute sie sich über Gesellschaft. Während sie kitschiges Fernsehen schauten und lachend kommentierten, fühlte Sophie, als würde ihre Seele leicht über ihrem Körper schweben, nur von einem dünnen Faden gehalten. So viele Gedanken wirbelten in ihrem Kopf herum wie Staubpartikel in einem Ventilator und ließen sie kaum den Zickenkrieg in der Show verfolgen. Ihre Gedanken drängten sie ständig, Mac zu suchen.

Risse waren in dem Damm um ihr Herz erschienen – dem Mörtel aus Stolz und Selbstschutz – bereit, bei der kleinsten Berührung von Mac vollständig zu bersten.

KAPITEL 21

»Manche Superheldenteams bekommen Jets, Hauptquartiere auf Raumschiffen, vielleicht eine Yacht, aber nein... Nicht wir. Wir bekommen den Minivan deiner Schwester als unser offizielles Transportmittel.« Amira lachte von ihrem Sitz hinten im Van.

»Ich dachte, du wolltest den Minivan für deine Schwester als Dankeschön reinigen?«, sagte Sophie von ihrem Beifahrersitz aus.

»Habe ich«, sagte Mac mit einem Grinsen. »Ich vermute, dass meine Nichten und mein Neffe meine ganze harte Arbeit innerhalb einer Stunde zunichte gemacht haben, nachdem ich das Auto an Miranda zurückgegeben habe.«

Als er auf den sanft geschwungenen Telegraph Hill boulevard einbog, ragte der Coit Tower hoch über dem Blätterdach der umliegenden Bäume. Der schlanke, geriffelte Turm aus weißem Beton thronte auf einem der höchsten Gipfel San Franciscos und hob sich von der Umgebung ab wie eine einsame Schildwache über der Bucht.

»Warst du schon mal im Turm?«, fragte Mac.

»Nein, in all der Zeit, die ich hier gelebt habe, habe ich ihn nie besucht. So oft ich den Coit Tower über dem Stadtbild gesehen habe, ist es mir nie in den Sinn gekommen, ihn zu besichtigen.« Sophie zuckte mit den Schultern. »Ich weiß nicht warum.«

»Ich habe ihn vor einer Ewigkeit besucht, als Teenager auf einem Schulausflug. Die Wandgemälde im Inneren sind ziemlich cool. Außerdem gibt es oben auf dem Turm eine Freiluftarkade mit Blick auf die gesamte Stadt und die Bucht. Siehst du diese ausgeschnittenen Bögen? Man kann oben herumlaufen und von dort aus die ganze Stadt sehen.«

Mac fuhr den Van auf einen kleinen runden Parkplatz in der Nähe des Turmfußes. Sophie kniff die Augen zusammen, um die Statue in der Mitte des Parkplatzes zu erkennen. Es war ein einzelner stehender Mann mit einem wehenden Umhang, der ein Stück Papier oder einen Lappen in einer Hand hielt.

»Wer ist das?«, fragte Sophie und zeigte auf die grünlich schimmernde Statue, die über dem Parkplatz aufragte.

»Christoph Kolumbus, wenn ich mich recht erinnere«, sagte Reggie.

»Was hat Christoph Kolumbus mit dem Coit Tower zu tun?«, fragte Sophie neugierig.

»Keine Ahnung. Kolumbus hat nie einen Fuß auf diese Seite des Kontinents gesetzt«, sagte Mac kopfschüttelnd.

Sophie nahm all ihren Mut zusammen und wandte ihre Aufmerksamkeit von der Statue ab. Mac parkte den Minivan mit Blick von Kolumbus weg. Als sie durch die Windschutzscheibe blickte, sah Sophie, dass sie nach außen auf die Aussicht über die Bucht gerichtet waren.

»Wie lange, bis Marcella und ihre Leute hier sind?«, fragte Sophie.

Mac schaute auf seine Uhr. »Etwa fünfundvierzig Minuten. Lasst uns uns mit der Gegend vertraut machen, bevor der Turm schließt.«

Als sie aus dem Fahrzeug ausstiegen, ging Sophie zum Zaun, der den runden Parkplatz umgab. Der Hügel, auf dem sie sich befanden, lag so hoch über der Bucht, dass Sophie an einem klaren Tag Oakland auf der anderen Seite des Wassers hätte sehen können. Wenn die Aussicht vom Boden aus so fantastisch war, konnte Sophie sich nicht vorstellen, wie gut der Blick von der Spitze des zweihundert Fuß hohen Turms sein würde.

Trotz des dichten Nebels, der über der Stadt lag, konnte Sophie die Insel Alcatraz sehen, die wie ein einsames Seerosenblatt auf dem indigoblauen Wasser schwamm. Mac rief Sophie zurück zum Minivan und holte sie aus ihrer Träumerei.

Er begann, Ausrüstung und die Funkgeräte zu verteilen, mit denen alle einander hören konnten. Sophie steckte das kleine Ohrstück in ihr Ohr und das Funkgerät in die Tasche ihrer Jacke und hörte zu, wie alle einen Mikrofontest durchführten.

Sie folgte Mac, und die Gruppe schlenderte um die gepflegte Landschaft rund um den Fuß des Coit Towers, wie ganz normale Touristen. Mac zeigte, wo er jeden positionieren wollte, sobald Marcella ankäme. Obwohl der Turm in weniger als einer Stunde schließen würde, wimmelte der Park um das Bauwerk herum von Touristen. Überall liefen sie herum wie Ameisen an einem gestörten Bau. Zumindest hatte die Schlange von Menschen, die darauf warteten, mit dem Aufzug zur Turmspitze zu fahren, begonnen, sich zu lichten, als die Schließzeit näher rückte.

Nachdem sie die Umgebung erkundet hatten, nahmen alle ihre zugewiesenen Positionen ein.

Mac nahm Sophie mit zum Minivan. »Sei vorsichtig, okay? Tu nichts Dummes. Wenn du versuchst, den Helden zu spielen, wirst du wahrscheinlich verletzt werden. Dies sind mächtige Gestaltwandler und Fae. Hast du den Taser, den ich dir gegeben habe?«

Sophie tätschelte ihre Tasche, in der der Taser lag. »Ich bleibe in Sicherheit und halte mich raus. Aber du musst auch versprechen, zu versuchen, sicher zu bleiben, okay? Du darfst nicht verletzt werden.«

»Ich verspreche, dass ich vorsichtig sein werde.«

»Wenn du verletzt wirst oder Schlimmeres, kannst du was erleben«, warnte Sophie, was Mac zum Lachen brachte. Er beugte sich vor und streifte einen sanften, flüchtigen Kuss auf ihre Lippen.

»Okay, dann. Ich muss zum Eingang gehen, um auf Marcella und ihre Leute zu warten«, sagte Mac. Als Sophie verständnisvoll nickte, drückte er ihre Hand und wandte sich dann zum Eingang, wobei er etwas in den Funkkanal murmelte.

Sophie stand kurz verloren da und starrte Mac nach wie ein verliebtes Mädchen, das ihrem Seemann bei der Ausfahrt zusieht. Sie schüttelte ihre Benommenheit ab und schimpfte innerlich mit sich selbst und nahm ihre Position am Zaun mit Blick auf die Bucht ein.

Es war leicht, mit den anderen Touristen zu verschmelzen, die die Aussicht auf die Stadt bewunderten, trotz ihrer schwindenden Anzahl. Nach dreißig Minuten, in denen sie vorgab, mit ihrem Handy Fotos von der Gegend zu machen, hörte Sophie Reggies Stimme in ihrem Ohr flüstern: »Zwei Autos fahren auf den Parkplatz. Eines sieht aus wie dasselbe Fahrzeug, mit dem Marcella zu Buck's gefahren ist.«

Sophie schlenderte zur Statue von Christoph Kolumbus und beobachtete, wie Marcella und sieben andere Personen aus ihren Autos stiegen und zum Eingang gingen. Sophie war froh, dass sie daran gedacht hatte, eine Sonnenbrille zu tragen, um ihren aufmerksamen Blick zu verbergen. Sie tat so, als würde sie die Plakette am Sockel der Statue lesen, während sie beobachtete, wie Mac Marcella begrüßte. Nachdem er ihr die Hand geschüttelt hatte, rief er Reggie, Fitz, Ace und Amira zu sich herbei, damit alle sich kennenlernen konnten.

Konzentriert auf ihr Ohrstück hörte Sophie zu, wie Mac ihre Freunde vorstellte. Er erklärte, dass sie das Team seien, das die Umgebung auf potenzielle Probleme überwachen und als Backup fungieren würde, falls etwas schief gehen sollte.

Sophie ging zurück zum Minivan und tat so, als würde sie

sich auf die Abfahrt vorbereiten, zusammen mit den letzten verbliebenen Touristen. Sie beobachtete, wie Mac, Marcella und ihre Crew in den Eingang des Gebäudes gingen, während der Rest ihrer Freunde im umliegenden Laub verschwand.

»Haben Sie eine Vorstellung davon, wie viele Leute Edwyn heute Abend mitbringen wird?«, hörte Sophie Mac durch ihr Ohrstück Marcella fragen.

»Wir glauben nicht, dass er viele Unterstützer mitbringen wird. Er sollte uns nicht erwarten. Er ist nicht so töricht, eine große Gruppe mitzubringen und zu riskieren, die Öffentlichkeit zu alarmieren«, antwortete Marcella mit Selbstvertrauen in ihrer Stimme.

Sophie trommelte mit den Fingern auf das Lenkrad des Autos und hörte zu, wie Mac alle im Turm in Position brachte. Sie hasste es, dass sie auf ihrem Hintern sitzen und sich raushalten musste.

Das ist echt scheiße. Sie behandeln mich, als wäre ich aus Glas, dachte Sophie.

Bald verstummte das ganze Geplapper über den Funkkanal. Als der Himmel dunkler wurde und der Nebel sich noch dichter über die Stadt legte, kauerte Sophie sich mit einem resignierten Seufzer in ihrem Sitz zusammen, um zu warten.

Nach einer endlos erscheinenden Zeit, in der sie den Eingang zum Parkplatz anstarrte, entdeckte Sophie schließlich einen hellen Strahl von sich nähernden Scheinwerfern.

»Ich glaube, ein Auto fährt auf den Parkplatz«, gab Sophie über den offenen Kanal bekannt.

Ein Chor von geflüsterten Bestätigungen kam von Mac, Reggie und dem Rest des Teams.

»Warte. Es ist mehr als ein Fahrzeug«, sagte Sophie dringend. Sie rutschte noch tiefer in ihren Sitz und beobachtete, wie eine kleine Karawane von Fahrzeugen auf den Parkplatz fuhr. »Scheiße. Es sind fünf Autos.«

»Kannst du erkennen, wie viele Leute Edwyn bei sich hat?«, fragte Mac dringend.

Als jedes Auto seine Insassen entlud, zählte Sophie sie so gut wie möglich.

»Es sind ungefähr fünfzehn Leute«, flüsterte Sophie und spähte vorsichtig über den Rand des Autofensters.

»Scheiße. Siehst du Edwyn?«, knackte Macs dringende Stimme in Sophies Ohr.

Sophie beobachtete, wie Edwyn sich auf den Turmeingang zubewegte. Den schmalgesichtigen Mann mit seinem sorgfältig frisierten aschblonden Haar war unverkennbar. Selbst von ihrem Versteck aus konnte Sophie die falsche Wärme seiner charmanten Fassade spüren. Sie schauderte leicht, als sie sich daran erinnerte, was unter seiner Maske lag.

»Ja, er ist hier. Sie gehen jetzt zum Turmeingang«, warnte Sophie.

»Okay, neuer Plan«, sagte Mac. »Reggie, Fitz, Ace und Amira, ihr folgt ihm und schleicht euch von hinten an. Stellt sicher, dass ihr das Überraschungsmoment behaltet. Haltet eure Waffen bereit und seid bereit, sie einzusetzen. Alles verstanden?«

Sophie hörte zu, während ihre Freunde leise ihre Befehle bestätigten.

»Gibt es etwas, was ich tun kann, um zu helfen?«, flehte Sophie.

»Halte einfach Ausschau nach weiteren Problemen. Du bist jetzt unser einziger Ausguck«, sagte Mac.

Sophie beobachtete, wie ihre Freunde aus ihren Verstecken auftauchten und die breiten Zementstufen hinauf zum Eingang gingen, der zwischen zwei dicken Säulen verborgen war.

Mit schneller werdendem Puls beobachtete Sophie den Turm und lauschte ihrem Ohrstück. Sie verstopfte ihr linkes Ohr mit einem Finger, um all ihre Sinne auf die leisen Geräusche zu konzentrieren, die durch ihren Empfänger kamen. Meist schienen die Geräusche leise geflüsterte Anweisungen und das Streifen von Kleidung an Mikrofonen zu sein.

Ein plötzlicher Schrei in ihrem Ohrstück ließ sie so hoch in ihrem Sitz springen, dass Sophie fast mit dem Kopf an den Rückspiegel stieß. Mehr Schreie und Grunzen begannen durch die Mikrofone zu dringen. Es gab so viele Klangschichten, die durch das Ohrstück kamen, dass Sophie keine einzelne Person aus der Kakophonie herausfiltern konnte.

Der Knall eines Schusses ließ Sophie aufschreien, dann klammerte sie ihre Hand über ihren Mund, um den Laut zu dämpfen. Sie öffnete ihre Tür und stieg halb aus dem Auto, mit einem Fuß auf dem Pflaster und dem anderen noch im Fahrzeug, und starrte entsetzt zur Spitze des nebelbedeckten Turms. Die Angst um ihre Freunde hielt sie bewegungslos, erfüllte sie mit Unsicherheit darüber, was zu tun sei. Eine Verschiebung im Nebel enthüllte für einen kurzen Moment die Spitze des Turms. Gegen den dunklen Himmel blitzten flackernde Lichter, die vage wie Elektrizitätsbögen aussahen, aus dem Inneren des Gebäudes. Sie wollte in den offenen Kanal rufen und fragen, ob alle in Ordnung waren, hatte aber Angst, ihre Freunde abzulenken, wenn sie ihre ganze Konzentration brauchten.

Ein schrecklicher, gurgelnder Schrei drang in Sophies Ohren. Er brachte sie dazu, sich weiter aus dem Auto zu bewegen und einen Schritt näher zum Turm zu machen. Unentschlossenheit und Angst um ihre Freunde kämpften in ihrem Kopf und machten sie unsicher, was zu tun sei.

»Halt! Hände hoch! Polizei!«, brüllte eine tiefe männliche Stimme von links.

Als sie den Kopf drehte, erkannte sie sofort die Detektive von der Nacht, in der sie die Autopsie an dem Vampir Montgomery durchgeführt hatte.

»Was machen Sie hier? Dieses Gebiet ist für die Nacht geschlossen. Sie begehen Hausfriedensbruch!«, brüllte der hispanische Ermittler. Als Sophie langsam ihre Hände über den Kopf hob, durchforstete sie ihr Gehirn und versuchte, sich an seinen Namen zu erinnern.

Hernandez. Und der andere war Lancaster.

»Detective Hernandez, Detective Lancaster. Guten Abend«, begrüßte Sophie sie laut, in der Hoffnung, dass ihre Freunde sie in ihren Ohrstücken hören konnten.

»Woher kennen Sie unsere Namen?«, forderte Lancaster, zog seine Pistole aus dem Holster und richtete sie auf Sophies Brust.

»Warten Sie... Ich erkenne sie. Wir haben sie schon einmal gesehen. Woher kennen wir Sie?«, knurrte Hernandez.

»Äh, ich arbeite in der Leichenhalle. Wir haben uns einmal getroffen.«

»Was machen Sie hier?«, verlangte Hernandez zu wissen.

»Ich habe den Turm besucht. Ich wollte gerade gehen, als ich dachte, ich hätte etwas Seltsames gehört. Ich bin froh, dass Sie hier sind; ich glaube, einige Teenager haben sich in den Turm geschlichen, um eine Party zu feiern oder so. Sie sollten nachsehen. Stellen Sie sicher, dass sie die Wandgemälde nicht beschädigen oder so«, sagte Sophie und hoffte, dass sie ihre Lügen glauben würden.

»Werde sie einfach los. Edwyn will nicht, dass jemand seine Pläne stört. Sie ist nur ein Mensch«, sagte Lancaster zu Hernandez.

»Was? Das wird nicht nötig sein. Ich gehe einfach«, flehte Sophie.

Als Hernandez eine Waffe auf Sophie richtete, wünschte sie sich plötzlich, sie hätte eine kugelsichere Weste. Als er die Waffe hob, um auf ihr Gesicht zu zielen, wurde ihr klar, dass es zu viel verlangt war, auf einen Körpertreffer zu hoffen.

Ein brüllendes Gebrüll ließ Sophie auf die Knie fallen und ihren Kopf mit den Armen bedecken. Als sie zwischen ihren Unterarmen hindurchspähte, sah sie, wie ein verschwommenes Etwas die Detektive traf, als sie sich schockiert dem Geräusch zuwandten. Der Klang eines Schusses ließ sie wieder in Deckung gehen, aber glücklicherweise blieb sie unverletzt.

Eine Kreatur traf die Detektive wie Kegel, die umgerissen werden, und schleuderte sie in die Luft. Sophie begann, auf allen vieren rückwärts zu kriechen und versuchte, unbemerkt wegzukommen. Während sie zusah, schnappte das enorme, grässliche Wesen einen schreienden Hernandez vom Pflaster. Mit einer knirschenden Drehung seiner Hände verstummten Hernandez' Schreie wie durch einen Schalter. Lancaster versuchte, sich auf seinen Unterarmen von dem Monster wegzuziehen und schleifte ein Bein hinter sich her. Das riesige, blass-fleischige Wesen sprang auf Lancaster zu und trat ihm auf den Rücken. Während Lancaster um Gnade gurgelte, verdrehte das Biest seinen Hals wie ein Huhn, das für den Abendtisch zubereitet wird.

Das Monster ließ Lancasters gebrochenen Leichnam beiläufig fallen und wandte sich Sophie zu. Sie war auf Händen und Knien auf dem Parkplatz wie erstarrt.

Die riesige Kreatur hatte blasse, grünlich getönte Haut mit Wirbeln, die wie rituellen Markierungen aussahen und ihre Brust und Schultern zierten. Sophies Augen wussten nicht, wo sie verweilen sollten, da viel Haut zu sehen war. Das Monster schien nur einen aufwendigen, gepanzerten Lendenschurz zu tragen. Sophies Blick wanderte von den massiven Muskelplatten, die die Brust des Monsters bedeckten, zu seinem abscheulichen Gesicht. Kleine stechende Augen starrten Sophie unter einer prominenten Braue an, die in einem permanenten Stirnrunzeln gesenkt war. Zwei große spitze Hauer ragten aus seinem Unterkiefer hervor.

Als das Monster einen weiteren Schritt auf Sophie zumachte, schaltete sich ihr Gehirn endlich ein, und sie begann, auf die Füße zu krabbeln, in einem vergeblichen Versuch zu entkommen.

»Sophie! Bist du okay?«, fragte eine vertraute Stimme.

»Was–«, begann Sophie zu sagen, aber ihr Verstand blieb

stecken und flatterte in ihrem Schädel wie eine Motte, die in einem Glasfenster gefangen ist, was sie stumm machte.

»Sophie, ich bin's, Benno. Bist du okay?«

»Benno?«, wiederholte Sophie dümmlich.

»Ja, ich bin's, Benno. Haben diese Typen dir wehgetan?«, fragte das Monster mit Bennos Stimme.

»Benno?«

»Sophie! Reiß dich zusammen. Das ist meine wahre Oger-form«, sagte Benno.

Sophie starrte schweigend auf das zehn Fuß große Monster vor ihr, während ihr Gehirn tapfer versuchte, die Dissonanz zwischen ihrem Freund und dem Monster zu bekämpfen.

»Was machst du hier, Benno?«, fragte Sophie schließlich.

»Gestern haben Mac und Reggie die Bar besucht und mich gebeten, ein Auge auf dich zu haben, falls die Dinge schlecht laufen. Sieht so aus, als hätten sie das«, sagte Benno mit einem Schulterzucken.

»Benno! Die Jungs!«, rief Sophie aus, der Schock, einem Oger gegenüberzustehen, wurde plötzlich durch die Angst um ihre Freunde ersetzt.

Schnell suchte Sophie den Boden ab und fand das Funkgerät, wo es ihr aus der Hand gefallen war. Sie rief ins Mikrofon und hörte aufmerksam zu, bekam aber keine Antwort von irgendje-mandem. Sophie schüttelte das Gerät, konnte aber nicht sagen, ob es während des Handgemenges kaputt gegangen war oder ob alle zu beschäftigt waren, um auf ihren Anruf zu antworten.

»Ich glaube, sie könnten in Schwierigkeiten sein, Benno. Wir müssen ihnen helfen gehen«, sagte Sophie.

»Ich glaube, du hast Recht. Die Bösen sind mit viel mehr Leuten aufgetaucht, als Mac dachte, dass sie mitbringen würden. Komm schon. Lass uns das erledigen, bevor jemand verletzt wird«, sagte Benno und drehte sich zum Turm.

»Sollten wir die Treppe hinaufgehen? Ich möchte nicht, dass der Aufzug unsere Anwesenheit ankündigt«, sagte Sophie und betrachtete den Turm mit Beklommenheit, während sie sich mental vorstellte, wie sie auf der Treppe auf halbem Weg zur Spitze vor Erschöpfung ohnmächtig wird.

»Nein, ich habe eine bessere Idee.« Sophie beeilte sich, mit seinem langen, schwerfälligen Schritt mitzuhalten, als er sich umdrehte und zum Turm eilte.

»Was werden wir tun?«, fragte sie atemlos.

»Wir werden klettern«, sagte Benno mit selbstbewusster Miene.

»Klettern? Du meinst die Treppe?«

»Nein, ich meine den Turm«, sagte Benno und zeigte auf die Seite des schlanken Turms, der sich über ihnen erhob.

»Ich kann das nicht klettern.«

»Aber ich kann es. Du musst dich nur an mir festhalten.«

»Du bist etwa drei Meter groß und wiegst wahrscheinlich eine Tonne. Wie willst du den Turm hochklettern? Die ganze Oberfläche sieht glatt aus. Es gibt keine Griffe«, argumentierte Sophie.

»Oger sind ausgezeichnete Kletterer. Wir sind bekannt für unsere Kletterfähigkeiten«, versicherte Benno Sophie.

»Äh, ich habe nie Märchen gehört, die von den Kletterfähigkeiten von Ogern erzählten.«

»Quatsch. Kennst du das Märchen von Hans und die Bohnenranke nicht? Die ganze Geschichte dreht sich ums Klettern auf einer riesigen Pflanze«, wies Benno darauf hin.

»Es gibt keine Möglichkeit, dass dieses Märchen eine wahre Geschichte war. Du erfindest einfach Dinge«, sagte Sophie und stampfte vor Ärger mit dem Fuß auf, während sie am Fuße des Turms standen und über Märchen stritten. Als sie weit, weit hinauf auf die flache Oberfläche des Turms blickte, schluckte sie schwer.

»Wir haben keine Zeit zu streiten. Vertraust du mir?«

»Scheiße! Verdammt nochmal! Ja, ich vertraue dir. Lass es mich nicht bereuen.«

Benno hockte sich hin, damit Sophie auf seinen Rücken klettern konnte. Voller Beklommenheit trat sie an Bennos breiten, nackten Rücken heran. Als sie ihre Arme um seinen wenigen Hals schlang, bemerkte Sophie, dass sein enormer Trapezmuskel irgendwie seinen Hals übersprang und direkt an der Basis von Bennos Schädel ansetzte. Seine Haut war dick und fühlte sich unter ihren Händen gummiartig an. Sophie beschloss, die Tatsache, dass Benno Borsten wie ein Wildschwein hatte, mit ins Grab zu nehmen. Kein Grund, seine Gefühle zu verletzen.

»Benno, ich meine das auf die beste Weise, aber ich möchte dir sagen, dass du als Oger völlig erschreckend bist. Ich hätte mir fast in die Hose gemacht«, sagte Sophie in Bennos Ohr. »Danke, dass du mein Freund bist und mein Leben gerettet hast.«

»Gern geschehen. Du bist mir der liebste Mensch, also konnte ich nicht zulassen, dass dir etwas passiert«, sagte Benno mit offensichtlicher Wärme in seiner kiesigen Stimme.

Während Sophie ihre Beine so gut wie möglich um Bennos Taille schlang, trat Benno an die Basis der weißen Oberfläche des Coit Towers heran.

»erden die Leute nicht sehen, wie wir den Turm hochklettern, und die Polizei rufen?«, fragte Sophie besorgt.

»Nein, ich bezweifle, dass die meisten Menschen uns durch all diesen Nebel sehen können, und Menschen sind sehr gut darin, Dinge wegzuerklären, die sie nicht verstehen. Außerdem hat die Konklave ein paar Fae in ihren Reihen, die Erinnerungen löschen und ersetzen können«, sagte Benno, während er seine Hände auf die Oberfläche des Turms legte.

Mit dem kleinsten Ruck begann Benno, die vertikale Wand in gleichmäßigem Tempo zu erklimmen. Sophie konzentrierte ihren Blick auf Bennos Hände, die allen Gesetzen der Physik trotzten und irgendwie an der flachen Oberfläche der Betonziegel Halt fanden. Hand über Hand kletterte Benno stetig an der Turmwand hinauf.

Während ihr Magen irgendwo in den Büschen unter ihnen zurückblieb, klammerte sich Sophie an Bennos Rücken wie eine Zecke an einem Hund. Sie war dankbar, dass es nicht viel Wind gab, der die Stärke ihres Griffs auf die Probe stellen könnte. Allerdings wurde es immer kälter, je höher sie kletterten. Sophie konnte nicht glauben, dass Benno nicht einmal außer Atem klang.

Wie eine Idiotin blickte Sophie zur Seite, um zu sehen, wie weit sie gekommen waren. Als sie sah, wie hoch sie waren – der Minivan sah auf dem Parkplatz wie ein Spielzeugauto aus – schnappte Sophie nach Luft und schlang ihre Arme noch fester um Bennos nicht vorhandenen Hals.

»Oh Scheiße. Oh *Scheiße*«, murmelte Sophie leise und kniff die Augen fest zu.

»Wir sind fast da, Sophie. Halt dich nur noch ein bisschen länger fest«, versicherte ihr Benno.

»Das gefällt mir überhaupt nicht. Das ist so scheiße. Hans und die verdammte Bohnenranke können mich mal am Arsch lecken«, flüsterte Sophie wütend. »Ich will hier nicht sterben. Bitte, bitte, *bitte* lass mich nicht fallen.«

Einige Minuten später hielten sie direkt unter einem der ausgeschnittenen Bögen an der Spitze des Turms an. Das flackernde Licht blitzte immer noch über ihren Köpfen wie ein elektrischer Sturm, und Sophie konnte die leisen Geräusche des Kampfes hören, die von den Luftströmungen über ihnen davon-getragen wurden.

»Ich werde in den Turm spähen, um zu sehen, was passiert. Mach keinen Lärm«, warnte Benno.

Langsam krochen sie die letzten paar Zentimeter nach oben, und Benno und Sophie hoben ihre Köpfe über den Rand des Zements, bis nur ihre Augen über die Kante lugten.

Ein Blitz von rötlich-grauem Fell flog am Fenster vorbei und ließ Sophie und Benno kurz zurückweichen. Das Geschöpf taumelte an ihnen vorbei und versuchte verzweifelt, Halt zu finden. Als es ihm gelang, wölbte es sich teilweise auf, die Vorderpfoten streiften den Boden, ein bedrohliches Knurren rollte aus seiner Schnauze. Sophie stieß einen gedämpften, gurgelnden Laut gegen Bennos Schulter aus, als sie erkannte, dass sie Mac ansah. Sie würde diese ozean-blauen Augen überall erkennen.

»Ich dachte, er verwandelt sich nur in einen normalen Fuchs. Als ich ihn in Andrews Vision sah, schwöre ich, dass er wie ein normaler Fuchs aussah«, flüsterte Sophie ehrfürchtig, während sie auf die Mischung aus Fuchs und Mensch starrte, die zurück ins Getümmel stürmte. Für einen Moment, kurz bevor er einen Wolfsmenschen angriff, stand Mac in seiner vollen Größe da, und Sophie konnte sein Gesicht im Profil sehen. Spitze schwarz-gespitzte Ohren krönten Macs Gesicht, das eine Mischung aus fellbedeckten menschlichen Zügen war, die in eine kurze Schnauze übergingen. Macs blaue Augen blitzten auf, als er mit bösen schwarzen Krallen, die scharf genug aussahen, um Initialen in Stein zu schnitzen, nach einem größeren Gegner, einem dunkel-fellbedeckten Wolfswandler, schlug.

»Heilige Scheiße«, flüsterte Sophie ehrfürchtig, als sie zusah, wie Mac seinen Gegner schnell und effizient erledigte. Mac mit seiner völlig entfesselten Aggression zu sehen, war schockierend: ein Jäger, der seine Raubtier-Natur mit verheerender Wirkung gegen seine Feinde einsetzen konnte.

Sophie riss ihre Aufmerksamkeit von Mac los, als er mit einem triumphierenden Brüllen einen weiteren Wolfswandler zerfleischte, und nahm die Szene vor sich auf. Reggie und Fitz wurden von mehreren Wandlern an der Seite des Treppengelän-ders festgehalten. Reggie schien sich teilweise in seine Opossum-form verwandelt zu haben, während Fitz vollständig menschlich war. Sie konnte Amira oder Ace in der sich schnell wirbelnden Bewegung des Kampfes nicht sehen.

Edwyn und Marcella standen sich direkt vor der breiten Öffnung einer geschwungenen Zementtreppe gegenüber. Wie ein Wahnsinniger kichernd war Edwyns freundliche Maske endlich gebrochen. Er griff in seine Tasche, hielt den falschen Clavis vor seine Brust und zeigte ihn Marcella.

»Du kommst zu spät, Marcella. Du kannst mich nicht aufhalten!«, kreischte Edwyn und drückte den Clavis wie ein kostbares Kind an seine Brust.

Er begann, in einer unbekannten Sprache zu singen, wobei jedes Wort lauter wurde. Während zwei von Edwyns Schergen Marcella mit ihren Waffen zurückdrängten, hob Edwyn den Anhänger hoch über seinen Kopf. Grelle Blitze von Elektrizität schossen aus Marcellas Händen. Die Blitze strömten aus ihren Händen, schleuderten die beiden Handlanger von ihren Füßen und warfen sie quer über den Turmboden, wo sie in einem zerknitterten Haufen landeten. Edwyn musste eine Art unsichtbaren Schild um sich herum gehabt haben, denn als Marcella die Linien ihrer Elektrizität auf ihn umlenkte, stoppten sie einige Meter davon entfernt, ihn zu berühren, und beleuchteten eine Schutzblase, die ihn umgab. Die Blitze funkelten und zischten an der Oberfläche seines Schildes entlang und beleuchteten den ekstatischen, manischen Blick auf Edwyns Gesicht.

»Wir müssen da rein und ihn jetzt aufhalten«, sagte Benno dringend.

»Nein, wir sollten einen Moment warten. Wenn er seine Beschwörung beendet hat, werden alle einen Moment der Ablenkung haben, wenn sie denken, dass der Clavis das Portal schließen wird. Dann können wir eingreifen«, schlug Sophie vor.

»Dann wird es zu spät sein, um ihn aufzuhalten«, argumentierte Benno.

»Nein, wird es nicht, das verspreche ich. Ich kann dir nicht sagen, woher ich es weiß, aber ich weiß, dass die Beschwörung nicht funktionieren wird. Vertraust du mir?«, fragte Sophie und drehte Bennos frühere Frage gegen ihn.

»Ja«, flüsterte Benno zurück. »Wenn wir reingehen, möchte ich, dass du nur versuchst, aus dem Weg zu bleiben. Ich kann mich um diese Arschlöcher kümmern. Abgemacht?«

»Abgemacht«, stimmte Sophie zu, froh darüber, nicht in den Kampf einsteigen zu müssen. Es war ja nicht so, als ob sie dachte, sie könnte gegen Wandler und Mythische bestehen.

Sie beobachteten, wie Edwyn weiter sang, bis er die Worte schrie. Mit einem letzten unverständlichen Kreischen stieß Edwyn den Clavis hoch in die Luft über seinem Kopf, wobei ein unsichtbarer Wind sein blondes Haar wild umherwirbelte.

»Okay, lass uns das in drei... zwei... eins machen«, flüsterte Sophie. Als sie »eins« sagte, schoss Benno nach oben und über die Mauer des Turms, als ob ihn eine Feder katapultiert hätte. Eine Schockwelle von Schreien breitete sich wie ein in einen Teich geworfener Stein aus, als Benno mitten im Getümmel landete.

Für einen kurzen Moment sah Sophie den verdatterten Blick auf Edwyns Gesicht, als er auf den falschen Clavis in seinen Händen starrte. Er hatte den riesigen Oger, der nur wenige Meter von ihm entfernt landete, noch gar nicht bemerkt. Als jemand vor ihre Sicht auf Edwyn trat, um sich Benno entgegenzustellen, ließ Sophie Bennos Nacken los und rutschte seinen Rücken hinunter, um mit einem erschütternden Aufprall auf ihren Füßen zu landen. Glücklicherweise schien niemand den kleinen Menschen zu bemerken, der davoneilte; aller Aufmerksamkeit galt dem brüllenden, tobenden Oger.

Sophie huschte zu einer breiten Säule, hinter der sie sich größtenteils verstecken konnte, während sie den Kampf weiter beobachtete. Benno pflügte durch die Menge, schwang seine riesigen Fäuste wie einen Hammer und mähte Feinde nieder wie ein Buschmesser durch Unkraut.

Sophie bedeckte ihren Mund, um ihr Keuchen zu dämpfen, als Benno einen riesigen Wandler hoch über seine Schulter warf, direkt aus der Spitze des Turms. Sophie sah kurz den entsetzten Blick auf dem Gesicht des Wandlers, bevor der Nebel ihn verschluckte, seine verblassenden Schreie das einzige Zeichen seines Schicksals. Dankbar, dass sie seine Landung zweihundert Fuß weiter unten nicht hören konnte, richtete Sophie ihre Aufmerksamkeit wieder auf die Szene vor ihr.

Nachdem er die meisten seiner Feinde niedergemäht hatte,

näherte sich Benno der Edwyn-Blase in der Mitte des Observatoriumsbodens und schlich mit schwerfälligem Gang auf sie zu. Er hob seine gefalteten Hände hoch über seinen Kopf und schlug mit seinen Fäusten auf die Oberseite des unsichtbaren Schildes mit einem dröhnenden Knall. Die Erschütterung des Schlags ließ Sophies Zähne in ihrem Schädel vibrieren. Edwyn kniete mit nackter tierischer Angst auf seinem Gesicht auf dem Boden. Während Benno weiterhin immer wieder auf die unsichtbare Barriere einschlug, eilte Marcella neben ihn und fügte zwischen Bennos Schlägen Elektrizitätsblitze zum Angriff hinzu. Risse im Schild wurden sichtbar, als dünne Finger von Marcellas Elektrizität ihren Weg durch haarfeine Brüche bahnten und nach dem immer noch knienden Edwyn griffen.

Einer der Handlanger, die Marcella zuvor bewusstlos geschlagen hatte, kam langsam auf die Knie, schüttelte seinen Kopf, als ob er versuchte, den Nebel der Bewusstlosigkeit zu vertreiben. Einmal wach, schlich er sich um den äußeren Rand des Observatoriums herum, bewegte sich heimlich am Umfang entlang, bis er hinter Benno und Marcella stand. Der Mann hatte Sophie nicht bemerkt, die sich ein paar Meter entfernt hinter einer Säule versteckte.

Als er begann, eine Waffe mit einer immer noch zitternden Hand gegen Benno und Marcella zu erheben, spähte Sophie weiter hinter der Säule hervor, bereit, eine Warnung auszurufen. Genau als Sophie den Mund öffnete, um ihren Freund vor der Gefahr zu warnen, trafen ihre Augen auf Macs in seinem halb-Fuchsgesicht auf der anderen Seite des offenen Raums. Mit einem lauten Knurren raste Mac in einem springenden Sprint auf den Handlanger zu. Als der Mann Mac erblickte, machte er einen unbewussten, angsterfüllten Schritt von ihm weg, wodurch er einen Schritt näher an Sophie herankam. Der Handlanger begann, die Waffe auf Macs herannahende Gestalt zu richten.

Ohne nachzudenken sprang Sophie aus ihrem Versteck hervor und warf sich auf den Rücken des Mannes, versuchte, die

Waffe aus seiner Hand zu reißen. Mit einem erschrockenen Aufschrei griff er mit seiner freien Hand über seine Schulter und packte eine Handvoll von Sophies Haar. Mit einem reißenden Ruck zog er Sophie über seine Schulter und warf sie zu Boden. Als sie rutschend zum Stillstand kam, wobei sie sich die Hände und die linke Seite auf dem Zementboden aufschürfte, krabbelte sie schnell herum, um den Bewaffneten zu lokalisieren. Mit Entsetzen sah sie zu, wie Mac einen Sprung machte und den Mann zu Boden tackelte.

Ein scharfes, knackendes Geräusch und ein Stroblicht blitzten zwischen den beiden Männern auf, als sie um die Waffe rangen. Sophie kletterte schnell auf die Füße. Sie zog den Taser aus ihrer Tasche und umkreiste die beiden ringenden Männer. Als der Rücken des Handlangers sich zu Sophie drehte, stürmte sie nach vorne und drückte die beiden scharfen Elektroden des Tasers an seinen Rücken, dann setzte sie die Spannung frei.

Der Mann zuckte unkontrolliert in Macs festem Griff. Glücklicherweise schien die Spannung Mac nicht zu beeinflussen, als er den Mann in einen Würgegriff nahm. Einen Moment später ließ Mac den bewusstlosen Mann unzeremoniell zu Boden fallen, bevor er schwer auf die Knie fiel, eine Hand an seine obere Brust geklammert, wo sich schnell Blut über sein Hemd ausbreitete.

Sophie schrie seinen Namen, griff nach seinen Schultern, als er anfing, nach vorne zu kippen. Blutspritzer bedeckten Macs Gesicht und Hände, aber der schlimmste Bereich war seine Brust. Mit Macs keuchender Hilfe legte Sophie ihn auf den Boden.

»Mac! Geht es dir gut?«, rief Sophie. Sie begann, sein Hemd hochzuziehen, um die Quelle all des Blutes auf seiner fellbedeckten Brust zu finden.

»Dieser Mistkerl hat mich erschossen«, sagte Mac mit erstauntem Wundern, als Sophie das Einschussloch in seinem linken Brustmuskel lokalisierte.

»Wird alles okay?«, sagte Sophie, nicht sicher, ob sie log oder nicht, während sie Druck auf die Wunde ausübte, um den Blutfluss zu stoppen. Mac stöhnte vor Schmerz. »Tut mir leid, ich weiß, dass es wehtut.«

Sophie sah sich um und versuchte, jemanden zu finden, der helfen könnte. Sie erkannte schnell, dass alle Anhänger Edwyns überwältigt worden waren. Benno und Marcella sahen aus, als wären sie fast durch Edwyns Barrikade, während Benno weiter auf Edwyns Schild einschlug. Hunderte von haarfeinen Rissen bedeckten die Oberfläche der Blase. Als Sophie zusah, zerbrachen die Risse schließlich, und Benno schnappte sich Edwyn, dessen hohes Quieken im Zementturm widerhallte. Der Clavis fiel aus Edwyns erschlafften Fingern und rollte in die Nähe von Marcellas Füßen.

Sophie wandte ihre Aufmerksamkeit von Benno und seiner kreischenden Beute ab und entdeckte schließlich einen vollständig menschlichen Reggie in der Nähe der Treppe. Er untersuchte Amira, die aus einer Schnittwunde an ihrer Schulter blutete. Sophie konnte nicht einmal einen Moment nehmen, um Amiras elegantes, schwarzes fellbedecktes Katzengesicht zu bewundern.

»Reggie!«, schrie Sophie. »Mac hat einen Schuss abbekommen!«

Reggies Kopf schnappte von der Behandlung von Amiras Wunden hoch und drehte sich, um Sophie zu lokalisieren. Er sagte schnell etwas zu Amira, die mit dem Kopf nickte. Reggie kam galoppierend zu Sophie herüber und rutschte praktisch auf seinen Knien neben Macs liegender Gestalt herein.

»Was ist passiert?«, fragte Reggie dringend.

»Dieser Arschgesicht hat Mac in die Brust geschossen!«, schrie Sophie.

»Hey«, keuchte Mac leise, ein kleines schelmisches Grinsen breitete sich auf seinem Gesicht aus. »Nenn ihn nicht so. Arschgesicht ist *mein* Spitzname. Ich bin dein Arschgesicht. Dein sexy, charmantes, unwiderstehliches Arschgesicht.«

»Mac! Bitte sei einfach in Ordnung«, rief Sophie. »Ich werde dich nennen, wie du willst.«

Mac grinste Sophie an, seine Fuchszähne scharf zur Schau gestellt. »Ich nehme dich beim Wort. Du bist mein Zeuge, Reg. Sie hat gesagt, ich bin sexy und unwiderstehlich.«

Er stöhnte vor Schmerz, als Reggie um die Wunde herum tastete.

»Es sieht so aus, als hätte es gerade die Oberseite deiner Lunge verfehlt, Mac. Du hast Glück. Das bedeutet, alles wird okay. Ich muss nur die Kugel herausholen, und deine Heilung sollte den Rest erledigen«, versicherte Reggie Mac mit einem Klopfen auf seine andere Schulter.

»Er wird okay sein?«, fragte Sophie überrascht, Tränen rollten ungehindert über ihre Wangen. »Aber er wurde angeschossen!«

»Mac ist ein Wandler. Er wird in ein paar Tagen wieder normal sein«, versprach Reggie. »Ich habe meine Arzttasche im Van gelassen. Ich werde sie holen gehen. Kannst du ein Auge auf Mac haben, während ich weg bin?«

»Bist du sicher, dass du mich mit ihr allein lassen solltest?«, rief Mac Reggies sich entfernender Gestalt nach. »Sie scheint gefährlich zu sein. Sie ist bereit, wie eine Idiotin auf den Rücken eines bewaffneten Fae zu springen. Sogar nachdem sie versprochen hat, sich aus Gefahren herauszuhalten.«

»Verarscht du mich?«, quietschte Sophie. »Ich habe deinen Arsch gerettet. Er war dabei, auf dich zu schießen.«

»Ich bin mir nicht sicher, ob deine Hilfe wirklich so hilfreich war, wie du denkst. Weißt du, da er mich trotzdem erschossen hat.«

»Das ist nicht meine Schuld. Du warst derjenige, der beschlossen hat, mit dem Gesicht zuerst auf den Typen mit einer Waffe zuzulaufen.«

»Er hat dich auf den Boden geworfen wie ein schwaches

Kätzchen und war dabei, dich zu erschießen. Das bedeutete, ich musste in Aktion treten, um deinen Arsch zu retten.«

»Wurdest du von meinem großartigen heldenhaften Manöver geblendet? Der Typ hatte eine Waffe auf dich gerichtet, als ich auf seinen Rücken sprang. Ich habe dich gerettet«, argumentierte Sophie in einem Ton, den sie für sehr vernünftig hielt. Es könnte ein bisschen schrill gewesen sein.

»Nein, ich erinnere mich perfekt. Ich habe dich gerettet«, konterte Mac.

Sophie begann hektisch, den Boden neben ihnen abzusuchen.

»Wonach suchst du?«, knurrte Mac.

»Ich versuche zu sehen, ob dieser Typ seine Waffe in der Nähe fallen gelassen hat. Ich will den Job beenden und dich von meinem Elend erlösen!«

Mac rutschte und drehte seinen Körper langsam über den Boden, bis er seinen Kopf in Sophies Schoß legen konnte.

»Was machst du da?«, fragte Sophie.

»Ich wurde verletzt, als ich dein Leben gerettet habe. Ich brauche Trost«, sagte Mac. Er ergriff Sophies freie Hand, legte sie auf seinen Kopf und bewegte ihre Finger in einer massierenden Bewegung gegen seine Kopfhaut.

»Du bist ein Idiot«, sagte Sophie, nahm Macs Aufforderung an und fuhr mit ihren Fingern durch das rostfarbene Fell, das Macs Kopf bedeckte.

»Nein, ich bin ein Arschgesicht. Dein sexy, charmantes, unwiderstehliches Arschgesicht«, sagte Mac mit einem raubtierartigen Grinsen, fast schnurrend, als Sophie um seine Ohren kratzte.

»Ja, das bist du. Ich glaube, ich werde es noch bereuen«, sagte Sophie leise und genoss das seidige Fell unter ihren Fingerspitzen. »Bist du sicher, dass alles okay wird?«

Bevor er antworten konnte, hörten sie Marcella laut ausrufen. Als sie ihre Köpfe drehten, sahen Mac und Sophie zu, wie Marcella wütend zu Edwyn stapfte, der gefesselt mit einem halben Dutzend seiner überlebenden Mitverschwörer dasaß.

Einige von Marcellas Leuten stapelten die Leichen, die nicht so viel Glück hatten, in der Nähe des Aufzugs.

Marcella drückte Edwyn den falschen Clavis unter die Nase und schrie: »Wo ist der echte Clavis? Das ist eine Fälschung!«

Edwyn sah gleichermaßen besiegt und trotzig aus, wie er mit seinen gefesselten Händen hinter dem Rücken an die Wand gelehnt dasaß. Er presste seine Lippen fest zusammen, bis sie wie eine flache Linie aussahen.

»Ich denke, wir können davon ausgehen, dass Atticus ihn getäuscht und ihm einen falschen Edelstein gegeben hat«, rief Mac Marcella über die Weite des Turms zu.

Marcella marschierte die fünfzehn Fuß zu Mac, sah viel zu verärgert aus, wenn man bedenkt, dass ihr Team den Kampf gewonnen hatte.

»Warum war das nicht in der Vision, die du mir gegeben hast?«, verlangte Marcella zu wissen.

»Es war eine Todesvision. Mein Kontakt sieht nur die letzten Momente einer Person, also wenn Atticus den Edelstein zuvor als Fälschung eingerichtet hatte, hätte der Psychiker dieses Ereignis nicht gesehen. Wenn ich mich richtig an die Vision erinnere, nahm Edwyn an, dass der Anhänger aus Atticus' Safe der Clavis war. Ihm wurde nie ausdrücklich gesagt, dass der Edelstein der Clavis war.«

»Kann dein Kontakt versuchen, den echten Clavis zu lokalisieren?«, fragte Marcella eindringlich.

»Nicht, es sei denn, er taucht im Tod einer anderen Person auf«, erklärte Mac. »Sie haben nicht die Macht, vermisste oder verlorene Gegenstände zu lokalisieren. Sie haben nur Visionen. Wenn wir etwas über den Clavis erfahren, wirst du die Erste sein, die es erfährt. Sieht er wie dieser braune Edelstein aus?«

»Nein, es ist ein blasser grüner Vermarin-Edelstein, auch grüner Amethyst genannt. Sehr selten und geschätzt für seine Fähigkeit, Magie zu halten und zu kanalisieren. Gefährlich in den falschen Händen, wie der heutige Abend zeigt. Du hast meine

Nummer, also wenn du ihn findest, ruf mich sofort an, egal zu welcher Zeit«, befahl Marcella.

»Natürlich«, sagte Mac, während er unbekümmert durch seine scharfen Fuchseckzähne log.

»Ist das ein Mensch?«, fragte Marcella bestürzt und deutete mit einem Nicken ihres Kopfes auf Sophie. »Hältst du es für klug, einen Menschen in mythische Angelegenheiten einzubeziehen?«

»Sie arbeitet in der mythischen Abteilung des städtischen Leichenschauhauses, also weiß sie bereits über unser Volk Bescheid. Sie war nur hier, um im Parkplatz Wache zu halten. Als die Dinge mit dem Kampf schief liefen, trat sie tapfer ein, um zu helfen, trotz eines massiven Nachteils«, erklärte Mac, ein Knurren verborgen in den abgehackten Tönen seiner Stimme.

»Übrigens, es war eine gute Idee, den Oger mitzubringen. Ich bin überrascht, dass er gekommen ist, um zu helfen. Sie weigern sich normalerweise, sich in mythische Politik einzumischen«, sagte Marcella und wies die Anwesenheit eines Menschen in ihrer Mitte bereits ab. Sie wandte sich an einen ihrer Handlanger und rief: »Wir müssen ein Team haben, das Atticus' Haus noch einmal nach dem Clavis durchsucht. Er könnte noch irgendwo auf dem Gelände sein.«

Sophie setzte ein sorgfältig unschuldiges Gesicht auf und achtete darauf, nicht der Versuchung zu erliegen, ihren Freunden verstohlene Blicke zuzuwerfen. Sophie erkannte verspätet, dass sie sich nicht die Mühe hätte machen müssen, unschuldig auszusehen, da keiner von Marcellas Handlangern ihr auch nur einen ersten Blick schenkte, geschweige denn einen zweiten. Sie war für sie unsichtbarer als Edwyns Schild.

Das ausdruckslose Gesicht verwandelte sich in Erleichterung, als die Aufzugstür klingelte und Reggie heraustrat, einen großen schwarzen Koffer in der Hand. Er eilte herüber, ließ den Koffer neben Macs Seite fallen und wühlte durch den Inhalt der Tasche.

Nach einem Moment zog Reggie eine lange, gebogene chirurgische Pinzette heraus. Als er die Enden des Werkzeugs an Macs

Wunde ansetzte und innehielt, um zu fragen, ob er bereit sei, musste Sophie ihre Augen schließen.

Trotz ihrer fest geschlossenen Augen konnte Sophie jedes Mal erkennen, wenn Reggie die Pinzette in der Wunde bewegte, weil Mac Sophies Hand in einem immer fester werdenden Griff drückte. Die feuchten, schmatzenden Geräusche ließen Sophie vor Entsetzen und Ekel schaudern. Als Reggie ankündigte, dass er die Kugel fast zu fassen hatte, arbeitete sich ein leises Stöhnen aus Sophies Kehle.

»Dir ist klar, dass du das beruflich machst, oder? Warum bist du so zimperlich?«, fragte Mac mit einem angestrengten Lachen und versuchte, so still wie möglich zu halten.

»Nun, normalerweise habe ich den Körper, an dem wir arbeiten, nicht auf meinem Schoß sitzen, während er sich warm und eklig bewegt. Es ist seltsam. Reggie, kannst du Mac bewusstlos schlagen, damit sich das natürlicher für mich anfühlt?«

»Hab's«, verkündete Reggie triumphierend und ignorierte Sophies Bitte. Sophie öffnete ihre Augen und sah, wie Reggie eine blutige Kugel hochhielt und sie im Licht betrachtete. Sie schluckte schwer und dachte daran, wie dieses kleine Stück Metall gerade in Macs Brust war und ihn leicht hätte töten können.

Gemeinsam verbanden Sophie und Reggie die Wunde an Macs Schulter und halfen ihm dann auf die Füße.

»Ich kann nicht glauben, dass du mich 'warm und eklig' genannt hast. Meine Gefühle sind verletzt«, beschwerte sich Mac, was Sophie unbekümmert zum Lachen brachte.

Reggie und Sophie gingen hinüber, um nach Ace, Fitz und Amira zu sehen. Mac und Benno lösten sich von ihnen, um mit Marcella zu sprechen, nachdem sie ihnen zugewinkt hatte, sich ihr für eine Art wichtige Leute-Besprechung anzuschließen.

»Hey, geht es euch Leuten gut? Wurde jemand verletzt?«, fragte Sophie ihre Freunde besorgt und musterte sie. Als Sophie versuchte, Ace zu untersuchen, knurrte er, dass er keine Bemutterung brauche.

»Oh, ist deine Mutter hier? Nein? Dann halt die Klappe. Reiß dich zusammen und lass mich sicherstellen, dass es dir gut geht, du Nervensäge«, fauchte Sophie Ace an. Eine von Aces Lippen kräuselte sich vor Ekel, aber er hielt den Mund und ließ Sophie ihre Inspektion beenden. Außer dem Schnitt an Amiras Oberarm kamen sie alle nur mit ein paar Schrammen und blauen Flecken aus dem Kampf.

»Ihr Leute habt so viel Glück, dass ihr nicht schlimmer verletzt wurdet. Obwohl ihr in der Unterzahl wart, sieht es so aus, als wären nur Edwyns Leute gestorben«, sagte Sophie.

»Wir hatten die Oberhand: das Überraschungsmoment. Außerdem hatten Marcellas Fae bessere Angriffsmagie als Edwyns. Sie übernahmen den Großteil der Aktion und beschützten uns«, erklärte Reggie.

Einige Minuten später schüttelte Marcella sowohl Mac als auch Benno die Hand und wandte dann ihre Aufmerksamkeit einem ihrer herannahenden Handlanger zu. Sowohl Benno als auch Mac wandten sich von Marcella ab und gingen auf die Gruppe von Freunden zu, die sich in der Nähe der Treppe zusammendrängten.

»Lass uns von hier verschwinden«, sagte Mac und führte den Weg zum Aufzug.

»Sollten wir bleiben und helfen?«, fragte Reggie besorgt, sein rundes Gesicht voller Sorge.

»Scheiß drauf. Wir haben unsere Verdienstabzeichen für die Nacht verdient. Ich bin fertig. Ich schließe mich verdammt nochmal nicht der Aufräummannschaft an, ohne verdammte Überstunden zu bekommen«, meckerte Ace. »Warte... werden wir dafür bezahlt?«

»Nein, du Arschloch. Deine Bezahlung sind die guten Gefühle, die du bekommst, wenn du hilfst, den Tag zu retten«, sagte Amira und schubste Aces Schulter spielerisch.

»Rettet das Retten des Tages meine Rechnungen? Nein, tut es nicht«, beschwerte sich Ace lautstark, was Sophie und Mac zum Grinsen brachte.

»Ich stimme Ace zu. Wir haben mehr als unseren gerechten Anteil getan. Marcellas Leute sind mehr als fähig, sich um die Aufräumarbeiten zu kümmern«, sagte Mac.

Während sie darauf warteten, dass der Aufzug ankam, schnippte Benno mit seinen Fingern in einem komplizierten Muster über dem Siegel-Tattoo auf seinem Unterarm und murmelte einige Worte unter seinem Atem. Sophies Augen weiteten sich vor Staunen, als Benno schrumpfte. Sein Gesicht schmolz von dem Oger, mit dem sie sich schnell angefreundet hatte, zu dem wiedererkennbaren Aussehen ihres Lieblingsbarbesitzers.

»Ich würde sonst nicht in den Aufzug passen.« Bennos vertrautes Gesicht grinste Sophie an.

Nachdem alle in den Aufzug gestiegen waren und sie zu fahren begannen, sah Sophie sich ihre zerzausten Freunde an. »Was passiert jetzt?«

»Nun, ihr Leute müsst in ein paar Stunden ins Leichenschauhaus. Marcellas Team sammelt die Leichen ein, um sie ins Büro des Gerichtsmediziners zu bringen. Ihr müsst die Autopsien durchführen, eure Berichte ausfüllen, und dann wird die Konklave beginnen, dieses Ereignis zu vertuschen. Jeder Beweis von den Aktivitäten heute Nacht wird vor morgen früh verschwunden sein«, erklärte Mac.

»Was ist mit dir?«, fragte Sophie.

»Ich brauche heute Nacht, um mich von der Schusswunde zu erholen. Dann muss ich einen Bericht an die Konklave und den Polizeichef einreichen«, sagte Mac. »Marcella möchte, dass der Chef einbezogen wird, um dabei zu helfen, andere von Edwyns Leuten aufzudecken und sicherzustellen, dass niemand anderes plant, zu versuchen, das Portal zu schließen.«

»Jemand sollte bei dir bleiben, während du dich heute Nacht

von deiner Verletzung erholst. Es sollte keine Komplikationen geben, aber es ist besser, vorsichtig zu sein«, warf Reggie ein. »Sophie, er könnte bei dir bleiben, und du kannst ein Auge auf ihn haben. Ich denke nicht, dass Mac nach Hause gehen sollte, bis wir uns ganz sicher sind, dass es sicher ist. Da diese Leichen noch nicht schlecht riechen werden, kann Amira mir heute Nacht ohne zu viele Probleme helfen.«

»Ich kann nicht sagen, ob du mich einfach wie einen zarten, nutzlosen Menschen behandelst oder nicht, aber weißt du was, es ist mir egal. Ich nehme mir heute Nacht frei. Es waren ein paar sehr anstrengende Tage, und ich will eine Pause, auch wenn ich Mac ertragen muss, um sie zu bekommen. Ihr Leute solltet dasselbe tun. Die Leichen können warten, meinst du nicht?«

»Wir haben ein paar Stunden, bevor wir zur Arbeit gehen müssen. Warum gehen wir nicht alle zu Sophies Wohnung, um uns auszuruhen und zu erholen?«, schlug Fitz vor.

Alle stimmten diesem Plan zu, und Benno bot an, in seiner Bar vorbeizuschauen und eine Flasche Wein zur Feier mitzubringen. »Ich habe auch meine Schwester mit der Leitung der Bar beauftragt, also muss ich nachsehen, ob sie noch steht!«, scherzte Benno.

Sophie verbrachte den Rest der Fahrt mit dem Aufzug damit, auf ihrer Lippe zu kauen und zu versuchen, einen höflichen Weg zu finden, Benno zu fragen, wie ein weiblicher Oger aussieht. Als der Aufzug das Erdgeschoss erreichte, hatte sie beschlossen, ihre Neugier vorerst zu unterdrücken. Es gab keinen richtigen Weg, diese Frage zu formulieren, ohne wie ein Arschloch zu klingen.

Als sie den Aufzug verließen und durch die Vordertüren des Turms gingen, kamen alle vor Sophie zu einem abrupten Halt. Das kollektive Keuchen vor Schock ließ sie ihren Kopf über Amiras Schulter recken, um zu sehen, was alle so erschreckt hatte: Da war eine Leiche, die über eine Seite der Eingangstreppe verteilt war.

»Als ich herunterkam, um meine Arzttasche zu holen,

versuchte ich, die Szene zu untersuchen, aber es ist zu viel von einem Durcheinander. Wie ist das passiert? Ist er vom Turm gesprungen?«, fragte Reggie mit entsetzter Faszination.

»Nein, Benno hat ihn über seine Schulter geworfen wie ein benutztes Taschentuch«, verkündete Sophie.

»Habe ich das? Hmm, daran erinnere ich mich nicht«, sagte Benno und tippte nachdenklich an sein Kinn.

»Hast du. Ich verspreche es.«

Die Gruppe umging die Überreste des Wandlers und ging mit einem Seufzer der Erleichterung zum Minivan. Sophie blickte zurück auf die schlichte weiße Säule des Coit Towers. Als sie auf die aufragende Turmspitze schaute, verschwand die Spitze der Säule im dunklen, nebligen Himmel oben. Sie schüttelte verwundert den Kopf. Zu denken, dass der einfache geriffelte Turm einen geheimen Weg zu einem anderen Reich beherbergte. *Das Leben ist manchmal einfach verdammt seltsam.*

»Was zum Teufel! Sind das Hernandez und Lancaster?«, fragte Mac ungläubig, als sie um die Stoßstange des Autos herumkamen und die beiden zusammengesunkenen Körper auf dem Parkplatz entdeckten.

»Ja, ich werde euch auf der Fahrt zu meiner Wohnung alles darüber erzählen. Wer fährt? Ich denke nicht, dass es Mac sein sollte, und ich habe keinen Führerschein«, sagte Sophie.

»Wie kannst du keinen Führerschein haben?«, sah Mac Sophie schockiert an. »Wie hast du so lange als Erwachsene funktioniert? Du hast keinen Führerschein. Du hast keinen Fernseher oder ein Telefon!«

»Ich bin zu kompliziert für jemanden wie dich, um mich zu verstehen. Ich bin ein Mysterium. Ich bin glorreich und unergründlich.« Sophie schnüffelte arrogant in Richtung Mac und kanalisierte ihre innere Amira.

»Steig in das verdammte Auto, deine Glorreiche«, höhnte Mac und winkte Sophie mit einer für eine Königin passenden Geste ins Innere.

Auf der Fahrt brachte Sophie alle auf den neuesten Stand darüber, was passiert war, während sie im Turm waren.

»Warte, Benno ist mit dir auf seinem Rücken die Außenseite des Turms hochgeklettert?«, wiederholte Amira.

»Ja, es war verdammt beängstigend«, antwortete Sophie mit einem Schaudern.

»Ich wünschte, ich hätte das sehen können. Ich wette, du sahst aus wie Yoda auf Lukes Rücken«, sagte Amira nachdenklich.

Alle buhten und zischten Sophie an, als sie gestand, dass sie keinen der Star Wars-Filme gesehen hatte.

»Wir müssen eine Liste von Filmen erstellen, die Sophie sehen muss. Dann können wir sie kidnappen und zwingen, sie alle anzusehen«, schlug Fitz vom Rücksitz vor. Alle begannen, Filmvorschläge zu rufen, während Sophie nur ihre Freunde angrinste.

Als sie über die nebelumhüllte Bucht blickte, erfüllte Sophie ein seltsames, sprudelndes Glück; sie fühlte sich glücklich, am Leben zu sein und von Freunden umgeben. Bevor sie diese Gruppe getroffen hatte, war sich Sophie nicht einmal bewusst gewesen, was ihr gefehlt hatte. Sie hatte sich geweigert, das vage Gefühl von Leere und Sehnsucht anzuerkennen, das ihr Leben erfüllt hatte, bevor sie wahre Freunde im städtischen Leichenschauhaus gefunden hatte. Erfüllt von der schützenden Wärme, von Menschen umgeben zu sein, die sich um sie kümmerten, erkannte Sophie, wie trostlos und einsam sie gewesen war.

KAPITEL 23

Zwei Flaschen Wein, jede Menge Essen zum Mitnehmen und mehrere Stunden später machten sich alle außer Sophie und Mac bereit, zu ihren jeweiligen Arbeitsplätzen zurückzukehren. Während Sophie durch ihre Wohnung lief, Besteck holte und Getränke einschenkte, stellte sie fest, dass sie ihre Freunde immer wieder berühren musste, um sich zu vergewissern, dass sie in Sicherheit waren.

Sophie umarmte jeden ihrer Freunde, als sie zur Tür hinausgingen. Normalerweise war sie nicht jemand, der körperliche Nähe suchte oder mochte. Vielleicht lag es am Wein oder an dem Schrecken der Nacht, aber es brachte Sophie dazu, ihre übliche Zurückhaltung beiseitezuschieben und sich ein wenig an sie zu klammern.

»Bist du sicher, dass du heute Abend keine Hilfe im Leichenschauhaus brauchst?«, fragte Sophie und hob sich Reggies Umarmung für den Schluss auf.

»Wir kommen schon klar. Ruh dich aus, und ich sehe dich morgen Abend, okay?«, sagte Reggie und drückte Sophies Hand kurz. Sie starrte einen Moment lang in Reggies süßes, rundes

Gesicht, einfach nur dankbar, einen so guten Freund in ihrem Leben zu haben.

»Danke, Reggie. Für alles. Dafür, dass du mir einen Job besorgt hast, für deine Freundschaft und dafür, dass du mir geholfen hast, meine Gabe zu verstehen. Ich weiß nicht, was ich ohne dich getan hätte.«

Reggie zog Sophie zurück in eine feste Umarmung. »Soph, ich bin auch so froh, dass du mein Freund bist«, sagte er, und wenn Sophie ein kleines Schniefen hörte, würde sie es niemandem erzählen.

Nachdem sie alle auf der knarrenden Treppe am Ende des Flurs verschwinden gesehen hatte, ging Sophie in ihre Wohnung und fand Mac, der umherwanderte und wieder verschiedene Gegenstände aufhob und betrachtete. Als er in die Küche schlenderte und anfing, Schubladen zu öffnen, räusperte Sophie sich.

»Was machst du da?«

»Ich suche nach dem Clavis. Ich möchte ihn mir noch einmal ansehen«, antwortete Mac und wühlte in ihrer Schublade mit Krimskrams.

»Und du dachtest wirklich, ich würde einen mächtigen gestohlenen magischen Gegenstand zwischen meinen Ketchup-Päckchen und Büroklammern verstecken?«

Mac hob nur bestätigend seine Augenbraue, was Sophie vor Verärgerung schnauben ließ.

»Du wirst ihn nicht finden. Ich habe ihn zu gut versteckt. Lass meine Sachen in Ruhe. Außerdem haben wir beide den Clavis bereits gut betrachtet. Für mich sah er einfach wie ein großer grüner Edelstein aus. Ich habe keine Art von Kraft oder Magie gespürt, als ich ihn hielt. Du etwa?«, fragte Sophie. Als Mac den Kopf schüttelte, zuckte Sophie mit den Schultern. »Vergessen wir das alles für den Moment. Willst du duschen, um dich sauber zu machen? Ich werde das Futon herrichten, damit du das Bett nehmen kannst.«

»Nein, ich nehme das Futon, und du schläfst in deinem Bett. Ich werfe dich nicht aus deinem Zimmer«, widersprach Mac.

»Doch, das tust du. Du wurdest vor weniger als drei verdammten Stunden angeschossen.« Sophie ballte vor Verärgerung die Fäuste.

»Das wurde ich, aber ich bin ein Gestaltwandler. Mir geht es gut.«

»Und mir wird es auf dem Futon auch gut gehen. Du wirst das Bett nehmen, und das ist mein letztes Wort!« schrie Sophie.

»Oh. Es ist dein letztes Wort, ja? Na dann ist die Sache wohl erledigt«, erwiderte Mac verdächtig ruhig. Sophie bewegte sich nicht, weil sie die Falle spüren konnte. »Wie wäre es stattdessen damit? Wenn du versuchst, in dieses verdammte Futon zu steigen, werde ich dich körperlich hochheben und in dein Bett werfen. Das ist mein letztes Wort dazu.«

»Selbst Betonklötze sind beweglicher als du. Weißt du was? Von mir aus! Du kannst auf dem Futon leiden, du störrischer Esel. Ich hoffe, du bekommst einen steifen Hals«, sagte Sophie, während sie zum kleinen Flurschrank stampfte, um ihre Ersatzlaken zu holen.

Während sie das Futon herrichtete, ihre Bewegungen waren ruckartig vor Verärgerung, hörte sie, wie die Wasserleitungen im Bad ächzend zum Leben erwachten. Nachdem sie einige der leeren Tassen eingesammelt hatte, die nach der spontanen Feier zurückgeblieben waren, stellte Sophie sie in die Spüle, um sich morgen darum zu kümmern, als ihre Wohnungsklingel in die Stille hinein ertönte.

»Hallo?«, sagte Sophie zögernd in die Gegensprechanlage.

»Hey, Sophie. Ich bin's, Benno. Ich habe angeboten, ein paar Klamotten für Mac vorbeizubringen, da meine Wohnung direkt über dem Streuselkuchen liegt. Ich habe etwas gebraucht, um Sachen zu finden, die ihm passen könnten«, sagte Bennos blecherne Stimme durch den Lautsprecher ihrer Gegensprechanlage.

»Das ist wirklich lieb von dir, Benno. Komm rauf«, sagte Sophie und drückte auf den Summer, um die Eingangstür des Streuselkuchens zu entriegeln. In der offenen Tür ihrer Wohnung stehend, wartete sie darauf, dass Benno einen Armvoll Kleidung in ihre wartenden Hände lieferte. Benno eilte schnell den Flur zurück und rief, dass er zur Bar zurückkehren müsse.

Mit dem bunt zusammengewürfelten Stapel Kleidung in den Händen ging Sophie durch ihr Schlafzimmer und klopfte an die Badezimmertür.

»Benno hat ein paar Klamotten für dich vorbeigebracht«, rief Sophie.

»Kannst du sie aufs Waschbecken legen?«, rief Mac über das Geräusch der Dusche hinweg.

Nach nur einem Moment des Zögerns zwang Sophie ihre Hand, den Griff zu drehen und die Tür aufzustoßen. Sophie blickte schnell dorthin, wo sie von Mac nur ein dünner, weißer Duschvorhang trennte. Sie zwang sich, sich darauf zu konzentrieren, die Kleidung auf die Ablage zu legen.

»Brauchst du Hilfe mit einem neuen Verband, wenn du dort fertig bist?«, fragte Sophie.

Das Rasseln der Duschvorhangringe ließ Sophie ihren Blick zurück zur Duschkabine richten.

»Ich werde keinen neuen Verband brauchen. Die Schusswunde ist bereits vollständig verheilt«, sagte Mac, sein Gesicht und seine Schulter lugten hinter dem Duschvorhang hervor. Sophie zwang sich, sich nur auf Macs Augen zu konzentrieren, leuchtend blau unter dem Schopf wasserdunklen Haares, das über seine Stirn geklebt war.

»Das ist ja wohl ungerecht. Du wirst angeschossen, und drei Stunden später hat sich die Wunde geschlossen. Wenn ich kaum gegen einen Tisch stoße, bekomme ich einen blauen Fleck, der zwei Wochen hält«, beschwerte sich Sophie.

»Es ist nicht meine Schuld, dass du so ein zarter Mensch mit zartem Fleisch bist.«

»Igitt. Zartes Fleisch? Das hört sich ja ekelhaft an.« Sophie schauderte vor Ekel.

»Du magst das Wort zart nicht? Wie wäre es mit saftig? Ist das besser?«

»Ugh. Das ist tatsächlich schlimmer.«

Mac warf Sophie einen langen, nachdenklichen Blick zu, während sie vorgab, nicht auf die Seifenblasen zu starren, die langsam seine Schulter hinunterrutschten. Schließlich sagte er mit einem kleinen, geheimnisvollen Grinsen: »Schööön feeeeucht«, sagte er gedehnt, als würde er jede zusätzliche Silbe genießen, während sie über seine Lippen kam.

Als sie mit fest über die Ohren gepressten Händen aus dem Badezimmer flüchtete, folgte ihr Macs lautes Lachen, während sie »Blah blah blah!« schrie, um alle anderen schrecklichen Wörter zu übertönen, die Mac einfallen könnten.

Auf dem Futon sitzend, rollte sich Sophie zusammen, um auf ihre Dusche zu warten.

Das nächste, was sie wusste, war, dass Mac sanft ihre Schulter schüttelte und ihren Namen flüsterte.

»Was?«, murmelte Sophie verwirrt.

»Du bist mir weggedöst. Komm schon. Lass mich dir helfen, ins Bett zu kommen«, sagte Mac sanft und zog Sophie behutsam auf die Füße.

Mit einer Hand an ihrem Ellbogen führte Mac eine halbschlafende Sophie in ihr Zimmer. Wie ein verlorenes Kind an Macs Seite stehend, beobachtete Sophie durch halbgeschlossene Augen, wie Mac ihre Decke zurückschlug. Er half Sophie sanft ins Bett und zog die Decke bis zu ihrem Kinn hoch, was das Gefühl, wie ein Kind zugedeckt zu werden, vervollständigte.

»Gute Nacht, Sophie«, sagte Mac leise und küsste sie auf die Stirn.

»Nacht«, sagte Sophie, als ihre Augen zufielen.

KAPITEL 24

Obwohl die Perücke auf ihrer Kopfhaut juckte, entschied sie, dass es sich lohnte, als sie seinen Blick auffing. Sie wusste, dass er Blondinen bevorzugte. Als sie ihr drittes Tonic Water mit Lime für den Abend bestellte, entdeckte sie einen kleinen Tisch, der endlich auf der anderen Seite der Bar frei wurde. Mit leicht schwankendem Gang konnte sie sich den Tisch sichern, bevor jemand anders Anspruch darauf erheben konnte.

Während sie langsam an ihrem Getränk nippte, behielt sie den Mann, dem sie hierher gefolgt war, im Auge. Sie gab ihm den Spitznamen Holzfäller wegen seiner großen Statur und seiner Vorliebe für Flanellhemden, unabhängig vom Wetter. Wer trägt denn bitte Flanell an einem heißen Tag?

Sie verfolgte ihn schon lange genug, um ihn und seine Manieren katalogisiert und auswendig gelernt zu haben. Er trank sein übliches Pint Guinness. Sie schauderte angewidert. Nachdem sie begonnen hatte, ihn zu verfolgen, beschloss sie, das Bier aus Neugier zu probieren. Sie vermutete, dass Spülwasser, das in einem Aschenbecher geschwenkt wird, wahrscheinlich besser schmeckt.

Der Holzfäller sah wie üblich etwas ungepflegt aus: seine Kleidung

*zerknittert und sein buschiges Haar schnittbedürftig. Er war ein unbe-
holfener Mann. Ein Versager, der irgendwie mit einem übermäßigen
Maß an unverdienter Selbstüberschätzung ausgestattet war. Sie hatte
einmal gehört, wie jemand diesen Typ als 'Neckbeard' bezeichnete -
ungepflegte Männer mit fragwürdigen sozialen Fähigkeiten. Ein grausamer, aber irgendwie passender Spitzname. Sie würde den Holzfäller
nie ins Gesicht hinein Neckbeard nennen, aber in den Tiefen ihres
Verstandes dachte sie es mit einem Kichern. Der Holzfäller stand gerade
da, mit hochgezogenen Schultern, als ob er versuchte, sich unsichtbar zu
machen, in der Nähe des Bogens, der zu den Toiletten in der hinteren
Ecke der Bar führte.*

*Im Laufe des Abends musste sie glücklicherweise nur einige potenzi-
elle Verehrer abwimmeln, die sich ihr näherten. Als jeder von ihnen
ohne Theater oder Drohungen ging, atmete sie erleichtert auf.*

*Als es näher an Mitternacht heranrückte, schien das Jucken unter
der Perücke stärker zu werden. Um zu verhindern, dass sie ihre Finger
unter die Perücke schob und ihre Kopfhaut wie eine Besessene kratzte,
umklammerte sie ihr hohes Glas mit beiden Händen.*

*Mit einem Blick auf die zierliche Uhr an ihrem Handgelenk
entschied sie, dass sie lange genug in dieser Bar verweilt hatte. Nach
einem letzten Schluck ihres Tonic Waters zog sie ihre Jacke und ihren
Hut an. Als sie durch die Eingangstür hinausging, stieß sie gegen den
Türrahmen, während sie ihre Handschuhe anzog. Niemand war
draußen in der verdunkelten Düsternis der Straße. Einige Autos fuhren
vorbei, als die Stadt begann, sich für die Nacht zu beruhigen.*

*Sie machte langsame, trippelnde Schritte den Gehweg entlang und
täuschte eine Trunkenheit vor, die sie nicht fühlte. Hinter ihr hörte sie
das Summen von Stimmen aus der Bar dröhnen, als die Eingangstür
geöffnet und dann schnell wieder geschlossen wurde. Während sie die
Spiegelungen in den Fenstern auf der gegenüberliegenden Straßenseite
beobachtete, entdeckte sie die klobige Gestalt des Holzfällers, der ihr
folgte.*

Mit ein paar schnellen Schritten bog sie um die Ecke in die Gasse neben der Bar. Im Dunkeln sah es beängstigender aus als bei ihrer Inspektion des Gebiets früher am Abend. Sie rümpfte die Nase, als der Geruch von Urin und verfaulendem Müll ihre Sinne überfiel.

Während sie vorgab, sich gegen die Backsteinmauer der Bar zu lehnen, als ob sie Schwierigkeiten hätte, aufrecht zu stehen, griff sie in ihre Handtasche und zog das Fläschchen und die Spritze heraus. Schnell füllte sie die Spritze und ließ das nun leere Fläschchen wieder in ihre Tasche fallen.

Sie hielt den Atem an und lauschte angestrengt, bis sie hörte, wie der Holzfäller die Gasse betrat.

»Alles in Ordnung?«, fragte der Holzfäller in seinem seltsam nasalen Tonfall.

Sie drehte sich leicht, ließ ihre Hand an ihre Seite fallen und hielt die Spritze außer Sichtweite. Als der Holzfäller näher kam, drehte sie schnell ihren Körper und hob die Nadel, um sie in seinen Hals zu stoßen. Im selben Moment hob der Holzfäller seine Hand, um ihr blondes Haar zu berühren, und stieß dabei versehentlich die Spritze aus ihrer Hand. Beide blickten mit verblüfftem Schock auf die zerbrochene Spritze, die ihren Inhalt auf dem Pflaster verschüttete.

Sie schaute den Holzfäller an und dann wieder auf die zerbrochene Spritze mit entsetztem Zögern.

»Wegen Ihnen ist mein Insulin runtergefallen!«, rief sie dramatisch aus. Während sie sich vorbeugte und vorgab zu weinen, zog sie einen langen dünnen Stachel aus der verborgenen Tasche, die in eine innere Tasche ihrer Jacke eingenäht war. Der Stachel war etwa fünfzehn Zentimeter lang und hatte einen kleinen Griff an der Basis, der ihn wie den Buchstaben T aussehen ließ. Sie lächelte kurz, als er perfekt in ihre Handfläche passte. Sie ballte eine Faust, wobei der Stachel zwischen ihrem Zeige- und Mittelfinger herausragte.

In den Sekunden, in denen sie ihre Waffe in die Hand nahm, hatte sich das Gesicht des Holzfällers von Verwirrung zu wachsender Wut verwandelt.

»Du Schlam–«

Bevor er seinen Fluch beenden konnte, sprang Sophie einen Schritt vor und trat dem Holzfäller auf den Fuß, wobei sie die scharfe Spitze ihres Absatzes mit all ihrer Kraft in seine Zehen trieb. Als der Mann sich reflexartig nach vorne krümmte, versenkte sie ihren Stachel in einer schnellen Serie von Stichen in seinen Hals. Der Holzfäller griff nach seiner verwüsteten Kehle. Sie stieß ihn um, sodass er rückwärts gegen einen Müllcontainer fiel. Den Stachel in Bereitschaft haltend, beobachtete sie, wie Blut durch seine greifenden Finger sickerte, über seinen Hals floss und in sein Hemd einsickerte.

»Nicht schlecht improvisiert, wenn ich das selbst sagen darf. Gut, dass ich Schwarz trage«, stellte sie mit einem fröhlichen Achselzucken fest und blickte auf die Blutspritzer, die in ihre Kleidung einsickerten.

»Warum?«, flüsterte der Holzfäller, wobei Schwäche und Blutverlust seine Stimme dünn und zitternd machten.

»Du weißt genau warum, Troy«, sagte sie mit einem Kopfschütteln, ähnlich wie ein enttäuschter Elternteil, nachdem er ein freches Kind beim heimlichen Kekse-Klauen erwischt hatte. Nachdem sie mit einem Spiegel sichergestellt hatte, dass keine Blutstropfen auf ihrem Gesicht oder Hals waren, steckte sie ihren Stachel in ihre Handtasche. Die zerbrochene Spritze und ihre Handschuhe gesellten sich schnell zu dem Stachel.

Als sie die Gasse verließ, während der Körper ihres Opfers hinter ihr abkühlte, machte sie sich beschwingt auf den Weg, ein charmantes Lächeln im Gesicht.

* * *

»Sophie, wach auf. Es ist nur ein Traum«, sagte eine Stimme und schüttelte ihre Schulter.

Mit einem Keuchen setzte sich Sophie auf und blickte einen Moment lang wild um sich, wobei sie nicht ihre Wohnung sah, sondern einen sterbenden Mann, der in einer schmutzigen Gasse ausgestreckt lag.

»Sophie, es war nur ein Traum. Dir geht es gut«, sagte Mac und legte eine seiner Hände auf ihre. Er öffnete langsam ihre

Faust, die ihre Decke fest wie einen Schutzschild an ihr Kinn klammerte.

»Mac?«, fragte Sophie verwirrt.

Ängstlich um sich blickend, erkannte Sophie, dass sie sicher in ihre Bettdecke gewickelt war, während Mac neben ihrem Bett kniete, mit einem besorgten Blick auf seinem Gesicht.

»Scheiße. Was für ein schrecklicher verdammter Traum«, jammerte Sophie und rieb sich mit der Faust über die Augen, um die Vision von der Ermordung des Holzfällers daraus zu löschen.

»Willst du mir davon erzählen?«, bot Mac leise an und umhüllte ihre Hände schützend mit seinen.

»Nicht wirklich. Ich habe nur davon geträumt, wie ich einen Typen, der wie ein Holzfäller aussah, ermordet habe, indem ich ihm in die Kehle gestochen habe. Im Traum habe ich ihm einfach fröhlich in die Kehle gestochen und ihn in einer schmutzigen Gasse sterben lassen. Mein Gehirn spielt mir verdammten Mist vor. Ich wünschte, diese Träume würden aufhören.«

»Hast du diese Art von Träumen oft?«

»Zum Glück nicht sehr oft. Ich hasse sie einfach, weil in den Träumen, in denen ich jemanden ermorde, mein Traum-Ich immer so verdammt fröhlich und erfreut über die ganze Sache ist. Es ist ein schreckliches Gefühl, mit dem man aufwacht.«

»Ich kann verstehen, wie das nervt. Ich frage mich, ob das Sehen all der Mordopfer in der Leichenhalle und das Haben von Todesvisionen diese Träume in deinen Kopf pflanzen? Ich habe irgendwo einmal gelesen, dass Träume die Art und Weise sind, wie dein Gehirn Informationen aus deinem Tag verarbeitet«, sagte Mac und rieb seinen Daumen über Sophies Knöchel.

»Du könntest Recht haben, aber es nervt trotzdem«, grummelte Sophie.

»Das glaube ich. Denkst du, du kannst wieder einschlafen? Ich werde gleich im Wohnzimmer sein, wenn du mich brauchst. Alles, was du tun musst, ist rufen«, bot Mac an.

»Könntest du vielleicht bei mir bleiben? Ich wäre jetzt lieber nicht allein«, fragte Sophie schüchtern.

»Das könnte ich tun.« Mac schlüpfte auf der leeren Seite des Bettes unter die Decke. »Solange du versprichst, mich nicht im Schlaf zu belästigen. Ich möchte meine Unschuld bewahren.«

»Ich werde wohl meine ganze Willenskraft aufbringen müssen, um der Versuchung zu widerstehen, die du darstellst«, versprach Sophie dramatisch mit einem spöttischen Unterton.

Sophie drehte sich zu Mac um, lockerte ihr Kissen auf und betrachtete ihn, wie er sich in ihrem Bett fläzte und ziemlich zufrieden aussah, dort zu sein. Sie wurde wieder einmal an einen Löwen erinnert, als er sein Reich begutachtete.

»Wie geht es deiner Schulter?«, fragte sie.

»Gut. Fast geheilt. Sie wird noch ein paar Tage schmerzen, aber fast so gut wie neu«, sagte Mac um ein breites Gähnen herum.

»Glückspilz«, beschwerte sich Sophie um ein komplementäres Gähnen herum.

»Gute Nacht, Soph«, sagte Mac mit einem leisen Kichern.

»Gute Nacht, Mac.«

SONNENLICHT kroch langsam durch Sophies Augenlider und bahnte sich seinen Weg in ihr Bewusstsein. Sie erstarrte, als sie bemerkte, dass ein schwerer Arm über ihrer Taille lag, die erhitzte Festigkeit eines Körpers gegen ihren Rücken gepresst. Als Sophie versuchte, sich aus Macs Griff zu schleichen, wickelte er sich noch mehr um sie und zog sie tiefer in die Wiege seines Körpers. Sie starrte bestürzt auf den Arm, der über ihrer Taille lag. Das wässrige Morgenlicht umrandete die Streuung von Haaren auf Macs Arm golden und fein. Während sie die warme Haut über seinem Bizeps mit einem einzelnen Finger leicht berührte, bewunderte sie die schlanke funktionale Kraft, die in seinem Arm selbst in einem entspannten Zustand zu sehen war. Sophie zeichnete langsam Kreise und Wirbel auf seinen Arm und spürte die Fasern von Muskeln und Sehnen unter seiner gebräunten Haut. Dem Pfad einer mäandernden Vene folgend, zeichnete Sophie einen Weg entlang Macs Arm bis zum Handrücken nach.

Mit einem leisen Seufzer vergrub Mac sein Gesicht in Sophies Hinterkopf, während sie still hielt und vorgab zu schlafen. Mac fuhr fort, sein Gesicht in ihr Haar zu kuscheln und bewegte sich langsam näher an ihr freiliegendes Ohr heran.

Sophie hielt den Atem an und genoss die pulsierende Vorfreude, während sie darauf wartete, dass Mac ihr Ohr küsste. Das berauschende Gefühl der Elektrizität zwischen ihnen baute sich auf, bis sie praktisch davor glühte. Als er seinen Mund über die Haut hinter ihrem Ohr strich, stieß er ein leises Stöhnen aus. Wellen von Empfindungen schwappten über ihre Nerven und ließen eine Röte auf ihrer Haut aufsteigen. Als ein sanfter Hauch von Atem über ihr Ohr wehte, begann sie sich in Macs Armen zu drehen. Er drückte einen Kuss auf ihre Ohrmuschel und flüsterte sanft, oh so sanft, »Rotz« in ihr Ohr, dann kicherte er böse, offensichtlich zufrieden mit sich selbst.

Mit einem Kriegsschrei rollte sich Sophie herum und setzte sich rittlings auf Macs Oberschenkel. Das Letzte, was sie sah, bevor sie ein Kissen über sein Gesicht stopfte, waren leuchtend blaue Augen, gefüllt mit Vorfreude.

»Entspann dich und geh einfach in Richtung des Lichts«, riet Sophie, als er herumfuchtelte und versuchte, das Kissen von seinem Gesicht zu ziehen, während Sophie wie eine Wahnsinnige gackerte.

Mac entwaffnete Sophie von ihrer Kissenwaffe mit der Schnelligkeit eines Ninjas und warf sie auf den Rücken. Er setzte sich rittlings auf ihre Oberschenkel, fixierte ihre Arme über ihrem Kopf und gab Sophie einen heißen Blick, grinsend über ihre Possen. Das Lachen starb einen schnellen Tod auf Sophies

Lippen, als Mac sich langsam näher lehnte und seine Lippen über ihren schweben ließ. Er strich sanft mit seinen Lippen über ihre, hin und her, als ob er die Textur ihrer Lippen testen würde. Sophie drückte gegen seinen festen Griff nach oben und knabberte an seinem Mund, was ihr ein Stöhnen und ein Grinsen von Mac einbrachte. In diesem Moment entschied Sophie, dass Macs Lächeln gegen ihre Lippen das beste Gefühl der ganzen Welt war. Verlangen raste wie Feuer entlang einer Zündschnur Sophies Wirbelsäule hinauf.

Genau in dem Moment, als Sophie ihren Mund gegen Macs öffnete, bereit, seine Lippen zu verschlingen, durchdrang ein schriller Lärm aus dem Wohnzimmer ihre Wohnung, übermäßig laut in der stillen Verwunderung des Morgens.

»Scheiße«, stöhnte Mac traurig und ließ seine Stirn in einer niedergeschlagenen Weise gegen Sophies Schulter fallen. »Ich muss das beantworten.«

Als Mac aufstand und in Richtung Wohnzimmer ging, bewunderte Sophie seine muskulöse Gestalt, die nur mit einer Boxershorts bekleidet war. Sie befeuchtete ihre Lippen und ließ einen bewundernden Pfiff ertönen, der Mac dazu brachte, mit einem Grinsen über seine Schulter zu ihr zu schauen, als er um die Ecke in ihr Wohnzimmer bog.

Während sie sich genüsslich in ihrem Bett streckte, hörte Sophie, wie Mac viele zustimmende Summgeräusche und mehrere »Ja, Sir«s und »Sofort, Sir«s von sich gab, bevor er auflegte und zurück zu Sophies Zimmer ging, nur um sie provokativ in ihrem Bett posiert vorzufinden.

Mac grinste sie an, als er zurück ins Zimmer kam. »Soll ich dich malen wie eines meiner französischen Mädchen?«, fragte er und wackelte mit den Augenbrauen.

»Äh... sicher?«

»Oh mein Gott! Du hast Titanic nicht gesehen! Ich glaube, wir müssen Schluss machen. Tut mir leid, Soph. Du bist schuld, nicht ich«, sagte Mac und warf dramatisch seine Hände in die Luft.

»Nun, da wir noch nicht einmal ein erstes Date hatten, wird das nicht möglich sein. Man kann technisch gesehen nicht Schluss machen, wenn man nie zusammen war«, wies Sophie spitz hin.

»Du hast Recht. Lass uns auf ein echtes erstes Date gehen, und dann kann ich mit dir Schluss machen«, sagte Mac und nickte, als ob er sehr logisch wäre.

»Guter Plan. Warst du schon einmal auf der Insel Alcatraz? Ich habe gehört, die Nachttour soll besonders gruselig sein. Ich könnte uns Tickets besorgen.«, schlug Sophie vor.

»Das würde ich lieben. Aber zuerst, wie wäre es, wenn ich dich morgen früh von der Arbeit abhole und dich zum Frühstück ausführe?«, sagte Mac, der auf Sophies Bett kniete.

»Abgemacht«, sagte Sophie, setzte sich auf und kroch zu Mac hinüber, um einen Kuss auf seine Lippen zu drücken.

Enttäuscht stöhnend jammerte Mac, dass er sofort zur Arbeit gehen müsse. Als Mac sich zurückzog, rieb er seine Nase an Sophies und stieß die Spitzen ihrer Nasen aneinander, was sie zum Kichern brachte.

»Marcella hat bereits den Polizeichef angerufen, und er möchte, dass ich sofort reinkomme. Ich habe kaum Zeit, nach Hause zu kommen und mich umzuziehen.«

Mac zog schnell die Jogginghose und das T-Shirt an, die Benno ihm geliehen hatte, bevor Sophie ihn zu ihrer Haustür begleitete. Sie verweilten so lange wie möglich bei einem Kuss, bevor Mac sich schließlich losreißen musste.

Als Sophie zusah, wie Mac den Flur entlangging, wurde sie von dem Gefühl erfüllt, am Rande von etwas so Großem zu stehen, dass es ihre Brust anschwellen ließ. Vorfreude auf die Zukunft durchströmte sie. Sie wünschte, sie könnte hinauslaufen und ihn zurück in ihre Wohnung ziehen, um ihre Gefühle für ihn zu erforschen.

Als Mac an der Wohnung von Birdie vorbeiging, blieb er plötzlich vor ihrer Tür stehen.

»Ich hoffe, Sie haben einen schönen Morgen, Frau Birdie«, erklärte er heiter.

»Nicht so gut wie deiner, wette ich«, hörte Sophie Birdies freudige Stimme aus dem Spalt ihrer Wohnungstür rufen.

Kopfschüttelnd schloss Sophie entschlossen ihre Tür, bevor sie noch etwas anderes hören musste, was Birdie über ihren Morgen mit Mac zu sagen haben könnte.

EPILOG

»Guten Abend, Frau Zhao«, rief Sophie mit einem
fröhlichen Gruß zu.

»Guten Abend, Frau Feegle«, sagte Frau Zhao,
während sie die Türen zur Leichenhalle aufbuzzerte. Sophie warf
Frau Zhaos jadegrünem Kleid einen kurzen neidischen Blick zu,
bevor sie durch die Doppeltüren ging.

Sophie fand alle im Büro von Fitz und Ace vor, die noch
immer voller Aufregung über die Ereignisse der vergangenen
Nacht diskutierten.

»Wie lief die Arbeit gestern Nacht? Seid ihr ohne mich
zurechtgekommen?«, fragte Sophie.

»Es war in Ordnung. Wir mussten alle zuvor geplanten
Autopsien zurückstellen, um die Leichen vom Kampf zu bearbeiten, aber es sollte uns keine Probleme bereiten. Wir müssen
heute Nacht nur aufarbeiten«, antwortete Reggie. »Geht es Mac
gut? Hat ihm die Schusswunde Probleme bereitet?«

»Nein. Als er heute Morgen aufbrach, ging es ihm gut und er
schien wieder ganz der Alte zu sein«, erklärte Sophie und hoffte,
dass niemand ihre Röte bemerkte.

»Fangen wir also an. Wir haben vor ein paar Stunden einen

dringenden Fall bekommen, und dann müssen wir unseren Rückstand aufarbeiten«, sagte Reggie, der sich bereits umdrehte und in Richtung des Hauptautopsieraums ging. »Ach ja, Mac hat mich vor ein paar Stunden kontaktiert. Nach einem Treffen mit Marcella und Polizeichef Dunham heute Morgen wollen beide anfangen, Abschriften deiner Visionen zu erhalten. Offensichtlich müssen wir deine Identität weiterhin geheim halten, also wird Amira am Ende jeder Schicht die Aufnahmen deiner Visionen transkribieren und dann an Mac mailen.«

»Hört sich gut an«, sagte Sophie mit einem Achselzucken, da es ihr egal war, wie Mac die Aufnahmen bekam, solange sie etwas Gutes bewirken konnten.

Sophie überprüfte den Arbeitsplan für die Nacht und holte dann den Eilfall aus der Leichenkühlung. Sie schob die Bahre in den Autopsieraum, parkte sie an der Waage und drehte sich um, um sich zu reinigen und vorzubereiten.

Als sie sich wieder zu Reggie umdrehte, beobachtete Sophie, wie er den schwarzen Leichensack öffnete. Das Erste, was Sophie ins Auge fiel, war ein Blitz von rotem und schwarzem Flanell. Sophies Atem gefror in ihrer Kehle, als sie die nun blau verfärbten Gesichtszüge des Mannes erkannte, bedeckt von einem vollen Schopf kastanienbrauner, buschiger Haare, die dringend einen Schnitt benötigten.

Sophie muss irgendein Geräusch der Bestürzung von sich gegeben haben, denn im nächsten Moment stand Reggie vor ihr. Sie konnte seine Lippen sehen, die sich bewegten, und einen erschrockenen Blick auf seinem Gesicht, aber sie konnte seine Worte nicht über das Klingeln in ihren Ohren hören.

Schließlich brachte sie ihre gefrorenen Lippen dazu, sich zu bewegen, und würgte kaum das Wort »Holzfäller« heraus.

»Holzfäller? Was bedeutet das?«, fragte Reggie.

»Scheiße, Reggie! Wir müssen Mac anrufen!«

DANKSAGUNG

Notizen des Autors

Liebe Leserinnen und Leser,

Vielen Dank, dass ihr diese Reise mit mir unternommen habt. Ich hoffe, ihr habt Sophie und die Sonderlinge genossen. Diese Geschichte war für mich etwas ganz Anderes zu schreiben. Und ich hoffe, dass ihr genauso gespannt auf den nächsten Teil der Reihe seid wie ich.

Obwohl alle Charaktere im Buch erfunden waren, sind fast alle Orte real oder basieren auf realen Orten. Ich habe acht Jahre in San Francisco gelebt und mich in die Stadt verliebt. Es ist eine seltsame Stadt, die von seltsamen Menschen wimmelt. Hier also einige Hintergrundinformationen. Die Gerichtsmedizin ist real; sie befindet sich in Bayview, und es hat tatsächlich die zaunähnliche Skulptur vor dem Gebäude. Der "Kleine Daumen" basiert auf meiner Stammkneipe "Der Kleine Daumen". Der Kleine Daumen ist über 120 Jahre alt und man sieht ihm das auch an. Allerdings habe ich es geliebt und vermisse es, dort ein billiges amerikanisches Bier zu bekommen. Das erwähnte Plakat war eine Anspielung auf jenes, das die Beatles zu ihrem Lied 'For The Benefit of Mister Kite' inspirierte. Ich liebte einfach die Idee, dass Benno das Originalplakat gestohlen hatte.

Der Second-Hand-Laden basierte auf dem Love Project Curio Shop. Wenn ihr jemals in SF seid, schaut dort vorbei. Außerdem gehen die Erlöse aus dem Verkauf an einen guten Zweck. Das Fillmore ist mein Lieblingsmusikveranstaltungsort in der Stadt. Ich habe mehrere Konzertposter aus meiner Zeit dort. Buck's ist ein echtes Restaurant und es sieht so seltsam aus, wie es klingt. Es ist auch ein beliebter Ort für Geldmacher und Unternehmer aus dem Silicon Valley (zu denen ich nicht gehöre, aber mein Mann war einer). Boudin ist einer meiner Lieblingsbrotläden. Und es ist ein großartiger Ort, um vorbeizuschauen, wenn man als Tourist am Pier 39 unterwegs ist. Der Teesalon, den ich in Noe Valley erwähnte, ist Lovejoy's Tea Room. Wenn ihr euch so richtig schick-schnack fühlen wollt, ist das genau das Richtige für euch. Wenn ihr nicht mit einem falschen britischen Akzent sprecht, während ihr Gurkensandwiches esst, was hat das Ganze dann für einen Sinn? City Lights Booksellers ist genau so, wie ich es in der Geschichte beschrieben habe. Wer liebt nicht einen Buchladen, besonders einen mit einer so reichen Geschichte? Alcatraz bietet tatsächlich Nachtführungen an, also wenn ihr jemals in der Stadt seid, solltet ihr das ausprobieren. Die Nachtführung ist viel besser als die normale Tour, und es ist etwas Wunderbares, den Sonnenuntergang über der Stadt zu beobachten. Sehr romantisch – wenn ihr wisst, was ich meine... zwinker, zwinker

Woodlawn Memorial Park ist ein echter Friedhof in Colma. Meine Lieblingsperson, die dort begraben liegt, ist Emperor Norton, auch bekannt als Kaiser Norton. Wenn ihr euch mal amüsieren wollt, schaut euch die Geschichte dieses Mannes an. Ich gebe euch einen Hinweis – er erklärte sich selbst zum Kaiser der Vereinigten Staaten. Und die Leute ließen ihn gewähren. Sie gaben sogar Geldscheine und Münzen in seinem Namen heraus. Auch Colma ist real. Ich habe dort früher mein Auto zur Wartung gebracht. So. Viele. Gräber.

Was den Seelefanten betrifft, der die Meerjungfrau getötet hat, gibt es zwei gute Orte, um sie in der Stadt zu sehen. Einer ist am Pier 39. Der andere Ort ist mein Favorit. Man kann die Robben im Fitzgerald Marine Sanctuary sehen, das etwa 30 Minuten südlich der Stadt liegt. Wenn ihr zur Ebbe dort seid, gibt es fantastische Gezeitentümpel, die mit allen möglichen

Meereslebewesen gefüllt sind. Ich habe es früher geliebt, meine Kinder dorthin mitzunehmen, als sie klein waren.

Russian River Brewery ist eine tolle Brauerei mit Sitz in Santa Rosa. In ihrem Restaurant kann man fantastische Pizza bekommen, aber mein Lieblingsdinge sind ihre Bierverkostungen. Sie haben diese langen Paddelbretter, auf denen man achtzehn(!) verschiedene Biere verkosten kann – probiert ihre Sauerbiere, sie sind so sauer, dass sich euer Gesicht zusammenzieht, und doch so gut sind sie. Am besten teilt ihr sie mit Freunden! Das Lieblingsbier meines Mannes von ihnen ist Pliny the Younger (benannt nach dem römischen Schriftsteller), das nur einmal im Jahr herauskommt. Die Leute warten stundenlang, um am Erscheinungstag ihre Growler (große Bierflaschen zum Abfüllen) füllen zu lassen.

Zuletzt, der Coit Tower und die Filbert Street Treppen. Der Coit Tower ist ein schöner Ort zum Besichtigen. Die Aussicht (wenn es nicht neblig ist) ist fabelhaft. Die 25 Wandgemälde im Inneren sind großartige Beispiele für Kunstwerke aus der Zeit der Depression, die zeigen, wie die Menschen damals lebten. Der Turm wurde bezahlt, als Lillie Hitchcock Coit in ihrem Testament festlegte, dass das Geld verwendet werden sollte, um zur Schönheit der Stadt beizutragen. Lillie war eine exzentrische Frau, die dafür bekannt war, Zigarren zu rauchen und sich wie ein Mann zu kleiden, damit sie in den nur für Männer zugänglichen Spielcasinos spielen konnte. Sie liebte es auch, mit den Feuerwehrleuten auf den Feuerwehrwagen zu fahren. Sie klang wie meine Art von Dame! Die Filbert Street Treppen existieren ebenfalls und ihr könnt sie nehmen, um zum Coit Tower zu gelangen. Aber eine faire Warnung, ihr könntet es bereuen. Es sind SEHR VIELE Treppen. Allerdings sind sie auch wunderschön und man sieht auf dem Weg nach oben viel von der Stadt – ihr wisst schon, wenn ihr nicht ohnmächtig werdet.

Puh! Das war eine Menge Informationen. Wenn ihr mich jemals über die Stadt befragen möchtet, schreibt mir gerne eine

E-Mail an gwen@gwendemarco.com, und ich werde mich bemühen, euch für San Francisco zu begeistern.

Ich möchte meinen Beta-Lesern Paige R, Pam N, Karen R, Casi R, Jessica und Joanne S einen großen Dank aussprechen. Ich muss auch Rebeca Covers für das wunderschöne Cover-Artwork und meiner Lektorin Arundhati Subhedar danken.

Zuletzt möchte ich meinem Mann und meinen Kindern danken. Ich hätte ohne eure unerschütterliche Unterstützung nicht eine einzige Sache veröffentlichen können.

ÜBER DEN AUTOR

Gwen DeMarco ist eine begeisterte Leserin, Wein- und Kaffeetrinkerin, Gärtnerin und liebt alles Nerdige. Gwen schreibt gerne paranormale Liebesromane mit Fokus auf das Seltsame und Wunderbare. Sie liebt es, eine schlagfertige Heldin und einen mürrischen männlichen Protagonisten zu schreiben. Sophie Feegle ist ihr erster Ausflug in die Welt der Gestaltwandler, Feen, Oger und Vampire.

Gwen ist glücklich mit ihrer Jugendliebe verheiratet und hat zwei Teenager-Kinder. Man kann sie oft mit der Nase in einem Buch und einem Glas Wein oder einer Tasse Kaffee in der Hand antreffen.

Melden Sie sich für ihren Newsletter an und erhalten Sie eine **kostenlose** Kopie einer Novelle aus Macs Sicht vom ersten Treffen mit Sophie aus "Sophie and The Odd Ones".

Um mehr zu erfahren, besuchen Sie bitte meine Website und melden Sie sich für meinen Newsletter an, um Updates zu erhalten unter www.GwenDeMarco.com